BROOKLYN SEM PAI NEM MÃE

JONATHAN LETHEM

Brooklyn sem pai nem mãe

Tradução
Hélio Guimarães

COMPANHIA DAS LETRAS

Título original:
Motherless Brooklyn

Capa
João Baptista da Costa Aguiar
sobre foto de Henk Nieman

Preparação
Eliane de Abreu Santoro

Revisão
Isabel Jorge Cury
Cláudia Cantarin

Dados Internacionais de Catalogação na Publicação (CIP)
(Câmara Brasileira do Livro, SP, Brasil)

Lethem, Jonathan
Brooklyn sem pai nem mãe / Jonathan Lethem ; tradução Hélio Guimarães. — São Paulo : Companhia das Letras, 2002.

Título original: Motherless Brooklyn.
ISBN 85-359-0258-9

1. Romance norte-americano I. Título.

02-2866 CDD-813.5

Índices para catálogo sistemático:
1. Romances : Século 20 : Literatura norte-americana 813.5
2. Século 20 : Romances : Literatura norte-americana 813.5

[2002]

EDITORA SCHWARCZ LTDA.
Rua Bandeira Paulista, 702, cj. 32
04532-002 — São Paulo — SP
Telefone: (11) 3167-0801
Fax: (11) 3167-0814
www.companhiadasletras.com.br

Ao meu pai

Um sujeito entra

O contexto é tudo. É só me fantasiar e ver: posso ser um locutor de parque de diversões, um leiloeiro, um artista desses que se apresentam no centro da cidade, um falante em línguas, um senador embriagado por seus discursos intermináveis. *Eu tenho a síndrome de Tourette.* Minha boca não pára, embora a maior parte do tempo eu sussurre ou fale baixo como se estivesse lendo em voz alta; meu gogó pula, o músculo da mandíbula pulsa sob minha bochecha como um pequeno coração, um ruído abafado, as palavras escapando silenciosamente, meros fantasmas de si mesmas, cascas desprovidas de alento e tom. (Se eu fosse um vilão de Dick Tracy, seria o Mumbles.) Diminuídas, as palavras escapam da cornucópia do meu cérebro para percorrer a superfície do mundo, fazendo cócegas na realidade como dedos sobre as teclas de um piano. Acariciando, cutucando. Elas formam um exército invisível numa missão de paz, uma horda pacífica. Elas não querem fazer mal. Apaziguam, interpretam, massageiam. Em todo lugar elas suavizam as imperfeições, arrumam fios de cabelo, enfileiram patos, recompõem a terra revolvida. Contam e dão polimento aos objetos de prata. Distribuem tapinhas no traseiro de velhas senhoras, arrancando risadas. Só que — e aqui está o xis da questão — quando elas encontram um excesso de perfeição, quando a superfície está completamente polida, os patos bem ordenados, as velhas senhoras satisfeitas, então meu pequeno exército se rebela, recorre a todas as munições. A realidade precisa de um furo aqui e ali, o tapete há de ter alguma imperfeição. Uma palavra puxa a outra, nervosamente, buscando apoio, um ponto fraco, um ouvido vulnerável. É aí que ele aparece, o impulso de gritar na igreja, na creche, no cinema lotado. No começo é uma coceira. Inconseqüente. Mas a coceira logo se torna uma torrente atrás de um dique. O dilúvio universal. Essa coceira é minha vida toda. Aí vem ele. Tapem seus ouvidos. Construam uma arca.

"Vai-à-merda!", grito.

"Cuabocachei", disse Gilbert Coney em resposta a minha explosão, e nem moveu a cabeça. Mal consegui decifrar as palavras — "Estou com a boca cheia" —, o que era ao mesmo tempo uma explicação e uma piada, das ruins. Acostumado com meus tiques verbais, ele geralmente nem se incomodava em comentá-los. Com o cotovelo, empurrou o saco do White Castle na minha direção no banco do carro, amarrotando o papel. "Enfia-no-cu."

Eu não tinha nenhuma consideração especial pelo Coney. "Vai-à-merda-vai-à-merda-vai-à-merda", guinchei de novo, liberando um pouco mais da pressão que havia na minha cabeça. Então consegui me concentrar. Peguei um dos mini-hambúrgueres. Depois de desembrulhá-lo, levantei o pão para examinar os sulcos da grelha na carne, a baba brilhante das cebolas em cubinhos. Essa era outra compulsão. Eu sempre precisava olhar dentro de um hambúrguer do White Castle para apreciar o contraste entre os hambúrgueres feitos à máquina e o interior da meleca frita. Caos e controle. Aí fiz mais ou menos o que o Gilbert tinha sugerido: enfiei inteiro na boca. Com o antigo slogan *Coma dúzias* zumbindo no fundo da cabeça e a mandíbula triturando a carne em pedaços deglutíveis, virei-me para olhar a casa pela janela do carro.

Comida realmente me relaxa.

Estávamos numa operação de vigia no número 109 na parte leste da rua 84, uma casa solitária encravada entre gigantescos prédios residenciais, desses guardados por porteiros, de cujos saguões entravam e saíam entregadores de comida chinesa que, de bicicleta, esvoaçavam como mariposas exaustas sob a luz desbotada de novembro. Era a hora do jantar em Yorktown. Gilbert Coney e eu fizéramos nossa parte para estar naquele festim, desviando-nos para o Harlem hispânico em busca de hambúrguer. Só resta um White Castle em Manhattan, na rua 103. Não é tão bom como algumas lanchonetes de subúrbio. Já não se pode mais vê-los preparando o pedido da gente, e para falar a verdade acho que eles põem o pão no microondas em vez de esquentá-lo no vapor. Pena! Levamos para a cidade o nosso carregamento de hambúrguer e fritas preparado nos conformes e, até surgir uma vaga, ficamos parados em fila dupla na frente do endereço marcado. Aquilo durou só alguns minutos, o suficiente para que os porteiros dos dois lados da rua já estivessem... já nos encarassem como forasteiros e intrometidos. Estávamos no Lincoln, que não tinha nem placas nem adesivos nem nada que o identificasse como um veículo de serviço. E éramos grandalhões, eu e o Gilbert. Provavelmente pensaram que fôssemos policiais. Dava no mesmo. A gente mastigava e observava.

Não que soubéssemos o que estávamos fazendo ali. Minna

nos enviara sem dizer por quê, o que era bem comum, embora o endereço não fosse. As missões da Agência Minna na maioria das vezes restringiam-se ao Brooklyn, raras vezes longe da Court Street. As regiões de Carroll Gardens e Cobble Hill, juntas, compunham o tabuleiro das alianças e inimizades de Frank Minna, e Gil Coney, os outros rapazes da agência e eu éramos os marcadores — como peças de Banco Imobiliário, eu pensava às vezes, carrinhos de lata ou cãezinhos terrier (não cartolas, com certeza) — que se movimentavam pelo tabuleiro. O Upper East Side estava fora do nosso mapa usual, Carrinho e Terrier em Candyland — ou talvez no escritório com o Coronel Mostarda.*

"Que placa é aquela?", disse Coney. Apontou a entrada da casa com o queixo reluzente. Olhei.

"'Yorkville Zendo'", li na placa de bronze da porta. Meu cérebro febril processou as palavras e deteve-se com interesse na mais estranha. "Vai-à-merda-Zendo!", resmunguei entre os dentes.

Gilbert achou que aquilo era sinal do meu espanto diante de uma coisa não familiar. "Que história é essa de *Zendo*? O que é isso?"

"Talvez seja que nem zen", respondi.

"Não sei do que você está falando."

"Zen, que nem budismo", respondi. "Mestre zen, sabe?"

"Mestre zen?"

"Que nem mestre de kung fu, sabe?"

"Hummm", respondeu Coney.

* No Banco Imobiliário americano, os jogadores são representados por peças de metal, e o carrinho, o cão terrier e a cartola são algumas delas. Candyland também é um jogo de tabuleiro para crianças pequenas. O Coronel Mostarda é um personagem do jogo Detetive, cujo objetivo é descobrir quem é o assassino, em que aposento ocorreu o crime e qual a arma utilizada. (N. T.)

E assim, depois desse breve desvio na investigação, voltamos a nossa mastigação complacente. Claro que depois de toda e qualquer conversa meu cérebro ficava ocupado no mínimo com uma versão mais leve da salada de ecolalia: *Não sei nada de Zendo, Ken-como-zung-fu, mestre-de-feng-shui, fungo-filho-da-puta, masturbação-zen, vai-à-merda!* Mas não foi preciso vocalizar, não dessa vez, não com alguns White Castle para desembrulhar, inspecionar e devorar. Eu já estava no terceiro. Enfiei-o na boca, olhei de relance para a entrada do um-zero-nove, sacudindo a cabeça como se o prédio estivesse vindo para cima de mim. Coney e os outros detetives da Agência Minna adoravam fazer vigias comigo, porque minha compulsão me forçava a olhar atentamente para o lugar ou o objetivo em questão a cada trinta segundos, o que lhes poupava o trabalho de virar o pescoço. Um raciocínio parecido explicava minha popularidade nas escutas telefônicas. É só me dar uma lista de palavras-chave para eu identificar, durante uma conversa, que não penso em outra coisa — quase dou pulos ao ouvir o menor sinal de uma delas, enquanto a mesma tarefa daria o maior sono em qualquer outra pessoa.

Enquanto eu ruminava o número três e monitorava a entrada tranqüila do Yorkville Zendo, minhas mãos revistavam o saco de papel do White Castle, certificando-me de que ainda restavam outros três. Compráramos um saco com doze, e Coney não só sabia que eu precisava comer os meus seis, como também sabia que estava me agradando e fazendo cócegas nos meus impulsos obsessivo-compulsivos tourétticos ao equiparar o meu número com o dele. Acho que o Gilbert Coney era um grande boçal com um coração de ouro. Ou talvez ele fosse apenas treinável. Meus tiques e obsessões divertiam os outros Manos do Minna, mas também os exauria, tornando-os estranhamente complacentes e cúmplices.

Uma mulher vindo pela calçada parou diante do alpendre da casa e subiu a escada em direção à porta. Cabelo escuro e curto, óculos meio quadrados, foi tudo o que vi antes de ela virar de costas. Vestia um casaco militar. Cachos de cabelos escuros na nuca, cortados à joãozinho. Vinte e cinco anos, talvez, talvez dezoito.

"Ela está entrando", disse Coney.

"Olha, ela tem a chave", eu disse.

"O que o Frank quer da gente?"

"Só observe. Anote. Que horas são?"

Coney amassou outro papel de embrulho do Castle e apontou para o porta-luvas. "Anote. São seis e quarenta e cinco."

Abri o compartimento — o botão da fechadura plástica produziu um rápido estalo, um som surdo e delicioso que eu sabia que teria de repetir nem que fosse de modo aproximado — e lá dentro encontrei uma caderneta. GAROTA, escrevi, e depois risquei. MULHER, CABELO, ÓCULOS, CHAVE. 6h45. Eram anotações para mim mesmo, já que só precisava reportá-las ao Minna verbalmente. Se tanto. Pelo que conhecíamos dele, vai ver que nos queria ali para dar um susto em alguém, ou para esperar alguma encomenda. Pus a caderneta entre nós, no assento, ao lado dos sanduíches, e com uma batida fechei a tampa do porta-luvas; depois dei seis tapas seguidos no mesmo lugar para aliviar a pressão no meu cérebro reproduzindo a pancada surda de que eu tanto gostara. Naquela noite o seis era o número de sorte: seis hambúrgueres, seis e quarenta e cinco. Portanto, seis tapas.

Para mim, contar, tocar coisas e repetir palavras são a mesma atividade. A Tourette na verdade é uma vida inteira de refrões. O mundo (ou o meu cérebro, dá na mesma) me passa *esse mote*, repetidamente. E eu vou rematando.

Esse mote poderia ser diferente? Se alguma vez você foi transformado *nesse mote*, então sabe a resposta.

"Rapazes", chamou alguém da rua, pela janela do carro, surpreendendo tanto a mim como ao Coney.

"Frank", eu disse.

Era o Minna. A gola do seu impermeável estava levantada para protegê-lo da brisa, não exatamente cobrindo seu sorriso barbado que lembrava o de Robert Ryan em *Meu ódio será tua herança*. Ele se agachou ao nível da minha janela, como se não quisesse ser visto lá do Yorkville Zendo. Táxis passavam pelo buraco na rua atrás dele rangendo como cavalinhos de balanço. Abaixei o vidro, compulsivamente me estiquei para tocar seu ombro esquerdo, um gesto tão comum que ele já nem registrava desde... desde quando? Digamos que agora fazia uns quinze anos desde que, aos treze, eu começara a manifestar a necessidade de tocar o ombro dele, que na época tinha vinte e cinco anos e se vestia com uma jaqueta punk. Quinze anos de tapinhas e toques — se Frank Minna fosse uma estátua e não alguém de carne e osso, eu teria polido aquela parte até ela ficar intensamente brilhante, assim como os turistas lustram os narizes e os dedões dos mártires de bronze nas igrejas italianas.

"Fazendo o que por aqui?", perguntou Coney. Ele sabia que precisava ser uma coisa importante para o Minna não só estar ali, como ainda por cima estar ali por iniciativa própria, quando poderia ter feito a gente ir buscá-lo onde quer que fosse. Algo complicado estava acontecendo, e — surpresa! — nós, os fantoches, estávamos novamente fora da jogada.

Sussurrei entre os lábios cerrados e de forma inaudível *vifora, víbora, emboscada Zendo.*

Os Senhores da Viborascada.

"Me dá um cigarro", disse o Minna. Coney inclinou-se sobre mim com um maço de Malls, um dos cigarros alguns centímetros para fora, esticado para o chefe puxar. Minna o pôs na boca e acendeu, franzindo a testa em concentração e com o isqueiro protegido pela gola do impermeável. Deu um trago e soltou uma baforada no nosso espaço aéreo. "Escuta", falou, como se já não estivéssemos esperando suas palavras.

Manos do Minna até a medula.

"Vou entrar", disse, olhando o prédio. "Eles vão abrir a porta usando o interfone. Vou deixar a porta escancarada. Quero que você..." — e acenou com a cabeça para o Coney — "segure a porta, entre lá, só isso, entre e fique esperando lá, ao pé da escada."

"E se alguém vier abrir a porta?", perguntou Coney.

"Só se preocupe com isso se isso acontecer", disse Minna secamente.

"Tudo bem, mas e se..."

Minna o interrompeu com um gesto de mão. Na verdade Coney estava tentando entender seu papel, mas pelo jeito não ia conseguir.

"Lionel", começou Minna.

Lionel, meu nome. Frank e os Manos do Minna pronunciavam meu nome rimando com *vinil*. Lionel Essrog. *Ali o anel.*

Li o mel. Ex-grogue.

Coronel Escroque.

Troca Mescla.

E assim por diante.

Meu próprio nome era um chiclete verbal, àquela altura esticado em fios delgados como filamentos recobrindo o piso da caixa de ressonância do meu crânio. Um chiclete ressecado e já sem sabor, de tanto ser mascado.

"Aí, ó." Minna jogou no meu colo um transmissor de rádio e fones de ouvido e bateu no bolso do impermeável. "Estou com um microfone. Você vai me escutar ao vivo. Ouça bem. Se eu disser, ahn, 'Nem que minha vida dependesse disso', você sai do carro, bate na porta, o Gilbert deixa você entrar, e os dois sobem a escada rapidinho para me encontrar, tudo bem?"

Vai-à-merda, paspalho foi o que quase escapou da minha boca naquele alvoroço, mas respirei fundo, engoli as palavras e não disse nada.

"Não estamos portando", disse Coney.

"O quê?", perguntou Minna.

"Uma máquina, não porto uma máquina."

"Que é isso de *máquina*? Diga *revólver*, Gilbert."

"Não temos revólver, Frank."

"Eu esperava mesmo que não. É por isso que consigo dormir à noite. Porque vocês não têm revólver. Não queria uns idiotas que nem vocês subindo a escada atrás de mim nem mesmo com um grampo de cabelo ou uma gaita, muito menos com um revólver. Eu estou com um revólver. Vocês só dão as caras."

"Desculpe, Frank."

"Nem com um cigarro apagado nem com uma merda de uma asa de frango."

"Desculpe, Frank."

"Escute! Se você me ouvir falar, ahn, 'Primeiro tenho de ir ao banheiro', isso significa que estamos saindo. Você pega o Gilbert e os dois voltam para o carro e se aprontam para me seguir. Entendeu?"

Entendo, entendo, entendo, ENTENDI!, disse o meu cérebro. *Pato, pato, pato,* GANSO!

"Nem que minha vida dependesse, subam correndo", foi o que eu disse em voz alta. "Você vai ao banheiro, eu ligo o carro."

"Você é genial, Aberração", disse Minna. Beliscou meu queixo, depois jogou o cigarro por sobre o ombro na direção da rua, onde ele caiu espalhando fagulhas. Seus olhos estavam distantes.

Coney saiu do carro e eu passei para o assento do motorista. Minna deu um tapa sobre o capô como quem acaricia um cachorro depois de mandá-lo ficar *quieto*, em seguida passou pelo pára-choque dianteiro, levantou o dedo para indicar ao Coney que fosse mais devagar, atravessou a rua em direção à porta do um-zero-nove e tocou a campainha que estava sob a placa com o nome Zendo. Coney debruçou-se sobre o carro, esperando. Posicionei os fones, ouvi o som nítido do sapato do Minna raspando o asfalto e aí percebi que o aparelho funcionava. Quando olhei para cima, vi o porteiro do prédio da direita nos observando, mas ele nada fazia além de observar.

Ouvi o barulho do interfone, tanto ao vivo como pelo microfone. Minna entrou, escancarando a porta. Coney deu um salto, segurou a porta e também desapareceu lá dentro.

Passos subindo, nenhuma voz ainda. De repente eu estava em dois mundos: o corpo e os olhos trêmulos no banco do motorista do Lincoln estacionado, observando a movimentação ordeira das ruas do Upper East Side, com gente levando cachorros para passear, entregadores, meninos e meninas vestidos como adultos em trajes de passeio que, com o despertar da vida noturna, tiritavam a caminho dos bares badalados, enquanto meus ouvidos construíam uma paisagem sonora a partir dos ecos do Minna escada acima, ainda sem ter encontrado ninguém, mas parecendo saber onde estava, o couro do sapato roçando a madeira, os degraus da escada rangendo, em seguida uma hesitação, talvez um farfalhar de roupas, depois duas pancadas na madeira, e os passos recomeçando mais silenciosos. Minna tirara os sapatos.

Tocar a campainha e entrar de mansinho? Isso não aconteceu. Mas o que aconteceu na seqüência? Agarrei outro sanduíche dentro do saco de papel — seis hambúrgueres para restaurar a ordem num mundo sem sentido.

"*Frank*", disse uma voz do outro lado da linha.

"*Estou aqui*", disse Minna, com enfado. "*Mas não devia. Você devia resolver a merda aí do seu lado.*"

"*Fico agradecido*", disse a outra voz. "*Mas é que as coisas se complicaram.*"

"*Eles ficaram sabendo do contrato do prédio*", disse Minna.

"*Não, acho que não.*" A voz estava estranhamente calma, apaziguada. Eu a reconhecia? Talvez não tão bem quanto o ritmo das respostas do Minna — era alguém que ele conhecia bem, mas quem?

"*Entra, vamos conversar*", disse a voz.

"*Sobre o quê?*", disse Minna. "*Sobre o que temos de conversar?*"

"*Escuta o que você tem a dizer, Frank.*"

"*Então vim aqui para escutar a mim mesmo? Isso eu posso fazer em casa.*"

"*Será que pode?*" Eu podia ouvir um sorriso na voz. "*Acho que não com a freqüência ou a atenção que deveria.*"

"*Cadê o Ullman?*, perguntou Minna. "*Ele também está aí?*"

"*O Ullman está no centro. Você vai encontrá-lo.*"

"*Merda.*"

"*Paciência.*"

"*Você diz paciência, eu digo merda.*"

"*Acho que faz parte.*"

"Pois vamos cancelar tudo."

Mais passos abafados, uma porta se fechou. Uma batida, possivelmente uma garrafa e um copo, uma bebida sendo servida. Vinho. Acho que não seria mau beber alguma coisa. Em vez disso mastiguei um sanduíche e olhei fixamente para além do pára-brisa, o cérebro batendo no *típico autístico místico tique de jerico*, e nisso pensei em fazer outra anotação, abri o caderninho e debaixo do MULHER, CABELO, ÓCULOS escrevi ULLMAN CENTRO DA CIDADE e pensei em O Homem Se Mandou da Cidade. Depois de engolir o hambúrguer, minha mandíbula e minha garganta se fecharam e eu me preparei para um inevitável tique coprolálico — bem alto, embora ninguém estivesse ali para ouvir. *"Vá-comer-merda, Bailey!"*

Bailey era um nome incrustado no meu cérebro tourétti-co, mas eu não sabia por quê. Nunca conheci um Bailey. Talvez Bailey fosse todos os homens, como George Bailey em *A felicidade não se compra*. Meu ouvinte imaginário, que tinha de agüentar a maior parte dos meus xingamentos solitários — aparentemente, uma parte de mim necessitava de um alvo. Se um touréttico pragueja no meio de um bosque e não há ninguém para ouvir, será que ele emite sons? Bailey parecia ser minha solução para esse enigma.

"Seu rosto te trai, Frank. Você gostaria de matar alguém."

"Não seria mau começar com você."

"Você não devia me culpar por ter perdido o controle sobre ela, Frank."

"É sua culpa se ela sente falta do Rama-lama-ding-dong. Foi você que encheu a cabeça dela com essa merda."

"Olhe, experimente isto." (Seria um drinque?)

"Não de estômago vazio."

"Ai. Esqueci que você passa mal, Frank."

"Vá se foder."

"Vá-comer-merda, Bailey!" Os tiques sempre pioravam quando eu ficava nervoso, a tensão despertava a minha Tourette. E algo naquele quadro estava me deixando nervoso. Havia cumplicidade demais na conversa que entreouvi, todas as referências eram refinadas e obscuras, como se cada palavra escondesse anos de trabalho.

Onde estaria a garota de cabelo curto e escuro? Na sala, em silêncio, com Minna e seu arrogante interlocutor? Ou num lugar totalmente diferente? Minha inabilidade em visualizar o espaço interno do um-zero-nove era perturbadora. A garota seria o "ela" a respeito de quem eles discutiam? Parecia improvável.

E o que era o tal do *Rama-lama-ding-dong*? Não me dei ao luxo de preocupar-me com aquilo. Segurei uma invasão de tiques e fiz força para não ficar pensando nas coisas que não compreendia.

Lancei um olhar para a porta. Coney provavelmente continuava atrás dela. Eu queria ouvir o "*nem que minha vida dependesse disso*" para subir correndo a escada.

Assustei-me com alguém batendo na janela do motorista. Era o porteiro que tinha ficado observando. Ele fez um gesto para mim, para que eu abrisse a janela. Falei que não com a cabeça, ele fez que sim com a sua. Finalmente obedeci, tirando o fone de uma das orelhas para poder ouvir.

"O quê?", perguntei triplamente distraído — o vidro elétrico seduzira minha mente tagarela, que agora exigia que eu o levantasse e abaixasse sem propósito. Procurei ser sutil.

"Seu amigo está te chamando", disse o porteiro, fazendo gestos na direção do outro prédio.

"O quê?" Aquilo era a maior confusão. Estiquei o pescoço para olhar, mas não havia ninguém visível na entrada do prédio. Enquanto isso, Minna dizia alguma coisa no outro lado da linha. Mas nada de *banheiro* ou de *se dependesse disso*.

"Seu amigo", repetia o porteiro com um forte sotaque do Leste europeu, polonês ou talvez checo. "Ele está te chamando." Sorria, divertindo-se com a minha desorientação. Percebi que minha testa estava muito franzida, um tique, e quase pedi para ele arrancar o sorriso do rosto: o que ele via não tinha nada a ver com ele.

"Que amigo?", perguntei. Minna e Coney estavam lá dentro — eu teria notado se a porta do Zendo tivesse se mexido.

"Ele disse que, se você estiver esperando, ele está pronto", disse o porteiro, inclinando a cabeça, gesticulando novamente. "Ele quer conversar."

Agora Minna estava dizendo alguma coisa sobre "*fazer uma confusão no piso de mármore...*".

"Acho que você está falando com o cara errado", respondi. "*Paspalho!*", estremeci, despedi o porteiro com a mão, tentei me concentrar nas vozes que chegavam pelos fones de ouvido.

"Ei, ei", disse o porteiro, levantando as mãos. "Só estou dando um recado, meu amigo."

De novo abaixei o vidro elétrico e finalmente consegui tirar meu dedo dali. "Sem problema", falei, e encobri um segundo *paspalho* com um ruído alto, semelhante ao latido de um chihuahua, algo parecido com um *iiiiau!* "Não posso sair do carro. Diga ao meu *amigo*, se ele quiser conversar, que saia e venha falar comigo aqui. Tudo bem, *amigo*?" De repente fiquei achando que tinha amigos demais e não sabia o nome de nenhum. Agitei a mão em movimentos impulsivos, conveniente combinação de tique com gesticulação destinada a fazer aquele palhaço voltar para sua portaria.

"Não, não. Ele disse para você entrar."

"... *quebrar um braço...*" achei que tinha ouvido o Minna dizer.

"Então pega o nome dele", eu disse, desesperado. "Volta e me diz o nome dele."

"Ele quer falar com você."

"Tudo bem, *merda-de-porteiro*, diga a ele que já vou." Subi o vidro na cara dele. Ele bateu de novo, e eu o ignorei.

"*... primeiro tenho de usar o banheiro...*"

Abri a porta do carro, afastando o porteiro do caminho, fui até a porta do Zendo e bati, seis vezes, com força. "Coney", assobiei. "Venha aqui fora."

Pelo fone ouvi o Minna fechar a porta do banheiro e a água começar a correr. "*Espero que tenha ouvido isso, Aberração*", sussurrou no seu microfone, dirigindo-se diretamente a mim. "*Estamos entrando num carro. Não nos perca. Fique calmo.*"

Coney apareceu na porta.

"Ele está saindo", eu disse, descendo os fones e deixando-os em torno do pescoço.

"Tudo bem", disse Coney de olhos arregalados. Desta vez estávamos bem no centro dos acontecimentos.

"Você dirige", falei, tocando o nariz dele com a ponta do dedo. Ele o afastou como se fosse uma mosca. Corremos para dentro do carro e Coney acelerou o motor. Joguei o saco com os sanduíches frios e os restos de papel para o banco de trás. O idiota do porteiro tinha desaparecido no prédio. Por um instante, tirei-o da cabeça. Sentamo-nos olhando para a frente, o carro envolto em fumaça, esperando, vibrando. Meu cérebro pensava *Siga aquele carro! Ataque de pigarro! Me dá um cigarro!* Minha mandíbula trabalhava engolindo as palavras, mantendo-as em silêncio. As mãos de Gilbert agarravam o volante, as minhas tamborilavam silenciosamente no meu colo, pequenos movimentos de beija-flor.

Para nós, aquele era o jeito de fingir que estávamos calmos.

"Eu não estou vendo", disse Coney.

"Espere. Ele vai sair, provavelmente com outros caras." *Provavelmente, devoradamente.* Aproximei um dos fones do ouvido direito. Nada de vozes, nada além do barulho de uma coisa batendo, talvez as escadas.

"E se entrarem num carro estacionado atrás de nós?", perguntou Coney.

"Tudo bem, a rua é de mão única", eu disse, incomodado, mas inspecionei os carros estacionados atrás da gente. "Simplesmente deixe passarem."

"Ei", disse Coney.

Eles apareceram, empurrando a porta e se lançando à nossa frente na calçada enquanto eu estava virado para trás: Minna e um outro homem, um gigante de casaco preto. O outro homem parecia ter uns dois metros e trinta e seus ombros eram tão largos que davam a impressão de estar com ombreiras de futebol americano ou asas de anjo escondidas por baixo do casaco. Ou então, vai ver que a garota miúda de cabelo curto estava encolhida ali embaixo, agarrada aos ombros do altão como se fosse uma mochila humana. Será que aquele gigante era o homem que falava de modo tão insinuante? Minna andava apressado na frente do gigante, como se quisesse se desvencilhar da gente em vez de fazer cera para nos manter no jogo. Por quê? Um revólver apontado para as suas costas? As mãos do gigante estavam escondidas nos bolsos. Por algum motivo imaginei-as agarrando pães ou grandes pedaços de salame, lanches escondidos dentro do casaco para alimentar um gigante durante o inverno, comida reconfortante.

Ou talvez aquela fantasia servisse apenas para reconfortar a mim mesmo: um pão não podia ser uma arma, o que dava ao Minna a única arma de fogo daquela situação.

Como uns tontos, vimos como eles passaram entre dois carros estacionados e entraram no banco de trás de um K-car preto que avançou para o meio da rua saindo de detrás do nosso carro e partiu imediatamente. Do jeito que estávamos ansiosos, Coney e eu havíamos cronometrado nossas reações para permitir que eles dessem a partida num carro parado, mas agora eles estavam escapando. "Vamos atrás deles!", falei.

Coney deu uma guinada para tirar o Lincoln da vaga e bateu o pára-choque com força suficiente para amassar. Óbvio que estávamos fechados. Ele deu ré, bateu a traseira de leve, depois achou um ângulo para sair da vaga, mas não antes de um táxi nos ultrapassar como um foguete, bloqueando o caminho. O carro deles se enfiou pela esquina e foi na direção da Segunda Avenida. "Vamos!"

"Olhe", disse Coney, apontando o táxi. "Estou indo. Mantenha os olhos pra cima."

"Olhos pra cima?", perguntei. "Olhos para a frente. *Queixo* para cima." Corrigi-lo era uma reação involuntária à tensão.

"Tá bom."

"Olhos abertos, atentos ao caminho, ouvidos grudados na escuta..." De repente eu precisava enumerar todas as possibilidades, de tanto que os *olhos pra cima* tinham me irritado.

"Isso mesmo e boca fechada", disse Coney. Estávamos colados na traseira do táxi, o que era melhor que nada, uma vez que ele se movia rapidamente. "Já que você está aí, que tal ligar os ouvidos no Frank?"

Ergui os fones. Nada além dos ruídos do tráfego substituindo aqueles que eu apagara da memória. Coney seguiu o táxi na direção da Segunda Avenida, onde o K educadamente aguardava que o sinal abrisse em meio a uma floresta de táxis e outros carros. Estávamos de volta no jogo, uma idéia ao mesmo tempo estimulante e patética, já que os havíamos perdido de vista por um quarteirão.

Entramos à esquerda para passar à frente do primeiro táxi

e nos posicionar atrás de um outro que estava na mesma faixa do carro que levava Minna e o gigante. Vi os semáforos sincronizados ficarem vermelhos uns oitocentos metros adiante. Ali estava, pensei, um trabalho para alguém com sintomas obsessivo-compulsivos — engenharia de tráfego. Aí nosso semáforo ficou verde e arrancamos todos juntos, um edredom flutuante formado por táxis amarelos e carros pretos e pardos passando pelo cruzamento.

"Aproxime-se", ordenei, tirando de novo os fones das orelhas. Foi aí que um tique medonho irrompeu violentamente do meu peito: "*Vai-à-merda, senhor paspalho!*".

Aquele chamou até mesmo a atenção do Gilbert. "Senhor paspalho?" À medida que os faróis iam ficando verdes para nós, os táxis corajosamente aceleravam e desaceleravam procurando ultrapassar, mas o fato é que os semáforos estavam programados para um tráfego de quarenta quilômetros por hora, e não havia como passar à frente. Eu ainda não vira o motorista do K-car, que estava tão impaciente quanto os taxistas, procurando se colocar à frente do grupo, mas os faróis sincronizados nos mantinham todos na mesma, pelo menos até alguém dobrar uma esquina. Continuamos um carro atrás deles. O Coney estava conseguindo lidar com a perseguição, pelo menos até aquele momento.

Quanto a mim, já era outra história.

"Misterioso e sinistro", falei, buscando palavras que amenizassem a compulsão. Era como se o meu cérebro estivesse inspirado, tentando produzir um tique novo e realmente original. A musa da síndrome de Tourette estava comigo. Péssima hora. A tensão geralmente agravava os tiques, mas quando eu estava ocupado com alguma tarefa a concentração me mantinha livre deles. Agora eu me dava conta de que deveria ter assumido o volante. A perseguição só gerava estresse, que eu não tinha por onde extravasar.

"Semana do turista perturbado. Seturbado."

"É isso, estou ficando um pouco *seturbado*", disse Coney distraído enquanto manobrava para ocupar um lugar na faixa da direita.

"Fetur...", falei atabalhoadamente.

"Vê se me poupa", resmungou Coney enquanto finalmente nos posicionava logo atrás do K-car. Inclinei-me para ver tudo o que pudesse, lá dentro. Três cabeças. Minna e o gigante no banco de trás, e um motorista. Minna olhava para a frente, o gigante também. Pus os fones para conferir mas, como imaginava, não havia conversa nenhuma. Alguém sabia o que eles estavam fazendo e aonde estavam indo, mas esse alguém não era nem de longe um de nós.

Na rua 59 chegamos ao final do ciclo dos faróis verdes e também à confusão habitual da entrada da ponte de Queensborough. O comboio diminuiu a velocidade, resignando-se a esperar mais um sinal vermelho. Coney recuou, para não ficarmos tão à vista enquanto esperávamos o farol bem atrás deles, e um outro táxi se enfiou na nossa frente. Aí o K-car furou o farol recém-fechado, escapando por pouco do fluxo de carros que avançava pela rua 58.

"Merda!"

"Merda!"

Tanto Coney como eu quase morremos de susto. Mesmo que quiséssemos avançar, estávamos bloqueados entre dois carros, impedidos de seguir e enfrentar o fluxo do tráfego. Era como uma camisa-de-força. Nosso destino parecia atropelar-nos novamente, os fracassados do Minna falhavam mais uma vez. Uns fodidos fodendo tudo porque é isso que os fodidos fazem. Mas o K-car chegou a uma outra massa de veículos parados diante do farol vermelho seguinte. Podíamos vê-lo um quarteirão à frente. O tráfego estava quebrado em dois pedaços. Por um minuto tivemos sorte, mas só por um minuto.

Eu observava, em frenesi. O vermelho deles, o nosso vermelho, meus olhos avançavam e recuavam. Ouvi a respiração do Coney e a minha, cavalos na iminência da largada — nossos corpos cheios de adrenalina imaginavam poder recuperar a diferença de um quarteirão. Se não prestássemos atenção, quando o farol abrisse a gente ia enfiar a testa no pára-brisa.

Nosso sinal abriu, mas o deles também, e, para nosso desespero, a outra massa de veículos avançava rapidamente enquanto a nossa se arrastava. Aquela massa era nossa esperança — eles estavam bem no final dela e, se ela continuasse suficientemente densa, eles não se distanciariam muito de nós. Estávamos bem na frente do nosso grupo. Esmurrei a tampa do porta-luvas seis vezes. Coney acelerou impulsivamente e bateu no táxi na nossa frente, mas de leve. Saímos pela lateral, e vi um arranhão prateado na pintura amarela do pára-choque do táxi. "Foda-se, não pare", eu disse. De todo jeito, o taxista parecia pensar o mesmo. Todos nós atravessamos a rua 59 guinchando, um louco rodeio de táxis e carros correndo para desafiar a lei imutável dos faróis sincronizados. Nosso grupo se afunilou e alcançou a extremidade traseira do grupo deles, ambos se misturando como espaçonaves num velho jogo de videogame. O K-car costurava agressivamente pelas faixas. Nós costurávamos atrás, agora sem o menor esforço no sentido de disfarçar a perseguição. Os quarteirões passavam voando.

"Desvia!", gritei. "Vai!" Agarrei-me na maçaneta da porta enquanto Coney, totalmente dentro do espírito do lance, desafiava as probabilidades topológicas ao atravessar três faixas lotadas de veículos cantando os pneus e fazendo o carro encolher. Agora meus tiques estavam apaziguados — tensão era uma coisa, medo animal era outra. Era que nem quando um avião aterrissa sacudindo muito e todos a bordo dirigem cada minúscula parcela de sua vontade para estabilizar a aeronave, a tarefa de imaginar que eu controlava coisas que não controlava (no caso, o volante, o tráfego, Coney, a gravidade, a fricção etc.), de imaginar tudo aquilo com cada fibra do meu ser, aquela tarefa me mantinha suficientemente ocupado naquele momento. Minha Tourette estava completamente indefesa.

"Trinta e seis", disse Coney, enquanto o carro chacoalhava pela lateral.

"O que significa isso?"

"Não sei. Alguma coisa."

"Midtown Tunnel. Queens."

Havia algo reconfortante naquilo. O gigante e seu motorista iam mais ou menos na direção do nosso território. Para fora de Manhattan. Não exatamente para o Brooklyn, mas servia. Aos solavancos, avançamos pelo trânsito que se avolumava nas duas faixas do túnel, o K-car preso entre dois carros na nossa frente, suas janelas negras e lustrosas com reflexos das linhas de iluminação que rendilhavam a artéria de ladrilhos manchados. Relaxei um pouco, parei de segurar a respiração e guinchei um *vai-à-merda* entre os dentes, fazendo careta de Coringa por puro prazer.

"Pedágio", disse Coney.

"O quê?"

"Tem um pedágio. Do lado do Queens."

Comecei a revirar os bolsos. "Quanto é?"

"Acho que três e cinqüenta."

Por milagre eu tinha conseguido reunir três notas, uma moeda de vinte e cinco, outra de dez e três de cinco quando o túnel terminou e as duas faixas se abriram nas seis ou sete que davam para as cabines de pedágio. Enrolei o dinheiro e entreguei para o Coney. "Vê se não pára atrás deles", eu disse. "Pega a pista expressa e se enfia na frente de alguém."

"Certo." De olhos semicerrados, Coney olhou pelo pára-brisa tentando cavar um espaço. Enquanto ele se movia com hesitação para a direita, o K-car de repente cortou o fluxo, indo para a extrema esquerda.

Olhamos fixamente por um momento.

"O que é isso?", perguntou Coney.

"Passe livre", falei. "Eles têm passe livre."

O K-car deslizou na direção da faixa vazia e passou direto pela cabine. Enquanto isso estávamos em terceiro lugar na fila do troco exato.

"Atrás deles", eu disse.

"Estou tentando", respondeu Coney, claramente perturbado com a reviravolta dos acontecimentos.

"Para a esquerda!", exclamei. "Passa reto!"

"Mas nós não temos passe livre." Coney abriu um sorriso exasperado, mostrando seu talento especial para a rápida regressão ao estágio infantil.

"Dane-se!"

"Mas nós..."

Tentei pegar o volante das mãos do Coney para irmos para a esquerda, mas já era tarde. Nossa dianteira estava livre, e Coney avançou o carro e abaixou o vidro. Soltei o dinheiro na palma da mão dele e ele pagou o pedágio.

Saindo do túnel à direita, de repente estávamos no Queens, diante de um emaranhado de ruas que pareciam todas iguais: Vernon Boulevard, Jackson Avenue, avenida 52. *Et cetera*.

O K-car sumira.

"Encosta", eu disse.

Mortificado, Coney estacionou o carro na Jackson Avenue. Estava completamente escuro, embora fossem só sete horas. As luzes do Empire State e do prédio da Chrysler se agigantavam do outro lado do rio. Os carros saíam do túnel e passavam por nós decididos, zumbindo na direção da via expressa para Long Island, como se estivessem zombando da gente. Com o Minna perdido, éramos ninguém e estávamos em lugar nenhum.

"*Vai-à-merda-passe-livre!*", falei.

"Acho que eles nos despistaram", disse o Coney.

"Acho que sim."

"Não, escute", ele falou baixinho. "Talvez tenham dado meia-volta, talvez tenham voltado para Manhattan. Talvez a gente ainda possa alcançá-los..."

"Psssiu." Eu escutava os fones de ouvido. "Se Frank perceber que não estamos mais atrás dele, talvez diga alguma coisa."

Mas não havia nada para ouvir. Os sons de dirigir o carro. Minna e o gigante deviam estar em completo silêncio. Eu não conseguia acreditar que o homem do Zendo fosse o gigante — aquela voz tagarela e pretensiosa não parecia capaz de ficar quieta por tanto tempo. Era surpreendente o Minna não estar tagarelando, fazendo graça de alguma coisa, indicando lugares conhecidos. Será que estava assustado? Com medo de mostrar que tinha um microfone? Sabia que ainda o seguíamos? Afinal, por que ele queria que a gente ficasse perto dele?

Eu não sabia de nada.

Soltei seis sons suínos.

Esperamos sentados.

Mais.

"*Imagino que isso seja costume entre os grandes idiotas poloneses*", disse Minna. "*Estar sempre perto de um pierogi.*"

E logo em seguida: "*Urrhhf*". Como se o gigante o tivesse atingido no estômago.

"Cadê o polonês?", perguntei para o Coney, tirando um dos fones.

"Quê?"

"Onde fica o bairro polonês? *Vá-à-merda, idiota pierogi!*"

"Não sei. Para mim é tudo polonês."

"Sunnyside? Woodside? Vamos, Gilbert, me ajuda. Ele está em algum lugar polonês."

"Que lugar o papa visitaria?", refletia Coney. Parecia o começo de uma piada, mas eu conhecia o Coney. Ele era incapaz de se lembrar de piadas. "É polonês, não é? O que que é esse, ahn, Greenpoint?"

"Greenpoint fica no Brooklyn, Gilbert", eu disse, antes de pensar. "Estamos no Queens." Aí nós dois viramos a cabeça como ratinhos de desenho animado que acabaram de ver um gato. Era a ponte Pulaski. Estávamos a poucos metros do riacho que separa o Queens do Brooklyn, mais especificamente em Greenpoint.

De todo jeito, era alguma coisa para se fazer. "Vai", eu disse.

"Fica ouvindo", disse o Coney. "A gente não pode ficar simplesmente dando voltas de carro em Greenpoint."

Atravessamos a pequena ponte que levava ao Brooklyn.

"Para onde, Lionel?", disse Coney, como se achasse que o Minna estava me passando um fluxo constante de instruções. Dei de ombros, com as palmas das mãos voltadas para o teto do Lincoln. O gesto se transformou instantaneamente num tique, e eu o repeti: ombros encolhidos, mãos espalmadas, careta. Coney não me deu atenção. Varria as ruas em busca de algum sinal do K-car, dirigindo o mais devagar que podia pela margem do Pulaski, no lado do Brooklyn.

De repente ouvi alguma coisa. Portas de carro se abrindo e se fechando, arrastar de pés. Minna e o gigante tinham chegado ao seu destino. Congelei o tique no meio, concentrando-me.

"*Harry Brainum Jr.*", falou Minna no seu tom mais sarcástico. "*Imagino que seja uma parada para algum conserto bem rápido, não é?*"

Nada do gigante. Mais passos.

Quem era Harry Brainum Jr.?

Nesse ínterim saímos da ponte iluminada e por alguns momentos nos entusiasmamos com a idéia de estar diante de um lugar conhecido. Mas descemos para o McGuinness Boulevard, onde os escuros galpões industriais eram desinteressantes e desanimadores. O Brooklyn é grande, e aquele não era o nosso pedaço.

"*Você sabe: se não pode com eles... É Brainum, certo?*" Minna continuou com sua voz ferina. Ouvi no fundo a buzina de um carro — eles ainda não tinham entrado. Estavam na rua, em algum lugar torturantemente próximo.

Aí escutei um baque, e outra expiração. Minna levara um segundo soco.

Minna, de novo: "*Ei, ei...*". Algum tipo de luta que eu não conseguia entender.

"*Merda...*", disse Minna. Aí ouvi um novo golpe e um suspiro longo e triste de quem estava perdendo o fôlego.

O assustador a respeito do gigante era que ele não falava, nem respirava forte o suficiente para que eu pudesse ouvi-lo.

"Harry Brainum Jr.", falei para o Coney. Em seguida, com medo de que parecesse um tique, acrescentei: "Esse nome te diz alguma coisa, Gilbert?".

"O quê?", respondeu ele devagar.

"Harry Brainum Jr.", repeti, furioso de impaciência. Havia horas em que eu me sentia como um raio de eletricidade estática convivendo com criaturas que se moviam num mar de melaço.

"Claro", ele disse, sacudindo o polegar na direção da sua janela. "Acabamos de passar por lá."

"O quê? Passar pelo quê?"

"Uma empresa de ferramentas ou algo assim. Placa grande."

Perdi o fôlego. Minna estava falando com a gente, enviando pistas. "Dê meia-volta."

"Como? Voltar para o Queens?"

"Não, para o Brainum, onde quer que seja isso", eu disse com vontade de estrangulá-lo. Ou pelo menos de encontrar um controle que o deixasse um pouquinho mais rápido. "Eles estão fora do carro. Faça o retorno."

"Fica só a um ou dois quarteirões daqui."

"Então vamos. *Rápido, Junior!*"

Coney fez a volta e logo encontramos: HARRY BRAINUM JR. INC. LÂMINAS DE AÇO. Estava escrito em letras gigantescas sobre a parede de tijolos de uma fábrica de dois andares que ocupava todo o quarteirão do Boulevard McGuinness, bem na saída da ponte.

A visão da palavra BRAINUM na parede pôs em marcha todo um desfile de associações palhaças. Lembrei-me de, quando criança, não ter entendido direito o nome do *Ringling Bros. Barnum & Bailey Circus.* Barnamum Bailey. Soava como Ósmium, Mercurium, Cádmium, Cadê-a-mãe: toda a tabela periódica, os metais pesados. Barnamum Bailey também podia ser o irmão mais velho do George e do Vai-à-Merda Bailey. Ou será que eram todos a mesma pessoa? Não, agora não, implorei para o meu "eu" touréttico. Pense nisso depois.

"Dá uma volta no quarteirão", falei para o Coney. "Ele está por aqui."

"Pára de gritar", ele disse. "Estou te ouvindo."

"Pára de gritar para eu poder ouvir", eu disse.

"Foi isso que eu falei."

"O quê?" Tirei um dos fones.

"Foi isso que eu falei. Cala a boca."

"Tudo bem! Cala a boca e dirige! Vai-à-merda!"

"Maldita Aberração."

O quarteirão atrás do BRAINUM estava escuro e aparentemente vazio. O K-car não se incluía entre os poucos carros estacionados ali. O galpão de tijolos e sem janelas era rodeado de escadas de incêndio, gaiolas de ferro batido que se estendiam por todo o segundo andar e terminavam numa escada toda amassada e aparentemente insegura. Na rua lateral uma caçamba pequena e grafitada estava semi-escondida na sombra de uma entrada com duas portas. As duas tinham grandes dobradiças externas, que lembravam câmaras frigoríficas. Uma das tampas da caçamba estava fechada, a outra aberta de modo a permitir que duas lâmpadas fluorescentes sobressaíssem. O lixo amontoado em volta das rodas me fez pensar que a caçamba não era movida dali fazia algum tempo, por isso não me preocupei com as portas que ficavam atrás dela. A outra entrada tinha uma porta de enrolar e uma plataforma para carga e descarga do tamanho de um caminhão que davam para a avenida bem iluminada. Imaginei que teria ouvido o barulho da porta se ela tivesse sido levantada.

As quatro chaminés da Estação de Tratamento de Esgoto de Newtown Creek se elevavam no final da rua, mal iluminadas como torres antigas de um filme de gladiadores. Um porco inflável voando sobre aquela paisagem e seria que nem a capa do disco *Animals*, do Pink Floyd. Sob a sombra das torres, demos uma volta de carro no quarteirão, sem avistar nada.

"Droga", falei.

"Você não está ouvindo?"

"Só o barulho da rua. Dá uma buzinada."

"Por quê?"

"Buzina."

Eu me concentrei nos fones de ouvido. Coney tocou a buzina do Lincoln. De fato, eu podia ouvi-la através do fone.

"Pára o carro." Eu estava em pânico. Desci na calçada, bati a porta. "Dá a volta devagar", eu disse. "Fica de olho em mim."

"Qual é o lance, Lionel?"

"Ele está aqui."

Andei pela calçada, tentando sentir a pulsação do prédio enegrecido, avaliar aquele quarteirão desolado. Era um lugar feito com restos de decepção, abandono e pesar. Eu não queria estar ali, não queria que o Minna estivesse ali. Coney ficou me acompanhando de dentro do Lincoln, olhando estupidamente pela janela do motorista. Fiquei escutando os fones até ouvir os meus próprios passos. Quase tão ruidoso era o próprio batimento do meu coração, que criava uma polirritmia. Foi aí que eu o encontrei. O microfone do Minna fora arrancado da sua camisa e estava todo emaranhado na calçada da rua transversal, na extremidade oposta do quarteirão em relação à caçamba. Eu o enfiei no bolso da minha calça e tirei os fones de ouvido do meu pescoço. Percebendo a imundície da rua à minha volta, andei rapidamente em direção à caçamba, mas tive de parar para imitar o meu próprio gesto de recuperação do microfone: apressadamente me ajoelhei na beira da calçada, fiz o gesto de pegar alguma coisa e enfiá-la no bolso, tirei fones de ouvido fantasmas, simulei uma expressão de pânico diante da descoberta e voltei a andar rapidamente em direção à caçamba. Estava frio, agora. O vento esmurrava o meu rosto, e meu nariz reagia gotejando. Eu o limpei na manga da camisa enquanto me aproximava da caçamba.

"Seus idiotas", resmungou Minna lá de dentro.

Toquei a borda da caçamba e minha mão ficou úmida de

sangue. Abri a segunda tampa, equilibrei-a contra o vão da porta. Minna estava deitado em posição fetal dentro do lixo, seus braços cruzados em volta do estômago, as mangas cobertas de vermelho.

"Jesus, Frank."

"Quer me tirar daqui?" Ele tossiu, balbuciou, virou os olhos para mim. "Me dá uma mão? Tudo bem, eu espero a inspiração baixar. Talvez você precise antes arrumar os pincéis e as telas. Sabe que eu nunca posei para uma pintura a óleo."

"Desculpa, Frank." Eu lhe estendi a mão justo no momento em que o Coney apareceu detrás de mim e olhou lá dentro.

"Que merda", ele disse.

"Ajude-me", eu disse ao Coney. Juntos puxamos o Minna do fundo da caçamba. Minna continuou encurvado sobre a cintura machucada. Passamos ele por cima da borda e o carregamos até a calçada vazia e escura, embalando-o absurdamente, nossos joelhos apoiando-se uns nos outros, nossos ombros caídos para a frente como se ele fosse um menino Jesus gigante coberto por um impermeável ensangüentado e cada um de nós fosse um dos braços ternos da Madonna. Minna gemia e ria, apertava os olhos, enquanto nós o colocávamos no banco traseiro do Lincoln. Seu sangue fez meus dedos grudarem na maçaneta da porta.

"O hospital mais próximo", sussurrei enquanto sentávamos no banco da frente.

"Não conheço nada aqui", disse Coney, também sussurrando.

"O Brooklyn Hospital", falou o Minna do banco de trás, num tom surpreendentemente alto. "Pegue a BQE e vá direto pela McGuinness. O Brooklyn Hospital fica na DeKalb. Seus retardados."

Prendemos a respiração e miramos à frente até o Coney nos colocar na direção certa, só então eu me virei e olhei para trás.

Minna tinha os olhos entreabertos, e seu queixo barbado estava enrugado como se ele estivesse muito pensativo, amuado ou tentando não chorar. Ele me viu e piscou. Eu lati duas vezes — "yipke, yipke" — e involuntariamente pisquei de volta.

"Que merda foi essa, Frank?", disse Coney sem despregar os olhos do caminho. Passamos chacoalhando pela via expressa que liga o Brooklyn ao Queens, o asfalto mais podre de Nova York. Assim como a linha G do metrô, a BQE sofria de baixa auto-estima, já que nunca adentrava a cidadela de Manhattan, nunca experimentava a glória. E fica dia e noite congestionada com caminhões de quarenta ou cinqüenta rodas.

"Estou deixando minha carteira e meu relógio aqui atrás", disse Minna, ignorando a pergunta. "E o meu bipe. Não quero que sejam roubados no hospital. Lembrem que estão aqui atrás."

"Sim, mas que merda foi essa, Frank?"

"Ia deixar meu revólver com vocês, mas ele sumiu", disse o Minna. Eu o vi tirando o relógio, a prata lambuzada de sangue.

"Pegaram o seu revólver? Frank, o que aconteceu?"

"Faca", disse o Minna. "Nada de mais."

"Você vai ficar bem?" Era ao mesmo tempo uma pergunta e um desejo do Coney.

"Claro. Ótimo."

"Quem?", perguntei. "Quem fez isso?"

O Minna sorriu. "Sabe o que eu quero, Aberração? Que você conte uma piada. Você deve ter alguma debaixo da manga."

Minna e eu mantínhamos um concurso de piadas desde que eu tinha treze anos, inicialmente porque ele gostava de me ver tentar chegar ao final sem soltar nenhum tique. Eu raramente conseguia.

"Deixa eu pensar", falei.

"Vai doer se ele rir", disse o Coney para mim. "Conta uma que ele já conhece. Ou uma que não tenha graça."

"Desde quando eu dou risada?", disse o Minna. "Deixa ele contar. Não vai ser mais dolorido do que o jeito como você dirige."

"Tudo bem", eu disse. "Um sujeito entra num bar." Eu olhava a poça de sangue no banco traseiro, tentando evitar que o Minna acompanhasse meu olhar.

"Isso mesmo", disse o Minna com voz desagradável. "As melhores piadas começam sempre do mesmo jeito, não é, Gilbert? O sujeito, o bar."

"Acho que sim", disse o Coney.

"Já achei engraçado", disse o Minna. "Começou bem."

"Bom, um sujeito entra num bar", eu disse novamente. "Com um polvo. Ele diz para o barman: 'Aposto cem dólares como este polvo consegue tocar qualquer instrumento deste lugar'."

"O sujeito tem um polvo. O que você acha disso, Gilbert?"

"Ahn."

"Daí o barman aponta para um piano e diz: 'Nesse caso, vamos ver'. O cara põe o polvo no banquinho do piano — *Pianolvo! Pianolpo Bailey!* —, o polvo levanta a tampa, toca algumas notas e depois executa um pequeno *étude*."

"Está ficando chique", disse o Minna. "Se exibindo um pouco, hein?"

Não lhe pedi para ser mais específico, mas, se tivesse pedido, ele certamente diria que se referia tanto ao polvo como a mim, por causa do *étude*.

"Daí o cara diz 'Agora paga', e o barman diz 'Espera um minuto' e pega um violão. O cara dá o violão para o polvo, o polvo afina o mi, fecha os olhos e toca um doce fandango." Com a pressão aumentando, toquei seis vezes o ombro do Coney. Ele me ignorou, concentrado na direção, desviando-se dos caminhões. "O sujeito diz 'Agora paga', o barman diz 'Espera aí, acho que tenho uma outra coisa aqui' e traz uma clarineta do quartinho do fundo. O polvo examina o instrumento algumas vezes e ajeita a palheta."

"Ele está fazendo essa história render", disse Minna, novamente referindo-se a nós dois.

"Bem, o polvo não é exatamente bom, mas consegue arrancar alguns compassos da clarineta. Não vai ganhar nenhum prêmio, mas consegue tocar o negócio. *Suco de clarineta! Vai-à-merda*! O sujeito diz 'Agora paga', o barman diz 'Espera só um minuto' e vai até o fundo, dá uma vasculhada e finalmente volta com uma gaita-de-foles. Põe a gaita no balcão do bar. O sujeito pega o polvo e o coloca perto da gaita-de-foles. *Polvo-de-foles!*" Fiz uma pausa para me recompor, não queria que um tique arruinasse o final da piada. E aí recomecei, com medo de perder o fio da meada, com medo de perder o Minna. Seus olhos não paravam de fechar e abrir, mas eu queria que ficassem abertos. "O polvo examina a gaita-de-foles, se estica, levanta um dos tubos e o deixa cair. Levanta outro e deixa cair. Recua um pouco e olha desconfiado para a gaita-de-foles. O sujeito fica nervoso, chega mais perto e diz para o polvo — *Polvoroso!* — e diz *fole-se*, e diz *que-se-fole* — e pergunta 'Qual é o problema? Você não sabe tocar?'. E o polvo diz 'Tocar? Se eu descobrir como se tira o pijama dela eu vou é foder com ela!'"

Os olhos do Minna tinham ficado fechados no final da piada e continuaram assim. "Já terminou?"

Não falei nada. Pegamos a rampa de saída do BQE em direção à DeKalb Avenue.

"Cadê o hospital?", perguntou o Minna, olhos ainda fechados.

"Estamos quase chegando", disse o Coney.

"Preciso de ajuda", disse o Minna. "Estou morrendo."

"Você não está morrendo", eu disse.

"Antes de chegarmos ao pronto-socorro, você não quer dizer quem fez isso com você, Frank?", disse o Coney.

Minna não respondeu nada.

"Cortaram suas tripas e jogaram você no lixo, Frank. Quer nos dizer quem foi?"

"Pega a entrada das ambulâncias", disse o Minna. "Preciso de ajuda. Não quero ficar esperando no maldito ambulatório. Preciso de atendimento urgente."

"Não podemos subir pela entrada das ambulâncias, Frank."

"O quê? Você acha que precisa de salvo-conduto, seu pedaço de carne bolorento? Faz o que eu mandei."

Cerrei os dentes enquanto meu cérebro pensava *O sujeito entra pelo acesso das ambulâncias esfaqueia você na merda das tripas de emergência diz que eu preciso de uma facada imediata no lixo da merda do ambulatório diz só um minutinho olha para trás diz eu acho que eu levei uma facada na merda do imediato ambulatório ambubolo ambucarne polvobolo.*

"*Polvobolo!*", gritei com lágrimas nos olhos.

"É", disse o Minna, agora rindo e logo gemendo: "Um bando inteiro deles".

"Alguém precisa tirar vocês dois dessa situação lamentável", resmungou o Coney enquanto entrávamos pelo acesso das ambulâncias na parte de trás do Brooklyn Hospital, desrespeitando as placas de ENTRADA PROIBIDA, as rodas guinchando ao fazer uma curva brusca para pegar uma vaga ao lado de uma porta giratória na qual estava escrito em letras amarelas: EXCLUSIVO PARA EMERGÊNCIAS. Coney parou. Um rastafári com roupa de segurança particular imediatamente se aproximou e bateu na janela do Coney. Ele tinha chumaços de *dreadlocks* saindo do chapéu, olhos injetados, um cassetete no lugar do revólver e um pedaço de pano bordado no peito com seu nome, Albert. Como o uniforme de um zelador ou de um mecânico. A jaqueta era grande demais para seu porte de cabo de vassoura.

Coney abriu a porta em vez de baixar o vidro.

"Tira esse carro daqui!", disse Albert.

"Olhe ali atrás", disse Coney.

"Não importa. Aqui é só para ambulâncias. Volte para o carro."

"Mas hoje nós somos uma ambulância, Albert", eu disse. "Pega uma maca para o nosso amigo."

Minna estava com uma aparência horrível. Drenado, literalmente, e quando nós o retiramos do carro pudemos ver do quê. O cheiro do sangue parecia o de uma tempestade se aproximando, cheiro de ozônio. Logo que entramos, dois estudantes com roupas verdes e luvas de borracha, vestidos como médicos, tomaram-no de nós e o colocaram sobre uma maca. A camisa do Minna estava em frangalhos; a cintura dele era um charco de si, dele. Coney saiu para manobrar o carro e calar o segurança, desarmando-o, enquanto lá dentro eu acompanhava a maca do Minna apesar dos débeis protestos dos estudantes. Segui mantendo os olhos fixos no rosto dele, às vezes dando tapinhas no seu ombro como se estivéssemos conversando no escritório da agência, ou simplesmente passeando pela Court Street com dois pedaços de pizza. Assim que estacionaram o Minna numa área semiprivativa do pronto-socorro, os estudantes me deixaram em paz e se concentraram em encontrar uma veia por onde introduzir sangue em seu corpo.

Seus olhos se abriram. "Cadê o Coney?", perguntou. A voz dele era como um balão murcho. Irreconhecível para quem não o tivesse visto cheio de ar.

"Talvez não deixem ele entrar", eu disse. "Eu mesmo não devia estar aqui."

"Aaah."

"O Coney — *Vai-à-merda, yipke!* — o Coney tinha um pouco de razão", eu disse. "Quem sabe você nos diz quem foi, enquanto você está, bem... enquanto você está esperando por aqui."

Os estudantes trabalhavam na região da cintura, desgrudando o tecido com longas tesouras. Virei o rosto.

Minna sorriu de novo. "Tenho uma para você", ele disse. Inclinei-me para ouvi-lo. "Pensei nela lá no carro. O polvo e o repolvo estão sentados num banco, numa cerca. O polvo cai, quem fica?"

"O repolvo", falei baixinho. "Frank, quem foi?"

"Lembra da piada de judeu que você me contou? Da senhora judia que vai ao Tibete encontrar o Dalai Lama?"

"Claro."

"Essa é boa. Qual é mesmo o nome do lama? No final, na frase final."

"Irving?"

"Isso mesmo, Irving." Agora eu mal podia ouvi-lo. "Era esse." Seus olhos se fecharam.

"Você quer dizer que alguém chamado — *Paspalho!* — Irving fez isso com você? Esse é o nome do grandão que estava no carro? Irving?"

Minna sussurrou alguma coisa que para mim soou como "lembra". As outras pessoas na sala faziam barulho, gritando instruções umas para as outras no seu presunçoso dialeto técnico.

"Lembra o quê?"

Nenhuma resposta.

"O nome Irving? Ou outra coisa?"

Minna não tinha me ouvido. Uma enfermeira abriu sua boca e ele não protestou, não fez nenhum movimento.

"Com licença."

Era um médico. Baixo, pele verdolenga, barba por fazer, imaginei que indiano ou paquistanês. Ele olhou nos meus olhos. "Agora você tem de sair."

"Não posso", eu disse. Eu me estiquei e dei um tapinha no ombro dele.

Ele não se mexeu. "Qual é o seu nome?", perguntou gentilmente. Agora eu via em sua expressão cansada milhares de noites como aquela.

"Lionel." Engoli o impulso de gritar meu sobrenome.

"Tourette?"

"*É-ssrog.*"

"Lionel, vamos fazer uma cirurgia de emergência. Você tem de esperar lá fora." Ele rapidamente inclinou a cabeça indicando o caminho. "Vão precisar de você para cuidar da papelada do seu amigo."

Fiquei estupefato, olhado para o Minna, querendo contar outra piada ou ouvir uma das dele. *O sujeito entra no...*

Uma enfermeira enfiava um tubo plástico articulado, tipo um alimentador Pez gigante, dentro da boca do Minna.

Saí por onde havia entrado e encontrei a enfermeira da triagem. Pensando em *arbitragem, sabotagem*, disse a ela que estava com o Minna, e ela respondeu que já tinha conversado com o Coney. Chamaria quando precisasse, e até esse momento deveríamos permanecer sentados.

Coney sentou-se com as pernas e os braços cruzados, o queixo levantado numa expressão de raiva, o casaco de veludo ainda abotoado. Ele ocupava metade de um sofá de dois lugares conjugado com uma estreita prateleira coberta de revistas encardidas. Ocupei a outra metade. A sala de espera estava atravancada com uma espécie de amostra igualitária que só a miséria genuína pode oferecer: adolescentes hispânicas, negras, russas e de origens indeterminadas com olhos roxos e crianças que você rezava para serem irmãs delas; veteranos de guerra drogados suplicando analgésicos que não lhes dariam; uma dona-de-casa cansada consolando o irmão que reclamava sem parar da digestão bloqueada, das entranhas que não se moviam havia semanas; uma amante aterrorizada a quem negavam assistência, como tinham feito comigo, lançando olhares furiosos para a enfermeira impassível e para as portas mudas atrás dela; outros apenas ficavam de guarda, desafiadores, provocando para matarem a charada das suas angústias, para adivinhar em nome de quem, se deles mesmos ou de outros, eles estavam ali compartilhando com você aquela parte miserável de suas vidas, que em outras circunstâncias eram ótimas, puras e invulneráveis.

Fiquei sentado em silêncio talvez por um minuto e meio, imagens atormentadas da perseguição, do prédio da Brainum e dos ferimentos do Minna piscando no meu crânio, os tiques revolvendo minha garganta.

"*Um-sujeito-entra*", gritei.

Algumas pessoas olharam, confusas com minha ventriloquia. A enfermeira teria falado alguma coisa? Seria um sobrenome? Talvez o nome deles mal pronunciado?

"Não comece", disse Coney a meia-voz.

"*Sujeito-entra, entra-no, sujeito-entra-no*", respondi sem conseguir me conter.

"O quê? Agora vai contar uma piada?"

Dominando minhas compulsões, consegui transformar as palavras num grunhido acompanhado de um "*sujeira-entranha*" — mas o esforço resultou num tique colateral: rápidos piscares de olhos.

"Você devia esperar lá fora, quem sabe fumar um cigarro?" Obviamente o pobre do burro do Coney estava tão nervoso quanto eu.

"Entra entra!"

Alguns olharam fixamente, outros desviaram o olhar entediados. Eu tinha sido identificado como algum tipo de paciente: possessão espiritual ou animal, ataque epiléptico, algo assim.

Provavelmente me dariam um remédio e me mandariam para casa. Eu não estava doente nem machucado o suficiente para despertar interesse. Eu era uma distração e podia até ser repreendido, para que se sentissem melhor diante de suas próprias perturbações. E assim a minha esquisitice foi rápida e tranqüilamente incorporada àquela atmosfera.

Havia uma exceção: o Albert, que alimentava um ressentimento conosco desde nossa incursão pela entrada das ambulâncias, agora estava do lado de dentro, fugindo do frio e quem sabe também nos vigiando com seus olhos vermelhos e injetados. Ao contrário das outras pessoas na sala de espera, ele já me conhecia e sabia que eu não era um paciente. Ele deixou o lugar perto da entrada, onde por algum tempo ficara assoprando as mãos e fazendo beicinho, e apontou para mim. "Ei, você", ele disse. "Não pode ficar fazendo isso aqui."

"Isso o quê?", perguntei, girando meu pescoço e grasnando "*Olha-o-sujeito!*" com uma voz estridente, como a de um comediante que não consegue chamar a atenção do seu público.

"Não pode ficar fazendo essa *merda*", ele disse. "Vai fazer em qualquer outro *lugar*." Ele sorria com o próprio floreio verbal, claramente satisfeito de contrastá-lo com o meu descontrole.

"Cuide da sua vida", disse Coney.

"*Pedaço! De! Barbante!*", eu disse, lembrando-me de outra piada que não tinha contado para o Minna e que também se passava num bar. Meu coração se partiu. Eu queria irromper lá dentro e recitá-la para os médicos, para o seu rosto pálido e intubado. "*Barbante! Entra! Dentro!*"

"Qual é o seu problema?"

"*NÃOSERVIMOSBARBANTES!*"

Agora eu tinha um problema. Meu cérebro tourético se atracara à piada do barbante como um terrorista ecológico se atracaria a uma motosserra que ameaçasse derrubar árvores. Se não encontrasse uma saída, eu teria de descarregar a piada inteira, gritando ou grunhindo sílaba por sílaba. Procurando uma válvula de escape, iniciei a contagem dos ladrilhos do teto e enquanto contava tamborilava sobre os joelhos. Percebi que voltara a chamar a atenção de toda a sala. *Esse cara, no final das contas, deve ser interessante.*

Circo de Aberrações Humanas, e gratuito.

"Ele é doente", disse Coney para o guarda. "Cai fora."

"Bem, diga a esse sujeito que é melhor ele se levantar e levar sua doença para fora daqui", disse o guarda. "Do contrário eu chamo a segurança, compreendeu?"

"Acho que você se enganou", eu disse, agora com a voz calma. "Eu não sou um barbante." A negociação ocorrera, mas num nível que escapava ao meu controle. A piada seria contada. E eu era apenas um instrumento para contá-la.

"Vamos levantar e enfiar a doença dele no *seu* cu, Albert", disse Coney. "Compreendeu?"

Albert não disse nada. A sala inteira olhava para nós, sintonizada no canal Brooklyn.

"Você teria um cigarro, Albert?", disse Coney.

"Aqui é proibido fumar", Albert respondeu delicadamente.

"Essa sim é uma regra boa, sensata", disse Coney. "Toda essa gente está preocupada justamente com a *saúde*."

Coney às vezes era um mestre nos disparates intimidatórios. Agora, por exemplo, ele deixara o Albert numa situação difícil.

"Sinto muito", sussurrei. Tive vontade de agarrar o cassetete do coldre do Albert — era um velho e conhecido impulso de pegar coisas penduradas em cintos, como os molhos de chaves usados pelos professores do orfanato St. Vincent. Naquele momento, a idéia me parecia particularmente péssima.

"Sente muito o quê?", perguntou Albert, confuso, embora compreendesse vagamente o trocadilho contido na piada.

"Sou um barbante desfiado!", repeti delicadamente, depois acrescentei "Que-merda-de-piada!". Albert olhou furiosamente, sem entender direito do que ele tinha sido chamado e qual era a gravidade do insulto.*

"Senhor Coney", chamou a enfermeira da triagem, tirando-nos daquele impasse. Coney e eu levantamos imediatamente, procurando compensar de forma patética o fato de termos perdido o Minna de vista durante a perseguição. O médico baixote tinha saído da sala reservada. Parou detrás da enfermeira da triagem e nos fez um sinal com a cabeça. Ao passarmos por Albert, eu me satisfiz com um breve e discreto afago no seu cassetete.

Meio-viado, era assim que o Minna costumava me chamar.

"Algum de vocês é parente do senhor Minna?" O sotaque do médico fez aquilo soar como *senhorinha*.

"Sim e não", disse Coney antes que eu pudesse responder. "Somos as pessoas mais próximas, por assim dizer."

"Compreendo", disse o médico, embora com certeza não compreendesse. "Vocês podem me acompanhar por aqui..." Ele nos levou para fora da sala de espera, para outra das salas semi-reservadas para onde tinham levado o Minna.

"*Sou-um-desfiado*", sussurrei.

"Sinto muito", disse o médico estranhamente próximo de

* Referência à piada sobre três barbantes, muito popular nos Estados Unidos. Três barbantes entram num bar, dois deles vão ao balcão pedir bebidas, mas o dono diz que ali não se atendem barbantes. O terceiro barbante vai até o banheiro, desfia-se e dá alguns nós em si mesmo, depois vai até o balcão e pede uma bebida. O dono do bar pergunta: "Mas você também não é barbante?". Ele responde: "I'm a frayed knot". A graça da piada está no fato de "I'm a frayed knot" ("Sou um nó desfiado") soar como "I'm afraid not", que no contexto funciona como uma negativa à pergunta do dono do bar. (N. T.)

nós, olhando-nos bem dentro dos olhos. "Não pudemos fazer grande coisa."

"Tudo bem", disse o Coney, sem prestar muita atenção. "Tenho certeza de que tudo o que fizerem estará ótimo. O Frank não precisava de muita coisa..."

"*Sou-um-desfiado.*" Eu me senti quase sufocado, desta vez não por palavras refreadas, mas por um engulho, bile com gosto do hambúrguer do White Castle. Engoli com tanta força que meus ouvidos estalaram. Meu rosto inteiro parecia ruborizado por uma mistura de ácidos.

"Não conseguimos reanimar o senhorinha."

"Espere um pouco", disse Coney. "Está dizendo que não conseguiram reanimar?"

"Exatamente. Ele perdeu muito sangue. Sinto muito."

"Ora, reanimar!", gritou Coney. "Ele estava bem *animado* quando nós o trouxemos aqui! Que tipo de lugar é este? Ele não precisava ser reanimado, só precisava de uns remendos..."

Comecei a sentir necessidade de tocar o médico, de dar tapinhas em cada um dos seus ombros para que tudo ficasse absolutamente simétrico. Ele ficou parado, sem tentar me afastar. Eu arrumei seu colarinho, alinhando-o com a camiseta salmão que tinha por baixo, de modo que se via a mesma margem dos dois lados do pescoço.

Coney permanecia num silêncio abatido, assimilando a dor. Continuamos todos de pé até eu terminar de ajeitar o colarinho do médico.

"Às vezes não podemos fazer nada", disse o médico olhando para o chão.

"Quero ver ele", disse Coney.

"Não é possível..."

"Este lugar é uma merda", disse Coney. "Deixe-me vê-lo."

"Há uma questão de provas", disse o médico com um jeito

aborrecido. "Sei que vocês entendem. Os investigadores também vão querer falar com vocês."

Da lanchonete do hospital eu já tinha visto a polícia passar em direção ao pronto-socorro. Eu não sabia se aqueles policiais estavam ali especificamente para nos prender, mas estava claro que a lei não demoraria a nos procurar.

"A gente devia ir embora, Gilbert", eu disse para Coney. "Talvez neste exato momento."

Coney estava inerte.

"Devir-embora", eu disse numa semicompulsão, o pânico tomando o lugar da tristeza.

"Você não entendeu", disse o médico. "Vocês têm de fazer o favor de esperar. Este senhor vai mostrar a vocês onde..." Com a cabeça, acenou para alguém atrás de nós. Virei-me rapidamente, com meus instintos de lagarto em estado de choque por terem permitido aquela aproximação sorrateira.

Era o Albert. Ele era A Tênue Linha Rastafári que se colocava entre nós e a saída. Aquela aparição tirou Coney da inércia: o segurança era uma espécie de desenho animado que lembrava a existência real da polícia.

"Sai da frente", disse Coney.

"Não servimos barbantes", expliquei.

Albert não parecia estar mais convencido da sua função do que nós. Em momentos como aquele eu me lembrava do gênero que a gente fazia, nós, os Manos do Minna: gigantescos, ignorantes, vibrando de hostilidade mesmo quando lágrimas riscavam nosso rosto carnudo. E eu ainda tinha minhas palavras, investidas e tapinhas, os meus sintomas, elementos que o Minna adorava acrescentar àquela mistura.

Frank Minna, não reanimado, esvaído em sangue na sala contígua.

Albert mostrou as palmas das mãos, desolado, mais ou menos implorando que a gente ficasse. "É melhor vocês esperarem."

"Não", disse Coney. "Talvez outra hora." Coney e eu fomos na direção de Albert fazendo pouco mais do que jogar o peso de uma perna para a outra. Ele saltou para trás, espalmando as mãos sobre o espaço que deixara vago, como quem diz: *Não está mais aqui quem falou*.

"Acho que preciso insistir para vocês ficarem", disse o médico.

"Não, não precisa insistir", disse Coney, virando-se furioso para ele. "Você não dispõe da insistência necessária. Entendeu o que eu disse?"

"Acho que não", disse o médico em voz baixa.

"Então pense um pouco no assunto", disse Coney. "Não tem pressa. Vamos embora, Lionel."

Brooklyn sem pai nem mãe

Cresci na biblioteca do Orfanato St. Vincent, numa região do centro do Brooklyn que até agora nenhum empresário da construção civil quis reurbanizar nem transformar em algo mais nobre; nem bem Brooklyn Heights, nem Cobble Hill, nem mesmo Boerum Hill. O orfanato fica perto da rampa de acesso à ponte do Brooklyn, mas não pode ser visto de Manhattan e nem mesmo da ponte; fica perto das oito pistas de tráfego alinhadas com os prédios indistintos e monolíticos da Justiça Civil que, embora parecessem cinzentos e distantes, alguns de nós conhecíamos por dentro; perto da central de triagem dos correios, um prédio que passava a noite toda em grande atividade, os portões se abrindo para caminhões com montanhas desses objetos misteriosos chamados cartas; perto da Escola de Automecânica Burton, de onde estudantes obstinados tentando se encaminhar na vida saíam duas vezes por dia para intervalos à base de sanduíche e cerveja, abarrotando a minúscula bodega, intimidando os transeuntes e fazendo com que nós, os meninos órfãos, vibrássemos com sua glória taciturna e um tanto marginal; perto de uma triste fileira de bancos alinhados sob o busto de granito de Lafayette, que marcava o lugar onde ele entrara na Batalha do Brooklyn; perto de um terreno baldio usado como estacionamento e cercado por um alambrado alto coroado com espirais de arame farpado e bandeiras fluorescentes castigadas pelo vento; perto de um templo quaker de tijolos vermelhos que já devia estar ali quando todo o resto ainda era uma fazenda. Em suma, essa confusão bem na entrada do antigo e maltratado distrito do Brooklyn era oficialmente Lugar Nenhum, uma região ostensivamente ignorada, situada na passagem para um Outro Lugar. Como disse, vivi na biblioteca até ser resgatado por Frank Minna.

Eu lia um por um os livros daquela biblioteca soturna, cada miserável doação ali catalogada e esquecida — uma marca do medo e do tédio profundos que eu sentia em St. Vincent e também um sinal prematuro de minhas compulsões tourétticas por contar, processar e inspecionar. Aconchegado nos parapeitos das janelas, virando páginas ressecadas e observando as partículas de poeira iluminadas pelos raios de sol, eu procurava sinais do meu eu alvorecente nos livros de Theodore Dreiser, Kenneth Roberts, J. B. Priestley, nos números atrasados da *Mecânica popular*, mas sempre fracassava, não conseguia encontrar a minha linguagem, assim como fracassava ao assistir na televisão àquelas intermináveis reprises da *Feiticeira*, *Jeannie é um gênio*, *I love Lucy*, *Gilligan* e *Brady Bunch*, com as quais nós, os garotos mais bobões e menos atléticos, nos arrastávamos pesadamente por tardes inumeráveis chegando perto da tela para observar os encantos das mulheres — mulheres! exóticas como as cartas, como os telefonemas, como as florestas, como todas as coisas negadas a nós, órfãos — e imitar seus maridos, mas eu não me identificava com nada daquilo, Desi Arnaz, Dick York e Larry Hagman, aqueles astronautas maltratados voltando para a Terra não me mostravam o que eu precisava ver, não me ajudavam a encontrar minha linguagem. Eu chegava mais perto de mim mesmo nas manhãs de sábado, principalmente com o Patolino, que me dizia alguma coisa quando eu conseguia suportar a idéia de crescer como um pato com o bico estilhaçado por uma explosão de dinamite. Art Carney em *The Honeymooners* também me dizia algo, alguma coisa no jeito como ele jogava o pescoço, quando nos deixavam ficar acordados até mais tarde e eu podia vê-lo. Mas foi o Minna quem me ofereceu a linguagem, o Minna e a Court Street me deixaram falar.

Naquele dia, nós quatro fomos escolhidos porque éramos quatro dos cinco meninos brancos do St. Vincent, e o quinto era o Steven Grossman, gordo como seu nome sugeria. Se Steven fosse mais magro, o sr. Kassel teria me deixado de fora. Eu era um produto de segunda linha, um menino cheio de tiques, que enfiava o dedo no nariz, resgatado da biblioteca e não do pátio, talvez com algum tipo de retardamento, e certamente uma oferenda deplorável e de baixa qualidade. O sr. Kassel era professor em St. Vincent e conhecia o Frank Minna da vizinhança. Sua sugestão para que o Minna nos levasse por uma tarde foi o primeiro vislumbre do halo brilhante de favores e favoritismo que contornava o Minna — para ele, "conhecer alguém" era um meio de vida. Minna era exatamente o contrário de nós, que não conhecíamos ninguém, e quando por acaso conhecíamos não ganhávamos nada com isso.

Minna pedira meninos brancos supostamente para atender ao preconceito dos seus clientes... e a alguns preconceitos próprios. Talvez já tivesse na cabeça suas fantasias de regeneração.

Impossível saber. Uma coisa é certa: ele não demonstrou isso na maneira como nos tratou naquele primeiro dia — uma tarde sufocante de agosto depois das aulas, as ruas parecendo chicletes negros, os carros lentamente se arrastando pelo mormaço numa imagem que lembrava os *slides* enevoados das aulas de ciência —, quando abriu a porta traseira de seu furgão amassado e coberto de grafites, quase do tamanho dos caminhões noturnos dos correios, ordenou que entrássemos, bateu as portas e passou o cadeado sem nenhuma explicação e sem perguntar nossos nomes. Nós quatro nos entreolhamos surpresos, atordoados e pasmos com aquela fuga de nossa melancolia, não sabendo o que aquilo significava nem realmente precisando saber. Os outros, Tony, Gilbert e Danny, estavam loucos para fazer parte do meu grupo, para fingir que eu combinava com eles, se fosse essa a condição para ser acolhido pelo mundo exterior e sentar-se no escuro, dentro de um caminhão sujo que sacolejava em direção a qualquer lugar que não fosse St. Vincent. Claro que eu também estava vibrando, vibrando antes mesmo que o Minna nos recolhesse, sempre torcendo por dentro e me esforçando para não demonstrar. Eu não beijei os outros três meninos, embora tivesse vontade. Em vez disso soltei o som de um beijo, de um canto de alegria, parecido com o gorjeio de um pássaro: "Piu, piu, piu".

Tony me mandou calar a boca, mas não falou de coração, não nesse dia em que o mistério da vida se revelava diante de nós. Principalmente para o Tony, era o destino que chegava até ele. Desde o começo foi ele quem projetou mais coisas no Minna, porque ele tinha se preparado para isso. Tony Vermonte era famoso em St. Vincent pela confiança que irradiava, confiança no fato de que um erro havia sido cometido, de que ele não pertencia ao orfanato. Ele era italiano, melhor que o resto de nós, que não sabíamos o que éramos (o que é um Essrog?). Seu pai ou era mafioso ou policial — Tony não via nenhuma contradição nisso, e nós, portanto, também não víamos. Os italianos voltariam para buscá-lo, de uma maneira ou de outra, e foi assim que ele interpretou o aparecimento do Minna.

Tony também era famoso por outras coisas. Ele era mais velho que o resto de nós ali no caminhão do Minna, quinze anos contra os treze meus e do Gilbert e os catorze do Danny Fantl (os meninos mais velhos de St. Vincent freqüentavam a escola em outro lugar, e raramente os víamos, mas Tony tinha dado um jeito de ficar para trás), uma idade que o tornava infinitamente mais arrojado e experiente do que nós, ainda que ele também não tivesse morado fora do orfanato. O fato era que o Tony era o nosso Deus da Experiência, todo envolto em cigarros e subentendidos. Dois anos antes, uma família quaker que freqüentava o templo do outro lado da rua abrigara o Tony com a intenção de lhe dar um lar definitivo. Ele já anunciara seu desprezo pela família enquanto fazia as malas. Eles não eram italianos. Ainda assim, viveu com eles por alguns meses, talvez até alegremente, embora não admitisse isso. Eles o matricularam na Brooklyn Friends, uma escola particular a poucos quarteirões de nós, e na maioria das tardes, ao voltar para casa, ele parava na cerca de St. Vincent para contar histórias das meninas da escola particular que havia bolinado e às vezes penetrado, dos meninos efeminados da escola particular que sabiam nadar e jogar futebol mas eram facilmente humilhados no basquete, não por acaso a especialidade de Tony. Até o dia em que seus pais adotivos encontraram o prodigioso Tony de cabelos pretos na cama com a garota errada: a filha de dezesseis anos do casal. Ou assim a história foi contada, pois só havia uma fonte. De qualquer modo, no dia seguinte Tony voltou para St. Vincent, onde rapidamente retomou a antiga rotina de bater e se aliar a mim e ao Steven Grossman, em dias alternados, de modo que nunca éramos simultaneamente favorecidos e podíamos confiar um no outro tão pouco quanto confiávamos no Tony.

Tony era nossa Estrela Chocarreira e sem dúvida foi o primeiro de nós a chamar a atenção do Minna, aquele que incendiou a imaginação do nosso futuro chefe, que o fez vislumbrar os Manos do Minna que havia dentro de nós, ansiosos por serem cultivados. Talvez Tony, com sua crença no resgate dos italianos, tenha contribuído até mesmo para construir a fantasia do que viria a ser a Agência Minna, a força do seu desejo induzindo Minna a certas aspirações e antes de tudo à idéia de ter Manos para comandar.

Claro que àquela altura nem mesmo o Minna era um homem-feito, embora para nós assim parecesse. Ele completara vinte e cinco naquele verão, muito esguio a não ser por uma pequena barriguinha e muito empenhado em pentear o cabelo à *pompadour*, um tipo de topete que se via muito em Carroll Gardens embora estivesse completamente fora de moda naquele ano de 1979, algo que tinha origem em algum mau momento da carreira de Frank Sinatra e que resistira como uma gota de âmbar ou como o filtro de um cinematógrafo abarcando Frank Minna e tudo o que lhe importava.

Além de mim e do Tony, na traseira do furgão do Minna havia o Gilbert Coney e o Danny Fantl. Na época Gilbert era o braço direito do Tony, um menino atarracado e taciturno que só parecia durão — ele sorriria se você o chamasse de facínora. Gilbert era implacável com Steven Grossman, cuja gordura, eu suspeito, parecia-lhe um espelho desconfortável, mas ele era tolerante comigo. Nós até tinhamos alguns segredos. Dois anos antes, durante uma visita do orfanato ao Museu de História Natural, em Manhattan, Gilbert e eu nos separamos do grupo e sem falar nada voltamos para a sala dominada por uma enorme baleia de plástico pendurada no teto, que fora a principal atração da visita oficial. Mas debaixo da baleia havia uma galeria dupla com dioramas escuros e misteriosos da vida submarina, iluminados e dispostos de tal maneira que era preciso se espremer contra o vidro para descobrir todas as maravilhas escondidas pelos cantos. Num deles um cachalote lutava contra uma lula gigante. Noutro, uma orca perfurava uma superfície de gelo. Gilbert e eu vagávamos, hipnotizados, de vitrina em vitrina. Quando uma turma do terceiro ou do quarto ano saiu, percebemos que tínhamos o salão gigante só para nós e que mesmo quando falávamos nossas vozes eram abafadas pelo silêncio sobrenatural do museu. Gilbert mostrou-me sua descoberta: uma minúscula porta de metal que ficava atrás do diorama do pingüim estava destrancada. Quando ele a abriu, vimos que ela dava tanto para os fundos como para dentro da cena do pingüim.

"Entre, Essrog", disse Gilbert.

Se eu não quisesse, teria sido um tipo de coação, mas era tudo o que eu queria. Cada minuto em que o salão permanecesse vazio seria precioso. O vão da porta ficava na altura do joelho. Entrei, afastei a borda das pranchas pintadas de azul-oceano que formavam as paredes laterais do diorama e sorrateiramente penetrei no quadro. O fundo do oceano era formado por uma grande superfície côncava de gesso pintado, e ajoelhado eu desci o declive desabaladamente, olhando para um Gilbert estupefato do outro lado do vidro. Pingüins nadadores eram sustentados por barras afixadas na parede enquanto outros ficavam suspensos nas ondas de plástico da superfície do oceano que agora estavam sobre a minha cabeça, formando uma espécie de teto rebaixado. Acariciei o pingüim mais próximo, que estava bem baixo, mergulhando em busca de um delicioso peixe; dei tapinhas na sua cabeça, massageei seu peito como se o ajudasse a engolir um comprimido. Gilbert gargalhava, achava que eu estava fazendo palhaçada para ele quando na verdade eu estava tomado por um impulso terno e tocante diante daquele pingüim teso e comovente. Agora era imperativo que eu tocasse *todos* os pingüins, todos os que conseguisse, de qualquer jeito — alguns estavam inacessíveis para mim, do outro lado da barreira formada pela superfície do oceano, sobre bóias de gelo. Engatinhando, fui de um lado para o outro afetuosamente acariciando cada pássaro nadador antes de sair pela porta metálica. Gilbert estava impressionado, eu sabia. Eu tinha virado um garoto que fazia qualquer coisa, coisas malucas. Ele tinha e não tinha razão, é claro — depois de tocar o primeiro pingüim, não me restava nenhuma alternativa.

Isso de alguma forma resultou numa série de confidências. Eu era louco, mas também era maleável e facilmente intimidável, o que fazia com que Gilbert me visse como um repositório daqueles sentimentos que ele considerava loucos. Gilbert era um masturbador precoce e buscava algum tipo de triangulação entre seus próprios experimentos e os conhecimentos genéricos obtidos no pátio da escola. Eu me masturbava? Com que freqüência? Com uma ou duas mãos, segurando assim ou assado? Fechava os olhos? Alguma vez pensei em me esfregar no colchão? Eu levava suas investigações a sério, mas realmente não tinha as informações de que ele precisava, não ainda. No início minha estupidez deixou o Gilbert mal-humorado, e ele passou uma ou duas semanas fingindo que não tinha falado nada, que nem me conhecia, lançando-me olhares ameaçadores para que eu soubesse a quantidade galáctica de dor que me esperava caso eu o denunciasse. De repente ele voltou a se aproximar, ainda mais impaciente. Experimente, ele dizia. Não é tão difícil. Eu fico olhando e digo se você fizer errado. Obedeci, como fizera no museu, mas os resultados não foram tão bons. Eu ainda não conseguia me tocar com a mesma ternura que dispensara aos pingüins, pelo menos não na frente do Gilbert (na verdade ele tinha desencadeado minhas explorações particulares, que logo me absorveriam bastante). Gilbert ficou de novo mal-humorado e excessivamente intimidador, e depois de duas ou três tentativas o assunto foi abandonado de vez. Mesmo assim o legado da revelação permaneceu conosco, como uma espécie de vínculo fantasmagórico.

O último garoto no furgão do Minna, Danny Fantl, era um trunfo. Ele só tinha aparência de branco. Danny tinha sido assimilado pela população de St. Vincent alegremente, sem esforço e até a medula. À sua maneira inspirava tanto respeito quanto o Tony (e com certeza também inspirava o respeito do Tony) sem ter de se gabar nem fazer pose, muitas vezes sem abrir a boca. Sua verdadeira língua era o basquete, e ele era um atleta tão habilidoso que inevitavelmente parecia um pouco tolhido em lugares fechados como a sala de aula. Quando falava era para zombar do nosso entusiasmo, da nossa falta de tranqüilidade, mas fazia isso de uma forma distante, como se sua mente de fato estivesse num outro lugar, planejando cruzamentos e movimentos de pés. Ele ouvia Funkadelic, Cameo e Zapp e aderiu ao rap tão rapidamente quanto qualquer outro menino do orfanato, mas quando realmente *tocavam* as músicas de que ele gostava, em vez de dançar ele ficava de pé, com os braços cruzados, franzindo a testa e acompanhando a batida praticamente sem mexer seu expressivo quadril. Danny existia em estado de suspensão, nem negro nem branco, nem espancador nem espancado, bonito mas despreocupado com as garotas, péssimo aluno que ia levando a escola na flauta e freqüentemente se desprendia da gravidade, flutuando entre o piso e o emaranhado da cesta de basquete de St. Vincent. Tony vivia atormentado com a família italiana perdida, convencido de que um dia ela voltaria; Danny poderia ter saído tranqüilamente da casa de seus pais aos sete ou oito anos para entrar num jogo que só acabou quando ele estava com catorze anos, que foi quando o Minna apareceu dirigindo o furgão.

A Tourette ensina aquilo que as pessoas ignoram e esquecem, ensina a ver o mecanismo de construção da realidade que as pessoas usam para esconder o intolerável, o incongruente, o perturbador — ela ensina isso porque para ela você representa o intolerável, o incongruente e o perturbador. Certa vez peguei um ônibus na Atlantic Avenue e me sentei algumas fileiras à frente de um homem que tinha o tique de arrotar — era um barulho longo, um gemido, soava quase como um vômito, do tipo que um menino aprende a fazer na quinta série, enchendo a barriga de ar, e esquece ao chegar ao colegial, quando impressionar as meninas se torna mais importante do que espantá-las. A compulsão desse meu colega era terrivelmente específica: ele se sentava no fundo do ônibus e só quando todos estavam olhando para a frente ele soltava um dos seus magistrais simulacros digestivos. Aí nos virávamos, chocados — éramos quinze ou vinte pessoas no ônibus —, e ele fazia de conta que não era com ele. Depois, a cada sexto ou sétimo arroto, ele acrescentava um som imundo de peido. Era um negro de aparência miserável, dos seus sessenta anos, um bêbado, um vagabundo. Apesar da sua brilhante cronometragem, estava claro para todo mundo que ele era a fonte daquilo, e os passageiros começaram a cantarolar e tossir em reprovação, privando-o da satisfação do olhar e evitando também se entreolharem. Era uma causa perdida, porque o fato de não olharem para trás o deixava livre para compor seqüências ininterruptas dos barulhos mais desagradáveis. Para todos, exceto para mim, ele certamente era um idiota infantilizado, um bêbado patético em busca de atenção (talvez ele mesmo achasse isso — se não tivesse sido diagnosticado, com certeza achava). Mas aquilo era sem dúvida uma compulsão, um tique — Tourette. E assim continuou até eu chegar ao meu ponto e sem dúvida até muito depois.

Eu sabia que os outros passageiros mal se lembrariam daquilo minutos depois de descer do ônibus. Não importa que aquele coaxar maníaco tomasse completamente o auditório do ônibus, já que o público do concerto estava totalmente dedicado a esquecer a música. A realidade consensual é ao mesmo tempo frágil e elástica, e ela cicatriza como a pele debaixo de uma bolha. O arrotador rompia com essa realidade de uma forma tão rápida e completa que eu conseguia ver a cicatriz se fechar instantaneamente.

Um tourettico também pode ser o Homem Invisível.

De modo semelhante, duvido que os outros Meninos, mesmo os três que junto comigo se tornaram os Manos do Minna, se lembrassem dos meus ataques de beijo. Eu provavelmente poderia forçá-los a se lembrar, mas fariam de má vontade. Naquele tempo, em St. Vincent, esse era um tique insuportável, assim como seria hoje, em qualquer tempo e lugar. Além disso, à medida que a minha Tourette florescia, os beijos eram soterrados sob centenas de outros comportamentos, e alguns deles, vistos pelo prisma da ternura rude do Minna, tornaram-se minhas marcas registradas, meu Show de Aberrações. Assim, os ataques de beijos felizmente foram esquecidos.

Quando eu tinha doze anos, mais ou menos nove meses depois de tocar os pingüins, comecei a ser tomado pelo desejo de me esticar, dar tapinhas, agarrar, beijar — essas compulsões emergiram primeiro, enquanto a linguagem continuava presa como um oceano turbulento debaixo de uma superfície de gelo, da mesma maneira como eu ficara preso sob a água na vitrina dos pingüins, mudo, embaixo do vidro. Comecei a me esticar nos batentes das portas, a engatinhar atrás dos cadarços desamarrados dos tênis (que, para minha infelicidade, eram uma moda recente entre os meninos mais durões de St. Vicent), a bater sem parar nos tubos metálicos das cadeiras e carteiras da sala de aula procurando tirar sons parecidos com a campainha de um telefone e, o pior de tudo, a agarrar e beijar meus companheiros. Na época fiquei aterrorizado comigo mesmo e me entoquei ainda mais fundo na biblioteca, mas tinha de sair para as aulas, para as refeições e para dormir. E de repente acontecia. Eu arremetia contra alguém e o abraçava e lhe beijava as bochechas, o pescoço ou a testa, o que fosse. Exteriorizada a compulsão, eu só podia tentar me explicar, me defender ou fugir. Beijei Greg Toon e Edwin Torres, cujos olhos nunca ousei encarar. Beijei Leshawn Montrose, que tinha quebrado o braço do sr. Voccaro com uma cadeira. Beijei Tony Vermonte e Gilbert Coney e tentei beijar Danny Fantl. Beijei Steven Grossman, pateticamente grato por ele ter aparecido justamente naquele momento. Beijei os meus pares, outros Meninos tristes e invisíveis que se moviam nas margens de St. Vincent, apenas sobrevivendo, cujos nomes eu não sabia. "É brincadeira!", eu dizia, defensivamente. "É brincadeira." Essa era minha única defesa, e já que as coisas mais inexplicáveis em nossas vidas eram brincadeiras, com seus antigos rituais embutidos — mãe da rua, pique, esconde-esconde —, mitos transmitidos para nós, órfãos, sabe-se lá como, parecia possível convencê-los de que se tratava de mais uma brincadeira — a Brincadeira dos Beijos. Também era importante eu me convencer — será que não tinha visto aquela brincadeira num livro, não seria um desses jogos de adolescentes exaltados, como o Dia da Maria Cebola?* Tudo bem, que não houvesse meninas: será que nós, os Meninos, não merecíamos o mesmo? Aí cheguei à conclusão de que era isto: eu estava me encarregando de conduzir garotos desprivilegiados para a adolescência. Eu sabia uma coisa que eles ignoravam. "É brincadeira", eu dizia desesperadamente, às vezes com lágrimas de dor escorrendo pelo rosto. "É brincadeira." Leshawn Montrose rachou minha cabeça num bebedouro de porcelana, Greg Toon e Edwin Torres, generosos, me atiraram no chão. Tony Vermonte me deu uma chave de braço e me prensou na parede. "É brincadeira", murmurei. Ele me soltou e sacudiu a cabeça, penalizado. Por estranho que pareça, depois disso fui poupado das surras durante meses — eu era patético e efeminado demais para ser tocado, melhor me evitar. Danny Fantl me viu chegando perto e se desviou de mim como se eu fosse um jogador da defesa, daqueles com pés de chumbo, e desapareceu escada abaixo. Gilbert parou para me lançar um olhar furioso, profundamente incomodado por causa da nossa história particular. "Brincadeira", tentei tranqüilizá-lo. "É brincadeira", disse para o pobre Steven Grossman e ele acreditou, mas só até eu tentar beijar o Tony, nosso tormento comum, talvez esperando que

* O Dia da Maria Cebola (*Sadie Hawkins Day*, em inglês) foi uma invenção de Al Capp, autor da história em quadrinhos *L'il Abner*, traduzida no Brasil como *A família Buscapé*. Refere-se ao dia em que as mulheres de uma pequena cidade saem em corrida atrás dos homens solteiros, que, devidamente "caçados", são levados ao altar sob a coerção armada dos pais das noivas. (N. T.)

com isso ele fosse reverter as preferências daquele momento. Ele não foi poupado.

Enquanto isso, debaixo daquela camada de gelo um mar de linguagem atingia o ponto de ebulição. Tornava-se cada vez mais difícil não perceber que, quando um anúncio de televisão dizia *dura o resto da vida*, meu cérebro repetia *puro atraso de vida*; que ao ouvir "Alfred Hitchcock" eu silenciosamente respondia "Frade de Chicote" ou "Coque de Azeviche"; que quando eu me sentava na biblioteca para ler Booth Tarkington minha garganta e minhas mandíbulas se mexiam detrás dos meus lábios cerrados, desesperadamente encaixando as sílabas da prosa no ritmo do "Rapper's Delight" (que na época tocava a cada quinze ou vinte minutos no pátio); que um amigo imaginário chamado Billy ou Bailey implorava por insultos que eu achava cada vez mais difícil refrear.

A fase dos beijos foi misericordiosamente breve. Encontrei outros escapes, outras obsessões. O pálido garoto de treze anos que o sr. Kassel retirou da biblioteca para oferecer ao Minna era afeito a sapateados, assobios, estalos de língua, piscadelas, rápidos volteios com a cabeça, arremessos contra a parede — tudo, exceto as declarações diretas pelas quais o meu cérebro tourétti-co tanto ansiava. A linguagem agora borbulhava dentro de mim, o mar descongelava, mas parecia perigoso demais deixá-la à solta. A fala era algo intencional, e eu não poderia deixar que ninguém, nem eu mesmo, soubesse quão intencional era a minha loucura. Cair de bunda no chão, soltar esgares — essas eram loucuras acidentais e mais ou menos perdoáveis. Na prática, uma coisa era atacar o braço do Leshawn Montrose, ou mesmo beijá-lo, mas chegar para ele e chamá-lo de Lixão Mongol, Montão de Lixo ou Cabrão Montês era algo completamente diferente. Assim, embora eu colecionasse palavras e as estimasse como um caçador sádico e babão, dobrando-as, fundindo-as, acertando suas arestas, amontoando-as em pilhas, antes de libertá-las eu as traduzia em desempenho físico, em coreografia maníaca.

Eu achava que conseguia disfarçar. Que para cada tique divulgado eu reprimia dúzias de outros — que meu corpo era uma corda de relógio superacelerada, que eu facilmente poderia movimentar uma mansão inteira cheia de relógios parados ou um vasto mecanismo industrial, uma linha de produção como aquela de *Tempos modernos*, que naquele mesmo ano tínhamos visto no subsolo da biblioteca pública do Brooklyn, na Quarta Avenida, numa versão acompanhada de uma narração pedante sobre a genialidade de Chaplin. Tomei como modelo, além de Chaplin, Buster Keaton, que tivera seu filme *A General* mutilado de modo semelhante: apesar de suas agressividades obviamente explosivas e suas energias perturbadoras mal contidas, eles tinham conseguido manter a boca fechada, evitando o perigo e até passando por bonitinhos. Não precisei me esforçar muito para encontrar um mote: silêncio, ouro, entende? Entendi. Em vez disso ajuste seu sincronismo, dê um lustro naquelas rotinas físicas, nos arremessos idiotas contra as paredes, nas caretas, nas perseguições de cadarços, até que tudo isso se torne engraçado como o preto-e-branco do cinema mudo, até que seus inimigos vistam quepes de policiais ou de Confederados e comecem a tropeçar uns nos outros, até desmaiarem as mocinhas com olhos de corça. De modo que eu mantinha a língua enrolada atrás dos dentes, ignorava a pulsação das minhas bochechas, a palpitação do meu esôfago e teimosamente retinha as palavras, como um vômito. Elas ardiam com a mesma intensidade.

Andamos uns dois ou três quilômetros até o furgão do Minna parar, soltando um grunhido. Demorou alguns minutos para ele nos tirar lá de trás; vimo-nos no pátio cercado de um armazém localizado à sombra da via expressa que liga o Brooklyn ao Queens, numa área industrial em ruínas. Soube mais tarde que ali era Red Hook. Ele nos levou até um caminhão grande, uma carroceria com rodas sem nenhuma boléia visível, e abriu a porta traseira mostrando a carga de caixas de papelão fechadas e idênticas, cem, duzentas, talvez mais. Estremeci: secretamente eu teria de contar todas elas.

"Dois de vocês entram lá", disse Minna distraidamente. Tony e Danny tiveram a esperteza de pular imediatamente no caminhão, onde trabalhariam protegidos do sol. "Vocês só vão organizar essas coisas lá dentro, só isso. Vocês passam isso aqui para baixo, eles levam para a frente do caminhão e colocam lá dentro. Jogo rápido, entenderam?" Apontou para o armazém. Todos concordamos com a cabeça, e eu soltei um pio. Ninguém percebeu.

Minna abriu as portas do armazém e mostrou onde devíamos colocar as caixas. Começamos animados, mas logo murchamos com o calor. Tony e Danny reuniram as caixas na beirada da carroceria do caminhão enquanto Gilbert e eu fizemos as primeiras doze viagens, aí eles perceberam que estavam em vantagem e nos ajudaram a arrastá-las pelo pátio abrasador. Minna jamais tocou numa caixa; passou todo o tempo no escritório do armazém — uma sala abarrotada de escrivaninhas, arquivos, bilhetes pendurados por todo lado, calendários pornográficos e uma pilha de cones de trânsito alaranjados que víamos através de uma janela interna —, fumando cigarros e tagarelando ao telefone, aparentemente sem dar tempo para lhe responderem — toda vez que eu espiava pela janela era sua boca que estava se mexendo. A porta estava fechada e por trás do vidro eu não podia ouvi-lo. A certa altura apareceu um outro homem, eu não sabia de onde, que ficou no pátio enxugando a testa como se fosse ele que estivesse trabalhando. Minna saiu, os dois entraram no escritório, o outro sumiu. Levamos a última caixa para dentro. Minna desceu a porta do caminhão, trancou o armazém e mandou voltarmos para o furgão, mas fez uma pausa antes de nos trancar novamente na traseira.

"Dia quente, né?", disse olhando para o nosso rosto, talvez pela primeira vez.

Banhados em suor, fizemos que sim com a cabeça, com medo de falar.

"As crianças estão com sede? Eu estou morrendo de sede."

Minna nos levou até a Smith Street, a alguns quarteirões de St. Vincent, estacionou o furgão na frente de uma bodega e comprou cerveja para nós, umas latas de Miller, e sentou para beber com a gente na traseira do furgão. Era minha primeira cerveja.

"Nomes", disse Minna apontando para o Tony, obviamente nosso líder. Dissemos nossos nomes, começando com Tony. Minna não falou o seu, apenas matou a cerveja e acenou com a cabeça. Comecei a dar tapinhas no painel do furgão, que estava ao meu lado.

Terminado o esforço físico, diminuído o espanto com a nossa libertação de St. Vincent, meus sintomas novamente davam o ar de sua graça.

"Acho que você precisa saber que o Lionel é um anormal", disse Tony, com a voz vibrando de egoísmo.

"Sim, claro, vocês todos são uns anormais, se me permitem dizer", disse Minna. "Ninguém tem pai nem mãe... Ou será que estou equivocado?"

Silêncio.

"Termine a cerveja", disse Minna atirando sua lata, que passou por nós em direção ao fundo do furgão.

Foi assim que terminou o nosso primeiro trabalho para Frank Minna.

Mas Minna buscou a gente de novo na semana seguinte, nos levou para aquele mesmo pátio desolado, e dessa vez foi mais amistoso. A tarefa era idêntica, quase até mesmo na quantidade de caixas (duzentas e quarenta e duas a duzentas e sessenta), e nós a cumprimos no mesmo silêncio exaltado. Senti o ódio violento do Tony chispando na minha direção e na do Gilbert, como se ele achasse que estávamos empenhados em sabotar seu resgate italiano. Danny, é claro, mantinha-se alheio e distraído. Mesmo assim começamos a funcionar como um time — o trabalho físico pesado tinha suas próprias exigências, e nós as explorávamos inconscientemente.

Durante a cerveja, Minna perguntou: "E aí, estão gostando do trabalho?".

Um de nós disse *claro*.

"Vocês sabem o que estão fazendo?", Minna sorriu, esperando. A pergunta era desconcertante. "Vocês sabem que tipo de trabalho é esse?"

"Transporte de caixas?", disse Tony.

"Isso mesmo, transporte. Serviço de transporte. É assim que se chama o trabalho comigo. Olha aqui." Ele se levantou para enfiar a mão no bolso e tirou um maço de notas de vinte e um monte de cartões brancos. Ficou olhando fixamente para o maço, puxou quatro notas de vinte e deu uma para cada um de nós. Era minha primeira nota de vinte dólares. Aí ele deu um cartão para cada um. Nele estava escrito: L&L MUDANÇAS. NENHUM SER-

VIÇO É PEQUENO DEMAIS. ALGUNS SÃO MUITO GRANDES. GERARD & FRANK MINNA. E um número de telefone.

"Você é o Gerard ou o Frank?", perguntou Tony.

"Minna, Frank." Que nem *Bond, James*. Ele passou as mãos pelos cabelos. "Vocês trabalham numa companhia de mudanças, entendido? Fazem mudanças." Este parecia um ponto muito importante: que chamássemos aquilo de *mudança*. Eu não conseguia imaginar de que outro jeito chamar aquilo.

"Quem é o Gerard?", disse Tony. Gilbert e eu, e até o Danny, olhamos cuidadosamente para o Minna. Tony fazia uma pergunta em nome de todos nós.

"Meu irmão."

"Mais velho ou mais novo?"

"Mais velho."

Tony pensou um instante. "Quem são L e L?"

"É só o nome, L e L. Dois Ls. O nome da companhia."

"Sei, mas o que quer dizer?"

"O que você quiser, docinho — Larápios Lapônios? Lesmas Lésbicas? Lingüiças Lívidas?"

"O quê? Não quer dizer nada?", perguntou Tony.

"Eu não disse isso, disse?"

"*Lepidez e limpeza*", sugeri.

"Isso mesmo", disse Minna, acenando sua lata de cerveja na minha direção. "L e L Mudanças, Lepidez e Limpeza."

Tony, Danny e Gilbert, todos me olharam fixamente, sem saber como eu tinha recebido tanta aprovação.

"*Louvado Lionel*", eu me ouvi dizer.

"Minna é um nome italiano?", perguntou Tony. Essa era por sua própria conta, obviamente. Era hora de ir ao que lhe interessava. Que nós nos fodêssemos.

"Quem você acha que é, o censo?", perguntou Minna. "Um foca? Qual é o seu nome completo, Jimmy Olsen?"

"*Lois Lane*", eu disse. Como todo mundo, eu também tinha lido as revistinhas do Super-Homem.

"Tony Vermonte", disse Tony me ignorando.

"Vermont-ee", repetiu Minna. "Com sotaque da Nova Inglaterra, não é? Voce é fã do Red Sox?"

"Dos Yankees", disse Tony, confuso e defensivo. Os Yankees agora eram os campeões, os Red Sox eram os desgraçados, as eternas vítimas, recentemente derrotados pelo famoso *home run* do Bucky Dent. Todos nós tínhamos assistido na televisão.

"Luckilent", eu disse, me lembrando. "Dor-de-Dente."

Minna explodiu numa risada. "Sim, o maldito Dor-de-Dente! Isso mesmo. Não olhem, aqui fala o Dor-de-Dente."

"*Lexluthor*", eu disse, me esticando em direção ao ombro do Minna. Ele apenas olhou fixamente para a minha mão, sem se afastar. "Lanchelino, Lesmolisas, Lumelíneas..."

"Tudo bem, Lelé", disse Minna. "Já está bom."

"*Loquelino...*", estava desesperado para parar. Minha mão continuava a dar tapinhas no ombro do Minna.

"Solta", disse Minna, retribuindo meus tapinhas no ombro com um único golpe, forte. "Não venha virar meu barco."

Virar o barco era encher a paciência do Minna. Toda vez que alguém brincava com a sorte, falava demais, abusava da receptividade ou superestimava a utilidade de um determinado método ou abordagem, levava a culpa por ter virado o barco. *Virar o barco* era uma disfunção principalmente das pessoas espirituosas e contadoras de histórias, embora fosse algo universal: qualquer um que se acreditasse engraçado mais cedo ou mais tarde provavelmente viraria o barco. Reconhecer os limites de uma piada ou de uma tirada verbal, saber parar antes que o barco virasse, isso era uma arte (algo cujos limites você sempre queria desafiar, já que perder a oportunidade de arrancar uma risada era simplesmente inaceitável, um ato indigno até mesmo de ter seu próprio nome).

Anos antes de a palavra *Tourette* tornar-se familiar para qualquer um de nós, Minna já tinha me diagnosticado: Virador de Barcos Terminal.

Distribuir oitenta dólares e aqueles quatro cartões de visita foi tudo de que Minna precisou para fazer de nós quatro, para sempre — ou pelo tempo que ele quisesse —, a equipe júnior da L&L Mudanças. Vinte dólares e uma cerveja continuou sendo nosso salário habitual. Já estávamos no colegial, e Minna nos buscava esporadicamente — avisando na véspera ou mesmo sem nenhum aviso —, e esta última possibilidade acabou funcionando como um incentivo para voltarmos a St. Vincent logo depois do término das aulas e esperar por ele, recostados no pátio da escola ou na sala de recreio, fingindo não ouvir o ronco peculiar do motor do seu furgão. Os serviços variavam muito. A gente carregava mercadorias, como aquelas caixas do primeiro caminhão, para dentro e para fora dos porões de estabelecimentos comerciais da Court Street, atividades suspeitas se considerarmos que os próprios atacadistas se envolviam nelas, fechando os negócios nos fundos da loja, fumando charutos. Ou então andávamos de um lado para o outro com carregamentos de móveis, que a gente levava e tirava dos prédios de fachada de pedra, serviços de mudança legítimos, me parecia, em que casais impertinentes temiam que não fôssemos suficientemente maduros ou experientes para lidar com seus pertences — Minna os silenciava, lembrando-lhes que a demora custaria dinheiro: "O taxímetro está ligado". (A cobrança por hora não se refletia no nosso pagamento, é claro. Eram vinte dólares se nos apressássemos ou não; nós nos apressávamos.) Fizemos sofás passarem através de uma janela do terceiro andar com a ajuda de uma cilha e de uma roldana improvisada, Tony e Minna no teto, Gilbert e Danny na janela, e eu no chão com a corda-guia. Certo dia, houve um incêndio num prédio industrial que ficava no pé da Manhattan Bridge e pertencia a um amigo importante do Minna, embora a gente nunca o tivesse visto; sem cobrar nada evacuamos a maioria dos moradores do que parecia ser uma liquidação ou uma apropriação — os termos eram obscuros, mas aquilo deixou o Minna terrivelmente aflito. Quando dois jovens artistas reclamaram de como manuseávamos uma pilha de telas danificadas que os bombeiros tinham amontoado no chão, ele ficou impaciente e danado com a demora; dessa vez o único taxímetro ligado marcava o tempo do próprio Minna e indicava sua credibilidade com o cliente amigo. Acordamos às cinco horas de uma manhã de agosto para buscar e montar palcos de madeira para as bandas que tocariam na Atlantic Antic, uma grande feira de rua anual, e ao anoitecer trabalhamos novamente na desmontagem dos palcos, a avenida quente e coberta de embalagens e copos de papel amassados, alguns foliões ainda cambaleando para casa enquanto desfazíamos as estruturas de pinho com a ajuda de martelos e solas de sapato. Certa vez a gente esvaziou uma loja de eletrônicos e colocou tudo no caminhão do Minna: tiramos aparelhos de som das prateleiras e das vitrines, desconectamos cabos de iluminação, desligamos amplificadores e até recolhemos os telefones das mesas — aquilo teria parecido um roubo descarado se o Minna não tivesse ficado na calçada em frente, bebendo cerveja e contando piadas com o cara que tinha retirado os cadeados para que pudéssemos sair com os produtos. O Minna sempre se mostrava conivente, bajulador e recitador de nomes, lançava piscadelas para nos tornar cúmplices dele, e os clientes do Minna ficavam olhando para nós, os Manos, alguns se perguntando se não tínhamos passado a mão em algo valioso enquanto não estavam olhando, alguns tentando imaginar um trambique, talvez esperando captar algum sinal de deslealdade, algum trunfo contra o Minna que guardariam para quando fosse necessário. Não roubamos nada, não demonstramos a menor deslealdade. Pelo contrário, nós os encarávamos, tentando deixá-los inseguros. E a gente ouvia, acumulava informações. Minna estava sempre nos ensinando alguma coisa, mesmo quando não era essa a sua intenção.

Aquilo nos transformou em grupo. Desenvolvemos uma espécie de ego coletivo, éramos uma presença à parte no orfanato. Entre nós havia menos conflitos do que com os outros: os meninos não brancos viam em nosso privilégio um indício de suas futuras privações e nos puniam por isso. De qualquer modo, a idade começava a acentuar as diferenças. Assim, Tony, Gilbert, Danny e eu superamos nossas antigas antipatias e juntamos forças. Nós nos defendíamos mutuamente, no orfanato e no Sarah J. Hale, a escola local, parada obrigatória para todos, exceto para os poucos qualificados para algum lugar mais especial (por exemplo, Manhattan), Stuyvesant ou a escola de Música e Arte.

Lá no Sarah J. nós, meninos de St. Vincent, estávamos disfarçados, misturados com o restante dos alunos, que formavam uma multidão bem barra-pesada, apesar de presumivelmente terem pais, irmãos, telefone, quartos com portas e fechaduras e mil outras vantagens inimagináveis. Mas nós nos conhecíamos, um prestava atenção no outro, maçãs estragadas num cesto de maçãs boas. Pretos ou brancos, nos policiávamos como irmãos, reservávamos níveis especiais de desprezo pela humilhação social ou institucional sofrida por nós, órfãos. E foi lá que, pela primeira vez, nos misturamos com as garotas, tão bem quanto sal se mistura com sorvete — embora a comparação com o sorvete possa ser generosa demais para as garotas brutais e corpulentas do Sarah J., cujas gangues preparavam armadilhas contra qualquer menino branco suficientemente ousado para encará-las, ou mesmo flertar com elas, armadilhas armadas do lado de fora, algumas até mesmo dentro da escola. As garotas negras representavam a grande maioria, e um punhado de garotas brancas ou latinas sobrevivia usando o método da quase total invisibilidade. Romper com o medo e o silêncio significava ser olhado com incredulidade e furioso ressentimento. Nossas vidas estão em outro lugar, diziam aqueles olhares, e a de vocês também deveriam estar. As garotas negras eram reivindicadas por namorados sofisticados demais para se importarem com a escola, que vinham atrás delas na hora do almoço em carros que pulsavam com sons graves amplificados e às vezes ostentavam portas cheias de buracos de bala, cuja única utilidade para nós era servir de alvo para arremessarmos bitucas de cigarro acesas, um esporte freqüente. Sim, as relações entre os sexos eram tensas no Sarah J., e eu duvido que qualquer um de nós quatro, mesmo o Tony, tenha chegado a tocar alguma das nossas colegas de escola. Para todos nós isso teria de esperar pela Court Street, pelo mundo que conheceríamos por intermédio do Minna.

A Court Street freqüentada pelo Minna era o velho Brooklyn, uma superfície plácida e resistente à passagem do tempo sob a qual havia a animação de acordos, conversas, insultos ocasionais, políticas de vizinhança estabelecidas entre donos de pizzarias e de açougues e, por todo lugar, regras não escritas. Tudo era conversado, a não ser aquilo que mais importava — os acordos tácitos. A barbearia, aonde ele nos levava para cortes de cabelo idênticos a três dólares cada um, embora nem isso cobrassem do Minna — ninguém precisava se perguntar por que o preço do corte não tinha subido desde 1966, nem como seis velhos barbeiros conseguiam sobreviver quase sem clientes a partir de uma mesma loja ancestral, onde o Barbicide era o mesmo desde a invenção do produto e por onde muitos outros homens mais jovens costumavam passar para discutir esportes, recusando com um gesto de mão ofertas de cortes de cabelo — a barbearia era um asilo de aposentados, um clube, e servia de fachada para o pôquer que rolava solto na sala dos fundos. Os barbeiros eram bem cuidados porque ali era o Brooklyn, e ali as pessoas cuidavam umas das outras. Por que os preços subiriam se ali só entrava gente que fazia parte da conspiração, do truste? Mas quem tocasse no assunto certamente receberia negações confusas, risadas ou uma bofetada bem forte na bochecha. Outro mistério exemplar era o fliperama, que ficava numa loja gigantesca forrada com um painel de linóleo onde havia três máquinas de fliperama em uso constante e seis ou sete jogos — Asteroids, Frogger, Centipede —, todos bem pouco conhecidos, e um caixa que trocava dólares por moedas de vinte e cinco centavos e aceitava notas de cem dólares colocadas dentro de listas de números, nomes de cavalos e de times de futebol. A sarjeta em frente do fliperama tinha uma fileira de Vespas, que haviam estado em voga um ou dois anos antes, mas que agora estavam permanentemente estacionadas ali, protegidas por nada além de cadeados de bicicletas, uma espécie de insulto aos vândalos. A um quarteirão dali, na Smith Street, elas teriam sido depenadas, mas aqui estavam intactas, uma exposição de Vespas a céu aberto. O fato não precisava de explicação — aquela era a Court Street. E a Court Street, no trecho em que atravessava Carroll Gardens e Cobble Hill, era o único Brooklyn verdadeiro — ao norte ficava Brooklyn Heights, uma parte secreta de Manhattan, ao sul ficava o porto, e o resto, tudo o que estava a leste do Canal Gowanus (toda vez que passávamos de carro sobre ele o Minna brincava dizendo que era a única massa de água do mundo noventa por cento composta de armas), com exceção de pequenos enclaves de civilização em Park Slope e no Windsor Terrace, o resto era um tumulto bárbaro e inominável.

Às vezes ele só precisava de um de nós. Ele aparecia no orfanato em seu Impala, e não no furgão, pedia especificamente por alguém e em seguida o raptava, para mágoa e consternação dos que ficavam. Tony estava e não estava nas boas graças do Minna: isso variava com a época; sua ambição e seu orgulho custavam-lhe tanto quanto lhe rendiam, mas ele era inegavelmente o nosso líder e o braço direito do Minna. Ostentava como medalhas as missões particulares com o Minna, mas se recusava a nos contar detalhes. Atlético, silencioso e alto, Danny tornou-se o cão fiel do Minna, seu Mercúrio, enviado para entregas e encontros particulares e logo cedo recebendo aulas de direção num terreno baldio de Red Hook, como se o Minna o estivesse preparando para ser um espião internacional, ou um Kato para um novo Besouro Verde. Gilbert, com toda sua determinação estúpida, ficou preso ao trabalho mais chão, esperando nos carros parados em fila dupla, consertando com durex um monte de caixas de papelão rasgadas, tirando os pés de uma cômoda para que ela passasse pelo vão estreito da porta, e pintando o furgão, cujo exterior grafitado aparentemente fora censurado por alguns dos vizinhos do Minna. E eu era um conjunto adicional de olhos, ouvidos e opiniões. O Minna me arrastava para as salas dos fundos, para os escritórios, para as negociações em barbearias, e mais tarde me interrogava. O que eu tinha achado daquele cara? Desprezível ou não? Débil mental ou retardado? Tubarão ou sardinha? O Minna me incentivava a participar de tudo e a desembuchar, embora pensasse que meus vômitos verbais fossem comentários não ancorados nos conteúdos das conversas. E ele adorava minha ecolalia. Achava que eu estava fazendo imitações.

Desnecessário dizer, não eram comentários ou imitações, mas a minha Tourette verbal finalmente florescendo. Assim como a Court Street, por trás das aparências eu fervilhava com palavras e conspirações, inversões de lógica, solavancos repentinos e estocadas de insultos. Agora a Court Street e o Minna começavam a estimular minha expressão. Com o incentivo de Minna, eu me liberei para macaquear o ritmo dos diálogos que entreouvia, suas reclamações e demonstrações de ternura, seus exercícios argumentativos. E o Minna adorava o efeito que eu produzia nos seus clientes e colaboradores, o modo como eu os enervava, interrompendo sua conversa mole vociferando algo, sacudindo a cabeça ou gritando um *Vai-à-merda-bailey!*. Eu era o seu efeito especial, sua piada ambulante. Eles olhavam assustados, ele fazia um gesto displicente e continuava contando o dinheiro sem nem dar-se ao trabalho de olhar para mim. "Não liguem para ele, ele faz isso sem querer", dizia. "Esse garoto foi disparado por um canhão." Outras vezes, dizia: "Às vezes ele gosta de ficar louquinho. Não liguem". Aí piscava para mim, evocando nossa conspiração. Eu era a evidência da imprevisibilidade, da inclemência e da dureza da vida, um modelo em miniatura de sua própria índole amalucada. Assim o Minna liberava a minha fala, e a fala no final das contas me liberava do desastre transbordante do meu eu tourettico, acabava sendo o tique que satisfazia aquilo que os outros não satisfaziam e que aliviava a coceira, ainda que fosse por pouco tempo.

"Alguma vez você já se ouviu, Lionel?", Minna dizia depois, balançando a cabeça. "Acho que você saiu mesmo de um canhão."

"*Caiu de um Cânion!* Não sei por quê, é só que — *quemerda!* — é só que eu não consigo parar."

"Você é um circo de aberrações, é isso. Um circo de aberrações humanas, e de graça. De graça para o público."

"Circo-de-graça!", eu batia no seu ombro.

"Foi o que eu disse: um circo de aberrações humanas, e de graça."

Fomos apresentados ao Matricardi e ao Rockaforte no prédio com fachada de pedra da Degraw Street, num dia de outono, quatro ou cinco meses depois de conhecer o Minna. Como sempre, ele reunira os quatro no furgão sem explicar qual seria nossa tarefa, mas havia nele uma agitação especial, um nervosismo que me induziu a um tique especial. Primeiro ele pegou a ponte do Brooklyn indo para Manhattan, depois passou debaixo da ponte em direção às docas próximas à Fulton Street, e eu fiquei o tempo todo imitando as sacudidas nervosas da sua cabeça enquanto enfrentava o trânsito. Estacionamos num pátio de concreto diante de um dos cais. O Minna desapareceu dentro de uma casinha pequena e sem janelas feita de chapas de aço onduladas e nos fez esperar do lado de fora do furgão, onde tiritávamos com o vento que vinha do East River. Num ataque, comecei a dançar em volta do furgão, contando os cabos suspensos da ponte que se elevavam sobre nós como um monstruoso membro de aço, enquanto o Tony e o Danny, congelando em seus casacos finos de tecido xadrez, me chutavam e xingavam. Gilbert estava bem protegido num falso casaco de penas costurado em gomos bem gordos que faziam com que ele lembrasse o boneco dos pneus Michelin ou a Rainha de Copas de *Alice no País das Maravilhas*. Ele ficou a alguns metros de nós, metodicamente atirando no rio lascas de concreto, como se fosse ganhar alguma coisa por remover o entulho do cais.

Minna saiu lá de dentro assim que os dois pequenos caminhões amarelos apareceram. Eram furgões alugados da Ryder Rental, menores que os do Minna e pintados de modo idêntico, um imaculado e o outro imundo. Os motoristas fumavam cigarros nas cabines, com os motores ligados. Minna abriu as portas traseiras dos furgões — que não estavam trancadas com cadeados — e ordenou que transferíssemos o conteúdo para o seu furgão. Rápido.

A primeira coisa em que pus as mãos foi uma guitarra elétrica, com o formato de um V voador e decorada com chamas amarelas e prateadas pintadas em esmalte. Ela tinha um fio dependurado. Outros instrumentos, guitarras e baixos, estavam em estojos pretos e reforçados, mas a guitarra tinha sido desligada e colocada às pressas dentro do furgão. Os dois furgões estavam lotados de equipamentos de show — sete ou oito guitarras, teclados, painéis cheios de interruptores eletrônicos, feixes de cabos, microfones e pedestais, pedais de efeito, uma bateria colocada inteira no caminhão, sem desmontar, e vários amplificadores e monitores, incluindo seis amplificadores de palco, cada um do tamanho de uma geladeira, que sozinhos ocupavam o segundo caminhão da Ryder e que tivemos de retirar e carregar em dois até o furgão do Minna. Os amplificadores e os estojos tinham decalques com o nome da banda, que eu reconheci vagamente. Mais tarde soube que eles tinham um ou dois sucessos que tocavam em AM, músicas sobre estradas, carros, mulheres. Na hora eu não me dei conta, mas era equipamento suficiente para um show num pequeno estádio.

Eu não tinha certeza de que conseguiríamos colocar todo o conteúdo dos dois caminhões no furgão, mas o Minna nos mandou calar a boca e trabalhar mais rápido. Os motoristas dos caminhões não falaram nada e nem saíram da cabine, apenas fumaram e esperaram. Ninguém surgiu de dentro da casinha de aço ondulado. No fim, mal havia espaço para o Gilbert e eu nos aboletarmos detrás das portas junto com o equipamento calamitosamente empilhado, enquanto Tony e Danny dividiam um lugar na frente, ao lado do Minna.

Assim cruzamos a ponte de volta para o Brooklyn, o Gilbert e eu temendo pelas nossas vidas caso o carregamento virasse ou caísse. Depois de perdermos o fôlego em algumas curvas e brecadas repentinas, o Minna parou o furgão em fila dupla e nos liberou. O destino era um prédio com fachada de pedra situado entre uma fila de prédios do mesmo tipo na Degraw Street, tijolos vermelhos, detalhes de pedra descascando, janelas elegantemente acortinadas. Dez ou vinte anos antes algum corretor esperto tinha vendido o quarteirão inteiro, desfigurando os prédios centenários com toldos de chapa de metal colocados sobre as elegantes portas de entrada; a única coisa especial sobre a casa de Matricardi e Rockaforte é que lhe faltava um desses toldos.

"Temos de desmontar a bateria", disse Tony ao ver a largura das portas.

"É só colocar para dentro", disse Minna. "Vai entrar."

"Tem escada?", disse Gilbert.

"Vocês vão ver, seus idiotas", disse Minna. "É só levar até a entrada."

Lá dentro nós vimos. Ultrapassada a porta, o prédio de fachada de pedra e aparência ordinária era uma anomalia. Os interiores — os típicos corredores e escadas estreitas, as balaustradas, os tetos altos e ornados — tinham sido completamente esvaziados e estripados, tudo substituído por uma escadaria que lembrava a de armazéns e levava ao subsolo e ao andar de cima. O salão onde estávamos era delimitado à esquerda por uma parede branca e lisa e por uma única porta, que estava fechada. Transportamos o equipamento para o andar superior enquanto o Minna ficou guardando o furgão. A bateria entrou com facilidade.

Os equipamentos da banda foram caprichosamente colocados num canto, sobre plataformas de madeira aparentemente montadas para essa finalidade. Os andares superiores do prédio estavam vazios a não ser por alguns engradados colocados aqui e ali e por uma mesa de jantar de carvalho coberta de talheres, centenas deles: garfos, colheres de dois tamanhos, facas. Talheres requintados e maciços, cintilantes, enfeixados em pilhas desordenadas, sem outra organização além da dos cabos apontados para o mesmo lado. Eu nunca vira tantos talheres num único lugar, nem mesmo na cozinha de St. Vincent — de toda maneira, aqueles garfos de St. Vincent eram simples pedaços de aço sujo dobrados de um lado para formar os dentes e de outro para fazer o cabo, pouquinho melhores do que os garfos plásticos distribuídos junto com nossos lanches na escola. Comparativamente, aqueles garfos eram pequenas obras-primas da escultura. Distanciei-me dos outros, obcecado pela montanha de garfos, facas e colheres, mas especialmente por aqueles garfos, de contornos tão ricos quanto minúsculas mãos sem polegar, ou como patas de um animal de prata.

Os outros carregaram o último amplificador escada acima. Minna estacionou melhor o furgão. Eu estava diante da mesa, tentando parecer descontraído. Descobri que sacudir a cabeça era um belo disfarce para sacudir a cabeça. Ninguém me observava. Embolsei um dos garfos, tremendo de cobiça e expectativa, sentindo um medo cheio de alegria enquanto fazia aquilo. Também foi só o tempo de acabar: Minna estava de volta. "Os clientes querem conhecer vocês", ele disse.

"Quem são?", perguntou Tony.

"Cale a boca quando eles falarem, tudo bem?", disse Minna.

"Mas quem são eles?", disse Tony.

"Tente calar a boca agora e você estará bom nisso quando encontrá-los", disse Minna. "Eles estão lá embaixo."

Atrás daquela parede lisa e sem emendas no andar térreo escondia-se a próxima surpresa, uma espécie de face oculta daquele prédio de fachada de pedra: a antiga arquitetura do salão estava intacta. Ao cruzar a porta adentramos um salão extremamente elegante, generosamente decorado com folhas de ouro aplicadas no teto com arabescos de gesso, cadeiras e mesas antigas, uma mesa lateral com tampo de mármore, um carrilhão de quase dois metros com espelhos laterais e um vaso com flores frescas. Sob nossos pés havia um tapete antigo, mergulhado em cores, um mapa de sonhos do passado. As paredes estavam repletas de fotografias emolduradas, nenhuma mais recente que a invenção do filme colorido. Era mais um museu de dioramas do velho Brooklyn que um salão contemporâneo. Sentados em duas cadeiras suntuosas estavam dois senhores, vestidos com ternos marrons que combinavam entre si.

"Então esses são os garotos", disse um deles.

"Digam oi para o senhor Matricardi", disse Minna.

"E aí", disse Danny. Minna deu-lhe um soco no braço.

"Disse para dizer oi para o senhor Matricardi."

"Oi", disse Danny amuado. Minna nunca exigira delicadezas. Nossos trabalhos com ele nunca tinham assumido um viés tão enfadonho. Estávamos acostumados a vadiar com ele pela vizinhança, a fazer algazarra, afiando os insultos.

Mas sentimos a mudança no Minna, o medo e a tensão. Tentaríamos corresponder, embora a servilidade estivesse fora da nossa lista de habilidades.

Os dois senhores estavam sentados com as pernas cruzadas, uma mão apoiada sobre a outra, observando-nos atentamente. Os dois vestiam ternos elegantes, tinham a pele branca e lisa, os rostos também lisos sem serem gordos. Aquele que se chamava sr. Matricardi tinha uma marca na parte superior do narigão, uma cicatriz recortada e regular como uma fenda moldada em plástico.

"Digam oi", disse Minna para mim e para o Gilbert.

Eu pensava *senhor pegue a mistura do seu corpo retardado do aniversário do seu apito policial*, mas não me atrevi a abrir a boca. Em vez disso acariciei os dentes do meu maravilhoso garfo roubado, que mal cabia no bolso da frente da minha calça de veludo.

"Tudo bem", disse Matricardi. Ele sorria franzindo a boca, era todo lábios e nada de dentes. As lentes grossas dos óculos duplicavam a intensidade do seu olhar. "Todos vocês trabalham para o Frank?"

O que se esperava que disséssemos?

"Claro", voluntariou-se Tony. Matricardi era um nome italiano.

"Você faz o que ele manda?"

"Claro."

O outro homem inclinou-se para a frente. "Escute", disse. "Frank Minna é um homem bom."

Novamente estávamos desorientados. Será que devíamos discordar?

Eu contava os dentes do garfo no meu bolso, um-dois-três-quatro, um-dois-três-quatro.

"Contem para nós o que vocês querem fazer", disse o outro homem. "Querem ser o quê? Que tipo de trabalho? Que tipo de homem?" Ele não escondia os dentes, amarelos e brilhantes como o furgão que tínhamos descarregado.

"Conversem com o senhor Rockaforte", instigou o Minna.

"Eles fazem o que você manda, Frank?", perguntou Rockaforte ao Minna. Apesar das repetições, de certo modo não se tratava de conversa-fiada, mas de um forte interesse especulativo. Muitíssimo apoiado na reação do Minna. Nas poucas vezes em que os vi de relance, Matricardi e Rockaforte eram sempre assim: suas observações banais tinham uma carga terrível.

"Fazem, sim, são bons meninos", disse Minna. Notei a pressa em sua voz. Já tínhamos estourado o tempo para as boas-vindas.

"*Órfãos*", disse Matricardi para Rockaforte. Ele repetia alguma coisa que lhe tinham dito, avaliando a importância da informação.

"Gosta desta casa?", perguntou Rockaforte, apontando para o teto. Ele me surpreendera examinando os arabescos do teto.

"Gosto", disse cuidadosamente.

"Este é o salão da mãe dele", falou Rockaforte inclinando a cabeça para Matricardi. "Exatamente como ela deixou", disse Matricardi com orgulho. "Nunca mudamos nada."

"Quando o senhor Matricardi e eu éramos crianças como vocês, eu vinha visitar a família dele e ficávamos sentados nesta sala." Rockaforte sorriu para Matricardi. Matricardi sorriu de volta. "A mãe dele, é sério, seria capaz de arrancar nossas orelhas se derrubássemos uma gota que fosse neste tapete. Hoje nos sentamos aqui para lembrar aqueles tempos."

"Tudo exatamente como ela deixou", disse Matricardi. "Se pudesse ver, reconheceria tudo. Ah, se ela estivesse aqui! Abençoada seja sua alma doce e comovente." Eles se calaram. Minna também estava silencioso, embora eu imaginasse poder sentir sua ansiedade de estar ali. Na verdade, pensei tê-lo ouvido engolir em seco.

Enquanto eu tocava o garfo roubado, minha garganta se mantinha tranqüila. O encanto do garfo sobre mim era muito forte, e cheguei a pensar que bastava tê-lo no bolso para me livrar dos tiques ruidosos.

"Então, digam", falou Rockaforte. "Digam o que vocês vão ser. Que tipo de homens."

"Como o Frank", disse Tony, confiante de estar falando por todos nós, e com razão. Essa resposta fez o Matricardi rir, ainda sem mostrar os dentes. Rockaforte esperou pacientemente até seu amigo terminar. Depois perguntou ao Tony: "Você quer fazer música?".

"O quê?"

"Você quer fazer música?" Seu tom era sincero.

Tony encolheu os ombros. Todos nós prendemos a respiração, esperando compreender aquilo. Minna transferiu seu peso de um pé para o outro, nervoso, vendo a situação escapar do seu controle.

"As coisas que vocês transportaram hoje para nós", disse Rockaforte. "Sabem o que são?"

"Claro."

"Não, não", disse Minna repentinamente. "Não podem fazer isso."

"Por favor, não recuse nosso presente", disse Rockaforte.

"Não, realmente não podemos aceitar. Com todo o respeito." Eu estava vendo que aquilo era vital para o Minna. O presente, que valia milhares, se não dezenas de milhares de dólares, tinha de ser terminantemente recusado. Eu que não construísse fantasias birutas sobre as guitarras elétricas, os teclados e os amplificadores. Mas era tarde demais: meu cérebro começara a borbulhar com nomes para nossa banda, todos roubados do Minna: *Canalhas de Merda*, *Os Cagões*, *Tony e os Viradores de Barcos*.

"Por quê, Frank?" Matricardi: "Deixe-nos proporcionar uma pequena alegria. Para órfãos, fazer música é uma boa coisa".

"Não, por favor."

Idiotas de Lugar Nenhum. Circo de Aberrações Humanas.

Imaginava essas coisas no lugar do logotipo da banda aplicado sobre a pele da bateria e decalcado nos amplificadores.

"Não permitiremos que ninguém mais aproveite aquele lixo", disse Rockaforte encolhendo os ombros. "Podemos dá-lo para os seus órfãos ou fazer uma fogueira com uma lata de gasolina — tanto faz."

O tom de Rockaforte me fez entender duas coisas. Primeiro, que a oferta realmente não significava nada para ele, absolutamente nada, e portanto podia ser recusada. Eles não forçariam o Minna a permitir que levássemos os instrumentos.

Em segundo lugar, que não havia nada de estranho no comentário de Rockaforte envolvendo uma lata de gasolina. Era exatamente o que aconteceria com o equipamento da banda.

Minna também ouviu aquilo e soltou um suspiro profundo. O perigo passara. Naquele mesmo momento eu também superei um ponto crítico, mas em outra direção. Meu garfo mágico tinha falhado. Comecei a querer pronunciar alguns dos disparates que dançavam na minha cabeça. *Bucky Dent e os Bolinhos Rançosos.*

"Está bem", disse Matricardi, levantando a mão como um árbitro bondoso. "Se isso desagrada, então vamos esquecer." Enfiou a mão no bolso interno do paletó. "Mas insisto em demonstrar nossa gratidão a esses órfãos que nos fizeram tamanho favor."

Ele tirou notas de cem dólares, quatro delas. Entregou-as para o Frank e acenou com a cabeça para nós, sorrindo generosamente, e por que não? Sem dúvida esse era o gesto que inspirara Frank a distribuir notas de vinte por toda parte, e de repente o Frank pareceu infantil e mixuruca por se dar ao trabalho de sujar as mãos com algo menor que uma nota de cem.

"Tudo bem", disse Minna. "Você vai estragá-los. Eles não sabem o que fazer com isso." Com a visita perto do final, ele já se sentia à vontade para caçoar. "Agradeçam, seus cabeças-de-amendoim."

Os outros três estavam deslumbrados, eu lutava contra minha síndrome.

"Obrigado."

"Obrigado."

"Obrigado, senhor Matricardi."

"Arf!"

Depois disso o Minna nos tirou de lá, apressando-nos para atravessar aquele estranho corredor com tal rapidez que nem podíamos olhar para trás. Até sairmos, Matricardi e Rockaforte não tinham se movido de suas cadeiras, apenas sorriram para nós e um para o outro. Minna colocou todos nós na traseira do furgão, onde comparávamos as notas de cem dólares — eram novinhas, e os números de série eram seqüenciados —, e Tony imediatamente tentou nos convencer de que ele deveria cuidar das nossas, que elas não estariam seguras no orfanato. Mas não caímos nessa.

Minna estacionou na Smith Street, perto da Pacific, em frente de um mercado vinte e quatro horas chamado Zeod's, nome do árabe que o administrava. Esperamos sentados até o Minna aparecer com uma cerveja.

"Vocês, seus estúpidos, sabem o que é esquecer?", perguntou.

"Esquecer o quê?"

"O nome dos caras que vocês acabaram de encontrar. Não é bom ficar falando o nome deles por aí."

"E como deveríamos chamá-los?"

"Não chamem de nada. Essa é uma parte do trabalho que vocês precisam aprender. Às vezes os clientes são apenas clientes. Nada de nomes."

"Quem são eles?"

"Não são ninguém", disse o Minna. "Essa é a questão. Esqueçam que vocês os viram."

"Eles moram lá?", perguntou o Gilbert.

"Não. Eles só cuidam da casa. Eles se mudaram para Jersey."

"*Estadojardim*", eu disse.

"Isso, o Estado-Jardim."

"*Estuque e Tijolo do Estado-Jardim!*", gritei. Esse era o nome de uma empresa de reformas cujos anúncios vagabundos e caseiros apareciam nos canais 9 e 11 durante os jogos dos Mets e dos Yankees e as reprises de *Além da imaginação*. O nome esquisito da firma já tinha se transformado num tique ocasional. Agora me parecia que Estolo e Tijuque podiam ser os nomes secretos de Matricardi e Rockaforte.

"Que é isso?"

"*Estado-Jardim Estolo e Tijuque!*"

Fiz o Minna rir novamente. Eu adorava fazer o Minna rir.

"Isso", ele disse. "Muito bom. Chame-os de *Estolo e Tijuque*, sua aberração do caralho." Ele tomou outro trago de cerveja.

E se a memória não falha, nunca mais ouvimos seus nomes verdadeiros.

"E por causa disso você acha que é italiano?", perguntou o Minna um dia, quando estávamos todos no seu Impala.

"O que você acha que eu pareço?", perguntou o Tony.

"Não sei, pensei que talvez fosse grego", disse o Minna. "Conheci um grego que saiu engravidando umas garotas italianas na Union Street até os irmãos mais velhos delas acabarem com ele debaixo da ponte. Você me lembra ele, sabia? Você tem essa cor escura... Diria que você é metade grego. Ou talvez porto-riquenho, ou sírio."

"Vá se foder."

"Pensando bem, talvez eu conheça os pais de todos vocês. Ninguém aqui pertence ao *jet set* internacional... um bando de mães adolescentes, que provavelmente moram num raio de alguns quilômetros, se é que vocês querem saber a porra da verdade."

Era com essas eventuais investidas contra as bazófias do Tony que o Minna anunciava o que já suspeitávamos: que não era apenas a vida do Tony que tinha suas próprias estruturas de significado, mas também as nossas, que aqueles enredos eram transparentes para ele, que detinha o poder de revelá-los, que ele de fato conhecia nossos pais e a qualquer momento poderia apresentá-los para nós.

Em outros momentos zombava de nós se fingindo de tonto ou de sabichão... não sabíamos bem qual dessas duas possibilidades. Quando ele e eu estávamos sozinhos ele dizia: "Essrog. Essrog. Esse nome". E apertava os olhos, como se tentasse lembrar, ou como se tentasse ler algum nome escrito na distante linha do horizonte de Manhattan.

"Você conhece algum Essrog?", eu dizia, com a respiração presa, o coração apertado. *"Escroque!"*

"Não. Só que... Você já procurou na lista telefônica? Pelo amor de Deus, não deve haver mais do que três ou quatro Essrogs. Um nome tão esquisito."

Mais tarde, no orfanato, eu procurei. Havia três.

As opiniões exóticas do Minna se deixavam entrever nas piadas que ele contava e gostava de ouvir, e também nas que interrompia logo no começo. Aprendemos a nos mover às cegas e cegamente no labirinto dos preconceitos dele. Os hippies eram perigosos e esquisitos, e além disso um pouco tristes em seus equívocos utópicos. ("Seus pais deviam ser hippies", ele me dizia. "É por isso que você saiu essa grande aberração.") Os homossexuais masculinos eram lembranças inofensivas de um impulso latente em todos nós — e ser "meio viado" era mais vergonhoso que ser um viado inteiro. Certos jogadores de basquete, especialmente do Mets (os Yankees eram sagrados mas chatos, os do Mets eram maravilhosamente comoventes e humanos), eram meio viados — Lee Mazzilli, Rusty Staub e mais tarde o Gary Carter. E também a maioria dos astros do rock e qualquer um que tivesse estado nas Forças Armadas sem ter ido para a guerra. As lésbicas eram sábias e misteriosas e mereciam respeito (como é que nós, que devíamos ao Minna todo o nosso conhecimento sobre as mulheres, podíamos discutir quando ele próprio ficava desconcertado e reverente?), embora pudessem parecer engraçadas pela sua teimosia e presunção. A população árabe da Atlantic Avenue era tão distante e impenetrável quanto as tribos indígenas que detinham a nossa terra antes de Colombo. As minorias "clássicas" — irlandeses, judeus, poloneses, italianos, gregos e porto-riquenhos — eram a própria matéria da vida, gente essencialmente engraçada, ao passo que os negros e todos os tipos de asiáticos eram desprovidos de graça e seriamente menosprezados (os porto-riquenhos provavelmente tinham pertencido a essa segunda categoria, mas foram promovidos à condição de "clássicos" exclusivamente graças a *West Side Story*, e todos os hispânicos eram "riquenhos", mesmo se fossem dominicanos, como muitas vezes o eram). Mas a estupidez mais acabada, a doença mental e a ansiedade familiar ou sexual eram as faíscas que davam vida à matéria amorfa das minorias clássicas, as forças anímicas que tornavam a vida humana interessante e que fluíam, uma vez que você aprendesse a identificá-las, em cada personalidade e em cada interação. Era uma forma de racismo, não de respeito, que poupava os negros e os asiáticos de serem estúpidos como os irlandeses ou os polacos. Se você não fosse engraçado, você nem bem existia. E geralmente era melhor ser completamente estúpido, impotente, preguiçoso, avarento ou anormal do que procurar evitar seu destino, ou escondê-lo sob disfarces patéticos de vaidade ou tranqüilidade. Foi assim que eu, Aberração Indisfarçável e Suprema, me tornei mascote de toda uma visão de mundo.

Liguei para os Essrog que estavam na lista telefônica do Brooklyn num dia em que fiquei sozinho no escritório de um armazém por uns vinte minutos, esperando o Minna voltar. Devagar, movi o pesado disco giratório, tentando não ficar obcecado com os furos. Até aquele momento, eu devia ter telefonado umas duas vezes em toda a minha vida.

Tentei *F. Essrog, Lawrence Essrog, Murray e Annette Essrog*. F. não estava em casa. Uma criança atendeu o telefone do Lawrence. Fiquei ouvindo ela dizer "Alô? Alô?", minhas cordas vocais congelaram e depois desliguei.

Murray Essrog atendeu o telefone. Era uma voz de velho, acompanhada de uma respiração ruidosa.

"Essrog?", eu perguntei, e fora do bocal do telefone sussurrei *Bundão*.

"Sim. Aqui é da casa do Essrog, é o Murray que está falando. Quem é?"

"Baileyrog", eu disse.

"Quem?"

"Bailey."

Ele esperou um momento, depois disse: "Bom, em que posso ajudá-lo, Bailey?".

Desliguei o telefone. Memorizei os números, todos os três. Nos anos seguintes eu nunca, nem sequer uma única vez, ultrapassaria o limite que tinha estabelecido com o Murray ou com os outros Essrog — nunca apareci nas casas deles, nunca os acusei de serem parentes de um *circo de aberrações humanas, e gratuito*, nem mesmo cheguei a me apresentar direito —, mas transformei num ritual o ato de discar seus números e desligar depois de chamar duas ou três vezes, ou então de escutar apenas o suficiente para ouvir a respiração de um outro Essrog.

Uma história verdadeira, embora muito repetida como se fosse uma piada, freqüentemente virando o barco, era aquela do policial que fazia a ronda na Court Street e costumava desbaratar grupos de adolescentes agrupados na frente de casas e bares e que, diante das inevitáveis desculpas, interrompia os adolescentes dizendo: "Tudo bem, tudo bem. Mas me conte a sua história *andando*". Antes de tudo, isso de alguma forma resumia minha sensação a respeito do Minna — sua impaciência, o prazer que tinha na síntese, na recombinação de coisas banais, tornando-as mais expressivas, hilariantes ou vívidas. Ele adorava conversas mas desprezava explicações. Um ato de ternura era tedioso se não viesse acompanhado de um insulto. Um insulto era melhor se também compreendesse algum tipo de autodepreciação, e idealmente deveria servir ainda como expressão de uma filosofia de rua ou como a retomada de algum debate adormecido. E toda conversa era melhor se fosse às carreiras, andando na calçada, entre uma ação e outra: aprendemos a contar nossa história andando.

Embora o nome de Gerard Minna estivesse no cartão de visita da L&L, nós só o encontramos duas vezes, e nunca durante uma mudança. A primeira vez foi no Natal de 1982, no apartamento da mãe do Minna.

Carlotta Minna era um Fogão Velho. Segundo o Minna, esse era um termo usado no Brooklyn. Ela era uma cozinheira que trabalhava no seu próprio apartamento, preparando pratos de lula salteada, pimentões recheados e sopa de tripa de boi adquiridos a sua porta por um desfile constante de clientes, na maioria vizinhas com muitos afazeres domésticos, homens solteiros, jovens ou idosos, jogadores de bocha que levavam a comida para o parque, apostadores de corridas de cavalo que comiam seus quitutes de pé na frente dos guichês de aposta, barbeiros, açougueiros e empreiteiros que se sentavam em caixotes nos fundos de suas lojas para devorar costeletas, dobrando-as como se fossem waffles. Nunca entendi como aquela gente ficava sabendo de seus preços e horários... talvez por telepatia. Ela realmente trabalhava num fogão velho, pequeno e esmaltado, com quatro bocas cobertas com crostas de molhos ancestrais e sobre as quais sempre havia três ou quatro panelas borbulhando. O forno desse aparelho hercúleo nunca estava frio; toda a cozinha se afogueava com o calor, como uma fornalha. A própria sra. Minna parecia ter sido assada, com o rosto escuro e enrugado como as bordas de um calzone chamuscado. Nunca entramos ali sem ter de acotovelar alguns compradores que estavam à porta, nem saímos sem estarmos carregados de comida, embora isso fosse um mistério, já que ela parecia nunca fazer mais do que o necessário, nunca desperdiçar nenhuma migalha. Quando estávamos com ela, o Minna ficava agitado, falava sem parar com a mãe, amigavelmente insultava todos os que estavam no apartamento — entregadores, fregueses, estranhos (se é que na época alguém era estranho para o Minna) —, experimentava tudo o que ela estivesse cozinhando e fazia sugestões para cada prato, cutucava cada ingrediente cru, cada bola de massa ainda em preparo e também cutucava a própria mãe nas orelhas e no queixo, tirando com as mãos espalmadas a farinha dos seus braços escuros. Ela raramente dava sinais de notar sua presença, pelo menos que eu tenha percebido. E na minha presença ela nunca disse uma palavra sequer.

Naquele Natal o Minna levou todos nós ao apartamento de Carlotta, e dessa vez comemos à sua mesa, depois de abrir espaço para os pratos entre colheres grudadas de molho e potinhos de papa sem rótulos, cheios de temperos. Minna ficou diante do fogão, experimentando o caldo, e Carlotta pairava sobre nós enquanto devorávamos suas almôndegas, passando seus dedos enfarinhados sobre o encosto das cadeiras e tocando gentilmente nossas cabeças, nossas nucas. Fingíavamos não perceber, envergonhados de mostrar aos outros e a nós mesmos que suas carícias nos deleitavam tanto quanto seu molho de carne. Mas nos deleitamos. Afinal de contas, era Natal. Nos lambuzamos, engolimos com sofreguidão, demos joelhadas uns nos outros por baixo da mesa. Reservadamente, eu polia o cabo da minha colher, imitando em silêncio os movimentos dos dedos dela em minha nuca, lutando para não me virar e pular sobre Carlotta. Concentrei-me no meu prato — comer, na época, já era para mim um alívio. Durante todo o tempo ela continuou nos acariciando, com mãos que nos teriam horrorizado se tivéssemos olhado de perto.

Minna a viu e disse: "Isto te emociona, Ma? Eu trouxe todo o Brooklyn sem pai nem mãe aqui para você. Feliz Natal".

A mãe do Minna soltou uma espécie de suspiro agudo e triste. Nós continuamos concentrados na comida.

"*Brooklyn sem pai nem mãe*", repetiu uma voz que não conhecíamos.

Era o irmão do Minna, Gerard. Ele entrou sem que percebêssemos. Era um Minna mais corpulento e alto. Seus olhos e cabelos eram igualmente escuros, a boca igualmente irônica, os lábios profundamente marcados nos cantos. Ele vestia um casaco de couro marrom-acastanhado que manteve abotoado, as mãos enfiadas nos bolsos, cujo acabamento parecia feito de remendos.

"Então essa é a sua pequena empresa de mudanças", ele disse.

"Ei, Gerard", disse Minna.

"Feliz Natal, Frank", disse Gerard Minna distraidamente, sem olhar para o irmão. Em vez disso, ele num instante deu cabo de cada um de nós com os olhos, seu olhar fixo e duro cortando-nos em duas partes como serras de metal sobre cadeados vagabundos. Não demorou muito para satisfazer sua curiosidade conosco para todo o sempre — era a impressão que dava.

"Feliz Natal", disse Minna. "Por onde você tem andado?"

"No norte do estado", disse Gerard.

"O quê, com o Ralph e os outros?" Detectei alguma coisa nova na voz do Minna, um tom ansioso e bajulatório.

"Mais ou menos."

"E aí? Só porque é Natal você vai conversar comigo? Se depender de você e da Ma, isto aqui fica parecendo um claustro, de tão silencioso."

"Eu trouxe um presente para você." Ele deu ao Minna um envelope branco tamanho ofício, estourando de tão cheio. Minna começou a abri-lo, e Gerard disse em voz baixa e carregada de uma antiga autoridade fraterna: "Guarde isso".

Aí nos demos conta de que todos estávamos olhando fixamente para aquela cena. Todos, exceto Carlotta, que estava no fogão fazendo um prato absurdamente imenso para o filho mais velho.

"Prepare para viagem, mãe."

Carlotta resmungou novamente e fechou os olhos.

"Eu volto mais tarde", disse Gerard. Ele se aproximou e pôs as mãos nela, num gesto muito parecido com o do Minna. "Preciso ver algumas pessoas hoje, é só isso. Voltarei à noite. Aproveite sua festinha para os órfãos."

Ele pegou o prato embrulhado com papel alumínio e se foi.

Minna disse: "O que vocês estão olhando? Continuem comendo!". E enfiou o envelope branco dentro do paletó. O envelope me fez pensar no Matricardi e no Rockaforte, nas suas imaculadas notas de cem dólares. Estolo e Tijuque, corrigi silenciosamente. Aí o Minna nos deu uns cascudos um pouquinho fortes demais, o anel de ouro bojudo do dedo médio atingiu nossos cocurutos no mesmo lugar que sua mãe tinha acariciado.

O comportamento do Minna com a mãe repetia estranhamente o que conhecíamos do seu estilo com as mulheres. Eu ia dizer namoradas, mas ele nunca as chamou assim, e raras vezes o vimos mais de uma vez com a mesma. Eram garotas da Court Street, que enfeitavam salões de sinuca e saguões de cinema, saíam do trabalho na padaria ainda usando chapéus de papel descartáveis, passavam batom sem deixar de mascar chicletes, debruçavam os corpos pesadamente elegantes nas janelas de carros e nos balcões de pizzarias, olhavam sobre nossas cabeças como se tivéssemos um metro e trinta de altura. Aparentemente ele tinha sido colega de ginásio de cada uma delas. "Sadie e eu estudamos juntos na sexta série", ele dizia, mexendo nos cabelos dela e desarrumando suas roupas. "Esta é a Lisa, que costumava bater no meu melhor amigo na aula de ginástica." Fazia piadas com elas como quem lança bolas sobre uma parede baixa demais, cercava-as com palavras como uma bandeira se enrolando em torno de um mastro, cutucava seus sutiãs com os dedos em pinça, segurava-as pelos quadris e se inclinava sobre elas como se estivesse tentando influir no movimento da bola de um fliperama, arriscando um *tilt*. Elas nunca riam, só viravam os olhos e o afastavam com tapinhas, ou nem isso. Observávamos tudo, nos embebíamos daquela feminilidade indiferente, daquela essência rara pela qual ansiávamos tanto. Minna tinha esse dom, e nós estudávamos seus movimentos, que depois relembrávamos em preces silenciosas, quase inconscientes.

"Não é que eu só goste de mulheres com peitos grandes", ele me disse uma vez, anos mais tarde, muito depois de ter trocado as garotas da Court Street por um casamento estranho e indiferente. Estávamos descendo pela Atlantic Avenue juntos, eu acho, e ele virou a cabeça para uma mulher que passava. Claro que também virei minha cabeça, minhas ações são tão exageradas e de segunda mão como as de marionetes. "Essa é uma confusão muito comum", ele disse, como se fosse um ídolo, e eu, a sua platéia, um imenso público dedicado a confundi-lo. "O negócio é que para mim uma mulher precisa ter certa dose de *cobertura*, entende? Alguma coisa entre você e ela, uma espécie de isolamento. Senão você dá de cara com sua alma nua."

Rodas dentro de rodas era outra das expressões do Minna, usada exclusivamente para caçoar das idéias que tínhamos a respeito de coincidências e conspirações. Se nós, os Meninos, ficávamos extasiados com, digamos, o fato de ele encontrar sucessivamente na Court Street três garotas que conhecera no colegial, sendo que tivera casos com duas delas sem que a outra soubesse, ele esbugalhava os olhos e sentenciava seu *rodas dentro de rodas*. Nenhum jogador do Met, jamais, arremessara uma bola para um não-batedor, mas tanto Tom Seaver como Nolan Ryan fizeram isso depois de terem sido vendidos para outro time — *rodas dentro de rodas*. O barbeiro, o homem do queijo e o corretor de apostas, todos se chamavam Carmine — claro, *rodas dentro de rodas*, beleza. Você descobriu uma boa pista, Sherlock.

Ele pressupunha que nós, os órfãos, éramos idiotas no que dizia respeito a relacionamentos, demasiadamente impressionáveis por qualquer traço de familiaridade. Deveríamos sempre duvidar de nós mesmos ao imaginar alguma rede em operação. Devíamos deixar essas coisas para o Minna. Assim como ele conhecia a identidade dos nossos pais mas nunca as revelaria para nós, apenas Frank Minna estava autorizado a especular sobre os sistemas secretos que moviam a Court Street e o mundo. Se ousássemos retrucar, certamente não encontraríamos mais que *rodas dentro de rodas*. Simplesmente isso. A merda do mundo de sempre — melhor acostumar-se com ele.

Num dia de abril, cinco meses depois daquele almoço de Natal, Minna apareceu com todas as janelas do carro completamente estilhaçadas, o furgão transformado numa escultura de vidros sobre rodas, ofuscante, com os cristais refletindo o sol. Aquilo certamente fora obra de um homem munido de um martelo ou de um pé-de-cabra e sem medo de ser interrompido. Minna parecia não ter notado nada; ele nos arrastou para um trabalho sem mencionar aquilo. Na volta para o orfanato, enquanto o carro sacolejava sobre os paralelepípedos da Hoyt Street, Tony apontou com a cabeça para o pára-brisa, retorcido como uma cortina de contas, e perguntou: "Então, o que aconteceu?".

"O que aconteceu o quê?" Era um jogo do Minna, forçar-nos a ser literais quando tínhamos sido treinados para falar obliquamente, em cifras.

"Alguém fodeu com o seu furgão."

Minna encolheu os ombros, exageradamente informal. "Eu estacionei naquele quarteirão da Pacific Street."

Não sabíamos do que ele estava falando.

"Os caras de lá tinham mania de dizer que eu estava deixando a vizinhança muito feia." Algumas semanas depois da pintura do Gilbert, o furgão estava novamente coberto de grafite, muitas letras vazadas e incoerentes preenchidas com uma camada de assinaturas feitas com máscaras. Alguma coisa fazia do furgão do Minna um alvo natural, as laterais planas como as de vagões de metrô sem janelas, uma superfície pública e familiar pedindo spray num lugar onde tanto os carros particulares como os caminhões comerciais, maiores e mais lustrosos, eram invioláveis. "Eles me falaram para nunca mais estacionar ali perto. Tornei a estacionar, e eles me disseram a mesma coisa de um jeito diferente."

Minna levantou as duas mãos do volante para gesticular sua indiferença. Não estávamos totalmente convencidos.

"Alguém está mandando um recado", disse Tony.

"O que foi?", perguntou Minna.

"Eu só disse que é um recado", disse Tony. Sabia que ele queria perguntar do Matricardi e do Rockaforte. Será que eles estavam envolvidos? Não poderiam proteger o Minna de ter suas janelas quebradas? Todos queríamos perguntar essas coisas, mas nunca perguntaríamos, a menos que o Tony se adiantasse.

"É, mas o que você está tentando dizer?", perguntou Minna.

"*A-merda-do-recado*", sugeri num impulso.

"Você sabe o que eu quero dizer", disse Tony em tom desafiador, me ignorando.

"É, talvez", disse Minna. "Mas diga com suas próprias palavras." Eu podia ver a raiva do Minna se desdobrando, como as cartas de um baralho novo.

"*Mande-tudo-à-merda!*", eu era como uma criança simulando um ataque para evitar que os pais brigassem.

Mas Minna não se deixava distrair. "Quieto, Aberração", ele disse, sem tirar os olhos do Tony. "Explique o que disse", falou de novo para o Tony.

"Nada", disse Tony. "Merda." Ele estava recuando.

Minna encostou o furgão na sarjeta, perto de um hidrante na esquina da Bergen com a Hoyt. Do lado de fora, uns negros sentados na entrada de uma casa bebiam alguma coisa de dentro de um saco de papel pardo. Olharam para nós.

"Explique o que você falou", insistiu Minna.

Ele e Tony olharam-se fixamente, e o restante de nós se encolheu lá atrás. Eu cuspi algumas variações.

"É só que, sei lá, alguém está mandando um recado para você." Tony sorriu sem graça.

Isso enfureceu o Minna. Repentinamente, ele e Tony falavam uma linguagem particular na qual *recado* tinha muito significado. "Você acha que sabe alguma coisa", ele disse.

"Só estou dizendo que posso ver o que eles fizeram com o seu furgão, Frank." Tony raspou os pés na camada de minúsculos cubos de vidro temperado que tinham se soltado da janela e se espalhado no piso do furgão.

"Não foi só isso que você falou, seu paspalho."

Era a primeira vez que eu ouvia o Minna usar aquele termo que a partir dali ficaria alojado no topo da minha lista de tiques: *paspalho*. Não sabia se ele ouvira de alguém ou se tinha inventado ali na hora.

O que significava para mim eu ainda não sei dizer. Mas talvez ele tenha entrado para o meu vocabulário por causa do trauma daquele dia: nossa pequena organização estava perdendo a inocência, mas eu não podia explicar como nem por quê.

"Eu não pude deixar de reparar", disse Tony. "Alguém arrebentou suas janelas."

"Você se acha um garoto esperto, não acha?"

Tony olhou fixamente para ele.

"Você quer ser o Scarface, não quer?"

Tony não respondeu, mas entendia o que queria dizer aquilo. *Scarface* tinha estreado no mês anterior, Al Pacino estava em ascensão, era um colosso pessoal escarranchado no mundo de Tony, bloqueando a visão do céu.

"Olhe, esse negócio do Scarface", disse Minna, "antes de ser Scarface ele era *Scabface*. Ninguém pensa nisso. Você primeiro precisa ser o Scabface."*

Por um segundo pensei que o Minna fosse bater no Tony, machucar o rosto dele para dizer o que queria. Tony também parecia esperar isso. Mas a fúria de Minna desapareceu.

"Fora", ele disse. Acenou com a mão, um César gesticulando para os céus através do teto abaulado do furgão reformado dos correios.

"O quê?", perguntou Tony. "Aqui?"

"Fora", ele disse de novo, placidamente. "Vão andando para casa, seus bundas-moles."

Ficamos boquiabertos, embora estivesse muito claro o que ele queria dizer. De qualquer modo, não estávamos a mais de cinco ou seis quarteirões do orfanato. Mas não tínhamos sido pagos, não havíamos ganhado as cervejas nem as fatias de pizza nem os bolinhos quentes e cobertos de açúcar. Eu podia sentir o gosto da decepção — o sabor da ausência do açúcar refinado. Tony empurrou a porta, desalojando mais alguns pedaços de vidro, e nós, em fila, obedientemente saímos do furgão em direção à calçada, para a claridade do dia, para a tarde repentinamente disforme.

Minna foi embora e nos deixou ali, desajeitadamente flutuando diante dos bêbados que estavam na frente da casa. Eles balançaram suas cabeças para nós, meninos brancos com expressões estúpidas a um quarteirão dos conjuntos habitacionais.

* O trocadilho com o nome do personagem interpretado por Al Pacino no filme *Scarface* explora a semelhança entre *scar*, "cicatriz", e *scab*, "ferida". (N. T.)

Ali não corríamos perigo, nem éramos perigosos. Havia algo tão primariamente humilhante na nossa expulsão que a própria Hoyt Street parecia nos ridicularizar, a humilde fileira de casas com fachadas de pedra, a sonolenta bodega. Éramos indesculpáveis para nós mesmos. Os outros perambulavam pelas esquinas, mas nós não, pelo menos não mais. Andávamos de carro com o Minna. O efeito era premeditado: Minna sabia o valor do presente que tirara de nós.

"*Bunda-mole*", eu disse energicamente, medindo o formato das palavras em minha boca, sentindo seu potencial para virar tique. Depois espirrei, induzido pela luz do sol.

Gilbert e Danny olharam para mim com desgosto, Tony com alguma coisa pior.

"Cale a boca", ele disse. Havia uma fúria gelada em seu sorriso de dentes cerrados.

"*Me-manda-fazer-isso, bunda-mole*", grasnei.

"Agora fique quieto", preveniu Tony. Ele catou da sarjeta um pedaço de pau e veio na minha direção.

Gilbert e Danny cautelosamente se afastaram. Eu os teria seguido, mas Tony me encurralou contra um carro estacionado. Os homens no alpendre voltaram a se recostar sobre os cotovelos, sorvendo pensativamente suas bebidas.

"*Paspalho*", eu disse. Tentei encobrir com outro espirro, o que fez alguma coisa no meu pescoço estalar. Eu me contraí e falei novamente: "*Paspalho!*" *Paspalho!*". Fiquei preso num *loop* muito próprio, muito familiar, o *loop* de refinar um tique verbal para me libertar da sua aderência (sem saber exatamente quão tenaz seria a aderência daquelas sílabas específicas). Certamente minha intenção não era responder ao Tony. Contudo, *paspalho* era como o Minna o havia chamado, e eu repetia a palavra em sua cara.

Tony segurava o pedaço de pau que encontrara, uma ripa

com restos de reboco grudados. Olhei fixamente, antecipando minha própria dor como tinha antecipado a do Tony, nas mãos do Minna, minutos antes. Mas o Tony se aproximou, com o pedaço de pau na mão, e me agarrou pelo colarinho.

"Abra novamente a boca", ele disse.

"Paspalho, cascalho, caralho", eu disse, prisioneiro da minha síndrome. Reagi agarrando o Tony, minhas mãos explorando seu colarinho, os dedos percorrendo-o como os de um amante ansioso e desajeitado.

Gilbert e Danny tinham começado a subir a Hoyt Street na direção do orfanato. "Vem, Tony", disse Gilbert, inclinando a cabeça. Tony os ignorou. Raspou o pedaço de pau na sarjeta, que voltou com uma mancha de merda de cachorro amarelo-mostarda e de cheiro acre.

"Abra", ele disse.

Agora Gilbert e Danny estavam apenas fugindo, com as cabeças inclinadas. A rua estava tão vazia que brilhava absurdamente. Ninguém além dos negros na frente da casa, testemunhas passivas. Dei um solavanco com a cabeça quando o Tony tentou me acertar com o pedaço de pau — o tique como manobra evasiva —, e ele só conseguiu marcar a minha bochecha. No entanto, eu sentia o cheiro, o oposto do açúcar refinado tornado tangível, unido ao meu rosto.

"*Pegue-me-bailey!*", gritei. Caindo de costas contra o carro atrás de mim, virei a cabeça de novo, e de novo, tentando arrancar aquilo com um repelão, consagrando aquele momento a uma espécie de coreografia de tiques. A mancha me acompanhava, inflexível, ardente. Ou talvez fosse minha bochecha que queimasse.

Nossas testemunhas amassaram os sacos de papel, lançando suspiros pensativos.

Tony largou o pedaço de pau e parou de vir atrás de mim.

Ele se aborrecera, não conseguia me olhar nos olhos. Esteve a ponto de dizer alguma coisa, mas pensou melhor e se pôs a correr atrás do Gilbert e do Danny, que davam de ombros enquanto subiam a Hoyt Street, saindo de cena.

Só voltamos a encontrar o Minna cinco semanas mais tarde, numa manhã de domingo no final de maio, no pátio do orfanato. Ele estava com o irmão, Gerard; era a segunda vez que o víamos.

Nenhum de nós havia visto o Frank nas semanas intermediárias, embora eu saiba que os outros, assim como eu, tinham perambulado pela Court Street para espionar alguns dos seus redutos habituais, a barbearia, o depósito de bebidas, o fliperama. Ele não estava em lugar algum. O que não significava nada, mas significava tudo. Ele podia nunca mais tornar a aparecer, mas se aparecesse e não falasse nada sobre isso não pensaríamos duas vezes. Não falávamos disso uns com os outros, mas uma tristeza pairava sobre nós, tingida pela melancolia dos órfãos, pela nossa resignação ao sofrimento permanente. Uma parte de cada um de nós ainda carregava o espanto da esquina da Hoyt com a Bergen, onde fôramos despejados do furgão do Minna, onde caíramos depois de nossas asas inadequadas terem se derretido ao sol.

Soou uma buzina, a do Impala, não a do furgão. Aí os irmãos desceram e se aproximaram da cerca com o arame em forma de ciclone e esperaram que nos reuníssemos. Tony e Danny jogavam basquete, Gilbert talvez estivesse ao lado da quadra dedicando-se a enfiar o dedo no nariz. Não importa, é assim que visualizo a situação. Eu não estava no pátio quando eles chegaram. Gilbert precisou entrar e me arrancar da biblioteca do orfanato, para onde eu me retirara desde o ataque do Tony, ainda que Tony não tivesse dado sinais de querer repeti-lo. Eu estava bem acomodado num assento no peitoril da janela, a luz do sol entretecida pelas sombras das grades da janela, quando Gilbert me encontrou lá, imerso num romance de Allen Drury.

Frank e Gerard vestiam roupas quentes demais para aquela manhã. Frank com sua jaqueta de aviador, Gerard com seu casaco de couro com remendos. O banco traseiro do Impala estava lotado com sacolas de compras cheias de roupas do Frank e com duas malas de couro que certamente pertenciam ao Gerard. Que eu saiba Frank Minna nunca teve uma mala em toda a sua vida. Eles estavam na cerca: Frank saltava nervosamente nas pontas dos pés, Gerard esperava com os dedos enganchados na malha da cerca, sem tentar esconder a impaciência com o irmão, uma impaciência que se confundia com repugnância.

Frank deu um sorriso afetado, levantou as sobrancelhas, balançou a cabeça. Danny segurava sua bola de basquete entre o antebraço e o quadril; Minna acenou-lhe com a cabeça, imitou um arremesso deixando a outra mão cair na cintura e fez um "O" com os lábios simulando os *assobios* que acompanhariam aquele gesto.

Então, idiotamente, saltou para um suposto passe para o Gerard. Seu irmão pareceu não notar. Minna balançou a cabeça, em seguida apontou dois dedos em forma de arma através da cerca e cerrou os dentes emitindo um *ratatá*, como se fizesse uma pequena e imaginária chacina escolar. Nada podíamos fazer além de olhá-lo bestificados e mudos. Era como se alguém tivesse tirado a voz do Minna. E Minna era a sua voz — será que ele não sabia? Seus olhos diziam que sim, que ele sabia. Pareciam em pânico, como se os tivessem aprisionado no corpo de um mímico.

Gerard fitava o pátio com o olhar vazio, ignorando o show. Minna fez mais algumas caretas, estremecendo, rindo silenciosamente, contraindo a bochecha para se livrar de algum incômodo invisível. Esforcei-me para não imitá-lo.

Aí ele pigarreou. “Eu vou, ah, ficar fora da cidade por um tempo”, disse finalmente.

Esperávamos que falasse mais. Minna simplesmente acenou com a cabeça, enviesou os olhos e sorriu de boca fechada, como se agradecesse os aplausos.

“Norte do estado?”, perguntou Tony.

Minna tossiu, cobrindo a boca com o pulso. “É. É pra lá que o meu irmão vai. Ele acha que a gente devia, vocês sabem, respirar um pouco do ar puro do campo.”

“Quando vocês voltam?”, perguntou Tony.

“Ah, voltar”, disse Minna. “Essa é uma área desconhecida, Scarface. Fatores desconhecidos.”

Acho que ficamos boquiabertos, porque ele acrescentou: “Eu, no lugar de vocês, não ficaria esperando no portão, se é que vocês estavam planejando fazer isso”.

Estávamos no segundo colegial. Aquela decisão nos tomou de surpresa, uma porta de muitos anos se abria e fechava para o que tinha sido um futuro contado em tardes. Será que reconheceríamos o Minna quando ele voltasse? Ainda nos reconheceríamos?

Minna não estaria lá para nos dizer o que pensar sobre o fato de não estar lá, para dar um nome para sua ausência.

“Tudo bem, Frank”, disse Gerard, virando a cabeça para a cerca. “O Brooklyn sem pai nem mãe agradece seu apoio. Acho melhor pegarmos a estrada.”

“Meu irmão está com pressa”, disse Frank. “Ele vê fantasmas por toda parte.”

“É, agora mesmo estou olhando para um”, disse Gerard, embora na realidade não estivesse olhando para ninguém, só para o carro.

Minna inclinou sua cabeça para nós, para seu irmão, como quem diz *vocês sabem do que estou falando.* E *desculpem.*

Aí ele tirou um livro do bolso, uma pequena brochura. Acho que nunca o vira com um livro nas mãos. "Aqui", ele me disse. Deixou cair o livro na calçada e com a ponta do sapato o empurrou por debaixo da cerca. "Dê uma olhada", disse. "Pelo visto você não é a única aberração deste circo."

Peguei o livro. *Entendendo a síndrome de Tourette* era o título — era a primeira vez que eu via a palavra.

"Queria ter lhe dado antes", ele disse. "Mas ando muito ocupado."

"Ótimo", disse Gerard pegando Minna pelo braço. "Vamos dar o fora daqui."

Suspeito que, todo dia depois da escola, o Tony estivera procurando aquilo. Passados três dias ele encontrou o que procurava e nos levou até lá, até a margem da via expressa que liga o Brooklyn ao Queens, no final da Kane Street. O furgão estava destruído, reduzido à sua carcaça, os pneus derretidos. A explosão livrara as janelas dos estilhaços de vidro temperado, que agora repousavam numa penumbra de grãos esparramados pela calçada e pela rua junto com lascas de pintura queimada e manchas de cinza, um mapa fotográfico de um campo de forças. Os painéis do furgão estavam retorcidos, os grafites ainda evidentes sob o esqueleto branco, tudo o mais — a cobertura esmaltada e de má qualidade aplicada pelo Gilbert e o verde original de fábrica — tinha agora um negrume calcinado e quebradiço como pele queimada de sol.

Nós o circundamos em estranha reverência, temerosos de tocá-lo, e pensei *Cinzas, cinzas* —, depois saí correndo pela Kane em direção à Court Street antes que alguma coisa escapasse da minha boca.

Nos dois anos seguintes fiquei maior — nem gordo nem especialmente musculoso, mas grande como um urso, e por isso mais difícil de ser tiranizado pelo peso-galo do Tony ou por qualquer outro — e também mais estranho. Com a ajuda do livro do Minna identifiquei meus sintomas como sendo de Tourette, depois constatei que aquilo oferecia pouquíssimo contexto. A constelação dos meus comportamentos era "única como um floco de neve", oh, que alegria, e se desenvolvia como um cristal visto em câmara lenta no microscópio, de modo a revelar novas facetas, alastrando-se a partir do meu âmago até cobrir minha superfície, minha face pública. Agora o espetáculo era totalmente ocupado pelo show de aberrações, e já não era possível lembrar claramente meu eu anterior, destituído de tiques. Li no livro as drogas que poderiam me ajudar, Haldol, Klonopin e Orap, e insisti com a enfermeira que semanalmente visitava o orfanato para me ajudar com o diagnóstico e a prescrição, mas acabei descobrindo que tinha uma intolerância absoluta. Os fármacos reduziam a velocidade do meu cérebro a uma espécie de rastejar taciturno, eram uma membrana que envolvia a roda da minha consciência. Com astúcia, poderia superar meus sintomas, disfarçá-los ou incorporá-los, enquadrá-los como excentricidade ou *vaudeville*, mas eu não os doparia, não se isso significasse reduzir a intensidade do mundo (ou do meu cérebro — a mesma coisa) para uma espécie de penumbra.

Sobrevivemos ao Sarah J. Hale de modos diferentes. Gilbert também tinha crescido e ficara carrancudo, aprendera a zombar das dificuldades ou a superá-las aos trancos e barrancos. Danny progrediu com elegância e sem muito esforço a partir de sua habilidade no basquete e de seu gosto musical, que evoluiu de "Rapper's Delight" e Funkadelic a Harold Melvin e os Bluenotes e a Teddy Pendergrass. Se o encontrássemos com determinadas pessoas, nem sabíamos como cumprimentá-lo, já que ele era incapaz de nos reconhecer do fundo de sua negritude. Tony praticamente abandonou a escola — era difícil ser oficialmente expulso do Sarah J., já que poucos professores faziam chamada — para passar seus anos de colegial na Court Street, dando um tempo no fliperama, aproveitando as amizades feitas por intermédio do Minna para obter cigarros, bicos e caronas na garupa de Vespas e dando sorte com várias das ex-namoradas do Minna, ou pelo menos era isso que ele dizia. Por seis meses ele ficou atrás do balcão da pizzaria Queen, tirando fatias do forno e servindo-as em sacos de papel branco, fazendo intervalos para fumar sob a marquise do cinema pornô vizinho. Eu passava por lá e ele me punia murmurando insultos, artifícios indignos do Minna, mas que divertiam os homens mais velhos da pizzaria, e em seguida, cheio de culpa, fazia escorregar até mim uma fatia de graça, me enxotava com mais insultos, com um tapa na cabeça ou um murro, de brincadeira mas demasiado realista, no baço.

Quanto a mim, tornei-me uma piada ambulante, absurdo, improvável, invisível. Minhas explosões, vociferações e a mania de tocar em tudo eram um ruído inofensivo, algo irritante mas tolerado e no final maçante, a não ser quando provocavam a reação de algum adulto inábil, de um professor novo ou substituto. Meus colegas, até mesmo as garotas negras mais inatingíveis e temidas, instintivamente compreendiam o que os professores e os conselheiros do Sarah J., tornados insensíveis e convertidos pela circunstância terrível numa espécie de força paramilitar, demoravam a perceber: meu comportamento não era de forma alguma uma revolta adolescente. E portanto ele realmente não era do *interesse* dos outros adolescentes. Eu não era durão, provocador, estiloso, autodestrutivo, sexy, não estava balbuciando nenhuma língua secreta da contracultura, não estava testando a autoridade, não estava fazendo declarações de nenhum tipo. Eu não era nem mesmo um dos dois ou três punks descuidados, tímidos, com cabelo moicano tingido de verde e vestidos de couro que volta e meia precisavam de umas brigas para mostrar sua audácia. Eu era simplesmente louco.

Quando o Minna voltou, o Gilbert e eu estávamos prestes a nos formar — o que não era nenhum grande feito, mas principalmente uma questão de aparecer nas aulas, manter-se acordado e, no caso do Gilbert, sistematicamente copiar com sua própria letra as lições que eu fazia. Tony tinha parado de dar as caras no Sarah J., e Danny estava em algum lugar intermediário — marcava presença no pátio, no ginásio de esportes e na cultura escolar, mas no terceiro ano faltara à maioria das aulas e estava sendo "retido", conceito que talvez fosse um pouco abstrato para ele. Se lhe dissessem que tinha voltado ao jardim-de-infância, ele podia dar de ombros e perguntar a que altura os aros de basquete estavam fixados e se eles agüentariam o seu peso.

O Tony já estava dentro do carro do Minna quando ele estacionou do lado de fora da escola. Gilbert foi ao pátio resgatar o Danny de uma partida de três contra três enquanto eu fiquei na calçada, paralisado em meio à correria dos estudantes que saíam do prédio, emudecido por um instante. Minna saiu do carro, um Cadillac novo, roxo-hematoma. Agora eu era mais alto que o Minna, o que não diminuía sua influência sobre mim, o modo como sua presença automaticamente colocava a questão de quem eu era, de onde vinha e que tipo de homem ou aberração acabaria me tornando. Isso tinha tudo a ver com a maneira como, cinco anos antes, eu começara a me descobrir quando o Minna me arrancou da biblioteca e me colocou no mundo, com o modo como sua voz abrira caminho para a minha. Meus sintomas o adoravam. Eu tentava alcançá-lo com as mãos — embora fosse maio, ele vestia um impermeável — e batia no seu ombro, uma, duas vezes, deixava minha mão cair e depois a levantava novamente, e disparava, em *staccato*, uma rajada de carícias tourétticas. Minna ainda não falara nada.

"Vai-à-merda, Vitamina", eu lhe dizia ao pé do ouvido.

"Você é uma figura, Aberração", disse o Minna, o rosto completamente soturno.

Logo compreenderia que aquele Minna não era o mesmo que tinha partido. Ele perdera a antiga jovialidade, assim como os bebês perdem peso logo depois de nascer. Não via mais graça em tudo, perdera o gosto pela variedade da comédia humana. O escopo do seu interesse se estreitara e ele se tornara mordaz e amargo. Seu afeto era mais indireto; sua risada, apenas um estremecimento. Também era mais rápido para mostrar a espora da sua impaciência, concentrava-se menos no *conte a sua história*, e mais no *andando*.

Naquele momento sua austeridade parecia totalmente particular: ele queria todos dentro do carro, tinha algo para nos dizer. Era como se tivesse estado fora por uma ou duas semanas, e não por dois anos. Ele conseguiu um emprego para nós, eu me peguei pensando, ou desejando, e os anos decorridos imediatamente desapareceram.

Gilbert trouxe Danny. Ficamos no banco traseiro; Tony sentou-se na frente com o Minna. Minna acendeu um cigarro enquanto dirigia com os cotovelos. Viramos na Fourth Avenue e descemos a Bergen. Para a Court Street, pensei. Minna guardou o isqueiro, e sua mão emergiu do bolso do impermeável segurando cartões de visita.

Estava escrito L&L SERVIÇOS DE TRANSPORTE. 24 HORAS. E um número de telefone. Desta vez nenhum slogan e nenhum nome.

"Suas nulidades, nenhum de vocês tem carteira de motorista?", perguntou Minna.

Ninguém tinha.

"Sabem onde fica o Departamento de Trânsito, lá na Schermerhorn? Olhem aqui." Ele desencavou um maço, ruidosamente tirou quatro notas de vinte e as colocou sobre o assento ao lado do Tony, que as distribuiu. Para o Minna tudo tinha o mesmo preço, que era fixo e pagável com uma nota de vinte dólares. Isso não tinha mudado. "Eu deixo vocês lá. Mas antes quero que vejam uma coisa."

Era uma pequena loja na Bergen, quase na Smith, tão cercada de tapumes que parecia um prédio condenado. Eu já conhecia o seu interior. Alguns anos antes existira ali uma loja de doces, com uma única prateleira de revistas e gibis, administrada por uma mulher hispânica encarquilhada que me pegou pelo braço quando eu saía de fininho depois de enfiar uma *Heavy Metal* dentro da jaqueta. Agora o Minna gesticulava formidavelmente para aquele lugar: a futura sede da L&L Serviços de Transporte.

Minna tinha uma combinação com um certo Lucas, da auto-escola Corvairs, que ficava na Livingston Street — todos nós teríamos aulas, de graça, a partir do dia seguinte. O Cadillac roxo era o único veículo da frota da L&L, mas havia outros a caminho. (O carro tinha um cheiro asfixiante de novo, e o vinil dos bancos guinchava como balões de gás acariciados por dedos jeitosos. Meus dedos perscrutadores investigavam o cinzeiro no descanso de braço do banco traseiro — ele continha dez pedaços de unhas aparadas uniformemente por um cortador.) Nesse ínterim nos ocuparíamos das nossas carteiras de motorista e da reforma da loja arruinada, munindo-a de rádios, equipamentos para escritório, papel, telefones, gravadores, microfones (gravadores? microfones?), uma televisão e uma geladeira pequena. Minna tinha dinheiro para gastar com essas coisas, e ele queria que estívessemos juntos para vê-lo gastar. Enquanto isso podíamos procurar algumas roupas — sabíamos que estávamos parecendo refugos do *Welcome Back, Kotter*? —, a única coisa a fazer era abandonar imediatamente o Sarah J. A sugestão não incomodou ninguém. Num piscar de olhos estávamos em formação, órfãos de Pavlov. Escutávamos a nova tonalidade do Minna, desconfiada e dura, que ia se tornando mais amistosa e parecida com a música antiga e mais generosa, com o tom de que sentíamos falta, mas que não tínhamos esquecido. Ele prosseguia: devíamos ter um sistema de rádio CB, afinal estávamos no século XX, ouviram? Quem sabia usar um CB? Silêncio mortal, arruinado por um "*Rádio-bailey!*". Ótimo, disse Minna, a Aberração se ofereceu voluntariamente. E então? E então? Completamente bestificados, olhávamos como se não entendêssemos a língua em que ele estava falando — o que exatamente *tínhamos feito* nos últimos dois anos além de experimentar quantas vezes por dia éramos capazes de praticar nosso vício solitário? Silêncio. Com isso o Minna queria dizer descabelar nossos palhaços, surrar o suspeito, masturbar-se — será que era preciso dizer com todas as letras? Mais silêncio. Tínhamos assistido a *A conversação*? A melhor porra de filme do mundo. Gene Hackman. Conhecíamos Gene Hackman? Silêncio novamente. Nós o conhecíamos só do *Super-Homem* — era o Lex Luthor. Parecia improvável que o Minna se referisse *àquele* Gene Hackman. (Meu cérebro pensava: *Lexluthor, lesado, de luto*, sondando problemas — onde estava Gerard, o outro L do L&L? Minna não tocara no nome dele.) Bem, devíamos assistir ao filme e aprender uma ou duas coisas sobre *vigilância*. Falando todo o tempo, ele nos levou até a Schermerhorn, ao Departamento de Trânsito. Vi os olhos do Danny se voltarem para os meninos do Sarah J. que jogavam basquete no outro lado da rua — mas agora estávamos com Minna, a milhões de quilômetros de distância. Precisávamos de carteira de motorista para conduzir limusines, ele continuou. Custavam só dez dólares a mais, e era o mesmo exame. Não sorriam para a foto, para não ficarem parecendo os Assassinos do Baile de Formatura. Tínhamos namoradas? Claro que não, quem ia querer um bando de idiotas sem eira nem beira? Por falar nisso, a Fogão Velho tinha morrido. Carlotta Minna falecera havia duas semanas; Minna agora estava liquidando os negócios dela. Ficamos imaginando que negócios eram aqueles, mas não perguntamos. Ah, e o Minna tinha se casado, só agora se lembrara de contar. Ele e a nova esposa se mudariam para o antigo apartamento de Carlotta depois de arrancarem das paredes o molho ali grudado havia trinta anos. Nós, cabeças-ocas, poderíamos conhecer a noiva do Minna depois de cortarmos o cabelo. Ela era do Brooklyn? Tony queria saber. Não exatamente; ela foi criada numa *ilha*. Não, seus idiotas, não em Manhattan ou Long Island — numa ilha de verdade. Nós íamos conhecê-la. Pelo visto, primeiro tínhamos de nos tornar motoristas que sabiam operar câmeras, gravadores e rádios CB, vestir ternos, cortar os cabelos e ter fotos sérias na carteira. Primeiro tínhamos de nos tornar os *Manos do Minna*, embora ninguém tivesse dito essas palavras.

Mas esta, esta era *a melhor parte*. O próprio Minna admitiu ter *escondido o principal*: a L&L Serviços de Transporte não era de fato uma empresa de transporte. Era apenas uma fachada. A L&L era uma *agência de detetives*.

A piada que o Minna queria ouvir no pronto-socorro, a piada sobre o Irving, era assim:

Uma mãe judia — vamos chamá-la de sra. Gushman — entra numa agência de viagens. "Quero ir para o Tibete", ela diz. "Minha senhora, confie em mim, a senhora não quer ir para o Tibete. Tenho um pacote excelente para as Florida Keys ou então para o Havaí..." "Não", diz a sra. Gushman. "Quero ir para o *Tibete*." "A senhora vai viajar sozinha? O Tibete não é lugar para isso..." "Me arrume uma passagem para o Tibete!", gritou a sra. Gushman. "Tudo bem, tudo bem." Ela vai para o Tibete. Desce do avião e diz para a primeira pessoa que encontra: "Quem é o homem mais sagrado do Tibete?". "Bem, é o Dalai Lama", respondem. "É ele que quero encontrar", diz a sra. Gushman. "Me leve até o Dalai Lama." "Acho que a senhora não entendeu: o Dalai Lama vive no topo de nossas montanhas mais altas em total reclusão. Ninguém pode ver o Dalai Lama." "Eu sou a senhora Gushman, vim de longe até o Tibete e preciso ver o Dalai Lama!" "Mas a senhora nunca poderia..." "Qual montanha? Como chego lá?" Aí a sra. Gushman se hospeda num hotel na base da montanha e contrata alguns xerpas para conduzi-la até o monastério no topo da montanha. Ao longo de toda a subida eles tentam explicar que ninguém encontra o Dalai Lama — os próprios monges têm de jejuar e meditar durante anos antes de obterem a permissão de fazer uma única pergunta ao Dalai Lama. Ela simplesmente aponta o dedo para eles e diz: "Eu sou a senhora Gushman, me leve lá em cima!". Quando chegam ao monastério, os xerpas explicam aos monges que uma americana louca quer ver o Dalai Lama. Ela diz: "Diga ao Dalai Lama que a senhora Gushman está aqui para vê-lo". "A senhora não compreendeu, nós não podemos..." "Diga a ele!" Os monges vão e voltam sacudindo as cabeças, confusos. "Não compreendemos, mas o Dalai Lama disse que vai lhe conceder uma audiência. A senhora entende que honra..." "Entendo, entendo", ela diz. "Então me levem!" E eles a conduzem até o Dalai Lama. Os monges sussurram, abrem a porta, e o Dalai Lama acena com a cabeça — eles podem deixá-lo a sós com a sra. Gushman. E o Dalai Lama olha para a sra. Gushman, e a sra. Gushman diz: "Irving, quando é que você vai voltar para casa? Seu pai está tão preocupado!".

Olhos de interrogação

Os Manos do Minna usam terno. Os Manos do Minna dirigem carros. Os Manos do Minna escutam linhas grampeadas. Os Manos do Minna se postam atrás do Minna, com as mãos nos bolsos e ar ameaçador. Os Manos do Minna transportam dinheiro. Os Manos do Minna recebem dinheiro. Os Manos do Minna não fazem perguntas. Os Manos do Minna atendem telefonemas. Os Manos do Minna buscam pacotes. Os Manos do Minna são bem barbeados. Os Manos do Minna seguem instruções. Os Manos do Minna tentam ser como o Minna, mas o Minna está morto.

Gilbert e eu saímos tão rapidamente do hospital e voltamos tão aturdidos que, quando entramos na L&L e o Tony disse "Não precisam dizer nada. Já soubemos", era como se eu estivesse recebendo a notícia pela primeira vez.

"Souberam por quem?", perguntou Gilbert.

"Um policial negro passou por aqui há alguns minutos, procurando vocês", disse Tony. "Vocês não o encontraram por um triz."

Tony e Danny estavam de pé, fumando furiosamente atrás do balcão da L&L, as testas pálidas e suadas, o olhar enevoado e distante, os dentes remoendo detrás dos lábios cerrados. Parecia que alguém os tinha atacado e que agora eles queriam descontar em nós.

O escritório da Bergen Street estava como quinze anos antes, quando nós o reformamos: dividido em dois por um balcão de fórmica, uma televisão colorida de trinta polegadas sempre ligada na "sala de espera" do lado de fora do balcão, telefones, arquivos e computador na parede do fundo, debaixo de um imenso mapa plastificado do Brooklyn, com os números desajeitados que o Minna rabiscara com pincel atômico sobre cada um dos bairros, indicando o preço da corrida da L&L — cinco paus até o Heights, sete até Park Slope ou Fort Greene, doze até Williamsburg ou Borough Park, dezessete até Bushwick. Para os aeroportos e para Manhattan a corrida custava de vinte para cima.

O cinzeiro no balcão estava cheio de bitucas que tinham estado nos dedos do Minna, a caderneta do telefone repleta de anotações à mão que ele fizera mais cedo. O sanduíche em cima da geladeira tinha as marcas da sua mordida. Todos nós, os quatro, formávamos um arranjo em torno de um centro ausente, algo tão incoerente quanto uma sentença sem verbo.

"Como eles nos encontraram?", perguntei. "Estamos com a carteira do Frank." Abri-a, tirei o maço de cartões de visita do Frank e enfiei-os no bolso. Depois, larguei-a sobre o balcão e bati na fórmica cinco vezes para completar a conta de meia dúzia.

Ninguém ligou para aquilo a não ser eu mesmo. Aquela era a minha platéia mais antiga e calejada. Tony encolheu os ombros e disse: "Talvez *L e L* tenham sido suas palavras finais. Ou talvez ele tivesse um cartão no casaco. Ou quem sabe o Gilbert começou a desfiar nomes como um puta de um idiota. Vocês é que podem *me* dizer como foi que nos encontraram."

"O que o policial queria?", perguntou Gilbert estoicamente. Ele sempre lidava com um problema de cada vez, aplicadamente, ainda que os problemas se amontoassem daqui até a Lua.

"Ele disse que não deviam ter saído do hospital, foi o que disse. Você deu o seu *nome* para alguma enfermeira, Gilbert."

"Que se foda", disse Coney. "Que se foda a porra desse negro."

"Bem, você poderá expressar seus sentimentos pessoalmente, porque ele vai voltar. Talvez você queira dizer: 'Que se foda a porra desse negro inspetor de homicídios', já que na realidade é com isso que vocês estão lidando. Policial inteligente, aquele. Dava para ver nos olhos dele."

"Fodicídios", pensei em acrescentar.

"Quem vai contar para a Julia?", perguntou Danny em voz baixa. Sua boca, todo o seu rosto coberto por um véu de fumaça. Ninguém respondeu.

"Bom, eu não estarei aqui quando ele voltar", disse Gilbert. "Estarei na rua fazendo o trabalho que ele devia fazer, procurando o filho-da-puta que fez isso. Me dá um desses pregos para caixão."

"Fica frio, Sherlock", disse Tony, passando-lhe um cigarro. "Primeiro quero saber como foi que aconteceu. Como vocês dois se envolveram? Achei que estavam numa missão de vigilância."

"O Frank apareceu", disse Gilbert, tentando fazer o isqueiro funcionar, sem conseguir. "Ele entrou. Merda. Merda." Sua voz estava cerrada como punhos. Vi toda a seqüência estúpida passar diante dos seus olhos: carro estacionado, rádio, semáforo, Brainum, a sucessão de banalidades que de alguma forma levou até a maldita caçamba e o hospital. Uma sucessão de banalidades agora imortalizada pela nossa culpa.

"Dentro *onde*?", perguntou Tony, passando fósforos para o Gilbert. O telefone tocou.

"Uma espécie de lugar de kung fu", disse Gilbert. "Pergunte para o Lionel, ele sabe tudo sobre isso..."

"Não de kung fu", eu disse num sobressalto. "Meditação..."

"Está querendo dizer que o mataram com *meditação*?", perguntou Tony. O telefone tocou pela segunda vez .

"Não, não, nós vimos quem o matou — *Conjectivas viaturas!* — um polonês grandão — *Barnamum Pierogi!* — quero dizer, *realmente* grande. Nós só o vimos de costas."

"Qual de nós vai contar para a Julia?", perguntou o Danny novamente. O telefone tocou pela terceira vez.

Eu atendi e disse: "L e L".

"Preciso de um carro no um-oito-oito da Warren, esquina da...", zumbiu uma voz feminina.

"Não temos carros", eu disse mecanicamente.

"Vocês não têm nenhum carro?"

"Não temos carros." Engoli em seco, tiquetaqueando como uma bomba-relógio.

"E em quanto tempo poderiam mandar um carro?"

"*Lionel Molusco-mortal!*", gritei no telefone. Aquilo a assustou tanto que ela desligou. Meus companheiros, os Manos do Minna, olharam para mim, levemente distraídos de seu profundo desespero.

Uma companhia de táxi de verdade, mesmo pequena, tem uma frota de pelo menos trinta carros que trabalham em revezamento, e pelo menos dez carros na rua a qualquer hora. A Elite, nossa concorrente mais próxima, na Court Street, tem sessenta carros, três empregados que trabalham no balcão, provavelmente vinte e cinco motoristas por turno. A Rusty's, na Atlantic Avenue, tem oitenta carros. A New Relámpago, administrada por dominicanos lá em Williamsburg, tem cento e sessenta carros, um exemplo da organização informal do setor de transportes escondido nas profundezas do Brooklyn. As companhias de táxi dependem completamente da comunicação telefônica — os motoristas são proibidos por lei de pegar clientes na rua, para não entrarem em competição com os táxis municipais. Por isso os motoristas e atendentes emporcalham o mundo com cartões de visita, enfiam-nos nas portarias dos prédios de apartamento como se fossem panfletos de propaganda de restaurantes chineses, empilham-nos detrás de vasos de plantas nas salas de espera dos hospitais, impingem-nos junto com o troco ao final de cada corrida. Colam nos telefones públicos seus números, escritos com letras fosforescentes.

A L&L possuía cinco carros, um para cada um de nós, e mal tínhamos tempo de dirigi-los. Nunca distribuímos cartões, nunca fomos amistosos com quem ligava e tínhamos, cinco anos antes, retirado nosso número de telefone tanto das Páginas Amarelas como da placa que ficava em cima da loja, na Bergen Street.

Apesar disso, nosso número circulava, de modo que uma de nossas principais atividades era atender o telefone para dizer "Não temos carros".

Quando coloquei o fone de volta no gancho, Gilbert estava contando o que sabia sobre a missão de vigilância. Pelo modo como falava, o inglês parecia ser sua quarta ou quinta língua, mas seu empenho e tenacidade eram inquestionáveis. Como tudo o que eu talvez conseguisse dizer fosse *Dreadlock Biotônico* — meu cérebro em luto decidira que a tarefa daquela tarde seria renomear-se constantemente —, eu não podia criticá-lo. Fui para fora, longe da confusão dos cigarros ininterruptos, para a noite fria e banhada de luz. A Smith Street estava animada, o metrô da linha F trepidava debaixo dos nossos pés, a pizzaria, a mercearia dos coreanos e o Cassino, todos com seu fluxo de fregueses. Poderia ser uma noite qualquer — nada na Smith Street exigia que o Minna tivesse morrido naquela dia. Fui até o carro e tirei a caderneta do porta-luvas, esforçando-me para não olhar para o banco traseiro manchado de sangue. Aí pensei na última viagem do Minna. Eu tinha me esquecido de alguma coisa. Quando me enchi de coragem para olhar para trás, vi o que era: o relógio e o bipe. Tirei-os de sob o banco de passageiros, para onde eles tinham escorregado, e os coloquei no meu bolso.

Tranquei o carro e tentei imaginar algumas opções. Podia voltar ao Yorkville Zendo sozinho para dar uma olhada. Também poderia tentar encontrar o investigador de homicídios, ganhar sua confiança e compartilhar com ele o que eu sabia, em vez de dividir com os Manos. Eu poderia descer a Atlantic Avenue, sentar-me numa loja árabe onde me conheciam e não me incomodariam, tomar um cafezinho e comer uma torta de maçã ou uma *baklava* — acidez, calor e açúcar para envenenar minha tristeza.

Ou poderia voltar ao escritório. Voltei ao escritório. Gilbert ainda se atrapalhava com o final da história, nossa corrida pela entrada exclusiva das ambulâncias, a confusão no hospital. Ele queria que Tony e Danny soubessem que tínhamos feito todo o possível. Eu coloquei a caderneta sobre o balcão e com uma esferográfica vermelha fiz um círculo em torno de MULHER, ÓCULOS e ULLMAN, CENTRO, personagens novos e cruciais para a nossa situação. Por mais superficiais e pouco reveladores que fossem, eles agora possuíam mais vida que o Minna.

Eu tinha outras perguntas: o prédio do qual tinham falado. A intervenção do porteiro. A mulher anônima sobre a qual o Frank perdera o controle, aquela que sentia falta do seu *Rama-*

lama-ding-dong. A própria escuta do rádio: o que o Minna esperava que ouvíssemos? Por que não poderia simplesmente dizer o que eu tinha de ouvir?

"Nós perguntamos para ele, do banco de trás do carro", disse Gilbert. "Nós perguntamos para ele, e ele não contou para a gente. Não sei por que ele não quis contar."

"Perguntaram o que para ele?", disse Tony.

"Perguntamos quem o tinha matado", disse Gilbert. "Quer dizer, antes de ele morrer."

Eu me lembrei do nome Irving, mas não falei nada.

"Alguém terá de contar para a Julia", disse Danny.

Gilbert percebeu a importância da caderneta. Ele se aproximou e leu o que eu tinha circulado. "Quem é Ullman?", disse Gilbert olhando para mim. "Foi você que escreveu isso?"

"No carro", eu disse. "É a anotação que fiz no carro. 'Ullman, centro' era para onde o Frank devia ir quando entrou no carro. O cara que estava no Zendo o mandou para lá."

"Para lá onde?", perguntou Tony.

"Não importa", eu disse. "Ele não foi. Em vez disso o gigante o pegou e o matou. O importante é saber quem o mandou — *Failey! Bacon! Bailey!* —, quem era o cara que estava dentro do Zendo."

"Eu não vou contar para a Julia", disse Danny. "Não importa o que digam."

"Bem, não serei eu", disse Gilbert, finalmente olhando para Danny.

"Devíamos voltar ao East Side — *Truque-Zendo!* — para dar uma olhada." Eu estava ansioso por chegar ao cerne da questão, que não parecia ser a Julia.

"Tudo bem, tudo bem", disse Tony. "Vamos pôr nossas cabeças para funcionar."

Ao ouvir a palavra *cabeças* tive uma visão repentina: sem o

Minna, as nossas cabeças, reunidas, eram vazias e frágeis como balões de gás. Desunidas pela sua morte, a questão era com que rapidez e a que distância iriam se afastar uma da outra... se arrebentariam ou apenas murchariam.

"Tudo bem", disse Tony. "Gilbert, precisamos tirar você daqui. Eles têm o seu nome. Você fica fora daqui batendo perna por aí. Vai procurar esse tal de Ullman."

"Como é que vou fazer isso?", Gilbert não era exatamente um especialista em levantar pistas.

"Por que vocês não me deixam ajudá-lo?", perguntei.

"Preciso de você para outra coisa", disse Tony. "O Gilbert pode encontrar o Ullman."

"É", disse Gilbert. "Mas como?"

"Talvez o nome dele esteja na lista", disse Tony. "Ullman não é um nome tão comum. Ou talvez na agenda do Frank — você está com ela? Com a caderneta de endereços do Frank?"

Gilbert olhou para mim.

"Deve estar no casaco dele", eu disse. "Lá no hospital." Isso acabou desencadeando uma auto-inspeção compulsiva. Apalpei cada um dos meus bolsos seis vezes. Sussurrando, eu dizia: "*Agenda-do-Frank, rainha-do-funk, banho-de-sangue...*".

"Ótimo", disse Tony. "Está ótimo. Bem, mostre alguma iniciativa uma vez na vida e encontre o cara. Essa é a sua *tarefa*, Gilbert, pelo amor de Deus. Ligue para o seu colega, o tira do lixo — ele tem acesso aos arquivos da polícia, não tem? Encontre o Ullman e o observe. Talvez ele seja o gigante. Ele devia estar um pouco ansioso para o encontro com o Frank."

"O cara lá em cima enganou o Frank", eu disse. Estava frustrado por terem encarregado o Gilbert e o idiota do seu colega da polícia de limpeza urbana de seguirem a pista do Ullman. "Estavam juntos nisso, o cara que estava lá em cima e o gigante. Ele sabia que o gigante estava esperando embaixo."

"Tudo bem, mas ainda assim o gigante podia ser esse tal de Ullman", disse Tony irritado. "E é isso que o Gilbert vai descobrir, certo?"

Levantei minhas mãos, rendido, e agarrei uma mosca imaginária no ar.

"Vou até o East Side", disse Tony. "Dar uma olhada por lá. Ver se consigo entrar no prédio. Danny, você cuida da loja."

"Certo!", disse Danny, apagando seu cigarro.

"Aquele policial vai voltar aqui", disse Tony. "Você conversa com ele. Coopere, mas não entregue nada. Não podemos deixar transparecer nenhum pânico." Implícito nessa tarefa estava o reconhecimento da superioridade do Danny para lidar com o *porra do policial negro*.

"Do jeito que você fala parece que somos suspeitos", eu disse.

"Foi o que o policial sugeriu, não eu", disse Tony.

"E eu?", perguntei. "Você quer — *Criminoso Essrog!* — que eu vá com você? Eu conheço o lugar."

"Não", disse Tony. "Você vai contar para a Julia."

Julia Minna tinha vindo com o Frank de fosse qual fosse o lugar para onde ele tinha ido no intervalo entre a dissolução da companhia de mudanças e a fundação da agência de detetives. Até onde sabíamos, ela devia ser a última e a melhor das garotas do Minna. Com certeza ela tinha qualificações para o papel: alta, suntuosa, loira por adoção, desafiadora e petulante. Era fácil imaginar o Minna provocando-a, tirando sua blusa, recebendo uma cotovelada no estômago. Mas quando nós a conhecemos os dois já haviam chegado a um longo e árido impasse. Tudo o que sobrara da paixão original era uma pálida chama que animava as trocas de insultos e os ataques verbais. Pelo menos era só isso que se percebia. No início Julia nos aterrorizava, não por alguma coisa que tivesse feito, mas pelo frio domínio que exercia sobre o Minna e também pelo modo como ele ficava tenso perto dela, sempre pronto a nos punir com suas palavras.

Se Julia e Frank ainda estivessem inflamados, estimulados pelo amor, talvez tivéssemos mantido um temor infantil por ela, um fascínio e uma cobiça ainda adolescentes. Mas a frieza entre eles significava uma abertura para nós. Em nossa imaginação éramos o Frank e a amávamos, a esquentávamos, nos tornávamos homens em seus braços. Quando ficávamos zangados ou frustrados com Frank Minna, nós nos sentíamos conectados à sua bela, zangada e frustrada esposa, e ficávamos emocionados. Ela se tornou um ídolo da nossa desilusão. Frank nos tinha mostrado como eram as garotas, agora ele nos mostrava como era uma mulher. E deixando de amá-la ele dava margem para o nosso amor crescer.

Nos nossos sonhos, nós, os Manos do Minna, éramos todos Frank Minna — isso não era novidade. Mas agora mirávamos mais alto. Se tivéssemos a Julia seríamos melhores que o Frank, e a faríamos feliz.

Ou pelo menos era assim nos nossos sonhos. Suponho que ao longo dos anos os outros Manos superaram o medo, o receio e o desejo por Julia, ou de alguma maneira os modularam ao encontrar suas próprias mulheres para fazer felizes ou infelizes, para encantar, desencantar e descartar.

Todos com exceção de mim, é claro.

No começo o Minna instalou a Julia no escritório de um advogado na Court Street, um lugar tão pequeno como a L&L. Nós, os Manos, costumávamos aparecer por lá para levar algumas pequenas encomendas para ela, bilhetes ou presentes do Frank, e vê-la atendendo telefones, lendo a *People*, fazendo café ruim. O Minna parecia ansioso por nos exibir para ela, mais ansioso do que ir ele mesmo visitá-la. Ele também parecia satisfeito por ter a Julia em exposição ali, atrás de uma vitrina na Court Street. Intuitivamente, todos compreendíamos o instinto do Minna para os símbolos humanos, para promover nossa movimentação com o objetivo de marcar território, de modo que nesse sentido Julia Minna se juntara aos Manos, se integrara ao time. Entretanto, alguma coisa deu errado, alguma coisa azedou entre Julia e o advogado, e o Minna a arrastou de volta para o velho prédio de dois andares de Carlotta Minna na Baltic Street, onde ela passou a maior parte daqueles quinze anos como uma dona-de-casa mal-humorada. Eu nunca a visitava sem pensar nos pratos de comida da Carlotta sendo transportados escada abaixo por uma variada gama de arruaceiros da Court Street. O próprio fogão velho já se fora. Na maioria dos dias Julia e Frank comiam fora.

Fui até o apartamento e bati na porta, enrolando os nós dos dedos de modo a obter o som correto.

"Oi, Lionel", disse Julia depois de me ver pelo olho mágico. Ela tirou o trinco da porta e virou de costas. Entrei rapidamente. Ela vestia uma combinação, os braços maduros despidos, mas embaixo usava meias e salto. O apartamento estava escuro, com exceção do quarto. Fechei a porta atrás de mim e a segui até lá dentro, onde havia uma mala empoeirada aberta sobre a cama, cercada por pilhas de roupas. Pelo visto, em nenhum lugar eu teria o privilégio de dar a notícia. Num monte de lingeries já colocadas dentro da mala notei uma coisa escura e brilhante, meio escondida. Uma pistola.

Julia vasculhava a cômoda, ainda de costas. Eu me escorei no batente da porta, embaraçado.

Podia perceber sua respiração ofegante enquanto remexia as gavetas.

"Quem contou para você, Julia? *Merda, merda, merda...*" Cerrei meus dentes, tentando controlar o impulso.

"Quem você acha? Me telefonaram do hospital."

"*Merda, ha, ha, merda...*", eu parecia um motor.

"Você está me xingando, Lionel?" O tom dela era desagradavelmente informal. "Então fala, desembucha."

"Xingando-à-merda", falei agradecido. "Você está arrumando as malas? Quer dizer, não estou me referindo ao revólver." Pensei no Minna repreendendo o Gilbert no carro, algumas horas antes. *Nada de revólver*, ele tinha dito. *É por isso que eu consigo dormir à noite*. "Arrumando suas roupas na mala..."

"Pediram para você vir aqui me consolar?", ela perguntou bruscamente. "É isso que veio fazer?"

Ela se virou. Vi a vermelhidão nos seus olhos e o peso e a suavidade da carne flácida em torno da sua boca. Tateando, ela procurou um maço de cigarros sobre a cômoda. Quando colocou um deles entre seus lábios engolidos pela dor eu me apalpei buscando um isqueiro que sabia não estar comigo, só pelo gosto do gesto. Ela mesma acendeu o cigarro, riscando com raiva um fósforo e produzindo uma pequena faísca.

A cena me perturbou de umas doze maneiras diferentes. De algum modo o Frank Minna ainda estava vivo naquele quarto, vivo em Julia com sua combinação, sua mala ainda por terminar, seu cigarro, sua arma. Os dois estavam mais próximos nesse momento do que jamais estiveram. Mais verdadeiramente casados. Mas ela estava fugindo. Senti que, se eu a deixasse ir embora, aquela essência do Minna que eu detectara nela também se iria.

Ela olhou para mim e acendeu a ponta do cigarro, depois soltou a fumaça. "Seus idiotas, vocês o mataram", ela disse.

O cigarro balançava entre seus dedos. Eu lutava contra uma idéia esquisita: que ela poria fogo na sua combinação — ela realmente parecia inflamável, praticamente já parecia estar em chamas — e que eu teria de apagá-lo com um copo d'água. Essa era uma característica desconfortável da Tourette — meu cérebro vomitava fantasias perigosas, vislumbres de dor, desastres evitados na última hora. Ele gostava de flertar com essas imagens, assim como meus dedos eram atraídos pelas pás de um ventilador em movimento. Agora, depois de ter fracassado com o Minna, talvez eu sentisse falta de uma crise que eu pudesse controlar. Queria proteger alguém, podia ser a Julia.

"Não fomos nós, Julia", eu disse. "A gente só não conseguiu mantê-lo vivo. Ele foi assassinado por um gigante, um cara do tamanho de seis."

"Que ótimo", ela disse. "Isso parece ótimo. Você tem tudo sob controle, Lionel. Você fala que nem eles. Detesto o jeito como vocês todos falam, sabia?" Ela voltou a enfiar as roupas anarquicamente dentro da mala.

Eu imitei o modo como ela riscou o fósforo, um longo movimento para longe do meu corpo, mantendo mais ou menos a calma. Na verdade, eu queria passar minhas mãos pelas roupas em cima da cama, abrir e fechar os trincos da mala com estalos, lamber o vinil.

"Conversa-idiota!", eu disse.

Ela me ignorou. Uma sirene de polícia soou na esquina da Smith com a Baltic, e eu estremeci. Se o hospital tinha telefonado para ela, a polícia não devia estar muito longe. Mas as sirenes pararam de tocar a meio quarteirão de distância. Apenas uma pausa no tráfego, alguma busca. Qualquer carro parado numa noite qualquer na Smith Street se encaixa num perfil, em algum perfil. A luz vermelha da polícia pulsava na moldura da janela, sob a persiana, iluminando a cama e o contorno de Julia.

"Você não pode ir, Julia."

"Vai esperando..."

"Precisamos de você."

Ela me deu um sorriso afetado. "Vocês se arranjam."

"Não, Júlia, de verdade. O Frank pôs a L&L no seu nome. Agora trabalhamos para você."

"Verdade?", ela perguntou, agora interessada, ou fingindo interesse — ela me deixava nervoso demais para saber. "Tudo o que vejo diante de mim me pertence? É isso que você está dizendo?"

Engoli em seco e joguei minha cabeça para o lado, como se ela estivesse olhando para alguma coisa atrás de mim.

"Lionel, você acha que eu devia supervisionar os negócios cotidianos de uma *agência de táxi*? Verificar a *contabilidade*? Você acha que essa seria uma boa ocupação para uma viúva?"

"Nós somos — *Detefones! Agentifes!* — somos uma agência de detetives. Vamos descobrir quem fez isso." Enquanto falava, eu tentava organizar meus pensamentos nesta linha: detetives, pistas, investigação. Eu devia estar reunindo informações. Por um momento pensei se Julia não seria o *ela* sobre quem o Frank tinha perdido o controle, como dissera a voz insinuante que eu ouvira pela escuta.

É claro que isso significaria que ela tinha perdido o seu *Rama-lama-ding-dong*. O que quer que isso significasse, não conseguia visualizar a Julia perdendo tal coisa.

"Está certo", ela disse. "Tinha esquecido. Eu sou herdeira de uma agência de detetives corrupta e inepta. Sai da minha frente, Lionel." Ela colocou o cigarro na beirada da cômoda e me empurrou seguindo em direção ao closet.

Inupto e correpto, dizia o cérebro de Essrog, o Idiota. *Você está correpto, senhor!* "Meu Deus, olhe para esses vestidos", ela disse enquanto se enfiava no meio dos cabides. De repente sua voz ficou embargada. "Está vendo isto?"

Assenti com a cabeça.

"Valem mais do que toda a agência de táxi."

"Julia..."

"Na verdade não é assim que eu me visto. Não fazem o meu estilo. Eu nem mesmo gosto desses vestidos."

"E qual é o seu estilo?"

"Você nem pode imaginar. Eu mesma mal me lembro de como era antes de o Frank me vestir."

"Mostre."

"Ah." Ela desviou os olhos. "Querem que eu seja a viúva de negro. Você gostaria disso. Eu ficaria muito bem. Foi para isso que o Frank me manteve perto dele, para este grande momento. Não, obrigada. Diga obrigada ao Tony." Ela examinou os vestidos, empurrando-os mais para o fundo do closet. Depois, abruptamente, tirou dois deles e os jogou sobre a cama, onde se espalharam sobre a mala como mariposas. Não eram pretos.

"Tony?", eu disse. Eu estava distraído, meus olhos aquilinos olhavam a cinza do cigarro aumentar, a ponta ardente do cigarro abandonado avançando em direção à cômoda.

"Isso mesmo, Tony. O merda do Frank Minna Junior. Desculpe, Lionel, você queria ser o Frank? Eu magoei você, não foi? Mas acho que o Tony está em vantagem em relação a você."

"O cigarro vai queimar a madeira."

"Deixa queimar", ela disse.

"Isso é citação de algum filme? 'Deixa queimar'? Parece que ouvi isso em algum filme — *Deixe-me teimar!*"

Ela virou as costas para mim, indo de novo em direção à cama. Desembaraçando os vestidos dos cabides, enfiou um deles na mala e segurou o outro bem aberto em frente ao seu corpo, cuidando para não desfiá-lo com os saltos dos seus sapatos. Eu me agarrei ao batente do closet, sufocando o impulso de piscar os olhos como um gatinho para o tecido cintilante enquanto ela deslizava o vestido em volta dos quadris e sobre os seus ombros.

"Venha aqui, Lionel", ela disse, sem se virar. "Feche o meu zíper."

Enquanto me aproximava, tive a compulsão de dar leves tapinhas nos seus ombros, duas vezes em cada um. Ela não parecia se importar. Então segurei a lingüeta do zíper, puxando-a cuidadosamente para cima. Enquanto fazia isso ela juntou os cabelos com as mãos, levantou os braços acima da cabeça e se virou, de modo a deslizar para dentro do meu abraço. Continuei a segurar a lingüeta, no meio das costas dela. Mais de perto, vi como seus olhos e lábios pareciam de alguém recém-resgatado de um afogamento.

"Não pare", ela disse.

Ela descansou seus cotovelos sobre os meus ombros e olhou fixamente para o meu rosto enquanto eu puxava o zíper. Segurei a respiração.

"Sabe, até conhecer o Frank eu nunca tinha raspado debaixo do braço. Ele me fez raspar." Ela falava essas palavras no meu peito, a voz zonza, ausente. Toda a raiva tinha desaparecido.

Levei o zíper até sua nuca e soltei minhas mãos, depois dei um passo para trás e expirei. Ela ainda segurava os cabelos sobre a cabeça.

"Talvez eu deixe meu cabelo crescer de novo. O que você acha, Lionel?"

Eu abri minha boca e o que saiu, suave mas inconfundível, foi um "Duplos-peitos".

"Todos os peitos são duplos, Lionel. Não sabia disso?"

"Foi só um tique", disse desajeitadamente, abaixando meus olhos.

"Me dê suas mãos, Lionel."

Eu novamente levantei minhas mãos, e ela as pegou.

"Meu Deus, como são grandes. Você tem mãos muito grandes, Lionel." Sua voz estava sentimental e monótona, como a de uma criança, ou de um adulto imitando uma criança. "Quero dizer... pelo modo como elas se movimentam, tão rápido, quando faz aquele negócio que você faz, aquilo de agarrar, tocar as coisas. Como chama isso mesmo?"

"Isso também é um tique, Julia."

"Eu sempre penso nas suas mãos como sendo pequenas porque elas se mexem muito rapidamente. Mas elas são grandes."

Ela as colocou sobre os seus peitos.

A excitação sexual acalma meu cérebro touréttico, não por me entorpecer, por diminuir a intensidade do mundo como o Orap ou o Klonopin, aqueles medicamentos que amortecem, mas, ao contrário, por me deixar num estado de atenção mais profunda, numa vibração mais sutil que reúne e abarca o meu caos, recrutando-o para uma causa maior, como um coro de vozes que de alguma forma transforma gritos em harmonia. Continuo a ser eu mesmo e a estar em mim mesmo, uma combinação rara e preciosa. Sim, eu gosto muito de sexo. Não faço sexo com muita freqüência. Quando faço, descubro que quero diminuir seu ritmo para uma espécie de rastejamento, para viver ali naquele lugar, encontrar meu eu apaziguado, dar-lhe um tempo para olhar em volta. Em vez disso sou apressado pelas urgências convencionais, por aquelas combinações estranhas de pessoas movidas a álcool que até hoje me proporcionaram os poucos momentos de refúgio na excitação. Mas, ah, se eu pudesse ter passado uma semana com as mãos nos peitos da Julia, daí sim eu poderia pensar direito.

Infelizmente, meu primeiro pensamento lógico conduziu minhas mãos para outro lugar. Arranquei o cigarro aceso de cima da cômoda, salvando a pintura, e já que os lábios da Julia estavam levemente abertos eu o enfiei lá, pela extremidade do filtro.

"É duplo, viu?", ela disse enquanto tragava o cigarro. Penteou o cabelos com os dedos e ajeitou a combinação sob o vestido no lugar onde eu a tinha tocado.

"O que é duplo?"

"Os peitos."

"Você não devia zombar — *Lírico Escroque! Lionel Asnogue!* — você não devia zombar de mim, Julia."

"Mas não estou zombando."

"Houve alguma... alguma coisa entre você e o Tony?"

"Não sei. Foda-se o Tony. Prefiro você, Lionel. Só que nunca disse isso." Ela estava magoada, errática, sua voz vagando desvairadamente, procurando um lugar de descanso.

"Eu também gosto de você, Julia. Não há nada — *Foda-se-o-tony! Torça-lhe-o-cone! Coma-lhe o fone!* — desculpe. Não há nada errado nisso."

"Quero que você goste de mim, Lionel."

"Você... você não está dizendo que realmente poderia haver alguma coisa entre nós, está?" Eu me virei, estapeei o batente da porta seis vezes, senti meu rosto gelar de vergonha e imediatamente me arrependi da pergunta. Dessa vez desejei um tique, algo bem detestável que fizesse esquecer aquela conversa, que sufocasse as palavras que eu me permitira dizer.

"Não", ela disse friamente. Ela colocou o cigarro, o que tinha sobrado dele, novamente sobre a cômoda. "Você é estranho demais, Lionel. Muito estranho demais. Dê uma olhada no espelho." Ela voltou a socar a roupa na mala, mais do que parecia possível, como um mágico preparando os acessórios para um dos seus números.

Eu só esperava que a arma não disparasse. "Para onde você vai, Julia?", perguntei, cansado.

"Estou indo para um lugar sossegado, se é que você precisa saber, Lionel."

"Um... o quê?" *Solar delgado? Luar carregado? Sonhar acordado?*

"Você me ouviu. Um lugar sossegado."

Tocaram uma buzina do lado de fora.

"É o meu carro", ela falou. "Você poderia dizer que eu já estou indo?"

"Tudo bem, mas — *lupanar agitado* — isso é uma coisa estranha de se dizer."

"Você alguma vez saiu do Brooklyn, Lionel?"

Peitos, sovacos cabeludos e agora o Brooklyn — para Julia tudo isso dava a medida da minha inexperiência. "Claro", eu disse. "Fui a Manhattan hoje à tarde." Tentei não pensar no que tinha ido fazer lá, ou no que eu não tinha conseguido fazer.

"De Nova York. Você alguma vez saiu de Nova York?"

Enquanto pensava na pergunta eu olhava o cigarro, que finalmente tinha começado a chamuscar a cômoda. A pintura enegrecida representava a minha derrota. Eu não era capaz de proteger nada, muito menos a mim mesmo.

"Se já tivesse saído daqui, você saberia que qualquer lugar é um lugar sossegado. É para lá que estou indo. Você pode pedir para o carro me esperar?"

O táxi parado em fila dupla na frente do prédio era do Legacy Pool, de longe o melhor serviço entre os concorrentes do Brooklyn, com modelos de luxo todos pretos, vidros fumê, celulares para os clientes e porta-lenços embutidos debaixo das janelas traseiras. Julia estava fugindo em grande estilo. Acenei para o motorista, e ele acenou de volta com a cabeça, recostando-a no banco. Eu estava imitando seus movimentos de pescoço, *acenar*, *recostar*, quando ouvi uma voz grave atrás de mim.

"Para quem é o carro?"

Era o investigador de homicídios. Ele tinha ficado esperando, vigiando-nos, escondido num dos lados da porta de entrada, aconchegado em seu casaco para se proteger da noite fria de novembro. Eu o identifiquei imediatamente — ele era inconfundível com seu copo de café de isopor, gravata puída, barba malfeita e olhos interrogativos — mas isso não queria dizer que ele tivesse idéia de quem eu era.

"Tem uma senhora lá dentro", eu disse, dando-lhe uma palmada no ombro.

"Tome cuidado", ele disse, esquivando-se do meu toque.

"Desculpe, amigo. Não consigo evitar." Virei de costas para ele, dirigindo-me para dentro do prédio.

A elegância da minha saída, no entanto, foi rapidamente frustrada. Naquele momento Julia desajeitadamente descia as escadas com a mala superlotada. Corri para ajudá-la enquanto a porta vagarosamente se fechava com o gemido das dobradiças.

Vagarosamente demais: o policial colocou o pé e manteve a porta aberta para nós.

"Com licença", ele disse num tom autorirário e cansado. "Você é Julia Minna?"

"Era", disse Julia.

"Você era?"

"Era. Não é engraçado? Até mais ou menos uma hora atrás. Lionel, coloque minha bagagem no porta-malas."

"Está com pressa?", o detetive perguntou para Julia. Vi os dois se medindo, como se eu fosse um elemento desimportante como o motorista da limusine. *Alguns minutos atrás*, queria dizer, *minhas mãos*... Em vez disso, icei a bagagem da Julia e esperei que ela passasse por mim em direção ao carro.

"Mais ou menos", disse Julia. "Vou pegar um avião."

"Avião para onde?" Ele amassou o copo de isopor vazio e o arremessou por cima do ombro, para fora da entrada do prédio, na direção dos arbustos do vizinho. Eles já estavam decorados com lixo.

"Ainda não decidi."

"Ela está indo para um *patamar, cajamar, lupanar*..."

"Cale a boca, Lionel."

O detetive me olhou como se eu fosse louco.

A história da minha vida até agora:

A professora me olhava como se eu fosse louco.

Os assistentes sociais me olhavam como se eu fosse louco.

O garoto me olhava como se eu fosse louco.

A garota me olhava como se eu fosse louco.

A mulher me olhava como se eu fosse louco.

O inspetor de homicídios negro me olhava como se eu fosse louco.

"Acho que você não pode ir, Julia", disse o detetive, tentando se livrar das minhas palavras confusas com um suspiro e uma careta. Ele já vira muita coisa no tempo dele, bem que podia agüentar um pouco mais antes de precisar investir contra mim. Pelo menos foi isso que senti. "Vamos querer conversar com você sobre o Frank."

"Vocês vão ter que me prender", disse Julia.

"Por que disse isso?", perguntou o detetive, aflito.

"Só para simplificar as coisas", disse Julia. "Se não me prender eu vou entrar no carro. Lionel, por favor."

Eu me corcovei para fora da entrada do prédio com a mala imensa e pesada e fiz sinal para o motorista abrir o porta-malas. Julia me acompanhou, o detetive logo atrás. Os alto-falantes da limusine despejavam Mariah Carey, o motorista continuava bem-humorado e recostado no descanso de cabeça. Quando Julia sentou no banco traseiro, o detetive segurou a porta com suas mãos carnudas e inclinou-se sobre ela.

"Não lhe importa quem matou seu marido, senhora Minna?" Ele estava visivelmente nervoso com o desinteresse de Julia.

"Quando descobrir quem o matou, me conte", ela disse. "Aí eu lhe digo se me importo."

Pus a mala sobre o estepe. Por um momento pensei em abri-la e confiscar a pistola de Julia, mas me dei conta de que provavelmente não seria bom aparecer com uma arma na frente do investigador de homicídios. Ele era capaz de me interpretar mal. Em vez disso, fechei o porta-malas.

"Isso implica ficarmos em contato", o detetive ressaltou para Julia.

"Eu já disse que não sei para onde estou indo. Você tem um cartão?"

Quando ele se ergueu para verificar o bolso do colete, ela bateu a porta e abaixou o vidro para pegar o cartão.

"Nós poderíamos detê-la no aeroporto", ele disse severamente, tentando lembrá-la de sua autoridade, ou lembrar-se a si mesmo. Mas aquele *nós* era mais fraco do que ele pensava.

"Poderiam", disse Julia, olhando para mim. "Ele é o meu álibi. Nós passamos o dia juntos."

"*Vai-à-merda, álibailey*", murmurei o mais baixo que pude. O detetive franziu as sobrancelhas para mim. Eu mantive minhas mãos abertas e fiz cara de Art Carney, suplicando um entendimento entre nós — mulheres, suspeitos, viúvas, que é que você vai fazer? Não pode viver com eles, não pode viver sem eles, não é?

Julia ergueu de novo a janela de vidro fumê, e a limusine da Legacy Pool partiu, o rádio idiota silenciando-se com a distância, deixando a mim e o detetive sozinhos na penumbra da Baltic Street.

"Lionel."

Álibi, cale-se, hélice, rebele-se, cantava o meu cérebro, sufocando a fala. Despedi-me do detetive e caminhei em direção à Smith Street. Se a Julia podia deixá-lo de modo tão decidido, por que eu não poderia?

Ele veio atrás. "Melhor conversarmos, Lionel." Ele tinha fracassado, deixando-a ir embora, e agora ia descontar em mim, exercitar seus poderes dedutivos e intimidatórios.

"Não dá para esperar?", consegui dizer sem me virar — não virar o pescoço custou-me um esforço considerável. Mas eu o senti bem na minha cola, como se fosse a sombra de um passante.

"Qual é o seu nome completo, Lionel?"

"Álibi Escroque..."

"Como é mesmo?"

"Ali Babá Esnobe..."

"Parece árabe", disse o detetive me alcançando. "Mas você não parece árabe. Onde você e a senhora estiveram hoje à tarde, Álibi?

"Lionel", obriguei-me a dizer com clareza, e em seguida balbuciei: "*Lionel Meprenda!*".

"Isso não vai funcionar duas vezes na mesma noite", disse o policial. "Eu não preciso prender você. Nós só estamos caminhando juntos, Álibi. Não sei aonde você está indo. Poderia me dizer?"

"Para casa", eu disse, antes de lembrar que ele já estivera

no lugar que eu tinha chamado de minha casa naquela noite, e que não me interessava levá-lo novamente para lá. "Mas na verdade eu gostaria de comer um sanduíche antes. Estou morto de fome. Quer comer um sanduíche comigo? Tem um lugar na Smith chamado Zeod's, se você achar que tudo bem podemos comprar um sanduíche e daí cada um vai para o seu lado, pois eu fico meio tímido de levar gente na minha casa..." Ao me virar para dizer isso minha compulsão por ombros foi ativada, e comecei a tocá-lo repetidamente.

Ele empurrou minhas mãos. "Calma, Álibi. Qual é o seu problema?"

"Síndrome de Tourette", eu disse, com a desagradável sensação do inevitável. Tourette era meu outro nome, e meu cérebro não conseguia deixar as palavras sossegadas, nem o meu próprio nome. Eu produzi meu próprio eco: "Sinto-me um Tourette!". Inclinando a cabeça, engolindo em seco, encolhendo-me, tentei me calar, apressar o passo em direção ao Zeod's e manter meus olhos baixos, de modo que os ombros do detetive ficassem fora do meu alcance. Não funcionou. Eram muitos malabarismos, e quando os tiques voltaram soltei um grito: "*Sinto-me um Tourette!*".

"Foi o Tourette, não foi?" Pelo visto, o detetive achava que eu estava usando as gírias mais recentes das ruas. "Você pode me levar até ele?"

"Não, não, não existe nenhum Tourette", eu disse, prendendo a respiração. Eu estava louco por comida, desesperado para chacoalhar o detetive e sufocado pelos tiques iminentes.

"Não se preocupe", disse o detetive, fazendo-me calar. "Não direi quem mencionou o nome dele."

Ele pensou que eu fosse um delator. Eu só podia tentar não rir nem gritar. Suspeitando do Tourette, talvez eu me livrasse dele.

Na Smith Street viramos em direção ao Zeod's, um mercado vinte e quatro horas onde os cheiros de mortadela e café ruim se misturavam com os de pistache, tâmaras e pão de São João. Se o policial queria um árabe, eu lhe daria um árabe. Zeod, o próprio, estava em pé numa plataforma detrás do balcão de madeira e plexiglas. Ao me ver ele disse: "Seu louco! Como você está, meu amigo?".

"Não muito bem", admiti. O detetive estava atrás de mim, provocando-me a virar a cabeça novamente. Mas eu resisti.

"Cadê o Frank?", perguntou Zeod. "Como é que eu nunca mais vi o Frank?"

Ali estava minha oportunidade de finalmente dar a notícia a alguém, mas meu coração não estava preparado. "Ele está no hospital", eu disse, dessa vez incapaz de não olhar nervosamente para o investigador de homicídios. "*Doutor-babá!*", lembrava minha Tourette.

"Você é bem maluquete", disse Zeod, sorrindo e arqueando maliciosamente as grossas sobrancelhas para a minha sombra oficial. "Diga ao Frank que o Zeod perguntou por ele, certo, companheiro?"

"Certo", eu disse. "Farei isso. Que tal um sanduíche de peru com bastante mostarda?"

Zeod acenou com a cabeça para o seu ajudante, um garoto dominicano indolente que se dirigiu para a máquina de fatiar. Zeod nunca fazia os sanduíches. Mas tinha ensinado os rapazes do balcão a cortar fatias extraordinariamente finas e a deixar a carne cair em dobras assim que deslizava pela lâmina, de modo que as fatias formavam feixes, e não pilhas compactas, produzindo sanduíches com aquela compressibilidade macia pela qual eu tanto ansiava. Eu me deixei hipnotizar pelo zunido da máquina de fatiar, pelo ritmo do braço do garoto ao receber as fatias e colocá-las sobre o pão. Zeod me observava. Ele sabia que eu ficava obcecado com seus sanduíches, e isso lhe agradava. "Para você e para o seu amigo?", ele perguntou, magnânimo.

O detetive disse que não com a cabeça. "Um maço de Marlboro Lights", ele disse.

"Tudo bem. Você quer um refrigerante, Maluquete? Pode pegar." Enquanto eu pegava uma Coca na geladeira, o Zeod colocou o meu sanduíche e o cigarro do policial num saquinho de papel pardo junto com um garfo de plástico e um maço de guardanapos.

"É para pôr na conta do Frank, não é, meu amigo?"

Eu não podia falar. Peguei o saquinho e voltei para a Smith Street.

"Você dorme com a mulher do defunto", disse o detetive. "E agora come na conta dele. Precisa ser muito cara-de-pau."

"Você entendeu mal", eu disse.

"Então é melhor você me corrigir", ele disse. "Me dá os cigarros."

"Eu trabalho para o Frank..."

"Trabalhava. Ele está morto. Por que não contou para o seu amigo, o Á-ribi?"

"*Ara-bailey!* Eu não sei. Por nenhum motivo." Eu entreguei o Marlboro para o policial. "*Alá-bailey, Ali-babá, Ali-ba-bailey...* Será que podíamos continuar numa outra hora? Porque — *alibabei!* — porque eu realmente preciso ir urgentemente para casa e — *beije-me! bata-me!* — comer este sanduíche."

"Você trabalhava para ele onde? Na agência de táxis?"

Agência de detetives, corrigi em silêncio. "Ahn? Isso mesmo."

"Então você e a mulher dele estavam fazendo o quê? Passeando de carro? Cadê o carro?"

"Ela queria fazer compras." A mentira saiu tão abençoadamente suave e livre de tiques que parecia verdade. Por essa razão ou por alguma outra o detetive não contestou.

"E você se considera o quê? Um amigo do falecido?"

"*Arquivo desaparecido! Negócio falido!* Sim, isso mesmo."

Ele estava aprendendo a ignorar minhas explosões verbais. "Aonde você está indo? Para casa?" Ele acendeu um cigarro sem diminuir o passo. "Parece que está voltando para o trabalho."

Não queria contar para ele que havia pouquíssima diferença entre as duas coisas.

"Vamos entrar aqui", eu disse, sacudindo o pescoço enquanto atravessávamos a Bergen Street, deixando-me levar pelo meu tique — navegação por Tourette — para dentro do Cassino.

Cassino era o nome que o Minna dava para uma minúscula banca de jornal da Smith Street, que tinha uma única parede com revistas e uma caixa de Pepsi e Snapple embutidas num espaço equivalente ao de um guarda-roupa grande. O nome Cassino referia-se às filas que toda manhã se formavam para comprar Loto, Raspadinha, Jumble 6 e Pickball, à fortuna que os proprietários da banca, imigrantes coreanos, estavam fazendo com jogos de azar, aos corações silenciosamente destroçados naquele lugar durante o dia inteiro. Havia algo de trágico na maneira como eles obedientemente esperavam, muitos deles idosos, outros imigrantes recém-chegados, analfabetos a não ser na linguagem restrita da loteria escolhida, deferentes com aqueles que realmente vinham comprar algo, como uma revista, pilhas alcalinas ou um tubo de brilho para os lábios. Aquela docilidade era de cortar o coração. Os jogos terminavam quase antes de começar, a superfície era raspada com uma chave ou uma moeda e os prêmios dados como ganhos iam para o brejo. (Nova York é uma cidade tourettica, e esse raspar, contar e rasgar em larga escala é um claro sintoma disso.) A calçada em frente do Cassino estava coberta de bilhetes descartados, refugos da esperança frustrada.

Mas eu não estava em condição de criticar causas perdidas. Não tinha motivo para visitar o Cassino a não ser pelo fato de associá-lo com o Minna, com o Minna vivo. Se, antes de a notícia de sua morte se espalhar pela Court e pela Smith Street eu visitasse os lugares que ele freqüentava, talvez me convencesse, contrariando o que meus olhos viam — e contrariando o fato de que o investigador de homicídios estava atrás de mim —, de que nada tinha acontecido.

"O que estamos fazendo aqui?", perguntou o detetive.

"Eu, ahn, preciso ler alguma coisa enquanto como o sanduíche."

As revistas desemparelhadas estavam no fundo da prateleira — não havia ali mais do que um ou dois fregueses por mês para a *GQ*, *Wired* ou para a *Brooklyn Bridge*. Eu estava blefando, não lia revista de jeito nenhum. Aí vi um rosto familiar numa revista chamada *Vibe*: O Artista Antes Conhecido Como Prince. Diante de um fundo manchado cor de creme, ele posava descansando a cabeça no braço de uma guitarra cor-de-rosa, os olhos sérios. O glifo impronunciável que substituía seu nome aparecia desenhado no cabelo, em suas têmporas.

"Skrubel", eu disse.

"O quê?"

"Plavshk", eu disse. Meu cérebro decidira pronunciar o glifo impronunciável, uma incursão lingüística pelas terras *Além do Z de Zebra*. Peguei a revista.

"Você quer me dizer que vai ler a *Vibe*?"

"Claro."

"Você está me gozando, Álibi?"

"Não, não, sou um grande fã do *Skursvshe*."

"De quem?"

"Do Artista Antes Conhecido Como *Plinvstk*." Não conseguia me desengalfinhar do glifo. Coloquei a revista sobre o balcão, e Jimmy, o proprietário coreano, perguntou: "É para o Frank?".

"É", eu disse engolindo em seco.

Ele recusou meu dinheiro com um gesto. "Guarde isso, Lionel."

Voltamos para a rua. O policial esperou dobrarmos a esquina em direção à escuridão da Bergen Street, logo depois da entrada da linha F do metrô e alguns passos depois da L&L, para literalmente me pegar pelo colarinho, as duas mãos segurando meu casaco na altura do pescoço e me empurrando contra a parede decorada com ladrilhos. Agarrei minha revista, enrolada como um bastão, e o saco do Zeod's com o sanduíche e o refrigerante. Eu os segurava diante de mim para minha proteção, como uma senhora segura sua bolsa. Achei conveniente não empurrar o policial. De qualquer modo eu era maior do que ele, e na verdade ele não me assustava, não fisicamente.

"Chega de falar coisas confusas", ele disse. "Onde é que isso vai dar? Por que você está fingindo que o Minna ainda está entre nós, Álibi? Qual é o jogo?"

"Uau", eu disse. "Por esta eu não esperava. Você é polícia e ladrão, reunidos numa única pessoa."

"Isso mesmo, costumavam contratar dois caras diferentes. Mas agora, com toda essa merda de cortes de despesa, querem que a gente faça dupla jornada."

"Vamos voltar a — *porra-de-policial-preto* — a conversar educadamente?"

"O que você disse?"

"Nada. Solte o meu colarinho." Mantive a irrupção no nível do resmungo — e estava agradecido ao meu cérebro touréttico por ele não ter soltado um *negão de merda*. Apesar da alteração do detetive, ou talvez por causa dela, nossa exaltação atingira o ápice e se acalmara, de modo que tínhamos conquistado um momento de tranqüilidade. Ele estava próximo o suficiente para convidar à intimidade. Se minhas mãos não estivessem ocupadas eu teria começado a acariciar sua mandíbula pedregosa ou a dar tapinhas nos seus ombros.

"Fale comigo, Álibi. Abra o jogo."

"Não me trate como suspeito."

"Então me diga por que não devo tratá-lo assim."

"Eu trabalhava para o Frank. Sinto falta dele. Quero encontrar o assassino dele tanto quanto você."

"Sendo assim, vamos comparar nossas anotações. Os nomes Alphonso Matricardi e Leonardo Rockaforte te dizem alguma coisa?"

Ele me silenciou.

Matricardi e Rockaforte: o investigador de homicídios não sabia que aqueles nomes não deviam ser pronunciados em voz alta. Em lugar nenhum, mas especialmente na Smith Street.

Nunca ouvira seus primeiros nomes, Alphonso e Leonardo. Pareciam errados, mas que primeiros nomes não pareceriam? O erro cercava aqueles nomes e a enunciação deles, que ocorria uma vez na vida e outra na morte. Nunca diga Matricardi e Rockaforte.

Se for preciso, diga "Os Clientes".

Ou diga "Estuque e Tijolo do Estado-Jardim". Mas não aqueles nomes.

"Nunca ouvi falar deles", sussurrei.

"Por que será que não acredito em você?"

"Acredite-em-mim-seu-negro."

"Você é um puta de um doente."

"Sou mesmo", eu disse. "Desculpe."

"Tem mesmo de se desculpar. Seu chapa foi assassinado e você não me entrega nada."

"Vou encontrar o assassino", eu disse. "É isso que vou entregar para você."

Ele me soltou. Eu tossi duas vezes. Ele fez outra careta, mas estava claro que a partir de agora tudo seria atribuído à minha insanidade inofensiva. Eu tinha sido mais esperto do que imaginava ao levar o policial até o Zeod's e deixá-lo ouvir o árabe me chamar de Maluquete.

"Talvez você devesse deixar isso por minha conta, Álibi. Mas vamos, abra o jogo."

"Claro." Fiz cara de um digno escoteiro. Eu não queria dizer para o *polícia* que o *bandido* não tinha tirado nada de mim, que só tinha se cansado de fazer perguntas.

"Você está me entristecendo com seu sanduíche e esse raio de revista. Suma daqui."

Ajeitei meu casaco. Uma estranha paz caiu sobre mim. O policial me fizera pensar nos Clientes, mas eu os tirei da minha mente. Eu era bom nisso. Meu cérebro touréttico cantava *Quero pegá-lo tanto quanto sinto falta quando um tristuíche*, mas agora eu não tinha nenhum tique, podia deixar a música correr lá dentro, um regato borbulhante, um poço profundo de canções. Fui até a L&L e entrei com a minha chave. Danny não estava em nenhum lugar visível. O telefone tocava. Deixei tocar. O policial ficou me olhando, eu acenei para ele, fechei a porta e fui para os fundos.

* * *

Às vezes me custava admitir que eu morava no apartamento em cima da L&L, mas de fato eu morava ali desde o dia, já longínquo, em que saí de St. Vincent. As escadas ficavam nos fundos da loja. Afora esse inconveniente, eu tentava manter os dois lugares separados em minha mente. Decorava o apartamento com mobílias convencionais dos anos 40 adquiridas nas decrépitas lojas de móveis usados da Smith Street, nunca convidava os outros Manos do Minna para subir e adotava algumas regras arbitrárias: só beber cerveja lá embaixo e só uísque lá em cima, jogar cartas embaixo mas montar o tabuleiro de xadrez em cima, telefones modernos embaixo e telefones de disco e baquelita em cima *et cetera*. Por algum tempo eu até tive um gato, mas não deu certo.

A porta no final da escada estava toda marcada por pequenas depressões formadas pelo meu ritual de golpeá-la com as chaves antes de abrir a porta. Rapidamente acrescentei mais seis marcas de chave — meu nervo afeito às contagens hoje estava com uma fixação no número seis, isso desde o fatal saquinho do White Castles — e entrei. O telefone lá embaixo continuou a tocar. Mantive as luzes apagadas para não sinalizar para o detetive, caso ele ainda estivesse observando do lado de fora, a conexão entre o andar de cima e o de baixo. Cautelosamente, fui até a janela da frente e espiei. Não havia nenhum policial na esquina. Mesmo assim, por que me arriscar? A luz que entrava da rua era suficiente para eu me movimentar ali dentro. Deixei as lâmpadas apagadas, mas mesmo assim tive de enfiar as mãos sob as persianas para acariciar os interruptores, um contato ritual apenas para eu me sentir em casa.

Entenda: a possibilidade de a qualquer hora eu ter de tocar cada objeto visível do meu apartamento impunha uma espécie de falsa simplicidade japonesa ao ambiente. Sob o abajur de leitura havia cinco livros não lidos, que eu devolveria para o Exército da Salvação da Smith Street assim que terminasse. As capas dos livros estavam marcadas por dúzias de pequenos vincos produzidos pelas minhas unhas. Eu tinha um aparelho de som de plástico preto com caixas de som destacáveis e uma pequena pilha de CDs do Prince/Artista Antes Conhecido Como — eu não estava mentindo para o investigador de homícidios quando lhe disse que era um fã. Ao lado dos CDs havia um garfo, aquele que catorze anos antes eu roubara da mesa cheia de talheres do Matricardi e do Rockaforte. Coloquei a revista *Vibe* e o saco com o sanduíche em cima da mesa, que fora isso estava vazia. Eu já não estava mais morrendo de fome. Uma bebida era mais urgente. Não que eu realmente gostasse de álcool, mas o ritual era essencial.

O telefone lá embaixo continuava a tocar. A L&L não tinha secretária eletrônica — os fregueses geralmente desistiam depois de deixar tocar nove ou dez vezes e tentavam outro serviço de táxi. Eu me desliguei daquilo. Esvaziei os bolsos do casaco e redescobri o relógio e o bipe do Minna. Larguei-os sobre a mesa, depois me servi de um copo cheio de Walker vermelho com alguns cubos de gelo e me sentei no escuro para deixar o dia assentar, para tentar entendê-lo. O brilho das pedras de gelo me levou a cutucá-las como um gato tentando pescar um peixe dourado num aquário, mas fora isso a cena era bastante tranqüila. Se pelo menos o telefone lá embaixo parasse de tocar. Onde estava o Danny? Por falar nisso, será que o Tony já voltara do East Side? Não queria pensar que ele tivesse ido ao Zendo sem nenhuma retaguarda, sem que nós, os outros Manos do Minna, estivéssemos a par dos fatos. Afastei esse pensamento, tentei esquecer o Tony, o Danny e o Gilbert por um momento, fingir que aquele caso era só meu, pesar as variáveis e enquadrá-las em algum tipo de formato que fizesse sentido, que oferecesse respostas ou, pelo menos, uma pergunta clara. Pensei no gigantesco assassino polonês que víramos levar nosso chefe até a caçamba de lixo — ele lembrava alguém que eu tinha imaginado, uma figura impossível, a silhueta de um sonho. O telefone lá embaixo continuava a tocar. Pensei na Julia, em como ela fizera de bobo o investigador de homicídios antes de desaparecer, em como parecia preparada demais para a notícia do hospital, e avaliei a amargura misturada em sua tristeza. Tentei não pensar em como ela tinha jogado comigo e no pouco que aquilo significava. Eu pensei no próprio Minna, no mistério da sua ligação com o Zendo, na mordaz familiaridade que tinha com seu traidor, na sua desastrosa preferência por manter os Manos no escuro e no alto preço que pagara por isso. Ao desviar os olhos da iluminação da rua para as cortinas de luzes azuis e cintilantes dos apartamentos do outro lado da Bergen Street, me concentrei nas minhas pistas insignificantes: Ullman centro da cidade, a garota de óculos e cabelos curtos, "o prédio" mencionado pela voz sarcástica do Yorkville Zendo e Irving — se é que Irving realmente era uma pista.

Enquanto pensava nessas coisas, uma outra faixa do meu cérebro entoava cerebrotomia, cerebromania, meritocracia, crotalotopia. E o telefone lá embaixo continuava a tocar. Suspirando, resignei-me ao meu destino, desci e atendi o telefone.

"Não temos carros!", eu disse vigorosamente.

"É você, Lionel?", perguntou Loomis, o amigo do Gilbert, o inspetor sanitário — o tira do lixo.

"E então, Loomis?" Eu detestava o tira do lixo.

"Estou com um problema aqui."

"Aqui onde?"

"Na Sexta Delegacia de Polícia, em Manhattan."

"*Paspalho!* O que você está fazendo na delegacia, Loomis?"

"Bem, estão dizendo que já é tarde demais, que não vão levá-lo a juízo hoje de jeito nenhum, que ele vai ter de passar a noite na casa de detenção."

"Quem?"

"Quem você acha? O Gilbert! Eles o prenderam por querer acabar com um cara chamado Ullman."

Você alguma vez já sentiu, ao ler um romance policial, um estremecimento de culpa e alívio quando um personagem é assassinado antes que ele tenha a chance de pular da página e oprimi-lo com sua existência real? De todo jeito, as histórias policiais sempre têm personagens demais. E esses personagens mencionados no início da história mas nunca vistos, que apenas vegetam nos bastidores, adquirem um desagradável caráter assombroso. É melhor que se suma com eles.

Senti algo parecido com esse estremecimento diante da notícia dada pelo tira do lixo sobre o falecimento do Ullman. Mas também senti o oposto disso: um pânico de que o universo desse caso estivesse se encolhendo. Eu não podia sentir nenhum pesar pela morte de Ullman, pelo ser humano — especialmente no Dia da Morte do Frank Minna —, mas ainda assim lamentei: minha pista tinha sido assassinada.

Ainda senti outras coisas:

Incômodo — à noite teria de lidar com o Loomis. Meu devaneio se desfez. No andar de cima, o gelo derreteria no meu copo de Johnny Walker vermelho. Meu sanduíche do Zeod's não seria comido.

Confusão — o Gilbert podia fulminar com os olhos e tremer quanto quisesse, mas nunca mataria um homem. E eu o vira piscar estupidamente diante da menção do nome de Ullman. O nome não significava nada para ele. De modo que não havia motivo, a menos que fosse autodefesa. Ou então fora atraído para uma armadilha. Portanto:

Medo. Alguém estava perseguindo os Manos do Minna.

Tomei um táxi da agência até Manhattan para tentar encontrar o Gilbert na delegacia, mas não dei sorte. Ele já tinha sido transferido da cela da frente para a do fundo. Ali, junto com outros presos recentes, passaria uma noite que os policiais eufemisticamente chamavam de "presidioterapia" — comendo sanduíches de mortadela, usando o banheiro a céu aberto, ignorando as investidas contra o seu relógio e carteira e trocando cigarros, se tivesse algum, por uma lâmina de barbear usada para se proteger. O aplicado Loomis já tinha esgotado a paciência dos policiais com os direitos e privilégios do Gilbert: o direito ao telefonema, a visita na cela, e que nada mais acontecesse com ele pelo menos até a manhã seguinte. Em seguida ele poderia ser levado a juízo e enviado à prisão, onde esperaria alguém pagar sua fiança. Assim, meu esforço fora recompensado com nenhuma informação e com a incumbência de carregar o Loomis de volta ao Brooklyn. Aproveitei a oportunidade para tentar descobrir o que o tira do lixo ouvira do Gilbert.

"Ele não quis dizer muita coisa sem a presença de um advogado, e eu não o culpo. Você sabe que as paredes têm ouvidos. Ele só disse que o Ullman estava morto quando ele chegou. Os investigadores o pegaram saindo do lugar como se tivessem recebido uma denúncia. Quando eu o encontrei, ele tinha falado um pouco e levado um corretivo. Pediu um advogado, e disseram que tinha de esperar até amanhã. Acho que ele tentou ligar para a L&L mas ninguém atendeu, felizmente eu estava por perto... Por falar nisso, sinto muito pelo Frank. Como é que uma coisa dessas foi acontecer? O Gilbert também não estava parecendo muito satisfeito com relação ao assunto. Não sei o que ele disse ou deixou de dizer, mas os caras não estavam muito satisfeitos com ele quando eu apareci por lá. Tentei argumentar com os caras, mostrei meu crachá, mas eles me trataram como se eu fosse menos do que um merda de um carcereiro, compreende? Como se eu não fosse ninguém."

Gilbert tinha ficado amigo do Loomis no fim do colegial, quando ambos perambulavam em torno do parque da Carroll Street para assistir aos velhos jogarem bocha. Loomis exercia atração sobre o lado preguiçoso e desleixado do Gilbert, aquele que enfiava o dedo no nariz e filava cigarros, a parte dele que não queria se nivelar com o Minna nem conosco, os Manos. O Loomis não era esperto como até o mais passivo e recalcitrante de nós, órfãos, tinha de ser. Ele era uma espécie de extensão amorfa e negligente do sofá, da televisão e da geladeira dos seus pais e só a contragosto assumira uma vida independente. Junto com o Gilbert, na época da criação da L&L ele não fazia nada e nunca demonstrou nenhum interesse nem pela agência de táxis de mentira nem pela agência de detetives que se escondia debaixo dela — mas sempre precisávamos ter um pacote aberto de Sno Balls ou de Chocodiles.

Loomis fora persuadido pelos pais a trabalhar na polícia. Foi reprovado duas vezes no concurso público para se tornar um policial comum, mas algum conselheiro de bom coração o convenceu a prestar o concurso mais fácil da polícia sanitária, no qual passou de raspão. Antes de se tornar o Tira do Lixo, o Minna costumava chamá-lo de *Traseiro de Confiança*, termo que usava com certa dose de ternura.

Nas cinco ou seis primeiras vezes, eu e os outros Manos deixamos passar batido, esperando uma explicação, até finalmente perguntarmos ao Minna o que ele queria dizer com aquilo.

"Algumas pessoas têm seus assessores, seus cérebros de confiança", disse Minna. "E têm os outros, aqueles que você mantém ao seu redor. Esses seriam os traseiros de confiança, entenderam?"

Nunca gostei muito do traseiro de confiança. Na verdade, eu odiava o Loomis — e digo por quê. Sua falta de precisão e preguiça enlouqueciam meus instintos compulsivos — sua inconstância, sua fala cheia de falhas e oscilações que parecia uma fita cassete gasta, a maneira como seus sentidos vagarosos recusavam o mundo, sua atenção que era como uma bola de fliperama seguindo repetidamente para o buraco sem tocar nenhum luminoso e nenhum flíper: jogo encerrado. Ele estava permanentemente impressionado com as banalidades mais irrelevantes, e era impossível impressioná-lo com algo novo, que tivesse sentidos ou conflitos reais. E era tonto demais para odiar-se o suficiente — portanto era meu dever odiá-lo.

Hoje à noite, ao cruzarmos as ruidosas grades metálicas da ponte do Brooklyn, ele veio com o refrão enfadonho de sempre: ninguém respeita a polícia sanitária. "Era de se esperar que eles soubessem como é a vida de um policial nesta cidade, eu e aqueles caras estamos no mesmo barco, mas o policial de que estou falando insistia: 'Por que você não vai lá no meu quarteirão? Tem sempre alguém roubando o meu lixo'. Se não fosse pelo Gilbert, eu teria mandado ele se..."

"A que horas o Gilbert telefonou para você?", interrompi.

"Não sei, por volta de sete ou oito, talvez quase nove", ele disse, numa sucinta mostra da sua inadequação para o serviço.

"Agora são só — *Tourette é o seu...!* — dez horas, Loomis."

"Tudo bem, então foi logo depois das oito."

"Você descobriu onde o Ullman morava?"

"Em algum lugar no centro. Dei o endereço para o Gilbert."

"Você não lembra onde era?"

"Não."

Loomis não ajudaria em nada. Ele parecia saber disso tão bem quanto eu e imediatamente se lançou numa outra digressão, como quem diz: "*Eu não sirvo para nada, mas não fique bravo, tá bom?*". "Você ouviu aquela de quantos católicos são necessários para trocar uma lâmpada?"

"Eu conheço essa, Loomis. Sem piadas, por favor."

"Deixa disso. E por que a loira olha fixamente para a embalagem de suco de laranja?"

Eu estava quieto. Saímos da ponte em Cadman Plaza. Eu logo me livraria dele.

"Porque está escrito 'laranja concentrada'. Sacou?"

Essa era outra coisa que eu detestava no Loomis. Faz alguns anos ele ficou sabendo dos concursos de piada do Minna e resolveu concorrer. Só que ele não fazia piadas, mas adivinhas idiotas, sem espaço para personagens ou nuances. Ele não parecia perceber a diferença.

"Saquei", admiti.

"E como se faz cócegas num ocelote?"

"O quê?"

"Cócegas num ocelote. Sabe, aquele felino grande. Acho que é isso."

"É um felino grande. Como se faz cócegas nele, Loomis?"

"Você *oscila bastante o seu culote*, sacou?"

"*Vai-à-merda-ocelote!*", gritei enquanto virávamos na Court Street. O trocadilho infame penetrara sob a pele do meu sintoma. "Lancelote auxiliar oscilópio! Esculápio! Escalope!"

O tira do lixou riu. "Jesus, Lionel, você me mata de rir. Você nunca termina esse número."

"Não é um — *número — ocelote*", guinchei por entre os dentes. Finalmente, aí estava o que eu mais odiava no Loomis: desde quando nos conhecemos, na adolescência, ele achava que eu fingia primorosamente bem e poderia acabar com os tiques se quisesse. Nada iria dissuadi-lo, nenhum exemplo ou demonstração, nenhum programa educativo. Uma vez mostrei a ele o livro que o Minna tinha me dado; ele deu uma olhada e riu. Eu estava inventando. Até onde lhe dizia respeito, minha Tourette era apenas uma piada esquisita, uma piada que existia principalmente na sua cabeça e que se prolongava por quinze anos.

"Omelete!", ele disse. "Te peguei!" Ele gostava de pensar que estava brincando comigo.

"Vai-à-mete!" Eu o estapeei sobre a ombreira grossa do casaco, num movimento tão repentino que o carro deu uma guinada brusca.

"Cristo, preste atenção!"

Eu o estapeei mais cinco vezes, agora mantendo a direção estável.

"Não consigo ficar bravo com você", ele disse. "Mesmo numa hora destas. Acho que é uma coisa sentimental, uma maneira de dizer: *Ah, se o Frank ainda estivesse aqui!* Ele sempre achava graça nesse seu número."

Paramos na frente da L&L. As luzes da loja estavam acesas. Alguém tinha chegado depois de eu sair em excursão até a Sexta Delegacia.

"Pensei que fosse me deixar em casa." O Loomis morava na Nevins Street, perto dos conjuntos habitacionais.

"Você pode ir andando daqui, *tira-de-merda*."

"Poxa, Lionel."

Estacionei numa vaga livre em frente da loja. Quanto mais rápido eu e o Loomis nós livrássemos um do outro, melhor.

"Vá andando", eu disse.

"Deixe-me pelo menos usar o banheiro", ele gemeu. "Aqueles idiotas da delegacia não deixaram. Estou segurando desde aquela hora."

"Só se você me fizer uma coisa."

"O quê?"

"O endereço do Ullman", eu disse. "Você já soube. Preciso dele, Loomis."

"Posso conseguir amanhã de manhã, no trabalho. Quer que eu ligue para você aqui?"

Tirei um cartão do Minna do bolso e entreguei a ele. "Liga no bipe. Vou estar com ele."

"Tudo bem, agora você me deixa mijar?"

Não disse nada, só abri e fechei o carro automaticamente umas seis vezes, e saí. Loomis seguiu-me até a loja e entrou.

Danny saiu lá de trás da loja e, no caminho, apagou um cigarro no cinzeiro sobre o balcão. De todos os Manos do Minna, era o que se vestia melhor, mas de repente seu terno preto bem-alinhado parecia ter sido usado muitos dias seguidos. Ele me lembrava um agente funerário de folga. Olhou de relance para mim e para o Loomis, franziu seus lábios mas não falou nada, e eu realmente não conseguia depreender coisa nenhuma dos seus olhos. Senti que, agora que o Minna se fora, eu não o conhecia. Danny e eu éramos a expressão de dois impulsos opostos de Frank Minna: ele, um corpo alto e silencioso que atraía mulheres e intimidava homens; eu, um boquirroto ansioso que cobria o mundo com nomes e descrições. Fazendo uma média de nós dois, você teria o Frank Minna de volta, ou mais ou menos isso. Agora, sem o Minna para fazer a conexão entre nós, Danny e eu precisávamos novamente começar a nos entender como entidades, como se repentinamente tivéssemos de novo catorze anos e ocupássemos lugares opostos no Lar de Meninos St. Vincent.

Na realidade, tive um desejo repentino de que o Danny estivesse com uma bola de basquete, para que eu pudesse dizer "Bela jogada!" ou incentivá-lo a lançá-la. Mas em vez disso olhamos fixamente um para o outro.

"Desculpe", disse Loomis, fugindo por trás de mim e acenando para o Danny. "Preciso usar seu banheiro." E desapareceu no fundo da loja.

"Cadê o Tony?", perguntei.

"Esperava que você soubesse."

"Pois não sei. Espero que ele esteja melhor que o Gilbert. Acabei de deixá-lo numa cela lá da Sexta." Isso dava a impressão de que eu o tinha encontrado, mas deixei a impressão no ar. O Loomis não diria nada, mesmo que me ouvisse do banheiro.

Danny não parecia surpreso de forma alguma. Supus que, em comparação com o choque causado pela morte do Minna, essa nova surpresa desagradável não era tão impressionante. "Por que ele está preso?"

"*Ullmatou!* — o cara que o Tony mandou o Gilbert encontrar apareceu morto. Colocaram a culpa no Gilbert."

Danny coçou a ponta do nariz pensativamente.

"E onde você estava?", perguntei. "Pensei que estivesse tomando conta da loja."

"Saí para comer alguma coisa."

"Estive aqui durante quarenta e cinco minutos." Era mentira — duvidava que tivesse ficado mais do que quinze, mas queria pressioná-lo.

"Acho que nos desencontramos."

"Alguém ligou? Você encontrou aquele *homo sapiens, homogêneo, genocida, não decida,* policial de homicídios?"

Ele balançou a cabeça. Estava ocultando alguma coisa — mas aí me ocorreu que eu também estava.

Danny e eu olhamos pensativamente um para o outro, esperando a próxima pergunta. Senti uma vibração dentro de mim, tiques profundos à espreita, reunindo forças para emergir. Ou talvez fosse apenas fome, finalmente.

Loomis veio lá do fundo. "Jesus, vocês estão com caras péssimas. Que dia, hein?"

Nós o encaramos.

"Bem, eu acho que devemos ao Frank um momento de silêncio, o que acham?"

Pensei em dizer que aquilo que o Loomis tinha interrompido *era* um momento de silêncio, mas deixei passar.

"Alguma recordação dele? Abaixem as cabeças, seus tontos. O cara era como o pai de vocês. Não vão terminar o dia brigando."

Loomis tinha razão, ou pelo menos razão suficiente para constranger o Danny e a mim a deixá-lo fazer o que quisesse. Ficamos em silêncio, e, quando vi que o Danny e o Loomis tinham fechado os olhos, também fechei os meus. Juntos, éramos uma versão reduzida e desajeitada da agência — o Danny respondia por ele e pelo Tony, eu por mim mesmo, e imagino que o Loomis respondesse pelo Gilbert. Mas de qualquer modo fiquei comovido, por um segundo.

Mas aí o Loomis estragou tudo com um peido claramente audível, que em vão tentou encobrir com uma tosse. "Tudo bem", disse ele de repente. "E aquela carona até minha casa, Lionel?"

"Vai andando", eu disse.

Humilhado pelo seu próprio corpo, o tira do lixo não discutiu e dirigiu-se para a porta.

Danny se ofereceu para ficar do lado do telefone da L&L. Disse que já estava fazendo um café, e notei que ele estava num humor taciturno e queria todo o espaço do escritório para si. Parecia não haver problema em deixá-lo ali. Subi sem que trocássemos mais do que umas poucas frases.

Lá em cima acendi uma vela e a coloquei no centro da minha mesa, ao lado do bipe e do relógio do Minna. A desajeitada tentativa de ritual do Loomis me perseguia. Eu precisava de um ritual próprio. Mas também estava com fome. Joguei fora o uísque aguado e servi um novo, que também pus sobre a mesa. Em seguida desembrulhei o sanduíche do Zeod's. Por um momento refleti, lutando contra o desejo de cravar meus dentes nele, depois fui até o armário e peguei uma faca serrilhada e um pratinho. Cortei o sanduíche em seis pedaços iguais, tirando um profundo e inesperado prazer da resistência do pão aos dentes duros da faca, e os arrumei no prato de modo que ficassem eqüidistantes. Coloquei a faca de volta no balcão, centralizei o prato, a vela e o drinque sobre a mesa para aliviar minha atormentada Tourette. Se não estancasse as necessidades da minha síndrome, eu nunca abriria espaço para minha própria tristeza se manifestar.

Aí me aproximei do meu aparelho de som e pus pra tocar a música mais triste da minha coleção de CDs, "How Come U Don't Call Me Anymore", do Prince.

Não sei se em sua vida pessoal o Artista Antes Conhecido Como Prince é tourettico ou obsessivo-compulsivo, mas sei com certeza que na sua obra ele é profundamente tourettico. A música não me impressionara muito até o dia de 1986 em que, sentado no banco de passageiros do Cadillac do Minna, pela primeira vez ouvi "Kiss" explodir, com seu estilo maníaco, no rádio do carro. Àquela altura da vida eu talvez tivesse ouvido uma ou duas músicas que brincavam com meu desconforto claustrofóbico e minha compulsão expulsiva e que, por esse motivo, transitoriamente encantaram minha Tourette, enganando-a com uma sensação de reconhecimento, como por exemplo Art Carney e o Patolino — mas estava ali uma música que pertencia completamente àquele território, guitarra e voz repuxando e latejando dentro de fronteiras obsessivamente delineadas, alternadamente silenciosas e explosivas. A música pulsava tanto em energias tourétticas que, entregue à sua batida atormentada e guinchenta, pela primeira vez eu podia deixar minha síndrome viver fora do meu cérebro, ao ar livre.

"Abaixa essa merda", disse Minna.

"Mas eu gosto", eu disse.

"Isso é aquela porcaria que o Danny ouve", disse Minna. *Danny* era um modo de dizer *negro demais*.

Eu sabia que precisava daquela música, de modo que no dia seguinte procurei-a na J&R Music World — precisei pedir ao vendedor que me explicasse a palavra "funk". Ele me vendeu a fita e um walkman para tocá-la. Acabei comprando a versão longa, de sete minutos — a música que eu ouvira no rádio acrescida de uma catástrofe de quatro minutos composta de cortes, grunhidos, silvos e batidas —, uma coda que parecia ser uma mensagem particular para o meu encantado cérebro tourréttico.

A música do Prince me acalmava tanto quanto a masturbação ou um cheeseburger. Ao ouvi-la, eu ficava livre dos sintomas. Então comecei a colecionar os seus discos, especialmente os remixes superelaborados e frenéticos escondidos nos *singles*. O modo como ele ataca uma única frase musical ou verbal, desdobrando-a em quarenta e cinco minutos de variações, é, até onde eu sei, aquilo que no mundo da arte se aproxima mais da minha condição.

"How Come U Don't Call Me Anymore" é uma balada, o piano acompanhado por um doloroso vocal em falsete. Lenta e melancólica, ela tinha também a precisão abrupta e compulsiva da Tourette, os gritos e silêncios repentinos, e isso fazia da música do Prince um bálsamo para o meu cérebro.

* * *

Regulei o som no automático, para que a música repetisse indefinidamente, sentei perto da luz da vela e esperei pelas lágrimas. Só depois que elas chegaram me permiti comer os seis pedaços de sanduíche de peru, numa espécie de ritual para o Minna, alternando-os com goles de Johnny Walker rótulo vermelho. *O corpo e o sangue*, eu não conseguia deixar de pensar, embora estivesse tão distante de qualquer sentimento religioso quanto um homem de luto poderia estar. *O peru e a birita*, eu troquei. Era uma última ceia para o Minna, que não tivera uma. Prince gemia, terminava a música e começava de novo. A vela derretia. Contei *três* ao terminar um pedaço de sanduíche, depois *quatro*. Essa era a medida dos meus sintomas. Eu contava sanduíches e chorava. No *seis* eu desliguei a música, apaguei a vela e fui para a cama.

(Sonhos de Tourette)

(nos sonhos de Tourette você se livra dos seus tiques)

(ou seus tiques se livram de você)

(e você segue com eles, espantado de deixar você mesmo para trás)

Bolachas ruins

Há dias em que levanto de manhã, ando cambaleando até o banheiro, abro a torneira, depois me olho no espelho e não reconheço nem mesmo a minha própria escova de dentes. Aquilo me parece esquisito, estranhamente peculiar em seu *design*, com seu estranho cabo adelgaçado e suas cerdas chanfradas, e me pergunto se alguma vez eu a olhara com cuidado ou se alguém entrara ali no meio da noite para trocar minha velha escova por essa nova. Tenho essa relação com os objetos em geral — eles às vezes se tornam incontrolavelmente novos e vívidos para mim, e não sei se isso é ou não um sintoma da Tourette. Nunca vi isso descrito na literatura especializada. Eis a estranheza de se ter um cérebro tourettico: nenhum controle sobre a minha experiência pessoal de mim mesmo. O que poderia ser apenas uma estranheza é sempre atribuído ao domínio dos sintomas, assim como os sintomas sempre levam a outros domínios, reivindicando seus momentos de brilho ou relevância, sua breve oportunidade — então era esse o inimigo! — de assumir um papel principal. Coisas da personalidade. Há muito trânsito em minha cabeça, e ele segue em mão dupla.

Mas a estranheza desta manhã foi agradável. Mais que agradável — reveladora. Acordei cedo e, por não ter fechado as cortinas, a parede ao lado da minha cama, a mesa com vela derretida, o copo com o gelo derretido, as migalhas de sanduíche do meu lanche ritual, tudo agora estava coberto pela luz branca do sol, como o brilho da lâmpada de um projetor antes do início do filme. Parecia possível que eu fosse o primeiro a acordar no mundo, possível que o mundo fosse novo. Vesti meu melhor terno, coloquei o relógio do Minna em vez do meu e prendi seu bipe ao meu quadril. Depois fiz café e torradas, recolhi as migalhas que projetavam longas sombras sobre a mesa, sentei-me e saboreei o café, a cada passo maravilhando-me com a riqueza da existência. O aquecedor gemeu e soltou o som de um espirro, e eu o imitei por mera alegria, não por não conseguir evitar. Talvez eu tivesse a expectativa de que a ausência do Minna extinguiria a existência do mundo, ou pelo menos a do Brooklyn. Que coisas desapareceriam em solidariedade. Em vez disso, acordei com a sensação de ser o sucessor e o vingador do Minna, de que a cidade resplandecia em pistas.

Parecia possível que eu fosse um detetive empenhado num caso.

Desci em silêncio, passei pelo Danny, que dormia com os braços sobre o balcão, o paletó do terno preto sobre seus ombros, a manga com uma pequena mancha de baba. Desliguei a cafeteira, onde um resto de café cozinhava exalando um perfume azedo, e saí. Eram quinze para as sete. O zelador coreano do Cassino abria as portas, jogando para dentro fardos do *News* e do *Post*. A manhã era de um frio cristalino.

Dei partida no Pontiac da L&L. Que o Danny dormisse, que o Gilbert esperasse na sua cela, que o Tony continuasse desaparecido. Eu iria até o Zendo. Que fosse cedo demais para os monges e mafiosos escondidos ali — a surpresa contaria a meu favor.

Quando estacionei o carro e caminhei em direção ao Zendo, o Upper East Side acordava para a vida, comerciantes montavam bancas de frutas na frente de suas lojas, vendedores de livros usados descarregavam suas caixas, mulheres vestidas para o trabalho olhavam para seus relógios enquanto recolhiam em saquinhos a sujeira dos seus cães. O porteiro do edifício ao lado era novo, um rapaz de bigode e uniforme, não aquele chato do dia anterior. Tinha jeito de ser inexperiente, parecia ser daqueles que ficam com o final do turno da madrugada. Mas achei que valia uma tentativa. Fiz sinal com o dedo através do vidro e ele saiu no frio.

"Qual é o seu nome?", perguntei.

"Walter, senhor."

"Walter senhor do quê?", disse num tom meio policial, meio de chefe.

"Walter é, ahn, o meu sobrenome. Posso ajudá-lo em alguma coisa?" Parecia preocupado, consigo e com o prédio.

"*Ajude-me-walter* — preciso do nome do porteiro que estava trabalhando ontem à noite, lá pelas seis e meia, sete horas. Um senhor mais velho que você, talvez nos seus trinta e cinco, e com sotaque."

"O Dirk?"

"Pode ser. Você é que sabe."

"O Dirk é o porteiro fixo." Ele não tinha certeza de que devia estar me contando aquilo.

Desviei meu olhar do seu ombro. "Bom. Agora me diga o que sabe sobre Yorkville Zendo." Indiquei a placa de bronze com um movimento brusco do meu polegar. "Dirkaralho! Paspalho!"

"O quê?" Ele arregalou seus olhos para mim.

"Você os vê entrar e sair?"

"Acho que sim."

"Walter Acho-que-sim!" Deliberadamente pigarreei. "Colabore comigo, Walter. Você deve ver coisas. Quero suas impressões."

Podia vê-lo se perder em camadas de exaustão, tédio e estupidez. "Você é policial?"

"Por que pergunta isso?"

"Você, ahn, fala esquisito."

"Sou um cara que precisa saber de coisas, Walter, e tenho pressa. Alguém entrou e saiu do Zendo recentemente? Alguma coisa chamou sua atenção?"

Ele varreu a rua com os olhos para ver se alguém nos vira conversando. Aproveitei a oportunidade para cobrir minha boca com a mão e produzir um som ofegante, como o de um cão excitado.

"Não acontece muita coisa à noite", disse Walter. "É bem silencioso por aqui."

"Um lugar como o Zendo deve ter freqüentadores esquisitos."

"Você continua falando em Zendo", ele disse.

"Está bem aqui, gravado em bronze." *Cravado em Bunda.*

Ele andou em direção à rua, esticou o pescoço e leu a placa. "Hmmm. É que nem uma escola religiosa, não é?"

"É. Você viu alguém suspeito por aqui? Um polonês grandão, mais especificamente?"

"Como saberia que ele é polonês?"

"Pense em alguém grande. Estou falando de alguém muito, muito grande."

Ele novamente ergueu os ombros. "Acho que não." Seu olhar entorpecido não teria notado um guindaste ou uma bola de demolição entrando na porta ao lado, muito menos uma figura humana excepcionalmente grande.

"Escuta, você pode ficar de olho? Vou lhe dar um número de telefone." Tinha um estoque de cartões da L&L na minha carteira e dei um para ele.

"Obrigado", disse distraidamente, olhando para o cartão. Já não tinha medo de mim. Mas não sabia o que pensar agora que eu já não era mais uma ameaça. Eu era interessante, mas ele não sabia como se interessar.

"Gostaria muito de receber notícias suas — *Porqueiro! Petardo! Retardo!* — se notar alguma coisa estranha."

"Você é bem esquisito", ele falou muito sério.

"É mais forte que eu."

"Tudo bem, mas meu turno acaba em meia hora."

"Ok, mas fique com isso na cabeça." Estava perdendo a paciência com o Walter. Eu me liberei para estapear seu ombro em despedida. O jovem de olhar entorpecido olhou para a minha mão e voltou para dentro.

Percorri o quarteirão até a esquina e voltei, flertando com o Zendo, reunindo forças. O lugar despertava em mim um misto de reverência e uma espécie de temor, como se eu estivesse me aproximando de um santuário — *o martírio do são Minna*. Queria reescrever aquela placa para contar a história. Em vez disso, toquei a campainha. Ninguém atendeu. Toquei mais quatro vezes, inteirando um total de *cinco*, e parei, sobressaltado pela sensação de completude.

Eu me livrara do *seis*, meu velho e cansado amigo.

Perguntava-me se havia naquilo alguma comemoração — meu tique de contar regredindo, subtraindo um dígito pela memória do Frank.

Alguém estava perseguindo os Manos do Minna, pensei mais uma vez. Mas eu não podia ter medo. Naquela manhã eu não era caça, era caçador. De todo modo, a conta estava feita — quatro Manos do Minna mais o Frank eram cinco. Quer dizer, se estivesse contando as cabeças, elas deviam ser quatro. Havia mais alguém, mas quem? Talvez o Bailey. Ou o Irving.

Um longo minuto se passou até a garota de óculos e cabelo preto e curto abrir a porta e me olhar com os olhos semicerrados contra o sol da manhã. Ela usava uma camiseta, jeans, tinha os pés descalços e segurava uma vassoura. Tinha um sorriso leve, involuntário e sinuoso. E doce.

"Pois não?"

"Posso fazer algumas perguntas?"

"Perguntas?" Parecia não reconhecer a palavra.

"Se não for cedo demais", eu disse gentilmente.

"Não, não. Já estava de pé. Varrendo." Ela me mostrou a vassoura.

"Eles te fazem limpar?"

"É um privilégio. Limpar é algo muito valorizado na prática zen. É como o ato mais elevado. Geralmente o próprio Roshi quer fazer a limpeza."

"Nada de aspirador?", perguntei.

"Muito barulhento", ela disse e franziu a sobrancelha, como se aquilo fosse óbvio. Um ônibus passou rugindo ao longe, prejudicando sua explicação. Deixei passar batido.

Seus olhos ajustaram-se à claridade, e ela olhou para além de mim, para a rua, como se estivesse espantada de descobrir que a porta dava para uma paisagem urbana. Eu me perguntava se ela saíra do prédio desde que eu a vira entrar, na noite anterior. Eu me perguntava se ela comera e dormira ali, se era a única ou se havia dezenas de soldados rasos do zen.

"Desculpe", ela disse. "O que você estava dizendo?"

"Perguntas."

"Ah, é."

"Sobre o Zendo. O que você faz aqui."

Ela agora me examinava. "Quer entrar? Está frio."

"Gostaria muito."

Era verdade. Eu não me sentia inseguro de acompanhá-la até o templo escuro, até a Estrela da Morte. Recolheria informações no lado de dentro do Cavalo de Tróia de sua gentileza zen. Estava consciente da ausência de tiques e não queria quebrar o ritmo da conversa.

O hall de entrada e a escada eram simples, com paredes brancas sem adornos e com um corrimão de madeira que pareciam estar limpos mesmo antes de ela começar a varrer, eternamente limpos. Nós passamos por uma porta no andar térreo e subimos as escadas, ela com a vassoura à sua frente, virando-se para mim com expressão de confiança. Seu andar tinha algo abrupto, uma rapidez parecida com a de suas respostas.

"Aqui", ela disse, indicando uma prateleira com fileiras de sapatos.

"Não preciso", eu disse, pensando que deveria escolher um par entre a variedade de sapatos.

"Não, é para você tirar seus sapatos", ela sussurrou.

Fiz o que ela mandou, tirei meus sapatos e os coloquei organizadamente na extremidade de uma das prateleiras. Senti um calafrio ao lembrar que o Minna tinha tirado os sapatos na noite anterior, presumivelmente naquele mesmo local.

Agora de meias, eu a seguia enquanto o corrimão dobrava por um corredor, passando por duas portas fechadas e uma terceira que dava para um quarto escuro e vazio com pequenas esteiras de tecido estendidas no chão de tacos e um cheiro de velas ou incenso, um cheiro que de modo algum pertencia àquela atmosfera matinal. Eu queria examinar lá dentro, mas ela me apressou para mais um lanço escada acima.

No terceiro patamar ela me conduziu até uma pequena cozinha onde uma mesa de madeira e três cadeiras estavam dispostas perto de uma janela fechada com tijolos, atravessada por um delgado fio de luz solar. Se os imensos prédios de cada um dos lados já existissem quando o cômodo foi construído, talvez não tivessem se incomodado com aquela janela. A mesa, as cadeiras e os armários da cozinha eram tão sem graça e familiares quanto um diorama de museu sobre a vida dos índios Cree ou dos Shakers, mas o bule de chá que ela pegou era japonês, e seus caligramas pintados à mão eram a única nota de ostentação.

Eu me sentei de costas para a parede, de frente para a porta, pensando no Minna e na conversa que ouvira pela escuta. Ela tirou a água do fogo, colocou no bule e pôs uma pequena xícara sem asa na minha frente, que ela encheu com uma coluna de chá que caiu retorcida, em espiral. Agradecido, aqueci na xícara minhas mãos ásperas de frio.

"Eu sou Kimmery."

"Lionel." Senti o *Beijoqueiro* querendo aflorar, mas resisti.

"Você está interessado em budismo?"

"Pode-se dizer que sim."

"Não é exatamente comigo que você deve falar, mas sei o que eles vão dizer. Sabe, não tem nada a ver com concentração nem com redução de estresse. Muita gente — quer dizer, muito americano — acha isso. Mas na verdade é uma disciplina religiosa, e não é nada fácil. Você conhece o zazen?"

"Não. Como é?"

"Suas costas vão doer *muito*. Isso é uma coisa." Ela olhou para mim, já com pena.

"Você se refere à meditação."

"*Zazen*, esse é o nome. Significa sentar. Parece que não é nada, mas é o coração da prática zen. Não sou muito boa nisso."

Lembrei-me dos quakers que tinham adotado o Tony e do

lugar onde eles se encontravam, o prédio de tijolos separado de St. Vincent por oito pistas de tráfego intenso. Nas manhãs de domingo, através das janelas nós os víamos reunidos em silêncio, sentados nos bancos duros.

"E no que é preciso ser bom?", perguntei.

"Você nem faz idéia. Respirar, para os iniciantes. E pensar, só que não é para *ficar* pensando."

"Pensar em não pensar?"

"*Não* pensar sobre isso. Mente única, é assim que eles chamam. Perceber que tudo tem a natureza do Buda, que a bandeira e o vento são a mesma coisa, esse tipo de lance."

Eu não a compreendia muito bem, mas a *Mente única* parecia ser um objetivo louvável, embora completamente irreal. "Nós poderíamos... eu poderia uma vez meditar com você? Ou é para fazer sozinho?"

"Dos dois jeitos. Mas aqui no Zendo há sessões regulares." Com as duas mãos, ela ergueu sua xícara de chá, instantaneamente embaçando os óculos com o vapor. "Qualquer um pode vir. E você tem sorte de estar aqui hoje. Uns monges importantes do Japão estão na cidade para ver o Zendo, e um deles fará uma palestra hoje à noite, depois do zazen."

Monges importantes, mantas impotentes, mantras importados — o palavrório se juntava no oceano do meu cérebro como destroços de um naufrágio que uma onda logo atiraria na praia. "Então a coisa é administrada a partir do Japão", eu disse. "E agora estão fiscalizando vocês — como se o papa viesse de Roma."

"Não é bem assim. O Roshi montou o Zendo sozinho. O zen não é centralizado. Há mestres diferentes, que às vezes visitam outros lugares."

"Mas o Roshi veio do Japão." Pelo nome imaginei um homem encarquilhado, pouquinho maior que o Yoda de *O retorno de Jedi*.

"Não, o Roshi é americano. Ele tinha um nome americano."

"E qual era?"

"Eu não sei. *Roshi* basicamente quer dizer mestre, mas agora esse é o único nome que ele tem."

Eu tomei um gole do meu chá escaldante. "Alguém usa este prédio para alguma outra coisa?"

"Como o quê?"

"*Matar-me!*... desculpa. Alguma outra coisa além de meditar."

"Não pode gritar assim aqui dentro", ela disse.

"Bem, se — *beijar-me!* — se algo estranho acontecesse, se o Roshi estivesse em alguma encrenca, você ficaria sabendo?" Torci meu pescoço — se pudesse, teria dado um nó, como num saco de lixo. "*Comer-me!*"

"Acho que não sei do que você está falando." Ela estava estranhamente *blasée*, sorvendo seu chá e me olhando por cima da xícara. Lembrei-me das lendas dos mestres zen, que estapeavam e chutavam os discípulos para induzi-los a revelações. Talvez a prática fosse comum aqui no Zendo, e ela estivesse habituada a explosões, a estranhos gestos abruptos.

"Esquece", eu disse. "Escuta: você recebeu alguma visita?" Estava pensando no Tony, que visitara o Zendo depois da nossa conferência na L&L. "Ontem à noite alguém veio fuçar por aqui?"

Ela parecia apenas confusa e levemente incomodada. "Não."

Pensei em insistir, em descrever o Tony, mas concluí que ele fizera a visita sem ser percebido, ao menos pela Kimmery. Em vez disso perguntei: "Tem alguém no prédio agora?".

"Bem, o Roshi mora no último andar."

"Ele está lá em cima?", perguntei, surpreso.

"Claro. Ele está no *sesshin* — uma espécie de longo retiro — por causa desses monges. Ele fez um voto de silêncio, por isso tem estado muito tranqüilo por aqui."

"Você mora aqui?"

"Não. Estou fazendo a limpeza para o zazen da manhã. Os outros alunos chegam em uma hora. Agora eles estão trabalhando por aí. É assim que o Zendo consegue pagar o aluguel. O Wallace já está lá embaixo, mas é basicamente isso."

"Wallace?" Estava distraído com as folhas de chá no fundo da minha xícara, gradualmente formando um montículo, como astronautas num planeta quase sem gravidade.

"Ele é um desses hippies velhos que não fazem mais nada além de meditar. Acho que as pernas dele são de plástico, ou algo parecido. Passamos por ele quando estávamos subindo."

"Onde? Na sala com as esteiras?"

"Hã-hã. Ele é como um móvel, fácil de passar despercebido."

"Você quer dizer que ele é grandalhão?"

"Não muito grande. Quis dizer que ele se senta e fica imóvel." Ela sussurrava. "Sempre acho que ele está morto."

"Mas ele não é uma pessoa *grande*."

"Não diria isso."

Mergulhei dois dedos na xícara, precisava desestabilizar as folhas flutuantes, forçando-as a retomar sua dança. Se ela me viu fazendo aquilo, não disse nada.

"Você não viu ninguém realmente grande ultimamente, viu?" Embora ainda não os conhecesse, Roshi e Wallace não pareciam candidatos promissores ao gigante polonês. Por outro lado, eu me perguntava se um deles não seria o conversador sarcástico que eu ouvira insultar o Minna.

"Hmmmm, não", ela disse.

"*Monstro pierogi*", eu disse, e tossi cinco vezes para disfarçar. Pensamentos sobre os assassinos do Minna tinham se sobreposto à influência calmante da garota — meu cérebro fervia com as palavras, e meu corpo, com gestos.

Em resposta, ela encheu novamente minha xícara e colocou o bule sobre o balcão. Enquanto estava de costas para mim, passei a palma da mão sobre o lugar onde ela estivera sentada para sentir seu calor, brinquei com o encosto da cadeira como se fosse uma harpa silenciosa.

"Lionel? É esse o seu nome?"

"É."

"Você não parece muito tranqüilo, Lionel." Ela se virara, quase flagrando o meu assédio à cadeira, e em vez de retomar seu lugar ela se recostou sobre o balcão.

Em geral eu não hesitava em revelar minha síndrome, mas nesse caso algo em mim resistia. "Você tem alguma coisa para comer?", perguntei. As calorias talvez restaurassem meu equilíbrio.

"Hmmm, não sei", ela disse. "Quer um pedaço de pão ou algo assim? Talvez tenha sobrado um iogurte."

"É que este chá tem muita cafeína. Ele só parece inofensivo. Você bebe isso o tempo todo?"

"Bem, é uma espécie de tradição."

"Isso faz parte da coisa zen, ficar confuso para poder ver deus? Isso não é uma forma de trapaça?"

"É mais para ficar acordado. Porque nós não temos realmente um deus no zen-budismo." Ela deu as costas para mim e começou a tirar coisas do armário, mas sem interromper seus pensamentos. "Só meditamos e procuramos não dormir, por isso eu acho que ficar acordado *é* ver Deus, ou algo assim. Então você tem razão."

Aquela pequena vitória não me impressionou. Eu me sentia numa armadilha, com o mestre encarquilhado um andar acima de mim e o hippie de pernas de plástico um andar abaixo. Agora eu queria cair fora do Zendo, mas não pensara no próximo passo.

Quando partisse, queria levar Kimmery comigo. Eu queria protegê-la — o impulso crescia em mim, procurando fixar-se num objeto adequado. Depois de ter falhado com o Minna, quem é que mereceria minha proteção? Seria o Tony? Julia? Desejava que o Frank, lá do além, soprasse uma pista no meu ouvido. Enquanto isso, a Kimmery bastava.

"Você quer umas bolachas Negresco?"

"Claro", disse distraidamente. "Budistas comem Negresco?"

"Podemos comer o que quisermos, Lionel. Não estamos no Japão." Ela pegou um pacote de bolachas azul e o colocou sobre a mesa.

Eu me servi, ansioso pelo lanche, feliz de não estar no Japão.

"Conheci um cara que tinha trabalhado na Nabisco", ela disse, meditando enquanto mordia a bolacha. "Sabe, a companhia que fabrica o Negresco. Ele disse que tem duas fábricas que fazem o Negresco, em diferentes partes do país. Dois padeiros-chefes, sabe, diferentes controles de qualidade."

"Ahn..." Peguei uma bolacha e molhei no meu chá.

"E ele jurava que podia diferenciá-las só pelo gosto. Quando comíamos Negresco, esse cara examinava o pacote, farejava as bolachas, experimentava o recheio de chocolate e depois separava as bolachas ruins numa pilha. Tipo, um pacote muito bom era aquele do qual menos de um terço ia para a pilha ruim, porque era da fábrica errada, sacou? Mas às vezes um pacote inteiro não tinha mais que cinco ou seis bolachas boas."

"Espere um pouco. Você está dizendo que cada pacote de Negresco tem bolachas das *duas* fábricas?"

"Hã-hã."

Tentei não pensar nisso, tentei manter isso no ponto cego da minha obsessão, do mesmo modo como procurava tirar os olhos de um ombro tentador. Mas era impossível. "Que motivo teriam para misturar diferentes fornadas num mesmo pacote?"

"Bem, era fácil. Se espalhassem que uma fábrica era melhor, eles não queriam que as pessoas, sabe, recusassem alguns pacotes, ou até mesmo caminhões, carregamentos inteiros de Negresco. Eles têm de misturá-los, assim ao comprar um pacote você sabe que encontrará pelo menos alguns dos bons."

"Está dizendo que as duas fábricas enviam fornadas para uma central de empacotamento só para misturá-las."

"Acho que é a única conclusão possível, não é?", ela disse brilhantemente.

"Que estupidez", eu disse, mas esse era apenas o ruído da minha resistência, que havia sido destroçada.

Ela deu de ombros. "Tudo o que sei é que íamos comendo, e ele furiosamente construía a pilha de bolachas rejeitadas. Ele me empurrava as bolachas e dizia: 'Viu? Viu?'. E eu nunca conseguia perceber a diferença."

Não, não, não, não.

Vai-à-merda-negresco, boquejei de forma inaudível. Amarfanhei a embalagem de celofane em busca de outra bolacha, depois mordisquei o excesso do recheio de chocolate. Deixei as migalhas esfareladas impregnarem minha língua, peguei outra bolacha e repeti a operação. Eram idênticas. Pus as duas bolachas mordiscadas na mesma pilha. Precisava encontrar uma das boas, ou uma ruim, para perceber a diferença.

Talvez eu só tivesse comido das ruins.

"Achei que não tinha acreditado em mim", disse Kimmery.

"Estou testando", murmurei com os lábios pastosos da lama da bolacha, meus olhos ansiosos enquanto pensava na tarefa que meu cérebro prescrevera para minha pobre língua. Havia três pacotes dentro da caixa de Negresco. Estávamos só no primeiro.

Ela acenou com a cabeça para a minha pilha de refugos. "Essas são das boas ou das ruins?"

"Não sei." Tentei sentir o cheiro da próxima. "Esse cara era seu namorado?"

“Por um tempinho.”

“Ele também era zen-budista?”

Ela resfolegou de leve. Mordisquei outra bolacha e comecei a me desesperar. Ali eu teria ficado feliz com um daqueles tiques interruptivos, algo que despistasse minhas obsessões detetivescas. Os Manos do Minna estavam em dificuldades, é verdade, mas eu iria até o fim do enigma do Negresco.

Eu me pus de pé, fazendo nossas duas xícaras tilitarem. Precisava sair dali, dominar meu pânico, reiniciar minha investigação, distanciar-me das bolachas.

“*Barnanum Bolacha!*”, gritei, tranqüilizando-me.

“O quê?”

“Nada.” Joguei a cabeça para os lados e depois a virei vagarosamente, como quem procura se livrar de um torcicolo. “É melhor irmos, Kimmery.”

“Ir para onde?” Ela se inclinou para a frente, suas pupilas dilatadas e confiantes. Fiquei excitado por ser levado tão a sério. Passear sem o Gilbert podia tornar-se um hábito. Pela primeira vez eu fazia o papel do detetive, e não o do touréttico ou do alívio cômico.

“Para baixo”, eu disse na falta de uma resposta melhor.

“Tudo bem”, ela disse, murmurando em tom de conspiração. “Mas fique quieto.”

Nós nos esgueiramos pela porta entreaberta do segundo andar, e eu recuperei meus sapatos da prateleira. Dessa vez dei uma espiada no Wallace. Ele estava sentado de costas para nós, os cabelos loiros e escorridos, presos atrás da orelha, abriam espaço para uma careca. Ele vestia um suéter, calças de abrigo e sentava-se conforme informado: inerte, entorpecido ou, suponho, morto. Mas naquele momento a morte não era algo tranqüilo para mim, remetendo mais a marcas de pneu manchadas de sangue e à via expressa que liga o Brooklyn ao Queens. De qualquer modo, o Wallace parecia inofensivo. Pelo visto, a idéia que a Kimmery tinha de hippie era a de um homem branco com mais de quarenta e cinco anos e que não usasse terno. O que no Brooklyn chamaríamos simplesmente de *fracassado*.

Ela abriu a porta da frente do Zendo. "Preciso terminar a limpeza", disse. "Sabe, é para os monges."

"*Im*portantonges", eu disse, num leve tique.

"Sei."

"Você não devia ficar sozinha aqui." Olhei para os dois lados do quarteirão para ver se alguém nos observava. Senti uma alfinetada no pescoço, por causa do vento e do medo. Os moradores do Upper East Side tinham tomado as ruas e caminhavam distraidamente, amarfanhando seus saquinhos com cocô de cachorro, o *New York Times* e os sacos de papel encerado cheios de *bagels*. Desaparecera a sensação de vantagem por ter começado minha investigação quando o mundo inteiro ainda dormia.

"Estou *con-cupado*", eu disse, a Tourette novamente estropiando minha fala. Queria desaparecer da frente dela antes de gritar, latir ou passar meus dedos pela gola da sua camiseta.

Ela sorriu. "O que é isso... uma mistura de confuso e preocupado?"

Acenei que sim. Estava perto.

"Vou ficar bem. Não fique concupado." Ela falava com calma, e isso me acalmava. "Você vai voltar mais tarde, não vai? Para meditar."

"Com certeza."

"Tudo bem." Ela se esticou nas pontas dos pés e beijou minha bochecha. Surpreso, não conseguia me mover e fiquei sentindo a marca do seu beijo ardendo na minha carne em meio ao ar fresco da manhã. Era algo pessoal ou algum tipo de coerção zen? Será que estavam assim tão desesperados para ocupar todas as esteiras do Zendo?

"Não faça isso", eu disse. "Você acabou de me conhecer. Estamos em Nova York."

"Mas agora você é meu amigo."

"Preciso ir."

"Tudo bem", ela disse. "O zazen é às quatro."

"Eu venho."

Ela fechou a porta. Eu estava novamente sozinho na rua, minha investigação já estava paralisada. Eu tinha descoberto alguma coisa dentro do Zendo? Eu estava atordoado com o estrago — entrei na cidadela e passei todo o tempo contemplando a Kimmery e os Negrescos. Minha boca estava cheia de chocolate, minhas narinas tomadas pelo aroma de um beijo inesperado.

Dois homens me agarraram pelos braços e me enfiaram num carro que esperava no meio-fio.

Os quatro usavam ternos azuis idênticos, com debruns pretos nas pernas e óculos escuros idênticos. Pareciam uma dessas bandas de casamento. Quatro caras brancos de aparência variada: um atarracado, um de cara amassada, um com espinhas e um sem nenhum traço distintivo. O carro deles era alugado. O Atarracado estava no banco de trás, esperando, e, quando os caras que me agarraram me puseram ao seu lado, ele imediatamente colocou o braço em volta do meu pescoço numa espécie de estrangulamento fraternal. Os dois que tinham me pegado na rua — o Espinhento e o Indistinto — se espremeram ao meu lado, e ficamos os quatro no banco de trás. Estava um pouco apertado.

"Vai para a frente", disse o Atarracado, segurando meu pescoço.

"Eu?", perguntei.

"Cala a boca. Larry, sai. Tem muita gente. Vai para a frente."

"Tudo bem, tudo bem", disse o que estava na ponta, o Indistinto, ou Larry. Ele passou do banco de trás para o do passageiro, que estava vazio, e o que estava dirigindo — o Cara Amassada — arrancou. O Atarracado relaxou o braço em torno do meu pescoço enquanto estávamos no trânsito do centro, na Second Avenue, mas manteve seu braço sobre meus ombros.

"Pega a Drive", ele disse.

"O quê?"

"Diz para ele pegar a East Side Drive."

"Aonde estamos indo?"

"Quero ir para a estrada."

"Por que não ficamos só dando voltas?"

"Meu carro está estacionado aqui", eu disse. "Vocês podiam me deixar aqui."

"Cala a boca. Por que não podemos simplesmente ficar dando voltas?"

"Cala você a boca. Precisamos dar a impressão de estar indo para algum lugar, seu estúpido. Dando voltas não vamos conseguir assustá-lo."

"Estou escutando o que você diz e não me importa como você dirige", eu disse, querendo que ele se sentisse melhor. "Vocês são quatro, e eu sou um só."

"Não basta escutar", disse o Atarracado. "Queremos que fique com medo."

Mas eu não estava com medo. Eram oito e meia da manhã, e enfrentávamos o trânsito da Second Avenue. Nem havia por onde dar voltas, só caminhões de entrega buzinando, obstruídos pelos pedestres. Quanto mais olhava para aqueles caras, menos eu me impressionava. Em primeiro lugar, a mão do Atarracado em volta do meu pescoço era macia, sua pele era macia, e o jeito que ele me segurava era bastante terno. E ele era o mais durão do bando. Eles não estavam calmos, não eram bons no que estavam fazendo e não eram durões. Nenhum deles, que eu pudesse perceber, portava uma arma.

Em segundo lugar, os quatro óculos escuros ainda estavam com o preço, etiquetas ovais laranja-fluorescente pendiam marcando seis dólares e noventa e nove centavos!

Estendi o braço e bati na etiqueta do Espinhento. Ele virou, meu dedo se enganchou na haste arrancando os óculos, que caíram no seu colo. "Merda", disse o Espinhento, apressando-se para colocar os óculos de volta como se, sem eles, eu pudesse reconhecê-lo.

"Ei, nada disso", disse o Atarracado, e me abraçou de novo. O jeito como ele me aconchegava lembrou-me o antigo tique dos beijos.

"Tudo bem", eu disse, mas sabia que seria difícil não tocar nas etiquetas se elas ficassem ao meu alcance. "Qual é o lance, rapazes?"

"Querem que a gente dê um susto em você", disse o Atarracado, distraído, observando o Cara Amassada dirigir. "Fique longe do Zendo, esse tipo de coisa. Ei, pega a porra da Drive. Há uma rampa de acesso na rua 79."

"Não consigo mudar de faixa", reclamou o Cara Amassada, olhando as pistas lotadas de carros.

"O que há de tão especial na FDR?", perguntou o Indistinto. "Por que não podemos ficar por aqui?"

"O quê? Você quer encostar o carro e dar uma prensa nele em plena Park Avenue?", perguntou o Atarracado.

"Talvez um susto, sem a prensa, seja o suficiente", sugeri. "Vocês acabam com isso e tocam em frente."

"Não deixem ele falar tanto."

"É, mas ele tem razão."

"*Vai-à-merda-tem-razão!*"

O Atarracado pressionou a mão sobre a minha boca. Naquele momento ouvi um sinal muito agudo de duas notas. Eles quatro e eu procuramos em volta do carro a origem do barulho. Era como se estivéssemos num videogame, prestes a ser destruídos por alienígenas que não sabíamos de onde vinham, depois de ter passado para o nível seguinte. Foi aí que percebi que o som saía do bolso do meu casaco: o bipe do Minna estava morrendo.

"O que é isso?"

Virei minha cabeça. O Atarracado não se opôs. "Barnamum Bipe", eu disse.

"O que é isso, algum modelo especial? Tire do bolso. Seus estúpidos, vocês não deram uma geral nele?"

"Vai se foder."

"Jesus."

Eles me apalparam e logo encontraram o bipe. O marcador digital mostrava um número com prefixo do Brooklyn, do Queens ou do Bronx. "Quem é?", perguntou o Espinhento.

Franzi a sobranchelha e encolhi os ombros: não sabia. Verdade, eu não reconheci o número. Era alguém que achava que o Minna ainda estivesse vivo, imaginei com um pequeno arrepio. Isso me assustava mais do que os meus raptores.

"Manda ele ligar para o número", disse o Cara Amassada lá da frente.

"Você quer encostar o carro para ele telefonar?"

"Larry, você está com o telefone?"

O Indistinto virou-se e me ofereceu um celular.

"Liga para esse número."

Eu disquei e esperei. Descíamos bem devagar pela Second Avenue. O carro tinha uma atmosfera carregada de tensão. O telefone celular tocou, *di-di-di*, era uma miniatura, um brinquedo que sem nenhum esforço atraiu todo o nosso interesse, toda a nossa atenção. Eu poderia tê-lo enfiado na boca e engolido em vez de segurá-lo junto à orelha. *Di-di-di*, tocou de novo, e nesse momento alguém atendeu.

Era o Tira do Lixo.

"Lionel?", perguntou Loomis.

"Hmmmm", respondi, sufocando uma explosão verbal.

"Olha só. Qual é a diferença entre trezentos e sessenta e cinco boquetes e um pneu radial?"

"*Não quero saber!*", gritei. Os quatro deram um pulo.

"Um é um Goodyear, e o outro é um *great year*", disse Loomis, orgulhoso. Ele sabia que dessa vez tinha sido preciso, sem titubeios e sem nenhuma palavra fora de lugar.

"De onde você está ligando?", perguntei.

"Foi você que me ligou."

"Mas você me bipou, Loomis. Onde você está?"

"Eu não sei" — sua voz ficou mais fraca. "Ei, como chama este lugar? Ah, é? Obrigado. Bê-Bê-Quê? Só essas três letras? Lionel, você continua aí?"

"Continuo."

"Estou num restaurante chamado B-B-Q, só essas três letras. Sempre venho aqui e nunca soube o nome!"

"Por que você me bipou, Loomis?" *Bipe e rebipe estão sentados numa cerca…*

"Porque você mandou eu ligar. Você queria aquele endereço, certo? Do Ullman, o cara que morreu."

"Ah, é verdade", eu disse, encolhendo os ombros para o Atarracado, que continuava segurando meu pescoço, mas de leve, deixando espaço para o telefone. Ele me lançou um olhar mal-humorado, mas não era minha culpa ele estar confuso. Eu também estava confuso. Confuso e concupado.

"Então, acabei de conseguir", disse o Tira do Lixo com orgulho.

"Qual é a graça de passear com ele e vê-lo falar no telefone?", reclamou o Espinhento.

"Tira o telefone dele", disse o Cara Amassada, sentado no banco do motorista.

"Dá um murro no estômago dele", disse o Indistinto. "Faz ele ficar com medo."

"Tem alguém com você aí?", perguntou o Loomis.

Os quatro se irritaram quando viram sua débil autoridade desaparecer, transferindo-se para a tecnologia moderna, para aquele negocinho de plástico e fios que eu tinha na mão. Precisava encontrar um jeito de acalmá-los. Para mostrar colaboração, acenei com a cabeça, arregalei os olhos e boquejei para me aguardarem um pouco, com a esperança de que se lembrariam do protocolo dos filmes *noir*: fingir que não escutavam para reunir informações às escondidas.

Não era minha culpa que eles realmente *não* estivessem escutando.

"Então me dá o endereço", eu disse.

"Tudo bem, aí vai", disse o Loomis. "Você tem uma caneta?"

"Endereço de quem?", sussurrou o Atarracado no meu outro ouvido. Ele entendera minha insinuação. Ele era suficientemente escolado nos clichês para ser manipulado; quanto aos seus patrícios, eu não tinha tanta certeza.

"Diga o endereço do *Ullman*", eu frisei em consideração a eles. Meu cérebro dizia: *Adereço-do-Dunha*. Engoli em seco para impedir que saísse.

"Ah, saquei", disse o Tira do Lixo com sarcasmo. "Você quer o endereço de quem mais?"

"Ullman?", perguntou o Atarracado, não para mim, mas para o Espinhento. "Ele está falando do *Ullman*?"

"*Adereço! De quem!*", gritei.

"Pare com isso", disse o Loomis, já exausto. Minha outra

platéia não era assim tão *blasée*. O Espinhento arrancou o celular da minha mão, e o Atarracado me torceu o braço atrás das costas, de modo que fui forçado para a frente, quase tocando o banco do motorista. Ele parecia querer que eu me deitasse no seu colo para me dar uma surra. Enquanto isso, no banco dianteiro, o Cara Amassada e o Indistinto começaram a discutir furiosamente sobre onde estacionar, se o carro cabia ou não numa determinada vaga.

O Espinhento colocou o telefone na orelha, mas o Loomis tinha desligado, ou ficado quieto para tentar ouvir, de modo que ambos estavam em silêncio. O Cara Amassada conseguiu estacionar, talvez em fila dupla — da minha posição prejudicada eu não conseguia saber. No banco da frente, os dois ainda resmungavam um com o outro, mas o Atarracado estava quieto, torcendo meu braço mais um ou dois graus, tentando realmente me machucar, experimentando os limites.

"Você não gosta de ouvir o nome *Ullman*", eu disse, encolhendo-me de dor.

"Ullman era um amigo", disse o Atarracado.

"Não deixa ele falar do Ullman", disse o Cara Amassada.

"Isso é uma estupidez", disse o Indistinto, com completo desgosto.

"Você é que é um estúpido", disse o Atarracado. "Temos de dar um susto no cara e vamos fazer isso."

"Mas não estou assustado", eu disse. "Vocês parecem mais assustados. Assustados de falar do Ullman."

"É... se nós estamos assustados você não sabe por quê", disse o Atarracado. "E nem tente saber. Não abra a boca."

"Vocês estão com medo de um polonês grandão", eu disse.

"Isto é uma estupidez", disse o Indistinto novamente. Ele parecia prestes a chorar. Saiu do carro e bateu a porta.

O Espinhento finalmente parou de escutar o silêncio que

o Loomis deixara no celular, desligou o telefone e o colocou no assento, entre nós dois.

"E se estivermos com medo dele?", perguntou o Atarracado. "Nós deveríamos estar, acredite. Não trabalharíamos para ele se não estivéssemos com medo." Ele soltou o meu braço, de modo que pude me aprumar e olhar em volta. Estávamos estacionados na frente de um café muito freqüentado da Second Avenue. A vitrina estava cheia de garotos arredios, que flertavam enquanto liam revistas e trabalhavam em computadores minúsculos. Nem perceberam nossa presença, e por que haveriam de notar um carro lotado de boçais?

O Indistinto não estava ao alcance da vista.

"Compreendo vocês", disse para mantê-los falando. "Também estou com medo do grandão. Só que é difícil assustar alguém quando você está assustado."

Pensei no Tony. Se ele tivesse ido ao Zendo na noite anterior, não teria provocado a mesma reação que eu provocara? Ele também não teria atraído esse bando de falsos durões, esse carro lotado de recém-formados da Faculdade de Palhaços?

"Por que não se assusta com a gente?", disse o Cara Amassada. E falou para o Atarracado: "Vamos dar uma surra nele".

"Podem me machucar, mas ainda assim não vão me assustar", eu disse, distraído. Parte do meu cérebro pensava *Tomem cuidado, pobre coitado*, e por aí ia. Outra parte tentava decifrar a questão do Tony.

"Quem era no telefone?", perguntou o Espinhento, ainda cuidando do problema que tomara para si.

"Você não vai acreditar", eu disse.

"Conta pra gente", disse o Atarracado, torcendo meu braço.

"Era um cara que está fazendo uma pesquisa para mim, só isso. Eu queria o endereço do Ullman. Prenderam um companheiro meu por causa do assassinato."

"Escute, você não deveria *ter* ninguém pesquisando isso", disse o Atarracado. "Esse é o problema. Você se envolve, visita o apartamento do Ullman, é por esse tipo de coisa que precisamos dar um susto em você."

Surra o bebê, minha doença cantava. *Curto te ver, surto na tevê.*

"Bate nele, vamos dar um susto e cair fora", disse o Cara Amassada. "Não gosto disto. O Larry tinha razão, isto é uma estupidez. Não me importa quem faz a pesquisa."

"Ainda quero saber quem era no telefone", disse o Espinhento.

"Escuta", disse o Atarracado, agora tentando raciocinar comigo, agora que o moral, o objetivo... e os números da sua gangue estavam minguando. "Estamos aqui em nome do grandão de que você está falando, sacou? Foi ele que nos mandou." Aí ele me expôs a teoria da ressonância mórfica: "Se ele te mete medo, você devia ficar com medo da gente sem que a gente tivesse de dar uma surra em você".

"Caras que nem vocês poderiam até me *matar*, mas ainda assim eu não teria medo", eu disse.

"Isto tudo não foi uma boa idéia", concluiu o Cara Amassada, também saindo do carro. Os bancos da frente agora estavam vazios, a direção desguarnecida. "Isso não tem nada a ver com a gente", ele disse, recostando-se e falando com o Espinhento e o Atarracado. "Não somos bons nisso." Ele ergueu as sobrancelhas para mim. "Precisa nos perdoar. Não é isso que fazemos. Somos homens de paz." Ele fechou a porta. Girei minha cabeça o suficiente para vê-lo fugir quarteirão abaixo, andando como um pássaro agitado.

"*Tira-medroso!*", gritei.

"Onde?", perguntou o Atarracado, imediatamente soltando meu braço. Os dois viraram a cabeça em pânico, olhos ansiosos atrás dos óculos escuros, etiquetas alaranjadas dançando como iscas de pesca. Finalmente livre, também virei minha cabeça, não para procurar alguma coisa, é claro, mas pelo prazer de imitar os movimentos deles.

"Foda-se", murmurou o Espinhento.

Tanto ele como o Atarracado abandonaram o carro alugado, seguindo os rastros do Cara Amassada, deixando-me sozinho ali.

O Cara Amassada levara as chaves do carro, mas o celular do Indistinto ficara sobre o banco, ao meu lado. Guardei-o no bolso. Depois me inclinei sobre o banco da frente, abri o porta-luvas e encontrei o contrato e o recibo da locadora. O carro fora alugado por seis meses para a Fujisaki Corporation, que ficava no número 1030 da Park Avenue. O código de endereçamento postal, tinha quase certeza, era o mesmo da região do Zendo. Que, por acaso, era onde eu estava. Bati cinco vezes no porta-luvas do carro alugado, o que nem soou bem nem foi muito satisfatório.

Enquanto caminhava até o número 1030 da Park Avenue, peguei o celular e liguei para a L&L. Eu nunca tinha feito uma ligação da rua e me senti parecido com o capitão Kirk.

"L e L", atendeu uma voz, aquela que eu esperava ouvir.

"Tony, sou eu", disse. "O Essrog." Era assim que o Minna começava um telefonema: "*Lionel, é o Minna*". O seu nome e o meu sobrenome. Em outras palavras: Você é o idiota, e eu sou o chefe do idiota.

"Onde você está?", perguntou Tony.

Atravessando a Lexington na altura da rua 76, era a resposta. Mas eu não queria dizer isso para ele.

Por quê? Não sabia muito bem. De qualquer jeito, deixei um tique falar por mim: "Beije-me-medroso!".

"Fiquei preocupado com você, Lionel. O Danny disse que você tinha saído com o Tira do Lixo em alguma missão."

"Bem, mais ou menos."

"Ele está aí com você?"

"*Atira no lixo*", eu disse em tom sério.

"Por que você não volta para cá, Lionel? A gente devia conversar."

"Estou investigando um caso", eu disse. *Um casaco vestindo um tique.*

"Ah, é? E para onde as investigações estão te levando?"

Um homem bem penteado e de terno azul virou na Lexington na minha frente. Ele estava com um celular na orelha direita. Eu me coloquei atrás dele e imitei seu andar.

"Para vários lugares", respondi.

"Diga um."

Quanto mais o Tony perguntava, menos eu queria falar. "Esperava que pudéssemos, você sabe, comparar informações."

"Por exemplo, Lionel."

"Como foi que você — *Vesticulou! Arrantirou!* — conseguiu arrancar alguma coisa do Zendo ontem à noite?"

"Direi quando nos encontrarmos. Tenho um outro assunto importante, você devia voltar para cá. Onde você está, num orelhão?"

"*Orelhofone!*", eu disse. "Um carro cheio de caras por acaso tentou assustar você?"

"De que merda você está falando?"

"E a garota que vi entrar antes do Minna? Descobriu alguma coisa sobre ela?" Enquanto perguntava, eu já sabia a resposta da pergunta, da verdadeira pergunta.

Eu não confiava no Tony.

Percebi isso por causa da pausa que ele fazia antes de responder.

"Descobri algumas coisas", ele disse. "Mas agora precisamos juntar forças, Lionel. Você precisa voltar para cá. Estão surgindo problemas."

Eu podia notar o blefe em sua voz. Ele parecia relaxado, tranqüilo. Não fazia nenhum esforço especial. Afinal de contas, era apenas o Essrog do outro lado da linha.

"Sei quais são os seus problemas", eu disse. "O Gilbert está na prisão por acusação de assassinato."

"Bem, esse é apenas um deles."

"Você não estava no Zendo ontem à noite", eu disse. O homem de terno azul virou em direção à Park Avenue, ainda falando no telefone. Eu o deixei ir e parei na esquina junto com uma multidão que esperava o sinal abrir.

"Você devia se preocupar com a sua própria pele, Lionel, e não comigo", disse Tony. "Onde *você* estava ontem à noite?"

"Fiz o que tinha de fazer", eu disse, agora querendo provocá-lo. "Fui contar para a Julia. Na verdade, ela já sabia." Omiti a parte sobre o investigador de homicídios.

"Interessante. Eu estava tentando imaginar para onde a Julia teria se mandado. Espero que você tenha descoberto."

Os alarmes dispararam. O Tony tentava fazer sua voz soar despreocupada, mas não estava funcionando. "Quando você estava tentando imaginar? Quer dizer que ela sai muito da cidade?"

"Talvez."

"De qualquer modo, como você sabe que ela foi para algum lugar?"

"Que merda você acha que a gente faz aqui, Lionel? Nós sabemos de coisas."

"É, nós somos uma companhia líder. O Gilbert está na cadeia, Tony." Meus olhos de repente se encheram de água. Sabia que precisava me concentrar na Julia, mas nossa traição ao Gilbert parecia mais urgente.

"Estou sabendo. Ele está mais seguro lá. Venha aqui para conversarmos, Lionel."

Atravessei a rua com a multidão, mas parei no meio do caminho, na ilha central da Park Avenue. O pequeno canteiro tinha uma tabuleta na qual estava escrito NARCISO VALENTE (AMÉRICA DO NORTE), mas a terra estava revolvida e vazia, como se alguém tivesse acabado de desenterrar os bulbos mortos. Eu me sentei no muro de contenção e deixei a multidão atravessar até o sinal de pedestres fechar novamente e o tráfego começar a passar por mim zunindo. Uma faixa de sol batia sobre a avenida e me aquecia. As sombras enfeitavam os gigantescos apartamentos da Park Avenue em meio à luz do meio da manhã. Eu era como um náufrago na minha ilha, no meio de um rio de táxis amarelos.

"Onde você está, Aberração?"

"Não me chame de Aberração."

"Como eu devo te chamar — Adulação?"

"Narciso Valente", eu deixei escapar. "Valise Nascente."

"Onde você está, Narciso?", Tony perguntou docemente. "Quer que a gente vá buscá-lo?"

"Bom-tira, botija", eu disse, os tiques saindo junto com as lágrimas. Ao me chamar de Aberração — apelido que o Minna me dera —, o Tony provocara a minha Tourette, rompera as minhas camadas de proteção contra os tiques e evocara minha vertiginosa voz adolescente. Devia ser um alívio liberar meus tiques diante de alguém que me conhecia tão bem. Mas eu não confiava nele. O Minna estava morto, e eu não confiava no Tony e não sabia o que isso significava.

"Conte-me aonde sua pequena investigação o levou", disse Tony.

Olhei para a Park Avenue, as paredes monolíticas do dinheiro antigo se estendiam formando um sulco de pedra.

"Estou no Brooklyn", menti. "*Vai-à-merda-greenpoint.*"

"Ah, é? O que está acontecendo aí em Greenpoint?"

"Estou procurando o — *Greenpapa!* — cara que matou o Minna, o polonês. O que acha?"

"Então você está só dando uma circulada pra ver se encontra ele?"

"Vai-à-merda-fone!"

"Dando uma geral nos bares poloneses, esse tipo de coisa?"

Soltei um latido e estalei a língua. Minha mandíbula agitada bateu na tecla de rediscagem, o que produziu uma seqüência de ruídos na linha. O sinal abriu, e os táxis que atravessavam a Park Avenue começaram a buzinar, tentando abrir caminho e atravessar o cruzamento. Outra leva de pedestres cruzou minha ilha e voltou ao rio.

"Esses barulhos não parecem de Greenpoint", disse Tony.

"Estão fazendo um filme aqui. Você devia ver. A Greenpoint — *Grinfone! Criptônio! Teletrim!* — a Greenpoint Avenue está parecendo Manhattan. Cheia de prédios falsos, táxis e figurantes vestidos como se estivessem na Park Avenue. É isso que você está ouvindo."

"E quem está aí?"

"O quê?"

"Quem está no filme?"

"Alguém disse que o Mel — *Guincho, Gancho, Xongas...*"

"Mel Gibson."

"É. Mas eu não o vi, só vi um monte de figurantes."

"E eles construíram uns prédios falsos aí?"

"Você dormiu com a Julia, Tony?"

"Por que está dizendo isso?"

"Dormiu?"

"Quem você está tentando proteger, Narciso? O Minna está morto."

"Quero saber."

"Conto para você pessoalmente, quando chegar aqui."

"*Narciso Morto! Mortiço Magro! Caniço Morno!*"

"Ah, já ouvi isso antes."

"Cachorro claro, maldito estudante, moleque mutante..."

"Seu puto de um virador de barcos."

"Tchau, Tonybailey."

O 1030 da Park Avenue era mais um edifício de pedra, que se destacava pouco entre os prédios vizinhos. As portas de carvalho eram um meio-termo entre a suntuosidade e o vigor militar, janelas minúsculas com barras de ferro: um Abrigo Antiaéreo em Estilo Colonial Francês. O toldo tinha apenas os números, sem os chamativos e pretensiosos nomes que se viam nos edifícios de Central Park West ou de Brooklyn Heights. Aqui não era preciso provar nada, e o anonimato valia mais que a ostentação. O prédio tinha uma área privativa de carga e descarga e uma discreta rampa de acesso, o que cheirava a dinheiro, suborno a funcionários da prefeitura e saltos femininos frágeis demais para enfrentarem degraus de dez centímetros, caros demais para se arriscarem a atolar em cocô de cachorro. Um segurança patrulhava a calçada em frente, pronto para abrir as portas dos carros, expulsar cachorros ou se livrar de visitantes indesejados antes mesmo de sujarem o piso do saguão. Desci o quarteirão a passos largos e rapidamente me virei em direção à porta, enganando-o.

O saguão era largo e escuro, feito para cegar o visitante não familiarizado que acabara de sair da claridade do sol. Uma multidão de porteiros com luvas brancas e familiares ternos azuis com debruns pretos nas pernas me cercaram no minuto em que tropecei porta adentro. Era o mesmo uniforme usado pelos imbecis do carro alugado.

Mas eles não eram imbecis profissionais — até aí era óbvio. Eram porteiros, nada do que se envergonhar. Mas *homens de paz*?

"Posso ajudá-lo?"

"Precisa de ajuda, senhor?"

"Nome?"

"Todos os visitantes precisam se identificar."

"Alguma entrega?"

"Procura alguém?"

Eles me cercaram, cinco ou seis deles, não em algum esforço especial, mas fazendo exatamente aquilo para o qual tinham sido treinados. Luz em meio à escuridão. Com as luvas brancas e no contexto certo, eles eram muito mais assustadores do que jamais tinham sido quando estavam amontoados num carro alugado e atrapalhados no papel de criminosos. Suas boas maneiras eram aterrorizadoras. Não vi o Cara Amassada, o Espinhento, o Atarracado nem o Indistinto entre eles, mas o prédio era grande. Em compensação, eu estava diante do Cara Sombria, do outro Cara Sombria, de mais um Cara Sombria, do Cara Sombria Alto e do Cara Sombria.

"Procuro Fujisaki", eu disse. "O homem, a mulher ou a corporação."

"Deve haver algum engano."

"Com certeza é o prédio errado."

"Não há nenhum Fujisaki aqui."

"Qual é o nome?"

"Fujisaki Management Corporation", eu disse.

"Não."

"Não. Não é aqui. O senhor se enganou."

"Não."

"Seu nome? Quem gostaria, senhor?"

Peguei um dos cartões do Minna. "Frank Minna", eu disse. O nome saiu fácil, e não senti necessidade de distorcê-lo, como faria com o meu próprio.

O bando de porteiros ao meu redor relaxou diante do cartão de visita. Eu mostrara um primeiro sinal de legitimidade. Eles eram porteiros de alta categoria, muito afinados e vigilantes contra os instintos bajulatórios.

"Eles estão esperando?"

"Como?"

"A pessoa em questão está esperando? Marcou horário? Nome? Contato?"

"É uma visita informal."

"Hummm."

"Não."

"Não."

Seguiu-se outra minuciosa consideração. Eles se reuniram. O cartão do Minna desapareceu.

"Deve haver algum engano."

"Sim."

"Provavelmente."

"Certamente não é este o prédio."

"Se houvesse um destinatário para a mensagem, qual seria a mensagem?"

"No caso de o destinatário em questão estar aqui... O senhor compreende, não é?"

"Sim."

"Sim."

"Não há mensagem", eu disse. Bati de leve no peitilho do terno do porteiro mais próximo. Ele saltou para trás e franziu a testa. Eles agora pareciam pingüins. Eu precisava tocar todos eles. Tentei tocar no seguinte, procurei bater no seu ombro, mas só consegui passar de raspão. O círculo ao meu redor se abria enquanto eu dava voltas. Do jeito que pulavam, talvez pensassem que eu estivesse marcando cada um deles com alguma tinta invisível para identificação futura, ou que implantava escutas eletrônicas em seus ternos, ou que quisesse infestá-los com piolhos.

"Não."

"Tome cuidado."

"Isso não é permitido."

"Não é permitido aqui."

"Fora."

Aí dois deles me pegaram pelos cotovelos e me conduziram até a calçada.

Dei uma volta no quarteirão para recolher informações sobre a face norte do prédio. Claro que o segurança me seguiu de perto, mas não me importei. A entrada de serviço tinha cheiro de tinturaria, e as lixeiras indicavam grandes quantidades de comida, como se houvesse um enorme consumo lá dentro. Eu me perguntava se o prédio também contava com seu próprio *chef*. Pensei em enfiar minha cabeça para dar uma espiada lá dentro, mas o segurança falava em tom bastante tenso pelo walkie-talkie, e achei que era melhor sair dali. Acenei um adeus, e ele respondeu involuntariamente — todo mundo, em certos momentos, está sujeito a tiques.

Entre mordidas de cachorro-quente e goles de suco de mamão, liguei para o escritório do Tira do Lixo. O Papaya Czar, na esquina da rua 86 com a Third Avenue, é o tipo de lugar de que eu gosto — cartazes alaranjados e amarelos colados em toda superfície disponível gritavam: O PAPAIA É O MAIOR PRESENTE DE DEUS PARA A SAÚDE DO HOMEM! NOSSAS SALSICHAS SÃO O FILÉ MIGNON DA CLASSE TRABALHADORA! SOMOS NOVA-IORQUINOS BEM-EDUCADOS E APOIAMOS O PREFEITO GIULIANI! E assim por diante. As paredes do Papaya Czar são tão cobertas de palavras que eu imediatamente fico calmo quando estou lá dentro, como se tivesse entrado numa espécie de maquete do interior do meu próprio crânio.

Enquanto o telefone chamava, dei um gole para ajudar a descer o primeiro-cachorro quente. Os produtos do Papaya Czar realmente emulavam a maciez de um filé-mignon. As salsichas aparentemente não tinham pele, e o pão e a salsicha não eram cozidos até esturricar, de modo que, em contato com a língua, ambos se transformavam num creme de cachorro-quente. Levadas ao excesso, essas virtudes podiam fazer com que alguém preferisse a maior tensão de superfície do cachorro-quente do Nathan, mas hoje eu estava curtindo o Czar. Eu tinha mais quatro cachorros-quentes dispostos em seqüência sobre o balcão, cada um com a elegante linha de mostarda amarela que lembrava uma exclamação — o *cinco* ainda era meu número de sorte.

Quanto ao suco de papaia, eu poderia muito bem estar bebendo um néctar de semente de trufa ou um leite de grifo, tanto fazia — eu nunca vira a fruta em nenhuma outra forma que não fosse a da bebida esbranquiçada e terrosa do Czar.

"Inspetor sanitário Loomis", atendeu o Tira do Lixo.

"Escuta, Loomis. Estou trabalhando no caso do Gilbert." Eu sabia que precisava me referir ao seu amigo para mantê-lo interessado. Na verdade, o Gilbert agora era a última coisa que me preocupava. "Preciso que você levante algumas informações para mim."

"É você, Lionel?"

"Sou eu. Ouça. Park Avenue, um-zero-três-zero. Anote. Preciso de alguns dados sobre o prédio, a companhia que o administra, o nome dos diretores, o que você puder descobrir. Veja se aparecem alguns nomes que você conhece."

"Que conheço de onde?"

"Sei lá, da vizinhança." Eu estava pensando em *Frank Minna*, mas não queria dizer. "Ah, tenho um nome: Fujisaki. É japonês."

"Não conheço nenhum Fujisaki aqui na vizinhança."

"Dê uma olhada nos registros, Loomis. Ligue quando conseguir alguma coisa."

"Ligar para onde?"

Eu estava com o bipe e com o celular. Estava colecionando aparelhos eletrônicos alheios. Na verdade, eu não sabia o número do telefone que tomara emprestado do porteiro de óculos escuros. Pela primeira vez fiquei imaginando com quem acabaria falando se atendesse às chamadas.

"Esqueça", eu disse. "Você ainda tem o número do bipe do Minna?"

"Claro."

"Então ligue para ele. Depois eu te ligo."

"Quando vamos pagar a fiança do Gilbert?"

"Estou trabalhando nisso. Ouça, Loomis, preciso desligar. Liga mais tarde, pode ser?"

"Tudo bem, Lionel. Alô, amigo?"

"O que foi?"

"Bela figura", disse Loomis. "Você está se saindo bem."

"Obrigado, Loomis." Desliguei o telefone e pus o celular de volta no bolso da jaqueta.

"Criiisto", disse um homem sentado ao meu lado. Tinha uns quarenta anos. Estava de terno. Como o Minna disse mais de uma vez, em Nova York qualquer palerma pode usar um terno. Satisfeito por ele não ser um porteiro, eu o ignorei e me dediquei ao cachorro-quente número três.

"Eu estava num restaurante em Los Angeles", ele começou. "Um lugar ótimo, desses de um milhão de dólares. Só alta cozinha, entende? Alta cozinha, sabe? E tinha esse casal numa mesa, os dois falando numas merdas de uns celulares, como esse que você tem aí. Duas conversas paralelas durante toda a refeição, uma falação estúpida sobre o que a *Cindy* tinha dito, sobre a viagem do *fim de semana*, que era preciso melhorar o meu *jogo* etc. Com aquela conversa, você não conseguia ouvir nem seus próprios pensamentos."

Eu comi o cachorro número três em cinco mordidas regularmente espaçadas, lambi a mostarda da ponta do meu polegar e peguei o número quatro.

"Achei que tudo bem, afinal aquilo era Los Angeles. Atribuí a isso. Não dá para esperar nada diferente. Então há uns dois meses eu queria impressionar um cliente e levei-o ao Balthazar, sabe, lá em Manhattan? Um lugar de um milhão de dólares, acredite. Alta cozinha, *altíssima* cozinha. E eis que vejo um par de palhaços no bar falando nos seus celulares. Comecei a ficar nervoso, mas pensei e achei que tudo bem, afinal ali era o bar. Achei que precisava rever meus conceitos, essas coisas. Depois de esperar quinze minutos, conseguimos uma mesa, sentamos, o telefone do meu cliente tocou, e ele atendeu na mesa! O cara com quem eu estava! Sentado lá, na maior conversa mole! Dez, quinze minutos!"

Degustei o cachorro número quatro em calma e silêncio zen, preparando-me para o futuro *zazen*.

"Nunca pensei que fosse ver aquilo aqui. A porra da Califórnia, do Balthazar, sei lá, todos esses caras com merda no cabelo e relógios de um milhão de dólares como se fossem o Dick Tracy. Acho que preciso adequar meus valores ao mundo moderno, mas pensei que pelo menos aqui eu poderia sentar e comer uma merda de um cachorro-quente sem ter de ficar escutando esse lero-lero."

Eu reservara um quinto do meu suco de mamão para acompanhar o último cachorro-quente. De repente, impaciente para sair dali, enfiei um bolo de guardanapos no bolso do meu paletó, peguei o cachorro e a bebida e me dirigi para fora, para o dia frio e luminoso.

"Que merda essas pessoas que falam sozinhas em público, como se tivessem algum tipo de doença!"

O bipe tocou assim que entrei no carro. Dei uma olhada: outro número desconhecido com o prefixo 718. Entrei no carro e liguei do celular, pronto para ficar irritado com o Loomis.

"*DickTracyfone*", eu falei no bocal.

"Aqui é Matricardi e Rockaforte", falou uma voz grave. Rockaforte. Embora eu só os tivesse ouvido falar umas duas ou três vezes em quinze anos, reconheceria aquela voz em qualquer lugar.

Pelo pára-brisa eu via a rua 83, meio-dia, novembro. Duas mulheres vestindo casacos caros reproduziam em gestos uma conversa típica de Manhattan, tentando me convencer de que estavam sendo naturais. No telefone, no entanto, eu ouvia a respiração de um velho, e o que eu via através do pára-brisa não tinha nada de natural.

Eu me dei conta de que estava respondendo ao bipe do Minna. Eles saberiam que o Minna estava morto? Eu teria de dar a notícia para Os Clientes? Senti minha garganta apertar, por causa do medo e do excesso de palavras.

"Fale comigo", disse Rockaforte num tom irritado.

"Licorne Croquete", eu disse em voz baixa, tentando dizer

o meu nome. Será que Os Clientes sabiam? "Papaia Tourette." Eu estava aprisionado pelo tique, indefeso. "*Não*Minna", eu disse finalmente. "*Não*Frank. Frank*morto*"

"Nós já sabemos, Lionel", disse Rockaforte.

"Quem contou para vocês?", sussurrei, segurando um latido.

"Sabe-se de tudo", ele disse. Fez uma pausa, respirou e continuou. "Sentimos muito por você."

"Vocês souberam pelo Tony?"

"Nós soubemos. Sabemos tudo de que precisamos. Nós nos informamos."

Mas vocês matam?, eu queria perguntar. *Vocês comandam um polonês gigante?*

"Estamos preocupados com você", ele disse. "A informação é que você está correndo de um lado para o outro, incapaz de ficar quieto. Ouvimos falar nisso, é preocupante."

"Que informação?"

"E que a Julia saiu de casa neste momento de pesar. Que ninguém sabe aonde ela foi a não ser você."

"Ninjulia, ninguém, ninguém sabe."

"Você ainda está sofrendo. Sabemos disso e também sofremos."

Isso era um pouco obscuro para mim, mas eu não iria perguntar nada.

"Queremos falar com você, Lionel. Você vem conversar com a gente?"

"Nós estamos conversando", murmurei.

"Queremos ver você na nossa frente. É importante neste momento de dor. Venha nos ver, Lionel."

"Onde? Em Nova Jersey?" Com o coração acelerado, deixei algumas permutações tranqüilizadoras passarem pelo meu cérebro: *Estado jardim estolo e tijuque tira do lixo chupa o bicho tique do circo*. Meus lábios farfalhavam no telefone, praticamente dando vida às palavras.

"Estamos na casa do Brooklyn", ele disse. "Venha."

"*Scarface! Charuto-peixe!*"

"O que faz você correr de um lado para o outro, Lionel?"

"O Tony. Vocês falaram com o Tony. Foi ele que disse que eu estou correndo. Eu não estou correndo."

"Pela sua voz, parece que está."

"Estou procurando o assassino. Acho que o Tony está tentando me impedir."

"Você tem um problema com o Tony?"

"Eu não confio nele. Ele esta agindo — *Estúquido!* — ele está agindo de forma estranha."

"Deixe-me falar com ele", disse uma voz ao fundo. A voz do Rockaforte foi substituída pela do Matricardi: mais aguda, mais melíflua, um uísque puro malte em vez de um Dewar's.

"O que há de errado com o Tony?", perguntou Matricardi. "Você não confia nele em relação a quê?"

"Não confio nele", repeti estupidamente. Pensei em desligar. De novo consultei meus outros sentidos: eu estava sob o sol de Manhattan num carro da L&L falando no celular de um porteiro. Eu poderia me desfazer do bipe do Minna, esquecer o celular e ir para onde quer que fosse. Os Clientes eram como personagens de um sonho. Não deviam ser capazes de me tocar com suas vozes antigas e etéreas. Mas não podia desligar na cara deles.

"Venha aqui", disse Matricardi. "A gente conversa. O Tony não precisa vir."

"Esqueçafone."

"Você lembra da nossa casa? *Degraw Street*. Sabe onde é?"

"Claro."

"Então venha. Dê-nos essa honra neste momento de decepção e desgosto. Vamos conversar sem o Tony. Vamos arrumar o que não está certo."

Enquanto pensava no que fazer, usei novamente o telefone do porteiro, liguei para o serviço de informações, consegui o número da página de obituário do *Daily News* e encomendei uma nota para o Minna. Debitei num cartão de crédito do Minna, no qual ele incluíra meu nome. Ele teria de pagar pelo seu próprio aviso fúnebre, mas eu sabia que ele teria querido aquilo, consideraria os cinqüenta paus bem gastos. Ele sempre foi um leitor ávido de obituários, estudava-os toda manhã no escritório da L&L como se fossem algo confidencial, uma oportunidade para aprender alguma coisa ou descobrir algum novo enfoque. A atendente fez tudo mecanicamente, e eu também: informações para cobrança, nome do falecido, datas, parentes deixados, até que chegamos à parte em que disse uma ou duas linhas sobre quem tinha sido Frank Minna.

"Querido fulano", disse a mulher, sem maldade. "Em geral se fala Querido fulano."

"Querida Figura Paterna?"

"Ou alguma coisa sobre suas contribuições para a comunidade", ela sugeriu.

"Põe só detetive", eu disse para ela.

Mente única

Havia apenas duas coisas sobre as quais Frank Minna nunca falaria nos anos que se seguiram ao seu retorno do exílio e à fundação da Agência Minna. A primeira era a natureza daquele exílio, as circunstâncias que cercavam seu desaparecimento naquele dia de maio quando seu irmão Gerard o fez sair às pressas da cidade. Não sabíamos por que ele tinha partido, aonde foi, o que fez enquanto estava fora e nem por que voltou. Não sabíamos como conheceu a Julia e se casou com ela. Não sabíamos o que aconteceu ao Gerard. Nunca houve a menor menção ao Gerard. A temporada "no norte do estado" estava encoberta por uma névoa tão espessa que às vezes era difícil acreditar que tinha durado três anos.

A outra coisa eram Os Clientes, embora estivessem sempre à espreita, como uma pulsação que se podia sentir aqui ou ali no corpo da Agência.

A L&L não era mais uma companhia de mudanças, e nós nunca mais voltamos a ver o interior daquele prédio de fachada de pedra na Degraw. Éramos tanto garotos de recados como detetives, e no começo não era difícil perceber a sombra do Matricardi e do Rockaforte em boa parte das nossas missões. As tarefas designadas por eles eram perceptíveis pelo profundo mal-estar que causavam no Minna. Sem explicação ele alterava seus hábitos, passava uma semana sem dar as caras na barbearia ou no fliperama, fechava a loja da L&L e mandava a gente sumir por alguns dias. Até seu jeito de andar mudava, todo o seu modo de ser. Nos restaurantes ele se recusava a sentar se não fosse num canto, de costas para a parede. Na rua ele olhava para trás sem motivo, o que, é claro, eu rapidamente transformaria num tique de vida inteira. Para disfarçar, ele fazia piadas mais fortes e intermitentes, sua torrente de comentários e insultos ficava obstruída e enchia-se de silêncios desagradáveis, os remates de suas falas desarticulavam-se do resto. Os serviços que fazíamos para Os Clientes também eram intermitentes. Eram histórias fraturadas, miolos desprovidos de um começo e de um final claros. Quando os Manos do Minna seguiam uma esposa ou um marido ou observavam um empregado suspeito de pequenos furtos ou de falsificação da contabilidade, nós ficávamos conhecendo a fundo seus dramas patéticos, abarcávamos suas vidinhas com nossa experiência. Aquilo que reuníamos com escutas e câmeras e que cravávamos em nossos relatórios era verdadeiro e completo. Sob o comando do Minna, dominávamos os segredos, escrevíamos uma espécie de história social de Cobble Hill e de Carroll Gardens. Mas quando eram as mãos de Matricardi e Rockaforte que manipulavam os Manos do Minna, éramos apenas instrumentos, víamos de relance as bordas de uma história muito maior do que podíamos compreender e que, no final, excluídos e abandonados, tentávamos entender.

Certa vez, bem no começo da agência, fomos despachados para montar guarda em plena luz do dia em torno de um carro, um Volvo, e pelas instruções muito afetadas e fragmentárias do Minna percebemos que ali havia um dedo dos Clientes. Até onde podíamos perceber, o carro estava vazio. Estacionado na Remsen Street, perto do Promenade, numa pacata rua sem saída que dava numa rotatória com vista para Manhattan. Gilbert e eu nos sentamos no banco do parque, de costas para a vista de Manhattan, tentando parecer descontraídos, enquanto Tony e Danny vadiavam na embocadura da Remsen e da Hick, olhando furiosamente para qualquer um que virasse a esquina. Só sabíamos que era preciso sair dali às cinco horas, quando um guincho buscaria o carro.

Cinco horas se estenderam até seis, depois sete, e nada do guincho. Revezamo-nos para fazer xixi no playground da Montague Street, fumamos todos os cigarros e andamos de um lado para o outro. Passeantes noturnos surgiram no Promenade, casais, adolescentes com garrafas de cerveja em saquinhos de papel, gays que nos tomavam por policiais à paisana. Dando de ombros, nós os mantínhamos afastados do trecho onde estávamos, resmungávamos, olhávamos para o relógio. Nem se fosse invisível o Volvo seria mais discreto, mas para nós ele reluzia, gritava, tiquetaqueava como uma bomba-relógio. Cada garoto de bicicleta ou bêbado trôpego parecia um assassino, um ninja disfarçado com alguma intenção secreta em relação àquele carro.

Quando o sol começou a se pôr, Tony e Danny iniciaram uma discussão.

"Isto é estupidez", disse Danny. "Vamos dar o fora daqui."

"A gente não pode", disse Tony.

"Você sabe que tem um cadáver no porta-malas", disse Danny.

"Como eu ia saber isso?", perguntou Tony.

"O que mais poderia ser?", perguntou Danny. "Aqueles velhos mandaram matar alguém."

"Isto é uma estupidez", disse Tony.

"Um cadáver?", perguntou Gilbert, visivelmente nervoso. "Pensei que o carro estivesse cheio de dinheiro."

Danny deu de ombros. "Não me importo, mas é um cadáver. E vou dizer mais uma coisa: estamos no meio de uma armadilha."

"Isto é uma estupidez", disse Tony.

"O que o Frank sabe? Ele só faz o que eles mandam fazer." Mesmo rebelado, o Danny obedecia à proibição do Minna de não falar o nome dos Clientes.

"Você acha mesmo que é um cadáver?", perguntou Gilbert a Danny.

"Claro."

"Se for um cadáver, não quero ficar aqui, Tony."

"Gilbert, seu gordo de merda. E se for? O que você acha que estamos fazendo aqui? Você acha que, trabalhando para o Minna, você nunca vai ver um cadáver? Então vá se juntar aos tiras do lixo, por Deus."

"Estou fora da jogada", disse Danny. "Estou mesmo com fome. Isto é uma estupidez."

"O que eu devo dizer ao Minna?", perguntou Tony, desafiando Danny.

"Diga o que quiser."

Era uma deserção surpreendente. Tony, Gilbert e eu éramos, cada um a seu modo, problemáticos, ao passo que o Danny, com seu silêncio e suas boas maneiras, era o sustentáculo do Minna, seu exemplo de perfeição.

O Tony não poderia enfrentar aquela rebelião. Estava acostumado a tiranizar a mim e ao Gilbert, mas não ao Danny. Aí ele voltou à carga. "O que você acha, Aberração?"

Dei de ombros e beijei minha própria mão. Era uma pergunta impossível. A devoção ao Minna tinha se reduzido àquela provação de horas vigiando o Volvo. Agora só nos restava esperar pelo desastre, pela traição, pela carne putrefata.

Mas o que significaria abandonar o Minna?

Naquela hora eu odiei Os Clientes.

Antes que eu pudesse responder, o guincho surgiu rangendo na Remsen Street. Ele era conduzido por um par de gordos idiotas que riram do nosso nervosismo e não nos disseram nada sobre o carro, simplesmente nos enxotaram e começaram a passar as correntes no pára-choques do Volvo para prendê-lo ao guincho. Menos Manos do que Meninos de terno, sentíamos que aquilo fora planejado como um teste para os nossos jovens nervos. E tínhamos fracassado, mesmo que o Minna e Os Clientes não soubessem.

Mas nós nos acostumamos, o Minna tornou-se imperturbável e acabamos aceitando com mais tranqüilidade o papel que Os Clientes desempenhavam na vida da agência. Por que tudo deveria fazer sentido? De qualquer modo, nem sempre ficava claro se estávamos trabalhando para eles ou não. Busque um equipamento num determinado lugar: isso era ou não era para Os Clientes? Colete essa quantia de tal e tal fulano: quando entregávamos o produto da coleta para o Minna será que ele passava adiante para Os Clientes? Abra esse envelope, grampeie esse telefone: para os Clientes? O Minna nos mantinha no escuro e nos transformava em profissionais. A presença do Matricardi e do Rockaforte tornou-se fortemente subliminar.

A última tarefa que tive certeza de ser para Os Clientes nós fizemos mais de um ano antes do assassinato do Minna. Ela tinha sua marca registrada, a da total inexplicabilidade. Um supermercado na Smith Street tinha pegado fogo e fora demolido naquele verão; o terreno baldio estava cheio de pedaços de tijolos e se transformara num mercado informal, onde vendedores de frutas — laranjas, digamos, ou mangas — empilhavam alguns caixotes e faziam um negocinho de tarde de verão, junto com os carrinhos de cachorro-quente e de raspadinha que começavam a se reunir ali. Depois de mais ou menos um mês, um parque de diversões hispânico se apossou do lugar, montando um carrossel e uma pequena roda-gigante com ingressos a um dólar, além de uma barraca de salsichas grelhadas e um par de estandes estropiados: um com pistolas de água e balões e outro com um gancho pendurado sobre um recipiente de vidro cheio de animais de pelúcia cor-de-rosa e púrpura. Se você se aproximasse, o lixo e o cheiro de gordura ficavam insuportáveis, mas a roda-gigante era enfeitada com néon branco, e era uma coisa gloriosa descer pela Smith Street à noite e ver um inesperado e luminoso cata-vento com uma altura de quase três andares.

Estávamos tão entediados naquele verão que acabamos trabalhando como um serviço de táxi normal, atendendo ao telefone quando ele tocava, transportando namorados dos clubes noturnos para casa, velhas senhoras de casa para o hospital e vice-versa, pessoas em férias para o La Guardia para tomarem o vôo de fim de semana para Miami Beach. Nos intervalos das corridas jogávamos pôquer na loja equipada com ar-condicionado. Era mais de uma e meia da madrugada de uma sexta-feira quando o Minna entrou. O Loomis estava no jogo, perdendo algumas mãos e comendo toda a batata frita quando Minna o mandou sumir, ir para casa.

"O que aconteceu, Frank?", perguntou Tony.

"Nada de mais. Precisamos fazer uma coisa, só isso."

"Que coisa? Pra quem?"

"É só um trabalho. O que temos mais ou menos parecido com um pé-de-cabra?" Minna fumava furiosamente para esconder seu mal-estar.

"Um pé-de-cabra?"

"Algo que faça um movimento de alavanca. Que nem um pé-de-cabra. Eu tenho um taco e uma chave inglesa no meu porta-malas. Coisas desse tipo."

"Parece que você quer uma arma", disse Tony, levantando as sobrancelhas.

"Se eu quisesse uma arma eu pediria uma arma, seu tonto. Não é caso para uma arma."

"Você quer correntes?", perguntou Gilbert, tentando ser prestativo. "Há um montão de correntes no Pontiac."

"Pé-de-cabra, pé-de-cabra, pé-de-cabra. Por que eu ainda dou confiança para vocês, seus profetas? Se quisesse que lessem a minha mente eu ligaria para a Gladys Knight. Por Cristo."

"Dionne Warwick", disse Gilbert.

"O quê?"

"O serviço telefônico dos videntes é o da Dionne Warwick, não o da Gladys Knight."

"*Videntefeiticeiro!*"

"Tenho uns canos lá embaixo", disse Danny pensativo, só agora baixando a mão que segurava desde que o Minna irrompera na loja. Era um *full hand* de valetes e oitos.

"Precisa fazer o movimento de alavanca", disse o Minna. "Vamos ver."

O telefone tocou, eu o atendi: "L e L".

"Diga que não temos carros", disse Minna.

"Vai precisar de nós quatro?", perguntei. Eu acalentava a idéia descabida de me livrar do projeto do pé-de-cabra-chave-inglesa, qualquer que fosse ele, e em vez disso levar alguém de carro até Sheepshead Bay.

"Vou sim, Aberração. Vamos todos."

Eu me livrei do telefonema. Vinte minutos depois estávamos munidos de canos, chave inglesa, macaco e um taco dos

Yankees dentro do velho Impala do Minna, o menos distinto dos muitos carros da L&L, o que era outro mau sinal, se é que eu estava procurando maus sinais. O Minna desceu conosco pela Wyckoff Street, passou pelos conjuntos habitacionais, depois fez o contorno e pegou o sentido sul na Fourth Avenue até a President Street e então voltou em direção à Court. Ele ia devagar, fazendo hora e checando o relógio.

Viramos na Smith, e o Minna estacionou um quarteirão abaixo do terreno vazio do supermercado. O parque de diversões já estava fechado, as barracas cobertas com placas de compensado, os brinquedos imóveis, as embalagens das salsichas e os copos de cerveja, iluminados pela lua, destacavam-se no meio do entulho. Rastejamos em direção ao terreno com nossos instrumentos, seguindo o Minna silenciosamente, não mais irritados com sua liderança, mas embalados no ritmo profundo e obediente que fazia de nós os Manos do Minna. Ele apontou para a roda-gigante.

"Tirem isso."

"Hã?"

"Destruam a roda-gigante, seus bananas."

O Gilbert foi quem entendeu mais rápido, talvez porque a tarefa se adequasse bem às suas habilidades e a seu temperamento. Ele golpeou o tubo de néon mais próximo com um pedaço de cano, que se despedaçou com facilidade, produzindo uma chuva de pó prateado. Tony, Danny e eu seguimos seu exemplo. Atacamos a estrutura da roda-gigante, hesitantes nos primeiros golpes, medindo nossas forças, depois nos lançamos com violência, descarregamos tudo sobre ela. Era fácil avariar o néon, porém não era nada fácil destruir a estrutura da roda, mas nos dedicamos a isso, atacamos cada junção ou solda vulnerável, arrancamos o cabo elétrico, retalhando-o com a parte mais afiada da chave inglesa até que o isolamento e o fio ficassem desencapados e estropiados, em frangalhos. O próprio Minna empunhou o taco dos Yankees, estilhaçando a madeira contra as barras de ferro que sustentavam os passageiros em seus assentos, sem quebrar, mas deformando-as. Gilbert e eu entramos na estrutura da roda para girá-la de modo que pudéssemos descarregar toda nossa maldade sobre ela. Dois adolescentes dominicanos nos observavam do outro lado da rua. Nós os ignoramos, descemos da roda-gigante de forma apressada mas não frenética, seguindo as ordens do Minna, embora nem precisássemos de orientação. Agíamos como uma única pessoa na destruição do parque de diversões. Era a agência no auge de sua maturidade: incondicional e meticulosa no cumprimento de uma ação, mesmo que ela tocasse as raias do mais puro dadaísmo.

"O Frank amava você, Lionel", disse Rockaforte.

"Eu, ahn, eu sei."

"Por isso nos importamos com você, por essa razão estamos preocupados."

"Mesmo que não tenhamos visto você desde que era menino", disse Matricardi.

"Um menino que latia", disse Rockaforte. "Nós lembramos. O Frank trouxe você, que ficou na nossa frente nesta mesma sala, e você latiu."

"E o Frank falou muitas vezes da sua doença."

"Ele o amava, embora considerasse você uma aberração."

"Ele usava exatamente essa palavra."

"Você o ajudou, era um dos meninos dele, e agora você é um homem e está diante de nós neste momento de dor e confusão."

Quando eu era adolescente, Matricardi e Rockaforte me pareciam sepulcrais, e agora não pareciam piores com suas peles mumificadas, seus cabelos ralos formando uma espécie de teia de aranha que brilhava sobre suas cabeças, as orelhas e o nariz de Matricardi cheio de cicatrizes que se destacavam dos seus outros traços, o rosto de Rockaforte mais inchado e parecido com uma batata. Eles estavam vestidos como gêmeos, em ternos pretos, não sei se conscientemente em luto. Estavam sentados juntos no sofá de estofamento muito esticado, e assim que atravessei a porta tive a impressão de vê-los de mãos dadas sobre as almofadas que estavam entre eles, rapidamente recolhidas sobre seus colos. Eu mantive distância suficiente para não ficar tentado a me esticar e tocá-los, a dar tapinhas em suas mãos ou espalmar o lugar onde suas mãos tinham ficado apoiadas.

O prédio com fachada de pedra da Degraw Street estava inalterado, por fora e por dentro, a não ser pela densa e homogênea camada de poeira que cobria os móveis, o tapete e as molduras dos quadros no salão de visitas. O ar do aposento estava tomado por um rebuliço de poeira, como se Matricardi e Rockaforte tivessem chegado ali apenas alguns minutos antes. Supus que eles visitassem seu santuário no Brooklyn com menos freqüência que no passado. Queria saber quem os trouxera de Nova Jersey, se eles tinham se preocupado em não serem vistos ou se nem se importavam. Talvez ninguém mais em Carroll Gardens os conhecesse.

Os senhores secretos de um lugar também podem ser os Homens Invisíveis.

"O que há entre você e o Tony?", perguntou Matricardi.

"Quero encontrar o assassino do Frank." Eu já tinha me ouvido dizer isso muitas vezes, e a frase estava perdendo o sentido. Ela ameaçava se tornar uma espécie de tique moral: *encontrar-o-assassino-do-Frank*.

"Por que você não obedece ao Tony? Vocês não deviam agir como uma só pessoa, como irmãos?"

"Eu estava lá. Quando pegaram o Frank. O Tony — *Hospitalbailey!* — o Tony não estava."

"Quer dizer que era ele que deveria obedecer a você."

"Ele não devia se meter no meu caminho. *Escaminho! Rodamoinho!*" Eu me encolhi, detestaria soltar um tique agora, na frente deles.

"Você está transtornado, Lionel."

"Claro que estou transtornado." Por que eu deveria confessar minha desconfiança para aqueles de quem eu desconfiava? Quanto mais Matricardi e Rockaforte falavam o nome do Tony, mais eu tinha certeza de que eles estavam juntos nisso e de que o Tony tinha muito mais familiaridade com Os Clientes do que eu tivera ao longo de todos aqueles anos que se passaram desde nossa primeira visita àquela cripta, àquele mausoléu. Eu saí com um garfo; ele, com alguma coisa mais. Por que eu deveria acusar uma metade por conspirar contra a outra? Em vez disso pisquei forte, virei minha cabeça e franzi meus lábios, tentando evitar o óbvio, e finalmente acedi ao poder de sugestão dos Clientes, soltando um latido bem alto.

"Você está aflito e sentimos muito por você. Um homem não deve sair correndo e nem deve rosnar como um cão. Ele deve encontrar a paz."

"Por que o Tony não quer que eu investigue o assassinato do Frank?"

"O Tony quer que isso seja feito corretamente e com cuidado. Colabore com ele, Frank."

"Por que você fala pelo Tony?", cerrei os dentes enquanto pronunciava as palavras. Não era exatamente um tique, mas eu começara a fazer eco ao ritmo verbal dos Clientes, imitando o pingue-pongue claustrofóbico da sua dicção.

Matricardi suspirou e olhou para Rockaforte. Rockaforte ergueu as sobrancelhas.

"Você gosta desta casa?", perguntou Matricardi.

Examinei o salão empoeirado, o mobiliário antigo disposto entre o tapete e os arabescos do teto e pensei em como tudo aquilo parecia suspenso dentro do esqueleto daquela casa-armazém com fachada de pedra. Senti a presença do passado, das mães e dos filhos, dos acordos e entendimentos, a mão de um morto agarrando a mão de outro — aqui na Degraw Street as mãos defuntas se encaixavam como uma série de caixas chinesas. Incluindo as do Frank Minna. Eram tantos os motivos que me faziam detestar aquela casa que eu nem sabia por onde começar, a não ser pelo fato de saber que eu não deveria de forma alguma nem começar.

"Isto não é uma casa", eu disse, apresentando a menor das minhas objeções. "É um salão."

"Ele diz que é um salão", disse Matricardi. "Lionel, aqui onde estamos sentados é a casa da minha mãe. E você está tão enfurecido que parece um cão acuado."

"Alguém matou o Frank."

"Você está acusando o Tony?"

"*Acusatony! Desculpa-tonta! Destampa-cuca!*" Fechei meus olhos, apertando-os para interromper o jorro de palavras.

"Queremos que nos compreenda, Lionel. Lamentamos o falecimento do Frank. Sentimos sua falta. Isto é um sofrimento para nossos corações. Nada nos agradaria mais do que ver o assassino lacerado por pássaros ou destroçado por garras de insetos. Para que esse dia chegue, o Tony deveria contar com sua ajuda. Você deveria apoiá-lo."

"E se minha investigação levar ao Tony?" Eu deixara Os Clientes me conduzirem a essa situação, e agora não havia razão para fingir.

"Os mortos vivem nos nossos corações, Lionel. De lá o Frank

nunca será tirado. Mas agora o Tony substituiu o Frank no mundo dos vivos."

"O que isso significa? Que vocês substituíram o Frank pelo Tony?"

"Significa que você não deveria agir contra o Tony. Porque estamos do lado dele."

Agora eu entendia. Finalmente chegara o momento da apoteose italiana do Tony. Eu estava emocionado por ele.

A menos que tenha sido assim por muitos anos sem que eu soubesse. Talvez a relação de Tony Vermonte com Os Clientes fosse mais profunda do que jamais tenha sido a relação de Frank Minna com Os Clientes.

Fiquei pensando na palavra *substituiu*. Decidi que era hora de ir embora.

"Preciso da sua permissão...", comecei a falar, mas logo parei. Quem eram Os Clientes, e o que significava a permissão deles? O que eu estava pensando?

"Fale, Lionel."

"Vou continuar investigando", eu disse. "Com ou sem a ajuda do Tony."

"Certo, entendemos. Nesse caso, temos uma tarefa para você. Uma sugestão."

"Um lugar para você colocar em prática essa sua paixão por justiça."

"E o seu talento de detetive. O treinamento que lhe foi incutido."

"O quê?" Um pouco da claridade oblíqua do dia atravessou as cortinas pesadas do salão. Olhei para trás, para uma fileira de rostos mal-encarados e antigos que olhavam para fora das molduras dos quadros, tentando adivinhar quem era a mãe do Matricardi. Os cachorros-quentes que eu tinha comido faziam estrondos no meu estômago. Queria estar lá fora, nas ruas do Brooklyn, em qualquer outro lugar que não aquele.

"Você falou com a Julia", disse Matricardi. "Você deveria encontrá-la. Traga-a aqui assim como nós o trouxemos. Deixe-nos falar com ela."

"Ela está com medo", eu disse.

"Com medo do quê?"

"Ela é como eu. Não confia no Tony."

"Há algum problema entre eles."

Isso era cansativo. "Claro que há algum problema. Eles dormiam juntos."

"Fazer amor aproxima as pessoas, Lionel."

"Talvez se sintam culpados em relação ao Frank."

"Culpados, claro. Julia sabe de alguma coisa. Telefonamos para ela vir nos ver. Em vez disso ela foge. Tony não sabe para onde."

"Você acha que a Julia tem alguma coisa a ver com o assassinato do Frank?" Deixei minha mão traçar uma linha no pó que cobria o consolo de mármore sobre a lareira. Um erro. Tentei esquecer que havia feito aquilo.

"Ela está com alguma idéia na cabeça, algo a perturba. Lionel, você precisa nos ajudar a encontrá-la."

"Saber dos seus segredos e dividi-los conosco. Faça isso sem dizer nada para o Tony."

De alguma forma perdendo o controle, enfiei o dedo numa ranhura na borda do consolo e o deixei deslizar, tirando uma bola de poeira.

"Não entendo", eu disse. "Agora vocês querem que eu aja nas costas do Tony?"

"Nós escutamos, Lionel. Ouvimos. Refletimos. Aparecem questões. Se as suas suspeitas têm fundamento, então as respostas podem estar com a Julia. O Tony não tem sido muito transparente. Mesmo sendo tão estranho e estando tão abalado, você será nossas mãos e nossos pés, nossos olhos e nossos ouvidos, você virá para nos contar o que descobriu."

"*Encontradas*", eu disse. Atingi o final do consolo e empurrei para fora a bola de poeira que havia acumulado, como o jogador que encaçapa uma bola com um só dedo.

"*Se* é que foram eles", disse Matricardi. "Você não sabe. É isso que precisa descobrir."

"Não, eu quis dizer suspeitas *encontradas*, e não fundamentadas."

"Ele está se corrigindo", disse Rockaforte para Matricardi, com os dentes cerrados.

"Encontre-a, Essrog! Encontrada! Fundamentada! Confessada!" Tentei limpar o dedo no paletó, e a poeira pegajosa acabou produzindo uma lista cinza.

Aí arrotei de verdade, e o gosto era de cachorro-quente.

"Há algo do Frank em você", disse Matricardi. "Nós falamos com esse algo, e ele nos compreende. Todo o resto de você pode ser inumano, bestial, aberrante. Frank tinha razão em usar essa palavra. Você é uma aberração da natureza. Mas a parte de você com a qual o Frank se importava e que se importa tanto com a memória dele é a parte que nos ajudará a encontrar Julia e trazê-la de volta para casa."

"Agora vá, porque nos dá nojo vê-lo brincar com a poeira da casa da querida mãe dele. Que Deus abençoe sua doce alma desonrada e atormentada."

As conspirações são uma versão da síndrome de Tourette. A formulação e o estabelecimento de conexões inesperadas são um tipo de suscetibilidade, uma expressão da ânsia de tocar o mundo, de beijar todo ele com teorias, de trazê-lo mais para perto. Assim como a Tourette, no fundo todas as conspirações são solipsistas, já que o sofredor, o conspirador ou o teorizador superestima sua importância e toda vez acaba experimentando um prazer traumático com a reação que encontra, percorrendo caminhos que sempre o afastam da Roma do próprio eu.

O segundo atirador da colina não fazia parte da conspiração — nós, os tourétticos, sabemos como isso é verdade. Ele tinha um tique e imitou a ação que tanto o assustou e atraiu — o disparo das armas. Era apenas o seu jeito de dizer: Eu também! Eu estou vivo! Quero ver essa cena novamente!

O segundo atirador era um virador de barcos.

Eu estacionara na sombra de um olmo velho e estropiado, o tronco doente, nodoso e retorcido, com raízes que ao longo do tempo abriram espaço entre os vãos da calçada de ardósia. Não vi o Tony dentro do Pontiac até pouco antes de colocar a chave na porta. Ele estava sentado no banco do motorista.

"Entre." Ele se inclinou e abriu a porta do lado do passageiro. A calçada estava vazia. Cogitei ir embora, mas topei com o velho problema: para onde?

"Entre, Aberração."

Fui para o lado do passageiro e sentei no banco ao lado dele, depois, desconsoladamente, estendi o braço e acariciei seu ombro, deixando uma mancha de poeira. Ele levantou a mão e me deu uma palmada na lateral da cabeça.

"Eles mentiram para mim", eu disse me encolhendo.

"Estou chocado. Claro que mentiram. Você é o quê? Um recém-nascido?"

"*Um bebê belém-narciso*", murmurei.

"Você está preocupado com que mentira específica, Marlowe?"

"Eles avisaram você de que eu estava vindo, não foi? Eles me enganaram. Era uma armadilha."

"Que merda você *pensou* que aconteceria?"

"Não importa."

"Você se acha esperto", disse Tony, sua voz anasalada de desprezo. "Você acha que é o puto do Mike Hammer. Você é o irmão retardado do Hardy Boy, Lionel." Ele bateu de novo na minha cabeça. "Você nem chega perto do Hardy Boy, você é um Hardly Boy."*

Meu bairro natal nunca se parecera tanto com um pesadelo quanto naquele dia ensoladorado diante da casa do Matricardi e do Rockaforte na Degraw Street: um pesadelo feito de repetições e de cercos. Geralmente eu apreciava a imutabilidade do Brooklyn, a abrangência da memória fanfarrona que tanto me lembrava o Minna. Mas naquele momento desejei ver aquela região arrasada, substituída por arranha-céus e muitos multiplex. Desejei desaparecer no meio da dança de renovação amnésica de Manhattan. Esquecer que o Frank estava morto e deixar que os seus Manos se dispersassem. Eu só queria que o Tony me deixasse sozinho.

"Você sabia que eu estava com o bipe do Frank", eu disse timidamente, juntando as palavras.

"Não, os velhos têm visão de raio X, que nem o Super-Homem. Eles não sabem merda nenhuma se eu não conto para eles, Lionel. Você precisa achar uma nova linha de trabalho, McGruff. Merdoque Gomes."

Eu estava suficientemente familiarizado com a beligerância do Tony para saber que ela precisava se expressar por algum

* Trocadilho com Hardy Boys, referência a dois irmãos que protagonizam histórias de mistérios criadas na década de 1920, e *Hardly* (*a*) *boy*, expressão que sugere que Lionel Essrog mal seja um menino. (N. T.)

tempo, se abrir. Quanto a mim, passei as mãos sobre o painel, na base do pára-brisa, retirando as migalhas e a poeira acumuladas ali, dedilhando as palhetas plásticas da ventilação. Aí comecei a polir a borracha do pára-brisa com a ponta do polegar. A visita ao salão da mãe do Matricardi disparara minha compulsão de tirar o pó.

"Sua aberração."

"Bipe-me-duas-vezes."

"Eu vou bipá-lo duas vezes, tudo bem."

Ele levantou a mão, e eu me encolhi novamente, abaixando-me como um boxeador. Enquanto estava perto dele, lambi o ombro do seu terno, tentando limpar a mancha de poeira que tinha deixado. Ele me empurrou com repugnância, num gesto que lembrava o saguão de St. Vincent.

"Tudo bem, Lionel. Você continua um meio-viado. Você me convenceu."

Eu não falei nada, o que não era pouca coisa. Tony suspirou e pôs as duas mãos no volante. Parecia ter acabado de me esbofetear. Vi minha saliva evaporar no tecido da jaqueta dele.

"Então, o que foi que eles falaram?"

"Os Clientes?"

"Claro, Os Clientes", disse Tony. "Matricardi e Rockaforte. O Frank morreu, Lionel. Eu não acho que ele vá revirar no caixão se você pronunciar os nomes deles."

"Mertiolate", sussurrei, depois olhei por cima do ombro para a entrada do prédio. "Roquefort."

"Muito bem. Então, o que foi que eles falaram?"

"A mesma coisa que — *Porqueiro! Potreiro! Porreiro!* — a mesma coisa que os porteiros falaram: Fique fora deste caso." Agora eu estava enlouquecido com os tiques verbais, tentando compensar o tempo perdido, sentindo-me em casa. Nesse sentido o Tony ainda me reconfortava.

"Que porteiro?"

"*Porteiros*. Um monte deles."

"Onde?"

Mas os olhos do Tony me diziam que ele sabia perfeitamente onde, ele só precisava avaliar o que eu sabia. Ele também parecia um pouco apavorado.

"Mil-e-trinta, Park Avenue", eu disse. *Millerita pó de avena. Milionário parvenu!*

As mãos dele agarraram o volante. Em vez de olhar para mim, ele apertou os olhos olhando ao longe. "Você estava lá?"

"Estava atrás de uma pista."

"Responda minha pergunta. *Você estava lá?*"

"Claro."

"Quem você viu?"

"Um monte de porteiros."

"Você falou disso com Matricardi e Rockaforte? Diga que não falou, seu maldito tagarela."

"Eles falaram, eu escutei."

"Ah, claro, ótimo. Merda!"

Por estranho que pareça, eu me vi tentando tranqüilizar o Tony. Ele e Os Clientes tinham me trazido de volta para o Brooklyn e armado uma emboscada para mim no meu carro, mas algum tipo de velha solidariedade entre órfãos lutava contra a minha claustrofobia. O Tony me assustava, mas Os Clientes me assustavam ainda mais. E agora eu sabia que eles também assustavam o Tony. Qualquer que fosse o acordo do Tony com eles, esse acordo ainda não estava totalmente estabelecido.

Fazia frio no carro, mas Tony estava suando.

"Agora fale sério comigo, Lionel. Eles sabem do prédio?"

"Eu sempre falo sério. Essa é a tragédia da minha vida."

"Converse comigo, Aberração."

"*Qualquer-prédio! Nenhum-prédio!* Ninguém falou nada de

prédio." Tentei arrumar seu colarinho, mas ele afastou minhas mãos.

"Você ficou bastante tempo lá dentro", ele disse. "Não tente sacanear comigo, Lionel. O que vocês conversaram?"

"Querem que eu encontre a Julia", eu disse, perguntando-me se era uma boa idéia mencionar o nome dela. "Eles acham que ela sabe de alguma coisa."

Tony tirou uma arma que estava sob o seu braço e apontou para mim.

Eu voltara ao Brooklyn suspeitando de que o Tony estivesse mancomunado com Os Clientes, e agora — doce ironia! — Tony suspeitava o mesmo de mim. O que não era uma mudança assim tão grande. Matricardi e Rockaforte não tinham nenhum motivo para me agradar. Se confiassem no Tony, não teriam pedido para esperar do lado de fora e me capturar mais tarde, no carro. Ele teria ficado escondido lá dentro, atrás da proverbial cortina, escutando toda a conversa.

Eu precisava dar um crédito aos Clientes. Eles haviam jogado magistralmente conosco.

Por outro lado, Tony ocultava um segredo dos Clientes: o prédio da Park Avenue. E, apesar dos seus temores, o segredo parecia intacto. Nenhum dos vértices desse quadrângulo particular tinha o monópolio da informação. Tony sabia de algo que eles não sabiam. Eu sabia de algo que o Tony não sabia, certo? Esperava que sim. E a Julia sabia de algo que nem o Tony nem Os Clientes sabiam, ou melhor, ela sabia de algo que o Tony *não queria* que Os Clientes soubessem. Julia, Julia, Julia, eu precisava descobrir o que a Julia sabia, apesar de Matricardi e Rockaforte terem pedido para eu descobrir.

Ou será que eu estava passando a perna em mim mesmo? Eu sabia o que o Minna teria dito.

Rodas dentro de rodas.

Eu nunca tinha visto o Tony me ameaçar com uma arma, mas de alguma forma eu me preparara para aquele momento durante toda a minha vida. Aquilo não me parecia absolutamente antinatural. Ao contrário, era uma espécie de culminação, o ponto final e rarefeito de nossa longa ligação. Agora, se eu tivesse uma arma apontada para ele, *isso sim* teria me apavorado.

A arma também servia esplendidamente para concentrar minha atenção. Senti meus tiques arrefecerem e uma enxurrada de palavras excessivas instantaneamente evaporarem, como manchas de mentira de um comercial de televisão. Ameaça com armas: mais uma modalidade de cura completamente inútil.

Tony não parecia muito impressionado com a situação. Seus olhos e sua boca estavam cansados. Eram apenas quatro da tarde e já estávamos havia muito tempo sentados no carro. Ele tinha perguntas, urgentes, específicas, e a arma ajudaria as coisas a avançarem.

"Você falou sobre o prédio para mais alguém?", perguntou.

"Com quem eu falaria?"

"Com o Danny, por exemplo. Ou com o Gilbert."

"Acabei de sair de lá e não vi o Danny. E o Gilbert está na cadeia." Omiti a parte a respeito do Tira do Lixo e rezei para que o bipe do Minna não disparasse naquele momento.

Enquanto isso, com suas perguntas o Tony estava me dizendo mais coisas do que eu dizia para ele: Danny e Gilbert não estavam com ele na negociata da Park Avenue. Sim, este Hardly Boy ainda continuava no caso.

"Então é só você", disse Tony. "Você é o imbecil com quem tenho de lidar. Você é o Sam Spade."

"Quando alguém mata o seu parceiro você tem de fazer alguma coisa", eu disse.

"Minna não era seu parceiro. Ele era o patrocinador do seu circo. Ele era o Jerry Lewis, e você era o cara na cadeira de rodas."

"Nesse caso, por que ontem ele ligou para mim e não para você, quando estava com problemas?"

"Ele foi um idiota de levar você lá."

Uma sombra passou rente ao carro, indiferente ao nosso melodrama de sarjeta. Em três horas, era a segunda vez em que eu corria perigo dentro de um veículo estacionado. Ficava imaginando os espetáculos criminosos pelos quais eu passara batido na minha carreira de pedestre.

"Fale-me da Julia, Tony — *Família Pulha!*" A mágica curativa de ser ameaçado com uma arma estava deixando de fazer efeito.

"Cale a boca um pouquinho. Estou pensando."

"E o Ullman?", perguntei. Já que ele estava aceitando minhas perguntas, talvez eu também pudesse perguntar: "Quem era o Ullman? — *Quimera única!*". Queria perguntar sobre a Fujisaki Corporation, mas imaginei que o que eu sabia era das poucas coisas que certamente ele não sabia. Eu precisava manter aquela vantagem, por minúscula que fosse. Além disso, eu não queria ouvir o que minha síndrome faria com a palavra *Fujisaki*.

Tony fez uma expressão particularmente mal-humorada. "O Ullman é um cara que não lidava muito corretamente com números. Ele fazia parte de um pequeno grupo de pessoas que tentavam enriquecer. O Frank era outro."

"E aí você e o assassino polonês o eliminaram, huh?"

"Você está tão equivocado que chega a ser engraçado."

"Conta pra mim, Tony."

"Por onde eu começo?", ele perguntou. Percebi uma nota de amargura e me perguntei se poderia jogar com ela. Do seu jeito, Tony parecia sentir falta do Minna e da agência, não importando como ele tinha sido corrompido ou que informações venenosas ele tinha e eu não.

"Seja sentimental, só para variar", eu disse. "Diga que você não o matou."

"Vá se foder."

"Isso foi convincente", falei. Depois fiz uma cara mal-humorada de mordomo inglês irritadiço: *Con-vin-chente!*

"O seu problema, Lionel, é que você não sabe nada sobre como o mundo realmente funciona. Tudo o que você sabe veio do Frank Minna ou de um livro. Não sei o que é pior."

"Filmes de gângster." Lutei para que a expressão de mordomo não reaparecesse.

"O quê?"

"Vi muitos filmes de gângster, que nem você. Tudo o que nós dois sabemos ou vem do Frank Minna ou dos filmes de gângster."

"O Frank Minna era duas pessoas", disse Tony. "Aquela com quem aprendi as coisas e o cabeça-dura que achava você engraçado e acabou se deixando matar. Você só conheceu o cabeça-dura."

Tony agitava a arma entre nós, usando-a para gesticular e para marcar a pontuação. Só esperava que ele compreendesse que a arma poderia pontuar as coisas de uma forma literal demais. Até onde eu sabia, nenhum de nós portara armas, a não ser o Minna. Ele mal nos deixava vê-las. Agora eu ficava imaginando as lições secretas que tinham sido realizadas na minha ausência e até que ponto eu deveria levar a sério a teoria do Tony sobre os dois Minnas.

"Suponho que tenha sido o Frank Minna inteligente que o

ensinou a brandir armas por aí", eu disse. Aquilo saiu um pouco mais sarcástico do que eu pretendia, e então gritei "*Frankinteligente!*", o que prejudicou bastante minha enunciação. Tony estava realmente brandindo a arma, no entanto. A única coisa para a qual ela nunca apontava era para ele mesmo.

"Estou carregando isto por precaução. Tipo, neste exato momento eu estou usando esta arma para proteger você, para convencê-lo a calar a boca e parar de fazer perguntas. E a ficar no Brooklyn."

"Espero que não tenha de me proteger — *Proteger-me-bailey! Detetive-baby!* — apertando o gatilho."

"Vamos torcer para que isso não seja preciso. Pena que você não tenha sido tão inteligente quanto o Gilbert, que se colocou sob proteção policial por mais ou menos uma semana."

"Essa é a pena atual para assassinato? Uma semana?"

"Não me faça rir. O Gilbert não matou ninguém."

"Você parece decepcionado."

"Há muito superei minha decepção com o fato de o Frank se rodear de um cortejo de palhaços. Era seu estilo de vida. Eu não vou cair no mesmo erro."

"Não, você vai inventar um monte de erros novos."

"Chega! Será que você sempre precisa ter a palavra final? Sai do carro."

Naquele momento bateram de leve na janela do motorista. Era uma batida com o cano de uma arma. O braço que segurava a arma saiu de trás do tronco do elmo. Uma cabeça também apareceu: era o investigador de homicídios.

"Senhores", ele disse. "Saiam do carro — bem devagar."

Emboscadas dentro de emboscadas.

O investigador ainda tinha aquele ar cansado, aborrecido, de gente para quem o café não faz mais efeito, nem mesmo durante o dia. Ele parecia não ter tirado o terno desde a noite anterior. Mas eu confiava mais nele com uma arma na mão do que no Tony. Ele fez o Tony abrir a jaqueta, mostrar o coldre e levantar a barra da calça para provar que não tinha nada amarrado no tornozelo. Depois tentou me revistar, e comecei a revistá-lo de volta.

"Que merda, Álibi, pára com isso." Ele ainda gostava do apelido que tinha inventado para mim. Isso me fazia gostar dele.

"Não posso fazer nada", eu disse.

"O que é isso? Um telefone? Tire daí."

"É um telefone." Mostrei para ele.

Tony me olhou de um modo estranho, eu simplesmente dei de ombros.

"Volta pro carro. Primeiro me dá a chave." Tony entregou as chaves, e nós voltamos para o banco da frente. O investigador de homicídios abriu as portas traseiras e cuidadosamente entrou no banco atrás de nós, apontando sua arma para as nossas nucas.

"Mãos no volante e no painel, isso mesmo. Olhem para a frente, senhores. Não olhem para mim. Sorriam como se estivessem tirando fotografia. Vocês farão isso logo, logo."

"O que foi que fizemos?", perguntou Tony. "Um cara não pode mais mostrar uma arma para outro?"

"Cala a boca e ouve. Isto é uma investigação de assassinato. Eu sou o investigador. Eu não me importo com a porra da sua arma."

"Então devolve."

"Acho que não, senhor Vermonte. Vocês me dão nos nervos. Nas últimas vinte e quatro horas descobri algumas coisas sobre este pedaço."

"Senhor Arma Porrete."

"Cala a boca, Álibi."

Cala a boca cala a boca cala a boca!

Eu massageava o plástico duro do painel do Pontiac como um gatinho mamando, tentando ficar imóvel e calado. Algum dia eu mudaria meu nome para Calaboca, e todo mundo economizaria bastante tempo.

"Eu peguei este caso porque vocês, suas bestas, levaram o Frank Minna para o Brooklyn Hospital. Foi lá que ele morreu, e o lugar está na minha jurisdição. Eu nunca trabalho neste lado da Flatbush Avenue, entendem? Não sei muita coisa sobre o pedaço de vocês, mas estou aprendendo, estou aprendendo."

"Não há muitos assassinatos por aqui, não é, chefe?", perguntou Tony.

"Não há muitos *negões* neste lado da Flatbush, é isso que você quer dizer?"

"Ô, vamos devagar", disse Tony. "Você está induzindo a testemunha. Isso não é contra as regras?" Tony mantinha as mãos sobre o volante e dava um largo sorriso para o pára-brisa. Eu não acredito que o policial quisesse provocar um sorriso daquele tipo.

"Tudo bem, Tony", disse o policial, a voz um pouco rouca. Eu o ouvi respirar ruidosamente pelo nariz. Supus que desembainhar a arma o tivesse deixado um pouco cansado. Imaginei sentir a boca da arma primeiramente apontada para a minha orelha, depois para a do Tony. "Conte-me o que você quis dizer", ele disse. "Explique."

"Só quis dizer que não há muitos assassinatos — estou certo?"

"Está, há um controle bem rígido por aqui. Não há assassinatos e não há negões. As ruas são limpas, nada além de velhinhos com seus lápis minúsculos e boletos de apostas para as corridas de cavalo. Isso me deixa nervoso."

Ele era honesto em admitir isso. Fico imaginando que histórias horríveis da Máfia ele reunira durante seu dia de investigação.

"As pessoas aqui cuidam umas das outras", disse Tony.

"É, até vocês liquidarem uns aos outros. Qual é a ligação entre o Minna e o Ullman, Tony?"

"Quem é Ullman?", perguntou Tony. "Nunca encontrei o cara."

Esta era uma expressão do Minna: *nunca encontrei o cara*.

"O Ullman fazia a contabilidade para uma firma de administração imobiliária em Manhattan", disse o investigador de homicídios. "Até seu amigo Coney furar o crânio dele com uma bala. Para mim isso parece um acerto de contas. Fico impressionado com a rapidez com que vocês, rapazes, trabalham."

"Qual é o seu nome, 'seu' guarda?", perguntou Tony. "Posso perguntar isso, não posso?"

"Eu não sou um guarda, Tony. Sou detetive. Meu nome é Lucius Seminole."

"Delucius? Você deve estar brincando comigo."

"*Lu*cius. Pode me chamar de detetive Seminole."

"É um nome indígena?"

"É um nome do sul", disse Seminole. "Nome de escravo. Pode continuar rindo, Tony."

"*Semimole!*"

"Álibi, não estou achando garça."

"*Não-me-amole!*"

"Não o mate, Superfly", disse Tony, abrindo um largo sorriso. "Sei que é comovente, mas ele não consegue se controlar. Pense nele como um circo de aberrações humanas, e de graça."

Delícia de siri-mole! Eu estava ficando louco de não poder virar a cabeça: precisava renomear aquilo que eu não podia ver.

"Vocês são uma companhia de táxi ou uma trupe de comediantes?", perguntou Seminole.

"O Lionel está enciumado porque você está me fazendo todas essas perguntas", disse Tony. "Ele gosta de falar."

"Eu já ouvi o Álibi ontem à noite. Ele quase me enlouqueceu com sua falação. Agora quero as suas respostas, poço de sensatez."

"Não somos uma companhia de táxi", eu disse. "Somos uma agência de detetives." A afirmação escapou de dentro de mim, um tique disfarçado como se fosse uma declaração banal.

"Vire-se, Álibi. Vamos falar da senhora que fugiu para Boston — a Senhora Defunto."

"Boston?", perguntou Tony.

"*Somos-uma-agência-de-detetives*", o tique saiu novamente.

"Ela reservou o vôo no próprio nome", disse Seminole. "Mas não é a primeira vez. O que há em Boston?"

"Isso me espanta. Ela sempre vai para lá?"

"Não se faça de bobo."

"Isso é novidade para mim", disse Tony. Ele me olhou com cara feia, e eu olhei de volta com cara de imbecil, aturdido. Julia em Boston? Eu me perguntava se Seminole tinha a informação de fonte autorizada.

"Ela estava pronta para voar", disse Seminole. "Alguém a avisou."

"Ela recebeu um telefonema do hospital", eu disse.

"Não", disse Seminole. "Eu verifiquei isso. Tente outra. Talvez o seu garoto Gilbert tenha ligado para ela. Talvez o Gilbert tenha eliminado o Frank Minna antes de eliminar o Ullman. Talvez ele e essa senhora estejam juntos nisso."

"Isso é loucura", eu disse. "O Gilbert não matou ninguém. Nós somos *detetives*."

Finalmente consegui a atenção do Seminole. "Eu investiguei isso", ele disse. "Segundo o computador, nenhum de vocês tem credencial de investigador. Só licença para dirigir limusines."

"Trabalhamos para o Frank Minna", eu disse, ouvindo a minha própria nostalgia, a minha melancolia. "Nós somos assistentes de um detetive. Nós somos, ahn, mototives."

"Pelo que vejo, vocês fazem papel de palhaço para um paspalho sem importância. Um paspalho *morto*. Vocês estavam nas mãos de um cara que estava nas mãos de Alphonso Matricardi e Leonardo Rockaforte, dois sujeitos velhuscos. Agora parece que as mãos se abriram."

Tony teve um sobressalto: esses clichês doem. "A gente trabalha para quem nos procura", falou com estranha sinceridade. Por um momento o Minna voltou a viver na voz de Tony. "Não fazemos perguntas indevidas, senão não teríamos nenhum cliente. Os policiais fazem o mesmo, não tente me convencer do contrário."

"Policiais não têm clientes", disse o investigador de homicídios em tom severo. Eu teria gostado de ver o verdadeiro Frank Minna lidar com o Seminole.

"Quem é você, o Abraham Jefferson Jackson?", disse Tony. "Você está se candidatando a alguma coisa com esse discurso? Dá um tempo."

Soltei uma risada. Apesar de tudo, o Tony estava me divertindo. Soltei uma flor da minha própria lavra:

"*Abracadabra Jackson!*"

A arma e a condição de homem da lei não importavam — Seminole estava perdendo o controle da conversa. O que aconteceu foi isto: Tony e eu, que estávamos tão distantes, tínhamos sido aproximados pela arma do detetive. Nessa era pós-Minna, nós, os Manos, ficávamos um pouco apavorados ao defrontarmos uns com os outros. Mas com a triangulação do Seminole tínhamos redescoberto a afinidade que se escondia nas nossas velhas rotinas. Se não podíamos confiar um no outro, pelo menos eu e Tony fôramos lembrados de que éramos parecidos, principalmente aos olhos de um policial. E Tony, percebendo fissuras na confiança do detetive, voltava-se contra ele com sua velha ferocidade de órfão. Um valentão conhece os parâmetros e o funcionamento de uma ameaça declarada. Só uma coisa é mais fraca do que uma arma na qual ninguém presta atenção: é não ter arma alguma. Àquela altura, o policial deveria ter nos prendido ou ferido ou colocado um contra o outro, mas não fizera nada disso. Por causa desse erro, Tony acabaria com ele usando apenas sua língua.

Enquanto isso eu pensava no que Seminole tinha dito e tentava retirar as informações contidas em suas teorias ridículas. Se Julia não tinha recebido um telefonema do hospital, como é que soubera da morte do Minna?

Eu me perguntava mais uma vez: era a Julia que tinha perdido o tal do *Rama-lama-ding-dong*? Será que ela o guardava em Boston?

"Escutem, seus montes de lixo", disse Seminole. Ele procurava desesperadamente compensar sua autoridade declinante. "Prefiro ficar o dia inteiro metido com os *travecos* que trabalham na rua a ter de lidar com esse lixo de mafiosos italianados. Não precisam ficar orgulhosos — eu sei que vocês são apenas dois tontos. O que me preocupa são os engraçadinhos que manipulam os seus fios."

"Ótimo", disse Tony. "Um policial paranóico. *Engraçadinhos que manipulam os seus fios* — você leu muita história em quadrinhos, Cleopatra Jones."

"Emplastro Bailey Jônio!"

"Vocês acham que eu sou idiota", continuou Seminole, agora com uma fúria verdadeira. "Vocês acham que um estúpido de um policial negro vai tropeçar no seu pequeno covil e acreditar em tudo o que vocês dizem. Companhia de táxi, agência de detetives, tenham paciência. Vou arrastar esse assassinato até entregá-lo ao FBI, depois vou tirar o meu da reta e sumir para sempre. Talvez eu até tire umas férias para sentar na praia e ficar lendo sobre vocês, seus fracassados, nas páginas policiais."

Tropeçar, lidar: as palavras escolhidas por Seminole o traíam. Ele realmente temia ter ido mais longe do que seria bom para ele. Eu queria encontrar um modo de aliviar seu temor, realmente queria. Eu até que gostava do investigador de homicídios. Mas tudo o que saía da minha boca soava vagamente como insulto racial.

"FB o quê?", disse Tony. "Nunca vi esses caras."

"Vamos lá em cima ver se o tio Alphonso e o tio Leonardo podem explicar para vocês", disse Seminole. "Algo me diz que eles têm algum tipo de familiaridade com o FBI."

"Acho que os velhos não estão mais em casa", disse Tony.

"Ah, é? Aonde eles foram?"

"Eles saíram por um túnel no porão", disse Tony. "Tiveram de voltar para o esconderijo, já que tinham deixado o James Bond — ou o Batman, não lembro qual deles — assando em fogo brando."

"Do que você está falando?"

"Mas não se preocupe. O Batman sempre escapa. Esses supervilões não aprendem."

"Tio Batman!", gritei. Eles não podiam imaginar quanto esforço me custava manter as mãos naquele painel, o pescoço reto. "Tio Bailey! *Barnamum Batman!*"

"Chega, Álibi", disse Seminole. "Saia do carro."

"O quê?"

"Suma daqui, vá para casa. Você me enche, cara. Tony e eu vamos ter uma conversinha."

"Ora, Blácula", reclamou Tony. "Estamos conversando há horas. Não tenho nada a dizer para você."

"A cada nome de que você me chama eu penso em mais algumas perguntas", disse Seminole. Ele acenou para mim com sua arma. "Suma daqui."

Eu fiquei boquiaberto, incrédulo.

"Estou falando sério. Suma."

Abri a porta. Aí pensei em encontrar as chaves do Pontiac e entregá-las para o Tony.

Tony olhou para mim. "Volta pra agência e me espera lá."

"Tudo bem", respondi e pisei na calçada.

"Feche a porta", disse Seminole, com a arma e o olhar apontados para o Tony.

"Obrigado, *Conde Chócula*", eu disse, e saltei fora, literalmente.

Você já notou que eu relaciono tudo com a minha Tourette? Isso mesmo, você adivinhou, é mais um tique. Contar é um sintoma, mas contar sintomas também é um sintoma, um tique *plus ultra*. Eu sofro de meta-Tourette. Penso nos tiques, minha mente dispara, os pensamentos procuram tocar cada possível sintoma. Tocar o toque. Contar a conta. Pensar o pensamento. Mencionar a menção à Tourette. É um pouco como conversar sobre telefones ao telefone, ou enviar cartas que descrevam a localização de várias caixas de correio. Ou um virador de barcos cuja anedota favorita trate de verdadeiros naufrágios.

O metrô de Nova York não tem nada de tourérttico.

Embora a cada passo eu sentisse na minha nuca o olhar de um exército de porteiros invisíveis, estava exultante por voltar ao Upper East Side. Saí na estação da rua 86 e desci correndo pela Lexington, tinha apenas dez minutos até as cinco: zazen. Eu não queria chegar atrasado na primeira vez. Enquanto ainda estava na rua, no entanto, peguei o celular e liguei para o Loomis.

"Sim, eu estava para te ligar." Eu podia ouvi-lo mastigar um sanduíche ou uma coxa de frango e imaginava sua boca aberta, os lábios ruidosos. Ele não almoçara duas horas antes? "Consegui as informações sobre aquele prédio."

"Vamos lá — rápido."

"Esse cara dos Arquivos falou muito sobre o prédio. É um belo predinho, Lionel. Um lugar de classe."

"Fica na Park Avenue, Loomis."

"Bem, tem a Park Avenue e tem esse prédio. Você precisa ter cem milhões para entrar na lista de espera desse edifício, Lionel. É esse tipo de gente, cuja segunda casa é uma *ilha*."

Eu percebia que o Loomis estava citando alguém mais esperto que ele. "Certo, mas e a respeito da Fujisaki?"

"Espere um pouco, eu já explico. Esse tipo de lugar tem de tudo... é como um monte de mansões amontoadas. Eles têm passagens secretas, adegas, lavanderia, piscina, aposentos de empregados, *chef* particular. É toda uma economia independente. Há apenas cinco ou seis prédios desse tipo na cidade — o lugar onde o Bob Dylan foi morto, como era mesmo? *Nova Scotia*? Comparando com isso, aquilo era uma casinha de cachorro. Este é um lugar de velhos ricos, eles barrariam o Seinfeld, o Nixon, não importa. Estão pouco se lixando."

"Pode me incluir nessa categoria", eu disse, incapaz de identificar alguma informação útil na fala do Tira do Lixo. "Estou investigando alguns nomes, Loomis."

"A sua Fujisaki é a empresa administradora do prédio. Há um monte de outras companhias japonesas lá... Se começar a escavar, vai descobrir que metade de Nova York é deles. Essa é uma operação financeira séria, Lionel. O Ullman, até onde sei, era apenas o contador da Fujisaki. Então me explique isto: por que o Gilbert iria atrás de um contador?"

"O Ullman era o último cara que o Frank devia encontrar", eu disse. "Ele nunca chegou até ele."

"O Minna devia matar o Ullman?"

"Não sei."

"Ou era o contrário?"

"Não sei."

"Ou será que o mesmo cara matou os dois?"

"Não sei, Loomis."

"Então você não sabe de muita coisa além do que descobri para você, não é?"

"Vai-à-merda, Loomis."

"Estou contente que você veio", disse Kimmery ao abrir a porta. "Chegou bem na hora. Quase todo mundo já está sentado." Ela novamente me beijou na bochecha. "Há muito alvoroço por causa dos monges."

"Eu mesmo estou muito alvoroçado." Na verdade, senti uma euforia instantânea com a presença aliviante de Kimmery. Se era essa a perspectiva zen, eu estava pronto para começar meu treinamento.

"Pegue logo uma esteira. Pode sentar em qualquer lugar que não seja a primeira fila. Trabalharemos sua postura numa outra hora — por enquanto sente e tente se concentrar na respiração."

"Vou fazer isso." Eu a segui escada acima.

"De qualquer modo, isto é tudo: respiração. Pode trabalhar isso o resto da sua vida."

"Provavelmente terei de fazer isso."

"Tire os sapatos."

Kimmery indicou, e eu acrescentei meus sapatos a uma fileira bem-arrumada no hall. Foi um pouco desconcertante deixá-los, e com eles a possibilidade de sair correndo pela rua, mas meus pés doloridos agradeceram a oportunidade de respirar e se esticar.

A sala do segundo andar estava sombria agora, as luzes superiores de sinalização apagadas, a luz mortiça insuficiente de um dia de novembro. Desta vez identifiquei a fonte do cheiro forte, um pote de incenso aceso sobre a prateleira ao lado de um Buda de jade. As paredes da sala estavam cobertas com painéis de papel lisos, o piso de soalhos brilhantes, com almofadas finas. Kimmery conduziu-me a um lugar no fundo da sala e sentou-se ao meu lado, cruzou as pernas e ergueu as costas, depois fez um aceno com os olhos bem abertos sugerindo que eu imitasse seus movimentos. Se ela soubesse! Eu me sentei e coloquei minhas longas pernas em posição, agarrando as canelas com ambas as mãos, esbarrando apenas uma vez na pessoa à minha frente, que se virou e lançou um olhar furioso, rapidamente retomando sua posição elegante. As fileiras de almofadas à nossa volta estavam quase todas lotadas de praticantes zen, vinte e dois quando contei, alguns vestindo robes negros, outros com roupas em estilo beatnik, calça de veludo ou algodão e camisa de gola alta, mas ninguém de terno como eu. Na penumbra não consegui reconhecer nenhum rosto.

Aí eu me sentei, esperei e me perguntei o que exatamente

estava fazendo ali, embora fosse difícil manter as costas tão eretas como as das pessoas que estavam à minha volta. Olhei para Kimmery. Os olhos dela já estavam tranqüilamente fechados. Em vinte e quatro horas — fazia pouco mais que isso que Gilbert e eu tínhamos estacionado ali em frente na noite anterior — minha confusão sobre o significado do Zendo tinha duplicado e reduplicado, obscurecida por camadas sucessivas de cogitações. Parecia impossível associar àquele lugar a conversa que eu ouvira pela escuta, as insinuações sarcásticas. A voz de Kimmery, ingênua, incapaz de nenhuma conspiração, era tudo o que eu ouvia naquele momento. Claro que sobre o fundo da minha tagarelice interior. Enquanto estava sentado ao lado de Kimmery, protegido pelo seu campo inibidor de tiques, senti com toda a força o desconforto e a pressão exercida pelo meu gerador de linguagem, pelo meu multiprocessador de palavras, pela barafunda de respostas e imitações, de interrupções de interrupções.

Olhei novamente para ela. Ela *meditava* com toda a sinceridade, sem prestar atenção em mim. Então fechei os olhos e, fazendo minha própria tentativazinha de atingir a iluminação, procurei unificar a mente e concentrar-me na minha natureza Buda.

A primeira coisa que ouvi foi a voz do Minna: *Eu te desafio a ficar de boca calada durante vinte minutos seguidos, seu circo de aberrações humanas gratuito.*

Eu rechacei o pensamento e em vez disso pensei: *Mente única.*

Mente única.

Conte uma piada para mim, Aberração. Uma piada que eu não conheça.

Quero ir para o Tibete.

Mente única. Eu me concentrei na respiração.

Volte para casa, Irving.

Mente única. Mente doente. Mente suja. Mente Bailey.

Mente única.

Um Negresco.

Quando abri novamente os olhos, eu já estava acostumado com a escuridão. Na frente da sala havia um grande gongo de bronze, e as almofadas mais próximas ao gongo estavam desocupadas, como se estivessem reservadas para as celebridades, talvez para os *monges importantes*. As filas de cabeças tinham ganhado feições, embora eu estivesse olhando principalmente para orelhas e nucas, para os cortes de cabelo. A reunião era mista, a maioria das mulheres era magra, com brincos e cortes de cabelo que custavam caro, os homens em média mais gordotes e desleixados, com os cabelos malcuidados. Localizei lá na frente o rabo-de-cavalo, a careca e a postura rígida do Wallace. E uma fileira à frente da minha, mais perto da entrada, via o Cara Amassada e o Indistinto, meus pretensos raptores. Pelo menos agora eu compreendia: eles *eram* homens de paz. Será que havia uma escassez de seres humanos no Upper East Side, de modo que o mesmo grupo de porteiros precisava posar com fantasias diferentes, ora como capangas, ora como perseguidores da serenidade? Pelo menos tinham tirado os ternos azuis, empenhando-se um pouco mais nessa nova identidade. Vestidos com robes negros, suas posturas eram admiravelmente eretas, presumivelmente resultado de muito treino, de anos de sacrifício. Com certeza não tinham trabalhado tanto tempo naquela pose de durões.

Tudo isso por causa da minha respiração. Pelo menos consegui controlar minha voz. Cara Amassada e Indistinto estavam com os olhos fechados, e eu tinha chegado por último, de modo que estava em vantagem. Fosse como fosse, para mim eles não eram exatamente um grande problema. Mas me fizeram lembrar que a qualquer momento o celular roubado e o bipe emprestado que estavam no meu paletó poderiam acabar com aquele silêncio ancestral do Oriente. Movendo-me no maior silêncio possível, eu os tirei da jaqueta, desliguei o celular e pus o bipe do Minna no modo "vibrador". Enquanto eu os colocava de volta no bolso interno do meu paletó, uma mão espalmada bateu na minha nuca, com força.

Surpreso, eu me virei. Mas o agressor já passara por mim e marchava solenemente em direção à frente da sala, liderando uma fila de seis japoneses carecas, todos vestidos com robes através dos quais se viam a pele morena e os pêlos brancos das axilas. Monges importantes. O líder desviara do seu caminho para me dar a palmada. Eu tinha sido repreendido ou talvez tivesse levado um golpe de iluminação — agora eu reconhecia o som de uma palmada? De qualquer modo, senti o calor do sangue subir até minhas orelhas e meu couro cabeludo.

Kimmery não percebeu nada e continuou a meditar. Talvez estivesse num ponto do seu caminho espiritual muito mais avançado do que ela imaginava.

Os seis foram para a frente e tomaram as esteiras vazias próximas ao gongo. Um sétimo adentrou a sala, um pouco depois dos outros, também de robe, também com uma careca reluzente. Mas ele não era pequeno, nem japonês, nem os seus pêlos eram brancos ou restritos às axilas. Ele tinha tufos de cabelos negros e sedosos nas costas e nos ombros, subindo por todos os lados e circundando seu pescoço como uma espécie de franja. Tinha um corpo que o *designer* do robe provavelmente não tinha previsto. Ele foi até a frente da sala e tomou o último dos assentos VIP antes que eu pudesse ver o seu rosto, mas lembrei a descrição da Kimmery e concluí que devia ser o professor americano, o fundador do Zendo, o Roshi.

Irving. Quando você vai voltar para casa, Irving? *Sua família está com saudade de você.*

A piada não me saía da cabeça, mas eu não conseguia extrair nada de útil dela. Irving seria o nome verdadeiro do Roshi, o seu nome americano? Será que a voz na escuta era do Roshi-Irving?

Se fosse, por quê? Que ligação havia entre o Minna e este lugar?

Lá na frente eles se aquietaram. Olhei para a fileira de carecas, os seis monges e Roshi, mas não descobri nada. Até mesmo Cara Amassada e Indistinto meditavam serenamente. Os minutos se arrastavam, e eu era o único par de olhos abertos. Alguém tossiu, e eu imitei a tosse. Mas era só olhar para a Kimmery para ficar quase tranqüilo. Era como ter um saco do White Castles ao meu lado, no banco do carro. Eu me perguntava qual seria o seu poder de influência sobre a minha síndrome se lhe fosse dada essa oportunidade, e por quanto dessa influência eu poderia esperar. Quanto eu poderia me aproximar. Fechei meus olhos, confiando que Cara Amassada e Indistinto continuariam distraidamente plantados em suas esteiras, e mergulhei em alguns pensamentos agradáveis sobre corpos, sobre o corpo da Kimmery, seus membros agitados e elegantes. Talvez essa fosse a chave para o zen. *Nós não temos realmente um deus*, ela tinha dito. *Só meditamos e procuramos não dormir*. Bem, eu não estava tendo dificuldades para ficar acordado. E enquanto meu pênis endurecia me ocorreu que talvez tivesse encontrado minha Mente Única.

Fui arrancado do meu devaneio por um barulho na porta. Abri meus olhos, virei e vi o gigante polonês de pé na entrada da sala de meditação, preenchendo o vão da porta com a largura dos seus ombros, segurando um saco plástico cheio de laranjinhas kinkan e olhando fixamente para a sala repleta de praticantes zen com uma expressão de total e absoluta serenidade. Ele não tinha um robe, mas pela bondade do seu olhar talvez fosse o próprio Buda.

Antes que eu esboçasse um plano ou uma reação, formou-se um alvoroço na frente da sala. Um alvoroço para os padrões daquele lugar. Um dos monges japoneses se levantou, curvou-se diante do Roshi, depois para os outros monges e finalmente para a sala em geral. Era possível ouvir um alfinete cair no chão, mas o farfalhar do seu robe foi suficiente para que olhos se abrissem em toda parte. O gigante entrou na sala, ainda com o saquinho de laranjinhas kinkan que lembravam peixes coloridos, e ocupou um colchonete — na verdade, dois colchonetes — ao lado da Kimmery, entre nós e a porta. Procurei me lembrar de que o gigante nunca me vira, pelo menos não no dia anterior. Seguramente ele não estava prestando atenção em mim. Ele se acomodou, pronto para a conferência do monge. Formávamos um belo grupo: vários idiotas e trapalhões assistindo ao pequeno sábio do Oriente. Cara Amassada e Indistinto talvez fossem estudantes zen de verdade querendo se fazer de durões, mas o monstro Pierogi era exatamente o oposto. As laranjinhas, tinha certeza, eram algum tipo de sinal — elas não têm nada de japonesas, são chinesas, não são? Queria abraçar a Kimmery, tirá-la do alcance do assassino, mas àquela altura eu queria fazer um monte de coisas: eu sempre quero.

O monge de novo se curvou para nós, examinou rapidamente nossos rostos e começou a falar de um jeito tão abrupto e informal que parecia estar retomando uma conversa consigo mesmo.

"No meu dia-a-dia, eu tomo um avião, pego um táxi para

visitar o Yorkville Zendo..." — isso soou como *Olkvila*. "Eu fico nervoso, crio expectativas sobre os lugares aonde o meu amigo Jerry-Roshi vai me levar: será que vou a um ótimo restaurante de Manhattan, será que vou dormir numa ótima cama de hotel?" Ele pisou forte com as sandálias, como se estivesse testando a qualidade do colchão.

Quero ir para o Tibete! A piada continuava a insistir dentro de mim. Minha tranqüilidade era pressionada por todos os lados, eu estava cercado de idiotas, e a fala do monge provocava a minha ecolalia. Mas eu não podia virar e olhar a Kimmery, para recobrar a tranqüilidade, sem topar com o gigantesco assassino do Minna — ele era tão grande que, embora estivesse mais distante, a Kimmery ficava emoldurada pelo contorno dele, numa ilusão de óptica que eu não conseguia achar fascinante.

"Nada de errado com todos esses humores, impulsos, dia-a-dia. Mas o dia-a-dia, ilha, jantar, avião, coquetel, o dia-a-dia não é zen. Na técnica zazen tudo o que importa é meditar, praticar. Americano, Japão, não importa. Só importa meditar."

Quero falar com o Lama! O monge americano, Roshi, tinha se virado para contemplar melhor o mestre do outro lado do oceano. O perfil que eu vi debaixo da cúpula brilhante do Roshi me perturbou sem que eu esperasse. Percebi em suas feições uma autoridade e um carisma terríveis.

Jerry-Roshi?

Nesse ínterim o gigante desrespeitosamente beliscava a casca de uma laranjinha, apertando-a contra seus lábios monstruosos, chupando o suco.

"É fácil praticar a forma exterior do zazen: é só sentar no colchonete e perder tempo. São muitas formas de nada-zen, de zen sem-sentido, mas só há um zen verdadeiro: fazer contato com o Buda que há dentro de você."

O Dalai Lama vai lhe conceder uma audiência.

"Há o zen *chikusho*, o zen dos animais domésticos que se enrolam em almofadas como gatos, esperando ser alimentados. Eles meditam só para matar o tempo entre as refeições. Inúteis zen dos animais domésticos! Quem pratica chikusho devia apanhar e ser expulso do zendo."

Enquanto o monge tagarelava, fiquei obcecado com o rosto do Jerry-Roshi.

"Há o zen *ningen*, que é aquele praticado para o auto-aperfeiçoamento. É o ego-zen. A pele fica melhor, o intestino funciona melhor, ele traz pensamentos positivos e ajuda a influenciar as pessoas. Uma merda! O ningen zen é um zen de merda!"

Irving, volte para casa, era o que se passava no meu cérebro. *Ninguém Zendo. Tibete-à-merda. Chuchu. Dalai Pára-Lama.* As sílabas vacilantes do monge, a insistência da piada do Tibete, o medo que eu sentia do gigante... tudo isso me deixava em ponto de ebulição. Eu queria traçar com a ponta do dedo o perfil encantador do Roshi — quem sabe eu descobriria sua importância pelo tato. Mas em vez disso eu me contive, praticando o Essrog zen.

"Pense também no *gaki* zen: o zen dos fantasmas insaciáveis. Quem estuda o zen gaki persegue a iluminação como se fosse um espírito ansioso por comida ou vingança, mas com uma fome insaciável. Esses fantasmas estão tão ocupados em uivar nas janelas que nem chegam a entrar na casa do zen!"

Roshi se parecia com o Minna.

Seu irmão está com saudade de você, Irving.

Irving igual a Lama, Roshi igual a Gerard.

Roshi era Gerard Minna.

Gerard Minna era a voz que eu tinha ouvido na escuta.

Não sei o que me levou a essa conclusão: se foi a visão do perfil do Roshi na minha frente ou se foi a persistência da piada. Talvez as duas coisas. Claro que a piada só tinha sido inventada para eu chegar até ali, para evitar que eu compreendesse aquilo quando já estivesse dentro da barriga da baleia.

Tentei parar de olhá-lo fixamente, mas fracassei. Lá na frente, o monge continuava a enumerar os falsos zens, as várias maneiras de nos enganar. Eu mesmo podia pensar em coisas com as quais ele talvez ainda não tivesse deparado.

Mas por que o Minna embutiria a informação numa piada? Pensei em duas razões. Uma: ele não queria que soubéssemos do Gerard *a não ser que* ele morresse. Se sobrevivesse ao ataque, queria que o segredo também sobrevivesse. Dois: ele não sabia em qual dos Manos confiar, inclusive o Gilbert Coney. Ele podia ter certeza de que eu tentaria compreender a pista do Irving, enquanto o Gilbert a descartaria por considerá-la tão inútil quanto eu.

E ele pensou, e nisso estava certo, que nenhuma conspiração contra ele incluiria sua Aberração favorita. Os outros Manos nunca me deixariam participar. Eu poderia ficar lisonjeado com a confiança ou me sentir insultado pelo desrespeito. Mas agora nada disso importava.

Olhei fixamente para o Gerard. Agora eu compreendia a força carismática do seu perfil, que só me inspirava amargura. Era como se o mundo tivesse levado o Minna e, em troca, oferecesse aquele substituto genético de má qualidade. Um semelhante.

"California Roll Zen. Esse é o zen sushi, tão recheado de abacate e queijo cremoso que também poderia levar recheio de marshmallow. É o peixe acre do zazen sufocado por prazeres fáceis, piqueniques, reuniões... O Zendo transformado numa agência de matrimônios!"

"*Zengança!*", gritei.

Nem todas as cabeças se viraram. Mas a do Gerard Minna sim. E também a do Cara Amassada e a do Indistinto. E a do gigante. Kimmery estava entre os que exercitavam a calma e me ignorou.

"Zabumba ziriguidum", falei bem alto. O vigor diminuiu, a energia fora descarregada em outra parte. "*Monstro Pierogi Zen mestre vizinho zeloso*. Zazen zapping." Bati de leve na cabeça da pessoa na minha frente. "Zsa Zsa Gagueira."

O salão lotado de gurus e acólitos entrou em agitação, mas ninguém falou uma palavra e minha explosão verbal acabou caindo no silêncio. O monge palestrante olhou-me furioso e sacudiu a cabeça. Um outro se levantou do colchonete, tirou de um gancho na parede uma espécie de raquete de madeira, uma coisa que eu nunca tinha visto, e atravessou as fileiras de alunos na minha direção. Só o Wallace continuava imóvel, de olhos fechados, ainda meditando. Foi aí que comecei a entender sua fama de imperturbável.

"Pierogi-laranjinha-sushi-fone! Fantasma de marshmallow! Maldição insaciável! *Pierogifone abafado!*" A enxurrada era tão forte que torci o pescoço e quase lati as palavras.

"Silêncio!", ordenou o monge palestrante. "Muito ruim fazer confusão em Zendo! Hora e lugar para tudo!" A raiva não fazia bem para o seu inglês. "Vá gritar lá fora, Nova York cheia de gente gritando! Mas não aqui no Zendo."

"Nanquim Zendo!", gritei. "Monge longe daqui!"

O monge se aproximou com a raquete. Ele a segurava com as mãos cruzadas, como se fosse um Hank Aaron. O gigante levantou, enfiou as laranjinhas no bolso do paletó em que estava escrito Exclusivo para Sócios e esfregou as mãos pegajosas, preparando-se para usá-las. Gerard virou-se e olhou fixamente para mim. Se reconheceu em mim o adolescente cheio de tiques que vira, dezenove anos antes, atrás da cerca de St. Vincent, não deu nenhuma demonstração. Ele tinha as sobrancelhas levemente franzidas, a boca enrugada e uma expressão bestificada. Kimmery colocou a mão no meu joelho, e eu, num tique de reciprocidade, pus minha mão no joelho dela. Até no meio de uma tempestade de merda, como a daquele momento, minha síndrome sabia que Deus está nos detalhes.

"Keikasu é mais do que um instrumento cerimonial", disse o monge da raquete. Ele o utilizou nas minhas omoplatas tão delicadamente que pareceu uma carícia. "Para o estudante indisciplinado, basta um golpe." Ele batia nas minhas costas com a alegria e o vigor budistas que seu amigo tinha aplicado na minha cabeça.

"Ai!" Procurei pegar a raquete nas minhas costas, esbarrei nela e tentei arrancá-la da sua mão. O monge teve de soltá-la e recuou cambaleante. A essa altura o gigante vinha em nossa direção. Aqueles que estavam no seu caminho rolaram para os lados ou saíram em disparada, dependendo da habilidade de cada um em destravar as pernas cuidadosamente cruzadas. Para não ser esmagada, Kimmery saiu correndo assim que ele avançou em nossa direção. O Pierogi não tinha deixado os sapatos na entrada.

Foi aí que eu vi o gesto de assentimento.

Gerard Minna fez um leve aceno de cabeça para o gigante, que acenou de volta. Isso foi suficiente. A mesma equipe que condenara Frank Minna voltava à ação. Eu seria o próximo.

O gigante me tomou nos seus braços e me levantou. A raquete caiu no chão com um estrondo.

Embora eu pese uns noventa quilos, o gigante não precisou fazer nenhum esforço para me carregar escada abaixo até a rua. Quando me jogou na calçada, eu estava muito mais abatido e resfolegante que ele. Ajeitei o terno e, com uma série de solavancos, verifiquei o alinhamento do pescoço, enquanto ele pegava novamente as laranjinhas para extrair delas a polpa e o suco, reduzindo-as a cascas que pareciam passas alaranjadas em suas mãos enormes.

A rua estreita estava quase escura, e as pessoas que passeavam com seus cachorros estavam suficientemente longe para nos garantir privacidade.

"Quer uma?", disse oferecendo o saco. A voz surgia abafada no fundo da garganta, mas ressoava pelo enorme instrumento formado por seu torso até se tornar grandiosa, como a de um cantor medíocre numa sala de concertos com excelente acústica.

"Não, obrigado", respondi. Era nessa situação, encarando o assassino do Minna exatamente no mesmo lugar onde ele fora raptado, que minha raiva podia me fazer crescer. Mas eu me sentia diminuído, as costelas doendo por causa dos seus apertões, confuso e preocupado — concupado — por ter descoberto Gerard Minna dentro do Zendo e infeliz por ter deixado Kimmery e meus sapatos lá em cima. Senti o frio da calçada atravessar minhas meias e os pés formigarem de um jeito estranho ao receber novamente o sangue que a postura zen lhes negara.

"Qual é o seu problema?", perguntou, jogando fora mais uma das laranjinhas murchas.

"Eu tenho Tourette", falei.

"Sei, sei, mas não venha com tretas pra cima de mim."

"Tourette", eu disse.

"Ahnn? Desculpa, sou meio surdo." Novamente guardou o saco de frutas no bolso, de onde sua mão reapareceu segurando uma arma. "Entra aí", ele disse. Apontou com o queixo para os três degraus que davam para a passagem estreita que separava o Zendo do prédio de apartamentos, uma ruela cheia de latas de lixo e escuridão. Franzi as sobrancelhas, ele se aproximou e, com a mão que não estava segurando a arma, me empurrou de volta na direção dos degraus. "Entra", falou novamente.

Pensei no gigante e em mim como um *tableau*. Ali estava o homem que eu procurava e desejava encontrar, uivando por uma oportunidade de vingança como um fantasma insaciável ou um sentimental — mas será que eu pensara num jeito de me aproveitar dele, num método ou num aparato que me desse alguma vantagem real sobre ele, que diminuísse a enorme inferioridade acarretada pelo seu tamanho? Não. Eu estava ali pateticamente despreparado. E, ainda por cima, ele tinha uma arma. Com seu braço esticado, ele me empurrou na altura do ombro. Quando tentei, com um tique, empurrar seu ombro de volta, percebi que ele me mantinha a uma distância muito grande, e que nem com os dedos esticados conseguiria tocar seu ombro, o que evocou uma antiga memória do Frajola, num ringue de boxe, lutando com um canguru. Meu cérebro sussurrava: *Ele é só um rato grande, Papai, um piolho forte, grande como uma casa, um sofá, um homem, um plano, um canal, apocalipse.*

"Apocarato", murmurei, as palavras jorrando desenfreadamente. "Umplanalto. Umplanipse."

"Falei pra você entrar aí, Nanico." Será que, apesar da sua deficiência auditiva, ele captara a referência ao rato? Quem não seria nanico para ele? Ele era tão grande que bastava levantar os ombros para parecer um gigante. Dei um passo para trás. Eu tinha Tourette, ele tinha tretas. "Entra", falou novamente.

Era a última coisa que eu queria fazer, mas fiz.

Assim que dei um passo na direção do escuro ele me deu uma coronhada.

Tantos detetives levaram coronhadas e foram arrastados em estranhas escuridões, em tantos e numerosos vazios surreais ("algo vermelho se retorcia como um germe visto pela lente de um microscópio" — Philip Marlowe, *À beira do abismo*), mas apesar disso eu não tenho nada para acrescentar a essa tradição dolorosa. Ao contrário, minha queda e ascensão na obscuridade caracterizaram-se apenas pelo nada, pelo vazio, pela falta e pelo ressentimento. Mas havia os grãos. Era um nada granulado. Um deserto de grãos. Como é possível gostar dos grãos insípidos de um deserto? Será que eles de alguma forma são melhores do que o nada? Sou do Brooklyn e não gosto dos espaços abertos. E não quero morrer. Então me processe.

Aí me lembrei de uma piada, de uma charada daquelas que o Tira do Lixo contava, e foi essa a minha corda salva-vidas, que era como um coro de vozes etéreas me tirando da beira do abismo.

Por que não se morre de fome no deserto?

Por causa da areia que tem lá.*

Por que eu não queria morrer nem sair de Nova York?

Por causa dos sanduíches. Concentrei-me nos sanduíches. Por um momento isso era tudo o que havia, e eu estava feliz. Sanduíches eram muito melhores que um deserto de areia. "Lionel?"

Era a Kimmery.

"Hmmm."

"Trouxe seus sapatos."

"Ahnnn."

"A gente precisa ir embora. Você consegue se levantar?"

"Rrrrssp."

"Apóie-se na parede. Cuidado. Vou chamar um táxi."

"Táxiáxiáxi."

Acordei com as pálpebras trêmulas. Atravessávamos de táxi o parque no sentido leste-oeste por um caminho de pedra todo

* A resposta em inglês ("Because of the sand which is there") soa exatamente como a frase que significa "Por causa dos sanduíches que tem lá". (N. T.)

arborizado, minha cabeça sobre o ombro ossudo da Kimmery. Ela colocava meus sapatos levantando os pés pesados como chumbo, um de cada vez, e amarrando os cadarços. Suas mãos pequenas e meus sapatos grandes tornavam a operação parecida com a de selar um cavalo em coma. Podia ver a ficha de identificação do taxista — seu nome era Omar Dahl, o que incitava tiques inexecutáveis no estado em que me encontrava — e também lá fora através da janela lateral. Por um momento achei que estivesse nevando, e tudo pareceu precioso e distante — o Central Park num globo de neve. Notei então que também nevava dentro do carro. Novamente os grãos. Fechei os olhos.

O apartamento da Kimmery ficava na rua 78, num prédio cuidado por uma senhora; o tal prédio parecia maravilhosamente esculhambado e real depois do brilho do East Side de Manhattan, especialmente depois do frio e da esquisitice gélida daquele saguão do 1030 da Park Avenue. Levantei-me e entrei no elevador com minhas próprias forças, só com a Kimmery abrindo as portas para mim, do jeito que eu gostava: sem porteiros. Subimos com o elevador vazio até o vigésimo oitavo andar, a Kimmery encostada em mim como se ainda estivéssemos no táxi. Eu já não precisava de apoio para ficar em pé, mas não fiz nada para mudar aquela situação. Minha cabeça latejava — no lugar onde o Pierogi me acertara parecia que eu cultivava, sem sucesso, um chifre —, mas o contato com a Kimmery era uma espécie de compensação. Chegando ao seu andar, ela saiu com aquele jeito rápido e nervoso que eu já considerava sua marca registrada, sua confissão de alguma inclinação íntima para os espasmos que eu poderia cultivar e adorar, e destrancou a porta de casa tão freneticamente que dava a impressão de que achava que alguém nos seguira.

"O gigante te viu?", perguntei assim que entramos.

"O quê?"

"O gigante. Você tem medo do gigante?" Tive uma memória corporal e senti um estremecimento. Ainda estava um pouco *bambo nos gambitos*, como diria o Minna.

Ela me olhou com estranheza. "Não, o apartamento é sublocado, o que é ilegal. Tem gente neste prédio que fica cuidando da vida dos outros. Senta. Quer um pouco de água?"

"Quero." Olhei em volta. "Onde posso sentar?"

O apartamento consistia num pequeno hall de entrada, uma cozinha minúscula — na verdade, era mais uma cápsula de astronauta cheia de instrumentos de cozinha — e uma grande sala central cujo piso de poliuretano espelhava a vista da cidade iluminada pela lua que se via da janela grande e sem cortinas. Nenhum tapete ou mobília atrapalhava a imagem refletida, apenas algumas modestas caixas enfiadas nos cantos, um pequeno som portátil, uma pilha de fitas e um gato grande que estava no meio da sala, observando com ceticismo nossa chegada. As paredes eram lisas. A porta de entrada dava para o hall onde ficava a cama da Kimmery, na verdade um colchão estendido no chão. Estávamos quase em cima dele.

"Entra e senta na cama", ela disse com um meio sorriso nervoso.

Ao lado da cama havia uma vela, uma caixa de lenços de papel e uma pequena pilha de livros. Era um lugar íntimo, um quartel-general. Eu me perguntei se ela recebia muita gente — achei que talvez fosse o primeiro a atravessar aquela porta.

"Por que você não dorme ali?", perguntei, apontando para a sala espaçosa e vazia. As palavras saíram confusas e idiotas, como as de um pugilista no vestiário depois da derrota ou como as de um ator aplicado interpretando um pugilista derrotado.

Meu cérebro touréttico preferia precisão, contornos mais definidos. Notei que ele estava acordando.

"As pessoas ficam olhando aqui dentro", disse Kimmery. "Não fico à vontade."

"Você podia colocar cortina." Gesticulei para a janela.

"Ela é muito grande. Na verdade não gosto dessa sala. Não sei por quê." Parecia arrependida de ter me levado ali. "Senta. Vou buscar água."

A sala de que ela não gostava era quase o apartamento inteiro. Preferia viver no hall de entrada. Mas decidi não falar mais nada sobre isso. Além do mais, havia algo que me convinha naquele uso do espaço: era como se tivesse planejado me esconder ali, sabendo que eu tinha medo de olhar para a cidade, para esse grande mundo de conspirações e porteiros que era Manhattan.

Sentei na cama de costas para a parede, as pernas esticadas atravessando todo o colchão para que os sapatos caíssem sobre o piso. Senti o cóccix tocar o chão através do colchão fino como uma panqueca. Percebi então que a Kimmery tinha dado nós duplos nos cadarços. Eu me demorei estupidamente nesse detalhe, usando-o como parâmetro para medir minha recuperação da consciência, deixando que minha obsessão brincasse com o intrincado dos nós e com as lembranças estroboscópicas da Kimmery lutando com meus pés dentro do táxi. Achei que podia sentir o afundamento no meu crânio e a linguagem danificada fluindo numa nova direção através dessa topografia interna alterada em que as palavras se sucediam: *sanduíches sanduíches sal com sorvete pó a pó* e assim por diante.

Decidi distrair-me com os livros empilhados perto da cama. O primeiro era *A sabedoria da insegurança*, de Alan Watts. Dentro dele, como um marcador grande demais, havia um panfleto, uma folha lustrosa dobrada em três. Peguei o panfleto. Era do Yoshii's, um centro de retiro zen-budista e um restaurante de comida tailandesa e japonesa numa estrada na costa sul do Maine. No verso, abaixo de um mapa rodoviário esquemático, havia um número de telefone circundado com tinta azul. Na primeira página, o título dizia: UM PASSEIO DE PAZ.

Fedido demais.

Banho de sais.

O gato saiu da sala principal, subiu nas minhas coxas e começou a massageá-las com as patas dianteiras, as unhas semi-recolhidas puxando o tecido e produzindo um barulho que parecia um *poca-poca-poca*. Quando finalmente percebeu que eu tinha um rosto, o gato preto e branco com um bigode de Hitler olhou para mim apertando os olhos. Dobrei o panfleto e enfiei no bolso do paletó, que tirei e coloquei no canto da cama da Kimmery. O gato voltou a massagear minhas coxas.

"Você provavelmente não gosta de gato", disse Kimmery, vindo com dois copos de água.

"*Frangato*", falei num tique estúpido. "Creme de sopa salada sanduíche."

"Você está com fome?"

"Não, não", respondi, embora talvez estivesse. "Gosto muito de gatos." Mas mantive as mãos longe, evitando ficar obcecado com aquele corpo, massageando-o de volta ou imitando seu ronronar irregular e tagarela.

Não posso ter gatos porque meu comportamento os enlouquece. Sei porque já tentei. Tive uma gata cinza e esbelta, metade do tamanho do gato da Kimmery, chamada Galinha por causa dos seus arrulhos e sons alegres e também pelas inspeções que fazia no apartamento e me lembravam a movimentação de galinhas ciscando num terreiro. No começo ela gostava das minhas atenções, das minhas carícias um tanto excessivas. Ronronava e, satisfeita, tentava afastar minha mão quando eu lhe dava tapinhas. Eu procurava refinar meus impulsos o mais que podia, afagando seu pescoço suavemente, esfregando as bochechas para estimular suas memórias primitivas de ser lambida, ou o que quer que seja que faz os gatos adorarem essa sensação. Mas desde o comecinho a Galinha ficava desconcertada com os solavancos de cabeça, as vociferações e, especialmente, com os meus latidos. Virava a cabeça para ver sobre o que eu estava pulando, o que minha mão tentava pescar no ar. A Galinha reconhecia esses comportamentos, que deviam ser *dela*. Nunca se sentiu livre para relaxar. Avançava cuidadosamente no meu colo, num longo jogo de meias medidas e distrações imaginárias antes de se acomodar. E aí eu soltava uma seqüência de guinchos, esbordoando a cortina.

O pior era que seus ataques de alegria e minhas mãos acariciadoras tornavam-se um foco para jogos tourétticos. A Galinha ronronava e cutucava minha mão, e eu afagava sua cara lisa, que lembrava um tubarão. Ela cedia à pressão das minhas mãos e se inclinava, e eu forçava até ela ficar toda arqueada sobre a minha mão, pronta para cair. Aí vinha o tique... e eu tirava a mão. Outras vezes me sentia compelido a segui-la pelo apartamento, querendo pegá-la quando ela queria ficar retraída ou invisível; eu me aproximava rastejando, embora obviamente ela preferisse vir até mim, como qualquer gato. Ou então me fixava nos limites do prazer de ser tocada: será que continuaria a ronronar se eu a afagasse no sentido contrário do pêlo? E se fizesse cócegas nas suas bochechas, ela deixaria que eu ao mesmo tempo tocasse o seu sacrossanto rabo? Ela me permitiria tirar remela dos seus olhos? A resposta era sempre positiva, mas isso tinha um custo. Como com uma boneca de vodu, eu projetava meus tiques em algo equivalente e menor: uma gata tourettica. Ela fora reduzida a um monte de reações desconfiadas e retraídas, hesitações e ataques violentos. Passados seis meses, precisei arranjar uma nova casa para ela, com uma família dominicana que morava no prédio vizinho. Conseguiram reabilitá-la, depois de algum tempo se acalmando, escondida atrás do fogão.

O gatão nazista continuou a arranhar os fios da minha calça, aparentemente querendo reinventar sozinho o velcro. Nesse ínterim, a Kimmery voltou com dois copos d'água que colocou no chão, perto dos meus pés. Embora o ambiente estivesse escuro — éramos iluminados pelas luzes da cidade que refletiam na sala, atrás de nós, e pela lâmpada fraca acesa no hall de entrada —, ela tirou os óculos pela primeira vez, e seus olhos pareciam ternos, pequenos e perscrutadores. Encostou-se na parede e escorregou até se sentar no chão, de modo que nossas pernas pareciam ponteiros de relógio, os sapatos no centro. No nosso relógio eram quatro horas. Tentava não me retorcer em busca da meia-noite.

"Faz tempo que você mora aqui?", perguntei.

"Sei que isto parece um acampamento", falou. "Faz mais ou menos um mês. Acabei de terminar com um cara. Isso parece óbvio, né?"

"Com o Homem de Negresco?" Imaginei um caubói curtido pelas intempéries com uma bolacha nos lábios imitando um cigarro diante de um pôr-do-sol. Então, num frenético mecanismo de compensação, pensei num *nerd* atormentado com óculos de lentes bem grossas examinando as migalhas de bolachas com um microscópio, tentando identificar os números de série.

"Hã-hã", disse Kimmery. "Um amigo estava mudando e me ofereceu este lugar. Nem gosto muito daqui. Quase não fico em casa."

"Você fica onde... no Zendo?"

Assentiu com a cabeça. "Ou nos cinemas."

Eu não estava tendo muitos tiques por duas razões. A primeira era a própria Kimmery, que ainda funcionava como um bálsamo inédito. A segunda era aquele dia, com a série de tumultos causada pelas pistas não solucionadas, a visita catastrófica ao Zendo. Aquela região extra do meu cérebro teria muito trabalho para juntar os pedaços, construir uma seqüência: Kimmery, porteiros, Matricardi e Rockaforte, Tony e Seminole, Monges Importantes, Gerard Minna e o assassino. O assassino do Minna.

"Você trancou a porta?", perguntei.

"Você está mesmo com medo do... do gigante", disse Kimmery, arregalando os olhos.

"Você não viu ele?", perguntei. "O grandão que me levou para fora?" Não fiz menção ao que aconteceu depois. Já era suficientemente vexaminoso a Kimmery ter precisado recolher meus restos.

"Ele é um *gigante*?"

"Como você chamaria aquilo?"

"Gigantismo não é uma característica genética?"

"Diria que sim. Ele não *conquistou* aquela altura." Com uma mão toquei a região dolorida da cabeça e mantive a outra mão imóvel, ao meu lado, ignorando o impulso de reagir às pressões do gato nas minhas pernas. Em compensação apalpei a colcha costurada à mão que cobria o colchão da Kimmery, percorri com o dedo suas costuras deselegantes e grosseiras.

"Acho que não prestei atenção", ela disse. "Eu estava, sabe, meditando."

"Você nunca tinha visto ele antes?"

Ela balançou a cabeça. "Mas eu também nunca tinha encontrado você antes. Devia ter falado para você não levar uma pessoa daquele tipo ao Zendo. E para não fazer barulho. Perdi praticamente toda a palestra."

"Quer dizer que a palestra continuou?"

"Claro, por que não continuaria? Depois que você e seu amigo, *o gigante*, saíram..."

"E por que você não ficou?"

"Porque minha concentração não é muito boa", ela disse, num tom amargamente filosófico. "Quem é realmente zen consegue se concentrar no meio da dispersão, como é o caso do Roshi. E do *Wallace*." Ela virou os olhos.

Fiquei tentado a lembrá-la de que precisara se mexer para não ser pisoteada, mas essa era apenas uma entre milhares de objeções.

"Você não entendeu", falei. "Não levei ninguém ao Zendo. Ninguém sabia que eu ia lá."

"Então acho que ele seguiu você." Ela levantou os ombros, evitando discutir. Para ela era evidente que o gigante e eu éramos um fenômeno duplo. Eu era a causa da presença dele no Zendo, talvez fosse até responsável pela sua existência.

"Escuta", eu disse. "Eu sei qual é o nome americano do Roshi. Não é quem você acha."

"Não acho que ele seja ninguém."

"O que você quer dizer com isso?"

"Eu não disse, tipo assim, *que o Roshi na verdade é o Johnny Carson*. Só disse que não sabia de nada."

"Tudo bem, mas ele não é um professor de zen. Ele está envolvido num assassinato."

"Isso é ridículo." Fez isso soar como uma virtude, como se eu tivesse dito aquilo para diverti-la. "Além disso, acho que qualquer um que ensina zen é professor de zen. Mesmo que seja um assassino. Assim como qualquer um que medita é um estudante do zen. Incluindo você."

"O que há de errado comigo?"

"Não há nada errado com você, pelo menos do ponto de vista zen. É só isso que estou querendo dizer."

"Entendi."

"Não seja tão rabugento, Lionel. Estou só brincando. Tem certeza de que está bem com esse gato?"

"Ele não tem nome?" O Hitler felino se acomodara pesadamente entre minhas coxas, ronronando irregularmente e apresentando pequenas bolhas de baba nos cantos da boca.

"Shelf, mas eu nunca chamo assim."

"*Shelf*?"

"Sei que é completamente estúpido. Não fui eu que dei o nome. Só estou cuidando do gato."

"Quer dizer que nem o apartamento nem o gato são seus."

"Estou passando por um período de crise." Ela se curvou para pegar o copo d'água, e eu imediatamente peguei o meu, agradecido: esse espelhamento servia para aliviar uma pequena coceira mental. Mas eu estava mesmo com sede. Shelf não se mexeu. "Foi por isso que me envolvi com o zen", continuou Kimmery. "Para ficar mais *desprendida*."

"Quer dizer, sem apartamento e sem gato? Até onde você pode se desprender?" Minha voz tinha um tom irracionalmente amargo. A decepção tomara conta de mim, impossível justificar ou definir exatamente. Acho que tinha nos imaginado abrigados como crianças no hall de entrada da Kimmery, uma casa na árvore do West Side com três gatos escondidos. Mas agora compreendia que ela não tinha raízes, que estava alienada daquele espaço. Ela morava na casa do Homem de Negresco, talvez no Zendo, assim como a L&L era a minha casa, assim como Shelf também tinha outro lugar. Nenhum de nós três podia voltar para esses lugares, então nos aconchegávamos ali, evitando a sala grande e a floresta de arranha-céus.

Antes que a Kimmery respondesse, soltei um tique bem alto: "*Não-me-desprenda!*". Tentei me segurar, interromper o tique com um copo d'água, que chegou aos lábios bem a tempo de gritar dentro dele, fazendo a superfície da água borbulhar com minha respiração: "*Vai-à-shelf!*".

"Uau", falou Kimmery.

Não disse nada. Engoli a água e novamente acariciei as costuras da colcha, tentando distrair minha Tourette com aquela textura.

"Você fala coisas bem esquisitas quando fica com raiva", ela disse.

"Eu não..." — virei o pescoço e pus o copo d'água no chão. Dessa vez empurrei o Shelf, que me olhou aborrecido. "Mas eu não estou com raiva."

"Então o que há de errado com você?" A pergunta foi feita com tranqüilidade, sem sarcasmo ou medo, como se ela realmente quisesse uma resposta. Sem o aro preto, seus olhos já não pareciam pequenos. Pareciam tão redondos e inquisitivos quanto os do gato.

"Nada... pelo menos do ponto de vista zen. É que de vez em quando eu solto um grito. E toco coisas. E conto coisas. E penso demais nas coisas."

"Acho que já ouvi falar disso."

"Se ouviu, você é uma exceção."

Esticou a mão no meu colo dando tapinhas na cabeça do Shelf, que parou de observá-la com olhos de interrogação. Em vez disso, ele apertou os olhos e esticou o pescoço para pressioná-lo contra a palma da mão de Kimmery. Eu faria o mesmo.

"Não quer saber qual é o nome verdadeiro do Roshi?", perguntei.

"Por que deveria?"

"O quê?"

"A não ser que você realmente me choque, dizendo que ele é, tipo assim, J. D. Salinger, que diferença faz? Você vai me dizer que ele é o Bob, o Ed ou alguma coisa desse tipo, certo?"

"Gerard Minna", falei. Queria que isso significasse tanto quanto Salinger, queria que ela entendesse tudo. "É o irmão do Frank Minna."

"Tudo bem, mas quem é Frank Minna?"

"O cara que mataram." Era estranho, mas agora eu tinha um nome para ele, um nome categórico, terrível e verdadeiro: *o cara que mataram*. Antes eu não poderia ter respondido àquela questão; se tivesse começado a responder, não teria conseguido concluir. Frank Minna é o rei secreto da Court Street. Frank Minna é um transportador e um falastrão, uma palavra e um gesto, um detetive e um idiota. *Frank Minna c'est moi.*

"Que horrível."

"É mesmo." Eu me perguntava se algum dia compartilharíamos o horror daquilo tudo.

"Acho que é das piores coisas que já ouvi."

Kimmery aproximou-se para confortar o gato, não a mim. Mas também me senti confortado. Sua compreensão alvorecente nos aproximava. Talvez o hall de entrada estivesse esperando por aquele momento, por mim e por minha história, para deixar de ser um lugar provisório e se tornar um lugar de verdade. Ali o Minna seria chorado adequadamente. Ali encontraria o fim da dor, a resposta para o quebra-cabeça envolvendo Tony e Os Clientes, o porquê da morte do Minna e do Ullman, o paradeiro de Julia, a identidade do Bailey, ali a mão da Kimmery deslizaria da cabeça do Shelf para a minha coxa, e eu nunca mais teria um tique.

“Ele mandou o irmão lá para morrer”, eu disse. “Ele armou tudo. Ouvi tudo acontecer. Só não sei o motivo.”

“Não entendo. Como você ouviu?”

“Frank Minna tinha um microfone escondido quando foi para o Zendo. Escutei a conversa dele com o Gerard. Você também estava no prédio.” Lembrei-me de revisar as anotações da vigilância, tentando decidir se caracterizava Kimmery como *garota* ou *mulher*, mas a mão com que eu escrevia se contraiu, retomando seu percurso sobre a trama macia da colcha.

“Quando?”

“Ontem”, falei, embora parecesse ter sido havia muito tempo.

“Isso é impossível. Devia ser outra pessoa.”

“Por quê?”

“Roshi está em voto de silêncio.” Ela sussurrou, como se nesse momento ela própria estivesse quebrando um voto de silêncio. “Não falou uma palavra nos últimos cinco dias. Por isso é que você não pode ter ouvido a voz dele.”

Agora eu é que não tinha palavras. Era a lógica do Homem de Negresco invadindo meu quebra-cabeça moral. Ou de uma outra adivinha zen: “Qual é o som que um monge silencioso emite ao condenar o irmão à morte?”.

Quanto mais silencioso o monge, pior a conversa, foi o que pensei, lembrando a conversa que ouvira pela escuta.

“Não acredito que você sai por aí *grampeando* as pessoas”, ela disse, ainda sussurrando. Talvez imaginasse haver uma escuta ali, naquele momento. “Você estava tentando enquadrar esse tal de Frank?”

“Não, não, não. O Frank queria que eu escutasse.”

“Ele queria ser pego?”

“Mas ele não *fez* nada”, falei. “Só deixou que o irmão, o monge silencioso, o enviasse desta para melhor.”

Embora me olhasse com ceticismo, Kimmery continuou a acariciar o pescoço e a cabeça do gato, que permanecia aninhado no meu colo. Eu tinha mais do que os motivos usuais de pânico para ignorar as sensações fascinantes que sentia ali embaixo: o ronronar e o roçar fricativos. Reprimia dois tipos diferentes de reações, duas formas possíveis de reciprocidade. Mantive os olhos na altura do rosto da Kimmery.

"Acho que está confundindo as coisas", ela disse delicadamente. "O Roshi é um homem muito gentil."

"Bem, o Gerard Minna é um marginal do Brooklyn", eu disse. "Com certeza eles são a mesma pessoa."

"Hmmm. Não sei, Lionel. O Roshi uma vez me disse que nunca tinha ido ao Brooklyn. Ele é de Vermont ou do Canadá, uma coisa assim."

"Do Maine?", perguntei, pensando no panfleto escondido dentro do meu casaco, o centro de retiro à beira-mar.

Ela deu de ombros. "Não sei. Mas devia acreditar no que eu digo: ele não é do *Brooklyn*. É um homem muito importante." Disse isso como se as duas coisas fossem mutuamente excludentes.

"Vai-à-merda Brooklyn Roshi!"

O tique nascia da pura frustração. Ao tentar ajustar as idéias dela às minhas eu precisava não só construir todo um novo mundo de conhecimento mas também demolir um mundo preexistente. Para ela, qualquer pessoa vagamente zen estava acima de toda censura. E Gerard Minna, pela atitude barata de raspar a cabeça provavelmente quase careca, já ganhara o panteão dos santificados.

E Gerard tinha o descaramento de renegar seu bairro.

"Lionel?"

Peguei o copo, tomei outro gole d'água e desviei os olhos da Kimmery.

"O que você sente quando faz isso?", perguntou. "No que pensa?"

Ela agora estava muito perto, e sucumbi completamente. Eu me aproximei do seu ombro, que toquei cinco vezes: cinco tapinhas rápidos com dois dedos. Coloquei o copo d'água no chão, inclinei-me para a frente, forçando o Shelf a reacomodar seus olhos turvos e seu prazer sonolento no meu colo, e com as duas mãos arrumei a gola da Kimmery. O tecido era mole, e eu tentei ajeitá-lo como se fosse engomado, deixando a ponta da gola espetada como as pontas dos pés de uma bailarina. Meu cérebro pensava: *Como você se sente e como você pensa e como você pensa que está sentindo*, e aquilo se tornou o coro, a trilha sonora da minha inflexível e necessária brincadeira com golas e colarinhos.

"Lionel?" Ela não empurrou minhas mãos.

"Liábil", falei suavemente, olhando para baixo. "Penso-e-como-minha-cinta."

"O que as palavras significam?"

"São só palavras. Não significam nada." A pergunta me deprimiu um pouco, apagou um pouco meu fogo, e isso era uma coisa boa: consegui soltar a sua gola, sossegar os dedos irrequietos.

Kimmery tocou uma mão, brevemente, enquanto eu a retirava. Para ela, agora eu era um tonto. Ela já não acalmava meus tiques, e a importância que começara a atribuir a eles era humilhante para mim. Precisava que aquela conversa retomasse um tom oficial. Ficar sentado ali, ronronando e sendo ronronado, não resolveria nada. Na cidade, do lado de fora daquela porta, um gigante assassino vagava sem medo, e meu trabalho era encontrá-lo.

"O que você sabe sobre o 1030 da Park Avenue?", perguntei, retomando a investigação, o meu inquérito legítimo.

"É onde fica aquele prédio de apartamentos bem grande?"

Sua mão voltara a acariciar os pêlos do Shelf, seu corpo ainda mais próximo do meu.

"Prédio bem grande", eu disse. "É."

"Muitos alunos do Roshi trabalham lá", falou despreocupadamente. "Trabalham na cozinha, na limpeza, esse tipo de coisa. Lembra que eu estava contando isso para você?"

"Porteiros? Tem algum... porteiro?" Minha síndrome queria chamá-los de porqueiros, portenhos, torpedos. Cerrei os dentes.

Ela deu de ombros. "Acho que sim. Nunca fui lá. Lionel?"

"O que foi?"

"Você não foi até o Zendo porque estava interessado em budismo, né?"

"Pensei que isso já estivesse óbvio."

"É óbvio."

Não sabia o que falar. Conseguira manter um objetivo preciso, pensando somente em Frank, Gerard e nos lugares aonde talvez precisasse ir para concluir a investigação. Tinha me fechado para a ternura de Kimmery comigo e até mesmo para minha ternura com ela. Ela era uma testemunha incompetente e, além disso, uma distração. E eu, um investigador com suas próprias distrações, que já eram muitas, excessivas.

"Você veio causar problemas", ela disse.

"Vim *por causa* de problemas, isso sim."

Kimmery acariciou os pêlos da barriga do Shelf no sentido contrário, o que me deixou exasperado. Pela primeira vez coloquei as mãos no gato, afastando os dedos de Kimmery do caos que haviam causado e alisando os pêlos de volta aos seus lugares.

"De qualquer modo, estou contente de ter te conhecido", ela disse.

Fiz um barulho, meio de cachorro, meio de gato, algo como um *chaarff*.

Nossas mãos se encontraram no pêlo do Shelf, a mão de

Kimmery se movia para desarrumar a área que eu acabara de pentear, as minhas antecipadamente deslizavam por baixo, tentando preservar minha obra. Só um gatão tão indiferente como o Shelf para suportar aquilo; àquela altura a Galinha estaria do outro lado da sala se penteando com a própria língua.

"Você é estranho", disse Kimmery.

"Não fique chateada", falei.

"Mas digo estranho no bom sentido."

"Ah." Ela puxava meus dedos, e eu fazia o mesmo com ela, de modo que nossas mãos se emaranhavam, retorcendo-se sobre o colchão do gato, um colchão que vibrava como o de um motel barato.

"Pode falar o que quiser", Kimmery sussurrou.

"O que você quer dizer?"

"As palavras."

"Não preciso dizer nada quando você pega minha mão desse jeito."

"Eu gosto."

"De tocar?" Tocar ombros, tocar pingüins, tocar Kimmery... quem não gosta de tocar? Por que ela não gostaria? Mas tudo o que eu conseguia formular eram essas questões vagas. Eu não era estranho só para ela, eu era estranho para mim mesmo naquele momento: puxando, embalado, resistente. Concupado.

"É", ela disse. "Tocar você. Aqui..."

Apalpou a parede às suas costas até apagar a luz. Continuávamos envoltos por um halo branco, a radiação de Manhattan entrando pela sala grande. Ela então chegou mais perto: era meia-noite e um minuto. Enquanto ela se acomodava ao meu lado, o gato levou um empurrão e de bom grado se afastou.

"Assim é melhor", falei sem muita convicção, como se estivesse lendo um script. A distância entre nós se estreitara, mas a distância entre mim e mim mesmo era enorme. Pisquei na penumbra, olhando para a frente. A mão dela agora estava na minha coxa, no lugar onde o gato tinha estado. Espelhando-a, deixei meus dedos brincarem com o lugar correspondente da sua perna.

"Isso", ela disse.

"Acho que não consigo fazer você se interessar muito pelo meu caso", falei.

"Mas estou interessada", ela disse. "É que... é difícil conversar de coisas importantes com alguém que se acabou de conhecer. As pessoas são tão estranhas, você não acha?"

"Acho que você tem razão."

"Então você precisa confiar desde o início. Porque depois de um tempo tudo começa a fazer sentido."

"É isso que está fazendo comigo?"

Assentiu, reclinando a cabeça no meu ombro. "Mas você não está perguntando nada sobre mim."

"Desculpa", falei, surpreso. "Acho... acho que não sei por onde começar."

"Então entende o que eu quero dizer."

"Entendo."

Para beijá-la, nem precisei puxar seu rosto em direção ao meu. Já estava lá quando virei. Eram lábios pequenos, macios e levemente rachados. Nunca beijara uma mulher sem antes beber alguns drinques. Nunca beijara uma mulher que não tivesse bebido antes. Enquanto sentia seu sabor, ela descrevia círculos na minha perna, e eu fazia o mesmo com os meus dedos.

"Você faz tudo o que eu faço", sussurrou na minha boca.

"Na verdade nem precisava fazer", repeti. "Não quando a gente está perto assim." Era verdade. Nunca tivera menos tiques do que naquele momento: excitado, pressionando outro corpo, abandonando o meu próprio. Mas assim como a Kimmery me poupara de soltar tiques ruidosos durante a conversa, eu me sentia livre para incorporar algo da Tourette às apalpadelas, como se a Kimmery estivesse negociando uma nova forma de compreensão entre meus dois cérebros descontentes.

"Tudo bem", falou. "Mas tem de fazer a barba."

Então nos beijamos, de modo que não podia responder, não queria responder. Senti seu polegar pressionar de leve meu gogó, um toque a que não poderia corresponder com exatidão. Então acariciei sua orelha e seu maxilar, trazendo-a mais perto de mim. Sua mão desceu mais, e a minha também. Naquele momento senti minha mão e meu cérebro deixarem de lado a particularidade, a precisão e a mania de estar sempre contando para se tornarem nuvens de consciência geral, vagas e indulgentes de tanta curiosidade. Minha mão parecia menos uma mão do que a luva de um jogador de beisebol, ou a mão do Mickey Mouse, uma coisa enorme, desinibida e suave. Não fiquei contando os lugares em que a toquei. Fiz um reconhecimento geral, peguei uma terna amostra.

"Você está excitado", suspirou.

"Estou."

"Tudo bem."

"Eu sei."

"Só queria dizer isso."

"Tudo bem."

Desabotoou minha calça. Eu me atrapalhei com a dela, que em vez de cinto tinha uma faixa amarrada com um nó. Não podia desfazê-lo só com uma mão. Respirávamos um na boca do outro, os lábios se aproximavam e se afastavam, os narizes se esfregavam. Encontrei um jeito de me enfiar por trás da faixa amarrada e tirei sua camisa para fora da calça. Coloquei o dedo no seu umbigo, então encontrei o caminho rugoso dos seus pêlos púbicos, e o percorri com o dedo. Ela estremeceu e deslizou o joelho entre os meus.

"Você pode me tocar", falou.

"Estou tocando", eu disse, querendo ser preciso.

"Você está muito excitado", ela disse. "Está bom."

"É."

"Está bom. Ah, Lionel, assim está bom. Não pare, está bom."

"Eu sei. Está bom." *Está bom, está bom*: esse era o tique da Kimmery, finalmente em evidência. Não podia invejá-lo. Dei uma volta com a mão, pegando a da Kimmery, rodeando seu corpo. Ela relaxou quando a segurei. Nesse ínterim ela encontrara a abertura da minha cueca. Através daquela janela senti dois dedos entrarem em contato com uma parte minha, os cinco cegos e o elefante. Queria e não queria que ela continuasse, intensamente.

"Você está muito excitado", falou de novo, me hipnotizando.

"Estou." Ela me empurrou, livrando-me da minha cueca e de mim mesmo.

"Uau, meu Deus, Lionel, é imenso."

"E torto", falei, para que ela não precisasse dizer.

"Mas isso é normal?"

"Acho que o aspecto é um pouco incomum." Resfoleguei, esperando que o assunto morresse ali.

"Isso é mais do que pouco incomum, Lionel."

"Alguém... uma mulher me disse que parecia uma lata de cerveja."

"Alguns parecem...", disse Kimmery. "Mas o seu parece, sei lá, parece uma lata de cerveja amassada, daquelas pra reciclagem."

Comigo era sempre assim. Na minha história miserável, nunca ficara pelado sem ouvir algum comentário: circo de aberrações dentro de circo de aberrações. Não importa o que a Kimmery pensava, isso não a impediu de tirar minha cueca e me apalpar, fazendo-me sentir a dor intensa das suas mãos frias. Formávamos um circuito: boca, joelhos, mãos e aquilo que elas seguravam. A sensação era boa. Tentei fazer minha mão acompanhar o ritmo da mão dela, mas não consegui. A língua da Kimmery lambeu meu queixo e encontrou novamente minha boca. Soltei um relincho, que não fazia parte de nenhuma palavra. A linguagem fora destruída. Bailey tinha abandonado a cidade.

"Pode falar", sussurrou.

"Ah."

"Eu gosto... eu gosto quando você fala. Quando faz esses barulhos."

"Tudo bem."

"Me diz uma coisa, Lionel."

"O quê?"

"Qualquer coisa. Do jeito que você faz."

Olhei para ela boquiaberto. Sua mão me incitava a um tipo de declaração que era tudo, menos verbal. Tentei distraí-la da mesma maneira.

"Fala, Lionel."

"Ah." Era tudo o que podia pensar em dizer.

Ela me deu um beijo arfante e recuou, olhando-me com apreensão.

"Mente Única!", falei.

"Isso mesmo!", disse Kimmery.

"*Fonebone!*", gritei.

Outro grande colaborador para o meu vocabulário tourético foi um cartunista chamado Don Martin, que conheci aos onze ou doze anos numa pilha de revistas *Mad* em frangalhos encontrada dentro de uma caixa na sala de pingue-pongue do porão de St. Vincent. Costumava estudar minuciosamente seus desenhos, tentando descobrir o que me tocava tão fundo nos seus personagens desenhados com olhos, narizes, queixos, gogós e joelhos absurdamente protuberantes, línguas compridas, dedos e pés que se agitavam como bandeiras, e que se chamavam Professor Bleent, P. Carter Franit, Mrs. Freenbeen and Mr. Fonebone. Ele tinha uma imagem berrante e explosiva da vida, com cabeças sendo esticadas e encolhidas, cirurgiões cortando narizes, derrubando cérebros no chão e costurando de volta mãos decepadas, cofres e peças de metal em queda livre esmagando pessoas, transformadas em lâminas ou pacotes em formato de caixas, crianças engolindo cabides e brinquedos de mola e assumindo novos formatos. Seus personagens desesperados moviam-se pelas tiras com comportamentos estúpidos, esforçando-se para estabelecer contatos catastróficos com mangueiras de incêndio, lâminas afiadas e pontes levadiças, e com muitas tiradas juvenis calcadas em inversões, sentidos radicalmente literais — "Os meninos estão lá em cima com as orelhas grudadas no rádio" — ou na pura e simples destruição. A *Mad* sempre deixava a tira final de um cartum do Don Martin para a página seguinte, e parte do prazer do seu trabalho estava em nunca saber se a surpresa seria um trocadilho visual, um jogo de palavras ou simplesmente a imagem de um homem completamente engessado caindo de uma janela justamente no caminho de um rolo compressor. Mas eu me lembro principalmente da distorção, da torção que ele imprimia nos corpos que desenhava: os personagens tinham topado com o desastre por terem nascido em páginas de papel, e seus destinos mais extremos eram apenas a realização de suas naturezas essenciais. Para mim isso fazia sentido. E o Fonebone também. Ele tinha um nome no qual eu podia me apoiar. Por algum tempo ele quase tomou o lugar do Bailey, e sua influência duradoura podia ser percebida na minha tendência em acrescentar *fone* ou *bone* no final das frases.

Quando tinha relações sexuais com alguém e meu corpo começava a se agitar e a se mover mais rapidamente, os dedos do pé se encolhendo e os olhos revirando, eu me sentia como um personagem de Don Martin, um Fonebone, todo cotovelos, pernas arqueadas, pênis em formato de bumerangue e uma garganta que murmureja, envolta por uma nuvem de gotas de suor e efeitos sonoros: *fip, zás, zoim, sproing, flabadab*. Mais do que no Patolino ou no Art Carney, mais do que em qualquer outro ícone do meu desconforto, os desenhos de Don Martin davam a sensação de que toda perturbação era sexual. Embora a revista não permitisse nenhuma referência explícita, seus personagens transbordavam de uma energia obscena manifesta por meio de tiques e ataques, explosões e deformações. Seus pobres Fonebones pareciam traçar o destino do meu percurso do tique nervoso ao orgasmo, o modo como o sexo a princípio aplacava os tiques e logo os suplantava com um violento substituto: pequena morte, grande tique. Talvez fosse culpa do Don Martin que eu sempre esperasse uma punição depois do sexo, antecipadamente acachapado pelo medo do rolo compressor ou da bigorna que cairia na minha cabeça.

Kimmery possivelmente sentia isso em mim, esse pavor da página prestes a ser virada, que revelaria alguma coisa ridícula na última tira do meu cartum. Outro fato sobre Don Martin: ele nunca usava o mesmo personagem duas vezes. Cada um era um fantoche inocente, sem continuidade de um episódio a outro, sem nenhuma compreensão do seu papel ou destino. Um Fonebone era apenas um marcador de posição, um clone, um substituto temporário. Era mais um Traseiro de Confiança.

"Algum problema?", perguntou, interrompendo o que ela fazia, o que eu fazia.

"Está tudo bem. Quer dizer, melhor que bem."

"Mas você não parece bem."

"Só uma coisa, Kimmery. Você promete não voltar no Zendo? Pelo menos por alguns dias."

"Mas por quê?"
"Confia em mim?"
"Está bom."
Diante das suas palavras mágicas, paramos de falar.

Assim que a Kimmery dormiu, me vesti e fui na ponta dos pés até o telefone, que estava no chão da sala grande. Shelf foi atrás de mim. Dei cinco tapinhas na sua cabeça, imediatamente disparando o ronronar entrecortado, e então o afastei de mim. Havia um número anotado no telefone, debaixo de uma janelinha de plástico. Gravei o número no celular do porteiro, estremecendo a cada bipe, que ecoava como tiros na sala silenciosa e vazia. Kimmery não se mexeu. Ela estava esparramada no colchão, como uma criança. Queria me aproximar, ajoelhar e traçar seu contorno com os dedos ou com a respiração. Em vez disso peguei seu chaveiro e tirei as cinco chaves. Era fácil identificar a do apartamento, que foi a única que deixei: para entrar no prédio, teria de pedir permissão para os vizinhos desconfiados. Peguei as outras quatro, imaginando que uma delas daria acesso ao Zendo. As outras duas provavelmente eram da casa do Homem de Negresco. Essas eu perderia.

Autocorpo

Olhe para mim agora, à uma hora da manhã, descendo de um táxi na frente do Zendo, olhando a rua em busca de carros que talvez tivessem me seguido, de indícios de brasas de cigarro ardendo dentro dos carros estacionados na rua sem saída, enfiando minhas mãos dentro dos bolsos do paletó manuseando possíveis armas, os colarinhos levantados para me proteger do frio, à maneira do Minna, agora com a barba sem fazer também como o Minna, os sapatos estalando na calçada: pense numa imagem de livro de colorir, digamos, do Besouro Verde. É isso que eu devia ser, aquele contorno preto de um homem vestindo um casaco, olhos espertos e suspeitos olhando por cima da gola, ombros encurvados, indo em direção ao conflito.

Mas eis quem eu era: aquele mesmo contorno de homem de livro de colorir, mas desenhado com lápis de cera pela mão de uma criança louca, distraída ou retardada, golpes desordenados de cores idiotas, uma tempestade de traços violando as fronteiras que distinguiam *homem* de *rua*, ou de *mundo*. Algumas daquelas cores eram minhas imagens recentes de Kimmery, transportando-me de volta para uma hora antes, no West Side, riscos e flechas de cera como labaredas no céu noturno do Central Park. Outras não eram tão bonitas, bradando rabiscos maníacos, *encontre-um-homem-mate-um-telefone-foda-um-plano* em letras descuidadas de três metros de altura desenhadas como raios ou como flamas de carros de corrida Hot Wheels atravessando o espaço do meu cérebro. E minha investigação transtornada pela culpa, representada por rabiscos que lembravam uma palha de aço enegrecida: imaginei as vozes dos irmãos Minna, de Tony Vermonte e dos Clientes retorcendo-se acima e em torno de mim, numa rede de traição que eu precisava penetrar e desbaratar. Na verdade, o mundo ostensivo que eu acabara de descobrir era apenas uma nuvem particular que carregava para todos os lugares, e cujo fim eu nunca enxergara. Por isso, quando atravessei a rua em direção ao Zendo, talvez parecesse menos com um único Besouro Verde do que com um ninho cheio deles, em polvorosa.

Minha primeira atitude foi ir até o prédio ao lado: encontrei o porteiro original, Dirk, adormecido em seu banquinho.

Levantei sua cabeça, e ele acordou com um solavanco, livrando-se da minha mão. "Olá!", gritou.

"Lembra de mim, Dirk?", perguntei. "Estava sentado num carro. Você disse que tinha um recado do meu 'amigo' para mim."

"Ah! Claro que lembro. Desculpa, fiz o que mandaram."

"Claro que sim. Imagino que você nunca tinha visto o cara antes, não é... *diz-que-diz, disque-drinque*?"

"Nunca tinha visto o cara antes." Suspirou com os olhos arregalados.

"Era um homem bem grande, não era?"

"Era!" Virou os olhos para cima para demonstrar o tamanho. Então estendeu as mãos para mim, implorando minha paciência. Recuei um pouco, ele se levantou e ajeitou o casaco. Eu o ajudei, especialmente com a gola. Estava sonolento ou confuso demais com minhas perguntas para fazer alguma objeção.

"Ele te pagou ou só te assustou para você mentir para mim?", perguntei mais delicadamente. Eu já gastara toda a minha raiva do Dirk. De algum jeito me sentia vagamente agradecido por ele ter confirmado a existência do gigante. Além dele, a única testemunha era o Gilbert, que estava na prisão. Kimmery me fizera duvidar dos meus próprios olhos.

"Um homem daquele tamanho não precisa pagar", disse Dirk com honestidade.

Consegui entrar com uma das chaves roubadas. Dessa vez mantive os sapatos ao cruzar a sala de meditação e subi a escada, passando pelo andar onde Kimmery e eu tínhamos tomado chá até chegar aos domínios particulares do Roshi — também conhecido como o esconderijo do Minna. Os corredores ficavam mais escuros à medida que se subia, até que no último andar eu só conseguia enxergar o caminho guiando-me pelo filete de luz que se espremia por baixo de uma porta fechada. Girei a maçaneta e empurrei a porta, impaciente com meu próprio medo.

O quarto tinha a integridade da sua reinvenção de si mesmo. Era despojado de mobília, a não ser por uma prateleira longa e baixa rente à parede, na verdade uma tábua apoiada sobre tijolos que sustentava algumas velas e livros, um copo de água e um pequeno recipiente com cinzas, decorado com escritos japoneses, provavelmente algum altar minúsculo. O despojamento lembrava o apartamento vazio da Kimmery, mas eu me ofendia com a lembrança, não querendo pensar na Kimmery como alguém influenciado pelas pretensões zen de Gerard, não querendo imaginá-la visitando seu andar privativo, seu covil. Gerard, com as pernas cruzadas, sentava-se sobre almofadas, que por sua vez estavam sobre um colchão, o livro fechado sobre os joelhos, a atitude tranqüila como se estivesse esperando por mim. Eu o encarei, talvez pela primeira vez — quando adolescente, não sei se alguma vez me dirigi diretamente a ele, se alguma vez lhe roubei um olhar. À luz de vela, observei primeiro sua silhueta: estava mais gordo na região da mandíbula e do pescoço, de modo que sua cabeça careca parecia sair dos ombros como a cabeça de uma naja. Talvez estivesse impressionado demais com aquela careca, mas quando meus olhos se adaptaram àquela luminosidade não pude deixar de comparar a diferença entre seus traços e os de Frank Minna à diferença existente entre o Marlon Brando de *Apocalypse Now!* e o de *Sindicato de ladrões*.

"*O-horror-o-horror*", foi meu tique. "*Seria-um-competidor!*" Era como se fosse uma rima.

"Você é o Lionel Essrog, não é?"

"*Desleal Escroque*", corrigi, a garganta pulsando com os tiques. Estava muito consciente da porta aberta atrás de mim, de modo que o pescoço também se contraía, no impulso de olhar para trás, por cima do ombro. Porteiros podiam entrar por portas abertas, todo mundo sabia disso. "Tem mais alguém no prédio?", perguntei.

"Só nós dois."

"Você se importa se eu fechar a porta?"

"Pode fechar." Não alterou sua pose sobre o colchão, apenas olhou para mim fixa e tranqüilamente. Fechei a porta e entrei um pouco mais no quarto, o suficiente para não ficar tentando apalpar atrás de mim em busca da porta. Encaramo-nos em meio à penumbra da luz de velas, éramos figuras saídas do passado um do outro, representando o homem ausente, o homem morto na véspera.

"Você acaba de quebrar o voto de silêncio", falei.

"Meu sesshin já terminou", ele disse. "Mas você já tinha decretado o fim do silêncio na meditação de hoje."

"Acho que o assassino que você contratou também teve algo a ver com aquilo."

"Você fala sem pensar", ele disse. "Eu me recordo das suas dificuldades nessa área."

Respirei fundo. A serenidade de Gerard despertava uma tempestade de vozes compensatórias, uma miríade de guinchos e insultos a ser estancada. Parte de mim queria adulá-lo para que saísse de trás da sua fachada zen, expusesse o esconderijo do Senhor da Court Street e fosse novamente o irmão mais velho do Frank. O que saiu da minha boca foi o início de uma piada, uma piada que vinha da parte mais profunda do arquivo de fazer-o-Frank-Minna-rir-um-pouquinho:

"Então havia essa ordem de freiras, certo?"

"Uma ordem de freiras", repetiu Gerard.

"*Freirafone ordinária!*... uma ordem de freiras. Que nem o Cloisters. Um monastério."

"Monastério é para monges."

"Tudo bem, um freirastério. *Um planetério, um freiretário!*... um convento de freiras. E havia todas aquelas freiras, todas elas tinham feito um voto de silêncio, um voto de silêncio por toda a vida, certo?" Estava embalado, lágrimas nas bordas dos meus olhos, querendo que o Frank estivesse vivo para me salvar, para me dizer que já tinha ouvido aquela piada. Mas eu precisava continuar. "Só uma vez por ano uma das freiras podia falar alguma coisa. Elas se revezam, uma freira por ano. Entende?"

"Acho que sim."

"Então chega o grande dia... *Barnamum-grande-freira! Fo-*

ne-fantasma-domesticado!... Chega o grande dia, todas as freiras estão à mesa do jantar, e aquela que pode falar abre a boca e diz: 'A sopa está horrível'. As outras freiras se entreolham, mas ninguém diz nada por causa do voto de silêncio, e tudo volta ao normal. Mais um ano de silêncio."

"Era um grupo muito disciplinado", disse Gerard, não sem demonstrar alguma admiração.

"Certo. Aí passa um ano, chega de novo o dia, e é a vez de outra freira. Estão todas sentadas, daí a segunda freira se vira para a primeira e diz: 'Não sei, talvez seja eu, mas acho que a sopa não está tão ruim'. Só isso, silêncio novamente. Outro ano."

"Hmmm. Imagine os estados de contemplação que se podem atingir num ano assim."

"Nunca pensei nisso. Mas as páginas da folhinha se sucedem... *Fominha! Fodessem! Fujisaki!*... e o dia especial chega novamente. É a vez da terceira freira... *Foda-se-freira-fone!*... aí a terceira freira olha para a primeira freira e para a segunda freira e diz 'Tigela, tigela, tigela'."

Fez-se silêncio, o Gerard acenou com a cabeça e disse: "Imagino que a piada tenha terminado".

"Eu sei sobre o prédio", falei, esforçando-me para conter a respiração. "E sobre a Fujisaki Corporation." Sob o palato sussurrei um *fuja-o-saco*.

"Mas então você sabe muito."

"Sei de alguma coisa. E conheci a sua máquina mortífera. Mas você sabe disso, você viu ele me arrastar pra fora, lá pra baixo. O comedor de laranjinhas."

Estava desesperado para vê-lo vacilar, impressioná-lo com minha argúcia, com as coisas que eu descobrira, mas Gerard não se abalava. Levantou as sobrancelhas, que tinham muito espaço para se mover na tela branca formada pelo vazio da sua testa. "Você e seus amigos, como vocês chamam?"

"Quem? Os Manos do Minna?"

"Isso... os Manos do Minna. É um nome muito bom. Meu irmão era muito importante para vocês quatro, não era?"

Assenti com a cabeça, ou não, mas de qualquer jeito ele prosseguiu.

"Imagino que ele realmente tenha ensinado tudo pra vocês. Você fala parecido com ele. Que vida esquisita. Você sabe disso, não sabe? Que o Frank era um homem muito esquisito, que vivia de um jeito estranho e anacrônico?"

"O que é que ele tinha de *crônico*?"

"Anacrônico", falou Gerard pacientemente. "De um outro tempo."

"Sei o que significa", falei. "Mas eu pergunto o que há de sincrônico nisso." Estava confuso demais para voltar atrás e tentar consertar a superfície da minha fala. "De qualquer modo, *cômico* em relação a quê? A um culto místico japonês de um milhão de anos?"

"Você usa sua ignorância de um jeito agressivo, que nem o Frank", disse Gerard. "Acho que você está me dando razão."

"Em relação a quê?"

"Meu irmão só ensinou o que sabia, e nem ensinou tudo. Manteve vocês lisonjeados e encantados, mas também deixou vocês no escuro, de modo que até a idéia de vocês sobre o pequeno mundo de Frank Minna é reduzida e bidimensional. Cartunística, se preferir. Para mim, é espantoso que vocês não soubessem sobre o edifício da Park Avenue. Deve ter sido um choque."

"Seja mais claro."

"Neste exato momento em que conversamos, Lionel, você certamente tem algum dinheiro do meu irmão no seu bolso. Você realmente acredita que o dinheiro vinha do trabalho de detetive, daquelas tarefinhas tumultuadas que inventava para distrair as crianças? Ou talvez você imagine que ele *cagava* dinheiro. É igualmente provável."

Será que o *cagava* representava uma fissura na fachada zen do Gerard, um pouquinho do Brooklyn se manifestando? Lembrei-me do monge mais velho proclamando a inutilidade do "zen para o bom funcionamento intestinal".

"O Frank se associava com gente perigosa", continuou Gerard. "E ele roubava essas pessoas. A remuneração e o risco eram altos. E eram pequenas as possibilidades de manter por muito tempo o que ganhava com essa vida."

"Então me fala da *haja-saco*... Fujisaki."

"São os donos do prédio. Minna ajudava na administração. Você ficaria besta com a quantidade de dinheiro envolvida, Lionel." Ele me olhou cheio de expectativa, como se a mera afirmação devesse me estontear no lugar do dinheiro, como se ela fosse suficiente para me afastar da investigação e do seu quarto.

"A outra casa dessas pessoas é uma ilha", falei, citando o Tira do Lixo... embora a frase provavelmente não fosse dele.

Gerard sorriu para mim estranhamente. "Para todo budista, o Japão é a outra casa. E o Japão é de fato uma ilha."

"Quem é budista?", perguntei. "Estava falando do dinheiro."

Suspirou sem desfazer o sorriso. "Você é muito parecido com o Frank."

"Qual é a sua função, Gerard?" Queria enojá-lo do mesmo modo como eu estava enojado. "O que você faz além de mandar o próprio irmão para morrer nos braços do polaco?"

Agora ele sorria generosamente. Quanto pior o ataque, mais profundos seu perdão e sua graça — era isso que o sorriso dizia. "Frank tinha muito cuidado para não me expor a perigos que podia evitar. Nunca fui apresentado para ninguém da Fujisaki. Só conheço o homenzarrão que você trouxe ontem aqui."

"Quem é o Ullman?"

"Um contador, um outro homem de Nova York. Era sócio do Frank na espoliação dos japoneses."

"Mas se você *nunca encontrou o cara*."

Queria que percebesse o sarcasmo do Frank Minna embutido na citação. Mas ele continuou, distraído. "Não, eu só fornecia mão-de-obra em troca da hipoteca aqui do Zendo. O budismo se expande pelos meios disponíveis."

"Que tipo de mão-de-obra?" Meu cérebro emaranhou-se no *pelos meios disponíveis, meios selos comestíveis, dispa os seios perecíveis*, mas consegui me livrar.

"Meus alunos prestavam serviços e faziam trabalho de manutenção para o prédio como parte do treinamento. Limpeza, cozinha, exatamente o tipo de trabalho que realizariam num monastério, só que num cenário um pouquinho diferente. Num prédio assim, o contrato para esse tipo de serviço envolve milhões. Meu irmão e Ullman embolsavam a diferença."

"Porteiros", eu disse.

"É. Porteiros também."

"Então a Fujisaki pôs o gigante atrás do Frank e do contador."

"Acho que sim."

"E terem usado o Zendo como armadilha foi mera coincidência?" Soltei outra expressão típica do Minna: "Agora me conta do Papai Noel". Então, por qualquer motivo eu desenterrava algum hábito do Minna, como se pudesse construir um *golem* a partir da sua linguagem e daí lhe dar vida, uma imagem da vingança para procurar o assassino ou os assassinos.

Eu estava consciente de estar de pé no quarto do Gerard, pisando sobre seu chão, os braços caídos de lado, sem me aproximar do lugar de onde emanava sua amabilidade zen, ignorando minhas acusações e tiques. Eu era grande mas não era nenhum *golem* ou gigante. Não surpreendera o Gerard no meio de um sono profundo nem tinha abalado sua calma com minha hostilidade pesarosa. Não estava apontando uma arma para ele. Ele não precisava responder às minhas perguntas.

"Realmente não acredito em assassinos sofisticados", disse Gerard. "Você acredita?"

"*Sofistiquinos-assados*", foi o tique que soltei.

"A Fujisaki é impiedosa e implacável, como todas as corporações. E, como todas as corporações, sua violência também é exercida a distância, por uma força apenas nominalmente subordinada a seu controle. Parece que encontraram uma espécie de entidade primal nesse gigante de que você fala... uma entidade cuja verdadeira natureza é a morte. E a lançaram, como você diz, sobre os homens que acreditam tê-los traído. Não sei se o comportamento do assassino realmente tem algum sentido, Lionel. Algum sentido humano."

O estilo de persuasão do Gerard era parecido com o do Minna, agora eu notava. Fiquei sinceramente comovido com sua força. Contudo, sua observação contra a noção de um assassino sofisticado também me fez lembrar o Tony zombando do detetive Seminole com piadas sobre os supervilões do Batman e do James Bond. Será que isso era uma revelação involuntária, um indício de que Gerard e Tony agiam em conjunto? E Julia? Queria mencionar a conversa de Frank com Gerard na noite em que ele morreu: *Ela sente falta do seu Rama-lama-ding-dong*, descobrir o que ele queria dizer com isso. Queria perguntar de Boston, queria perguntar do casamento do Frank com a Julia... será que o Gerard tinha ido à cerimônia? Queria perguntar se sentia saudade do Brooklyn e saber como sua cabeça tinha ficado tão lustrosa. Procurava uma única pergunta que sintetizasse os milhares de perguntas que tinha, mas o que acabou saindo foi isto:

"O que é sentido humano?"

"No budismo, Lionel, compreendemos que tudo neste mundo é um veículo para nossa natureza de Buda. Frank tinha uma natureza de Buda. Você tem uma natureza de Buda. Posso sentir isso."

Gerard deixou passar um longo minuto para contemplarmos suas palavras. *Narina de Buda*, foi o que quase soltei, sem nenhum nexo. Quando falou novamente, estava confiante de que a simpatia fluía entre nós, livre de qualquer dúvida ou temor.

"Lionel, há um outro dos Manos do Minna... Ele está tentando abrir caminho à força, e temo que desperte a ira do assassino. Tony, é assim que ele chama?"

"Tony Vermonte", falei, maravilhado... era como se o Gerard tivesse lido meu pensamento.

"Isso. Ele queria seguir as pegadas do meu irmão. Mas acho que a partir de agora a Fujisaki terá mais cuidado com o dinheiro. Não há nada a se ganhar e tudo a se perder. Talvez você possa dar uma palavrinha com ele."

"Tony e eu não estamos... nos comunicando bem desde ontem."

"Sei."

Fui tomado por uma onda de preocupação com o Tony. Ele era apenas um aventureiro incauto, com o desejo pungente de imitar o Frank Minna em tudo. Era um membro da minha família... a L&L, os Manos. Ele estava metido em algo muito maior que ele, ameaçado por todos os lados: pelo gigante, pelo detetive Seminole, pelos Clientes. Apenas Gerard e eu sabíamos do perigo que ele corria.

Devo ter ficado quieto por mais ou menos um minuto — o que para os meus padrões era um verdadeiro sesshin.

"Você e Tony compartilham a dor da perda do meu irmão", disse Gerard em voz baixa. "Mas na verdade vocês ainda não se encontraram. Seja paciente."

"Há outro fator", falei, agora hesitante, embalado por seu tom compassivo. "Alguma outra pessoa pode estar envolvida nisso. Na realidade, duas pessoas — *Mastroforte e Rotricuti!* —, uhn, Matricardi e Rockaforte."

"Não me diga."

"Digo sim."

"Não imagina o que sinto quando ouço esses nomes." *Nunca diga esses nomes!...* o Minna advertia na câmara de eco da minha memória. Gerard prosseguiu: "Esses dois são o exemplo da tendência do meu irmão às associações perigosas... e da sua tendência a explorar essas associações de maneiras perigosas."

"Ele roubou deles?"

"Lembra quando ele teve de sair de Nova York por um tempo?"

Se eu me lembrava! O Gerard de repente ameaçava resolver o enigma mais profundo da minha existência. Quase tive vontade de lhe perguntar: *Afinal de contas, quem é esse tal de Bailey?*

"Tinha esperança de que não estivessem mais na área", falou Gerard meditativo. Era a expressão mais próxima do desconcerto que eu vira nele, o mais perto que eu estava de tocar em algum dos seus pontos fracos. Só que já não tinha certeza de querer isso. "Lionel, se você puder, evite-os", continuou. "Eles são perigosos."

Voltou a olhar fixamente para o meu rosto, pestanejou, movimentou as expressivas sobrancelhas. Se estivesse ao meu alcance, teria tentado agarrar sua cabeça e atacar as sobrancelhas com as pontas dos polegares, só para aliviar a pequena preocupação que eu tinha causado.

"Posso pedir outra coisa?", eu quase o chamei de Roshi, tão completa era minha conversão. "Daí eu te deixo em paz."

Gerard consentiu com a cabeça. *O Dalai Lama vai lhe conceder uma audiência, sra. Gushman.*

"Há mais alguém no... *Zembom!...* mais alguém no Zendo

envolvido nisso? Alguém — *Mate-me-rápido! Mate-me-logo! Larga-meu-rabo!* — alguém que o assassino poderia tomar como alvo? Aquele velho hippie, o Wallace? Ou a garota — *Queira-me!* — Kimmery?" Tentei não demonstrar a carga especial de ternura e esperança por trás da pergunta. Não sei se a série de guinchos que soltei no curso da enunciação me fez parecer mais ou menos *blasé*.

"Não." Gerard respondeu com benevolência. "Eu me comprometi pessoalmente, mas não comprometi meus alunos nem a prática como professor. Wallace e Kimmery devem estar fora de perigo. É bondade sua se preocupar."

Também estou preocupado com Cara Amassada e Indistinto, queria dizer. Duvidava que os alunos pudessem se comprometer mais do que aquilo.

E então houve aquele aceno cúmplice entre Gerard e o gigante, que eu testemunhei.

Os três — Cara Amassada, Indistinto e o aceno — eram três notas dissonantes numa canção muito bonita. Mas segurei a língua, sentindo ter tirado tudo o que podia dali e que era hora de ir embora. Queria encontrar o Tony antes que o gigante o fizesse. Precisava sair do campo de persuasão do Gerard para poder diferenciar o falso do real, o zen e o joio da nossa longa conversa.

"Vou indo", disse desajeitadamente.

"Boa noite, Lionel." Ele ainda me observava quando fechei a porta.

Pensando bem, há algo vagamente touréttico no metrô de Nova York, especialmente tarde da noite — aquele balé de observação, de olhares perdidos, do qual todo passageiro participa. E há muitas coisas no metrô nas quais você não deve tocar, principalmente numa certa ordem: esta barra e depois os lábios, por exemplo. E as paredes dos túneis, assim como as do meu cérebro, estão completamente forradas por uma linguagem expulsiva e incoerente...

Mas eu estava numa pressa terrível, ou melhor, em duas pressas terríveis: a de voltar para o Brooklyn e a de organizar minhas idéias sobre o Gerard antes de chegar lá. Não podia perder um minuto comigo, com aquele meu corpo que pegava o trem Lexington na direção da Nevins Street — poderia muito bem ter voado num tapete mágico ou ter sido teletransportado para o Brooklyn, já que nem as imediações pegajosas e carregadas de grafite do metrô da linha 4 conseguiam me fascinar ou distrair.

As luzes da L&L estavam acesas. Eu me aproximei pelo outro lado da rua escura, certo de que não me veriam de dentro do escritório — estivera do outro lado daquela lâmina de vidro apenas duas ou três mil noites para me preparar para a espionagem dos outros Manos a partir da rua. Não queria entrar dançando dentro de uma armadilha. O detetive Seminole podia estar lá dentro ou, quem sabe, o Tony e um bando de porteiros. Se havia algo para saber a distância, eu saberia.

Eram quase duas e meia, e tudo já estava fechado na Bergen Street, uma noite suficientemente fria para enxotar os beberrões dos balcões de bar para dentro das casas. A Smith Street tinha um pouco mais de vida, o mercadinho Zeod's aceso como um farol, servindo os fumantes noturnos, os policiais dos carros de patrulha necessitados de *bagel*, dropes ou alguma outra bossa. Quatro carros da L&L ocupavam vagas próximas à loja: o carro da morte do Minna, que não tinha se movido desde que Gilbert e eu havíamos voltado do hospital e o estacionamos, o Pontiac dentro do qual o Tony tinha me forçado a entrar em frente do prédio dos Clientes, um Caddy que o Minna gostava de dirigir e um Tracer modernoso e muito feio, que geralmente sobrava para mim ou para o Tony. Diminuí o passo assim que emparelhei com a fachada da loja, então virei o pescoço. Era agradável ter um bom e sólido motivo para virar o pescoço, uma espécie de validação retroativa para um bilhão de tiques. Enquanto passava, decifrei a silhueta de dois dos Manos lá dentro: Tony e Danny, ambos envoltos numa nuvem de fumaça de cigarro, Danny sentado atrás do balcão com um jornal dobrado, irradiando calma; Tony andando de um lado para o outro, irradiando o oposto da calma. A televisão estava ligada.

Passei na frente da loja em direção à esquina da Smith, então girei sobre meu próprio eixo e voltei. Dessa vez montei banca na entrada do grande prédio de apartamentos que ficava bem em frente da L&L. Era um posto seguro. Se achasse que havia algum perigo de me verem, podia abaixar a cabeça e observá-los através da janela de um dos carros estacionados. Caso contrário descansaria no pára-lama e os observaria atentamente na ribalta da loja até algo acontecer, ou até decidir o que fazer.

Danny... dediquei a Danny Fantl um pouco do meu tempo. Ele deslizava por essa crise do mesmo modo como deslizara pela vida até então, com tanta serenidade que era quase uma presença ambiente. Gilbert encontrava-se na prisão e eu estava sendo perseguido por peixes grandes e pequenos; enquanto isso o Danny passava o dia inteiro na loja, recusando pedidos de carros, fumando cigarros e lendo a seção de esportes. Não era exatamente meu candidato a cabeça de nenhum plano criminoso, mas se o Tony fosse um conspirador ou tivesse de confiar em alguém do círculo da L&L, esse alguém seria o Danny. Decidi que na atual circunstância não podia acreditar cegamente no Danny.

Isso queria dizer que não entraria para conversar com nenhum deles até que se separassem. Ademais, a imagem do Tony apontando sua arma vacilante para mim estava suficientemente fresca na minha memória.

De qualquer jeito, aconteceu uma coisa antes de eu decidir o que fazer: e por que eu não estava surpreso? Mas era uma coisa relativamente banal, até mesmo tranqüilizadora. Um tiquetaque do relógio que marcava a vida cotidiana da Bergen Street, um cotidiano que já parecia nostálgico.

Um quarteirão para o leste, na esquina da Bergen com a Hoyt, havia um bar elegantemente reformado chamado Boerum Hill Inn, com um balcão antigo e cintilante decorado com vidro trabalhado, uma juke-box cheia de CDs, grande parte da Blue Note e da Stax, e uma clientela de profissionais solteiros no estilo de Manhattan, boa demais para freqüentar bares com televisão ligada, pegar metrô de volta para casa ou para conviver com gente do tipo dos Manos. Foi o Minna ir uma vez ao Boerum Hill Inn para resolver que todo mundo ali era assistente de alguém: de um procurador público, de um editor ou de um videoartista. Os elegantes freqüentadores tagarelavam e flertavam ali todas as noites até duas da manhã, esquecidos da realidade presente ou passada da vizinhança, e curavam as bebedeiras em apartamentos exageradamente caros ou nas mesas de trabalho de Midtown. Às vezes, depois da última rodada de bebida, alguns grupos ficavam cambaleando no quarteirão debaixo, pediam um carro da L&L para levá-los para casa e pegávamos o serviço — às vezes era uma mulher sozinha ou um casal que acabara de se conhecer, bêbado demais para unir seus destinos. Mas na maior parte das vezes alegávamos não ter nenhum carro.

Mas as atendentes do bar eram duas mulheres que adorávamos, Siobhain e Benvinda. O nome de Siobhain era apropriado, enquanto o de Benvinda carregava o estigma dos ideais hippies dos seus pais, mas ambas eram do Brooklyn e de antiga origem irlandesa — ou assim dissera o Minna. Dividiam apartamento em Park Slope, talvez fossem amantes (de novo segundo o Minna), e o trabalho no bar custeava os estudos. Cada noite uma delas ficava para fechar — o proprietário do bar era sovina e não permitia que as duas trabalhassem juntas depois da meia-noite. Quando não estávamos realmente ocupados com algum serviço de vigilância, levávamos para casa aquela que estava fechando.

Era a Benvinda que estava na porta da L&L, entrando. Vi o Tony acenar com a cabeça para o Danny, que se levantou, apagou uma ponta de cigarro, buscou as chaves no bolso e acenou de volta. Ele e Benvinda saíram. Abaixei a cabeça. Danny a levou até o Caddy, que estava na frente da fila de carros estacionados, na esquina da Smith. Ela deu a volta e entrou no banco de passageiro, não como numa corrida normal, em que o cliente se senta no banco de trás. Danny fechou sua porta, a luz interna se apagou, e ele ligou o carro. Olhei de relance para trás e vi o Tony remexer as gavetas detrás do balcão da L&L, procurando alguma coisa, sua energia criminosa repentinamente estimulada por algum objetivo. Usava as duas mãos, o cigarro preso na boca, e apressadamente colocava papéis sobre o balcão. Pensei ter obtido uma vaga informação: Tony não confiava tudo para o Danny.

Então vi uma sombra desajeitada se mover num carro estacionado do outro lado da rua, a apenas alguns metros da L&L.

Inconfundível.

Era o Monstro das Laranjinhas.

O carro era um modelo econômico, vermelho-vivo, e ele o ocupava como se tivesse sido montado em volta do seu corpo. Ele se inclinou para observar o Cadillac com Danny e Benvinda virar na esquina da Smith e desaparecer com o pulsar da luz de freio. Então voltou a prestar atenção na loja. Percebi o movimento pela sua silhueta, na qual o nariz fora substituído por uma orelha elefantina. O gigante fazia o mesmo que eu: vigiava a L&L.

Ele observava o Tony, e eu observava os dois. No momento, o Tony era muito mais interessante. Não o vira ler freqüentemente, e nunca com tanta atenção. Ele estava procurando alguma coisa no maço de papéis que tirara das gavetas do Minna, a fronte enrugada, cigarro entre os lábios, parecendo o irmão punk do Edward R. Murrow. Agora, insatisfeito, ele se lançava a outra gaveta, examinando minuciosamente um caderno de anotações que até do outro lado da rua eu reconhecia como aquele que continha meus apontamentos sobre a vigilância da véspera. Quando ele o descartou muito rapidamente e continuou a abrir as gavetas, tentei não tomar aquilo como algo pessoal.

A grande sombra engolfou tudo, complacente. Sua mão se moveu a partir de algum lugar abaixo da linha da janela e rapidamente chegou à boca; ele mastigou e se inclinou para a frente para cuspir alguma semente ou caroço. Dessa vez devia ser um saco de cerejas ou de azeitonas, alguma coisa que um gigante devoraria num punhado. Ou Cracker Jack, e olha que ele não gostava de amendoins. Ele observava Tony como um espectador de ópera que conhece o libreto, curioso apenas em saber os detalhes da encenação de um enredo já conhecido.

Tony esgotou as gavetas e começou com os armários de arquivo.

O gigante mastigava. Eu piscava em sincronia com as mastigadas e contava mastigadas e piscadas, ocupando meu cérebro touréttico com essa agitação quase invisível, tentando ficar imóvel como um lagarto. Ele só precisava virar para o meu lado para me ver. Toda a minha superioridade consistia em ver sem ser visto; não tinha mais nenhuma vantagem sobre o gigante, nunca tivera. Para manter minha margem de superioridade, que tinha a espessura de uma panqueca, precisava de um lugar melhor para me esconder — e não seria ruim entrar em algum lugar, fugir do vento forte e gelado.

A melhor opção eram os três carros restantes da L&L. Mas o Pontiac, o meu preferido, estava na frente do carro do gigante, bem no seu campo de visão. Tinha certeza de não querer encarar fantasmas nem os traços olfativos do Minna que pudessem estar aprisionados dentro das janelas fechadas do Carro da Morte. Sobrava o Tracer. Apalpei o bolso em busca do molho de chaves, encontrei as três mais compridas, uma delas da porta e da ignição do Tracer. Eu me preparava para andar agachado pela calçada e esgueirar-me dentro do Tracer quando o Cadillac reapareceu, descendo a Bergen como um raio, com o Danny ao volante.

Estacionou na mesma vaga do fim do quarteirão e desceu a rua na direção da L&L. Joguei-me no chão do alpendre, fingindo-me de bêbado. Danny não me viu. Entrou, surpreendendo o Tony em sua incursão aos arquivos. Trocaram uma ou duas palavras, depois o Tony fechou a gaveta e filou outro cigarro do Danny. No pequeno carro, a sombra continuava observando com admirável confiança e tranqüilidade. Imagino que nem o Tony nem o Danny jamais tivessem visto o gigante, de modo que ele precisava se preocupar menos em chamar a atenção do que eu. Mas a razão não bastava para explicar a serenidade do gigante. Se ele não era aluno do Gerard, deveria ter sido: tinha uma genuína natureza de Buda e teria superado o mestre. Acho que cento e sessenta e tantos quilos produzem uma espécie de gravidade cósmica. *O que foi que o budista disse para o vendedor de cachorro-quente?*, era a piada que me ocorria agora, uma das charadas ridículas do Loomis. *Me faz um com tudo.* Naquele momento teria ficado feliz de ser um com tudo.

Diacho, me faça um com tudo.

Também estava com bastante fome. Geralmente, uma missão de vigilância era uma ocasião gastronômica, e começava a sentir aquela vontade de comer alguma coisa entre duas fatias de pão. Por que não haveria de estar com fome? Tinha perdido o jantar, e em vez disso tinha tido a Kimmery.

Os pensamentos de comida e sexo desviaram minha atenção, de modo que me espantei de ver o Tony sair da loja, com a mesma expressão feroz de quando examinava os papéis. Por um momento achei que tinha me visto. Mas ele virou em direção à Smith Street, atravessou a Bergen e desapareceu depois de dobrar a esquina.

O gigante observava, impassível e despreocupado.

Esperávamos.

Tony voltou com uma sacola de plástico, provavelmente da loja do Zeod's. A única coisa que dava para identificar era um pacote de Marlboros aparecendo, mas a sacola parecia conter alguma coisa pesada. Tony abriu a porta de passageiros do Pontiac, colocou a sacola no banco, deu uma olhada na rua sem notar a minha presença nem a do gigante, trancou o carro novamente e voltou para dentro da L&L.

Imaginando que por enquanto tudo continuaria do mesmo jeito, fiz o itinerário de volta pela Bergen, subi a Hoyt Street, dei a volta no quarteirão pelo caminho mais longo e fui eu mesmo até o Zeod's.

O Zeod gostava de trabalhar até tarde, atravessar a madrugada, conferir a entrega dos jornais às seis da manhã e dormir durante as horas mais radiantes da manhã e do início da tarde. Ele era o xerife da Smith Street: ficava de olhos abertos enquanto todos dormiam, olhava os bêbados voltando cambaleantes para casa, cuidava do abastecimento de produtos essenciais, como as bolachas Entenmann e os Ding Dongs, as garrafas de uísque maltado e os copos para café, tamanho "normal", estampados com o desenho do Partenon. Mas agora ele tinha companhia a alguns quarteirões dali, na L&L, onde Tony, Danny, o gigante e eu cumpríamos nossa estranha ciranda de vigilância. Eu me perguntava se o Zeod já sabia do Minna. Quando me aproximei do balcão, o balconista, meio grogue, castigava a máquina de fatiar com uma toalha branca fumegante, mergulhando-a novamente numa bacia com água quente e sabão, enquanto o Zeod, em pé, lhe dava conselhos, explicando como poderia fazer aquilo melhor, extorquindo dele qualquer qualidade antes que ele se demitisse, como acontecera com todos os outros.

"Maluco!"

"Psssiu." Imaginei que Tony ou o gigante conseguiriam ouvir o Zeod falando através da vitrine da loja e dobrando a esquina.

"Está trabalhando pro Frank até esta hora? Deve ser alguma coisa importante, hein? O Tony acabou de sair daqui."

"Freiras importantes! Franks importantes!"

"Rarará."

"Escuta, Zeod. Você pode me dizer o que o Tony comprou?"

Zeod franziu o rosto, achando a pergunta sensacional. "Por que não pergunta direto pra ele?"

"Não posso."

Ele deu de ombros. "Seis cervejas, quatro sanduíches, um pacote de cigarros, Coca-Cola... um piquenique completo."

"Um piquenique engraçado."

"Não era engraçado pra ele", disse Zeod. "Não consegui tirar um sorriso do Tony. Que nem com você, Maluco. Caso muito sério, hein?"

"Que — *porcuíche, alemdiche* — que sanduíches ele comprou?" Meu apetite repentinamente desesperado conduzia o inquérito.

"Ah!", Zeod esfregou as mãos. Estava sempre pronto a saborear seu produto em nome de alguém. "Peru com molho rosê, muito bom no pão com semente de papoula, outro de salame com provolone e pimenta, e dois sanduíches de rosbife com raiz-forte no pão de centeio."

Tive de me agarrar ao balcão para não cair, aquela tempestade de tentações era estonteante.

"Você parece ter ficado com água na boca", falou Zeod.

Assenti, virei a cabeça para os lados, vi a fatiadora cintilante, a elegante curva da peça metálica que protegia a lâmina.

O Zeod falou: "Maluco, você quer alguma coisa, não quer?".

Notei os olhos do balconista revirarem, aborrecido com o que aconteceria. Raras vezes a fatiadora tivera tanta ação às duas ou três da manhã. Ele teria de lavá-la novamente com água e sabão antes do final da noite.

"Por favor — *raiz-fantasma, provolame, rosbifone* — por favor, ahn, tudo igual ao do Tony."

"Você quer tudo igual? Os quatro iguais?"

"Quero", falei com a voz entrecortada. Depois de ouvir a lista de sanduíches do Tony, eu não conseguia pensar. Minha fome era absoluta. Tinha de me igualar ao Tony sanduíche por sanduíche, num tique de espelhamento gastronômico: imaginei que o compreenderia quando tivesse terminado o quarto. Com o molho rosê do Zeod atingiríamos o mesmo estado de alienação mental.

Enquanto Zeod atormentava o rapaz do balcão para cuidar do pedido, eu me escondi lá no fundo, perto das caixas de bebidas, peguei um litro de Coca-Cola e um saco de batatas fritas, reorganizei e contei os itens de uma prateleira de latas de comida de gato, que estava muito desorganizada.

"Muito bem, Lionel." Zeod sempre era mais gentil comigo quando entregava para mim seu carregamento precioso: compartilhávamos essa reverência pelo seu produto. "Ponho na conta do Frank, certo?" Juntou o refrigerante e as batatas numa sacola grande, com os sanduíches embrulhados em papel.

"Não, não..." Apalpei os bolsos em busca de uma nota de vinte toda dobrada.

"Qual é o problema? Por que o chefão não acerta?"

"Quero pagar." Empurrei a nota sobre o balcão. Zeod pegou-a, arqueando as sobrancelhas.

"Que coisa estranha", falou, e fez um *tchuck-tchuck-tchuck* com a língua na bochecha.

"O quê?"

"O Tony fez a mesma coisa antes de você", ele disse. "Disse que queria pagar. A mesma coisa."

"Escuta, Zeod. Se o Tony voltar aqui hoje..." — precisei combater um uivo que queria irromper de dentro de mim, o grito de um predador de sanduíches diante da caça recente, ainda por devorar — "não diga a ele que você me viu, está bem?"

O Zeod piscou. De algum modo aquilo parecia fazer sentido para ele. Senti uma coisa que tanto podia ser uma onda nauseante de paranóia — talvez Zeod fosse um agente do Tony, que o tinha dentro do bolso, e telefonaria para ele assim que eu saísse — como meu estômago em espasmos, na expectativa da comida. "Tudo bem, Chefe", disse Zeod enquanto eu atravessava a porta.

Dei a volta no quarteirão novamente pelo caminho mais longo, rapidamente verifiquei que o gigante e Tony ainda estavam em seus lugares, então atravessei a rua e deslizei até o Tracer com a chave na mão. O carro do gigante era o sexto à frente do Tracer, mas do lugar onde eu o abria não conseguia ver sua enorme silhueta. Esperava que isso significasse que ele também não poderia me ver. Larguei a sacola do Zeod no banco de passageiro, pulei para dentro e bati a porta o mais rápido que pude, rezando para que o rápido clarão da luz interna não tivesse sido registrado pelo retrovisor do gigante. Então me abaixei no meu lugar de modo a ficar invisível, para a chance remota de que ele se virasse e pudesse ver alguma coisa através de doze pára-brisas fumês. Enquanto isso minhas mãos se ocupavam em abrir o papel que envolvia um dos sanduíches de rosbife e raiz-forte do Zeod. Assim que o liberei, engoli o sanduíche como uma lontra desses documentários, quebrando uma ostra no estômago: meus joelhos levantados contra as instalações elétricas debaixo do painel, meus cotovelos espremidos contra o volante, meu peito servindo de mesa, minha camisa como uma toalha.

Aquilo sim era uma autêntica missão de vigilância — se tivesse idéia do que estava para acontecer... Não que pudesse ver muita coisa de dentro do Tracer. O carro do gigante continuava no mesmo lugar, mas não podia ter certeza de que ele estivesse dentro dele. Daquele ângulo extremo tudo o que podia ver era um filete da janela iluminada da L&L. Por duas vezes o Tony caminhou até a frente da loja, apenas o suficiente para eu identificar sua sombra e a aparição de um cotovelo, um penacho de fumaça de cigarro cobrindo a borda do mapa em que estavam marcadas as corridas do Minna, aeroportos do Queens na margem esquerda com as garatujas que o Minna fizera com seu pincel atômico: $18. A Bergen Street era um vazio no meu retrovisor, à minha frente a Smith Street estava apenas ligeiramente mais iluminada. Eram quinze para as quatro. Senti o metrô da linha F ribombando sob a Bergen, primeiro quando diminuiu a velocidade e parou na estação e depois um segundo tremor quando ele partiu. Um minuto depois o ônibus 67 desceu a Bergen como um grande eletrodoméstico movido a pilha, vazio a não ser pelo motorista. O transporte público era o pulso noturno, o bipe do monitor ao lado da cama do paciente. Em poucas horas aqueles mesmos trens e ônibus estariam apinhados de rostos tagarelas e cafeinados, imundos com jornais e chicletes recém-mascados. Agora eles cumpriam o prometido. Quanto a mim, eu tinha o frio para me manter acordado, isso, o litro de Coca-Cola e minha missão, minha vontade de influir no resultado do estranho impasse daquela noite. Tudo isso teria de se haver com os poderes soporíficos do sanduíche de rosbife, com os devaneios das recentes lembranças da Kimmery, com a pulsação do meu crânio no lugar onde o gigante tinha me dado a coronhada.

O que o gigante estava esperando?

O que o Tony queria encontrar nos arquivos do Minna?

Por que os sanduíches dele estavam no carro?

Por que Julia tinha tomado um avião para Boston?

Afinal de contas, quem era Bailey?

Abri meu saco de batatas fritas, tomei um trago do refrigerante e me dediquei a pensar nessas novas e velhas questões e a me manter acordado.

A insônia é uma variante da Tourette — o cérebro acordado dispara, experimentando o mundo depois que o mundo já completou sua volta, tocando-o em todos os lugares, recusando-se a sossegar, a se juntar ao sono coletivo. O cérebro insone é também uma espécie de teórico da conspiração, acreditando demais na sua própria importância paranóica — como se, caso ele pestanejasse e dormitasse, o mundo pudesse ser devastado por alguma calamidade, da qual a contemplação obsessiva de alguma forma o defendesse.

Passara longas noites naquele lugar. Mas aquela noite consistia em cultivar um estado do qual tantas vezes me esforçara para fugir. Agora estava sozinho, sem o Minna, sem os Manos, eu era o meu próprio chefe numa vigilância cujas conseqüências ninguém conhecia. Se dormisse, todo o pequeno mundo da minha investigação desmoronaria. Precisava descobrir meu eu insone para agitar meu cérebro resolvedor de problemas, se não para resolver problemas reais, pelo menos para matutar neles com o objetivo de manter abertos os estúpidos globos oculares.

Evitar ser um com tudo: era esse o meu grande desafio naquele momento.

Eram quatro e meia. A consciência estava dilatada, os tiques eram como ilhas num oceano enevoado.

Quem precisava de sono?, eu me perguntava. *Vou dormir quando estiver morto*, Minna gostava de dizer.

Acho que chegara sua oportunidade.

Vou morrer quando estiver morto, meu cérebro recitava com a voz do Minna. Nem um minuto antes disso, seus bolinhos *kosher*!

Uma dieta de pão. Um cara no colchão.

Não, colchão não. Nada de carro. Nem de telefone.

Telefone.

O telefone celular. Eu o peguei, liguei para o número da L&L. Tocou três vezes antes de uma mão atender.

"Não temos carro", disse Danny preguiçosamente. Se o conhecia bem, tinha dormido com a cabeça sobre o balcão, cansado de fingir que estava escutando o que quer que o Tony estivesse arengando.

Claro que queria muito saber sobre o que Tony arengava.

"Sou eu, Danny. Chama o Tony."

"Você", falou sem demonstrar surpresa. "Já vai."

"O quê?", disse Tony.

"Sou eu", falei. "O *desktop*."

"Sua aberração de merda", disse Tony. "Vou matar você."

Eu era só uns vinte quilos mais pesado que o Tony. "Você já teve a sua oportunidade", eu me ouvi dizer. Tony continuava a despertar meu lado romântico. No final seríamos dois Bogarts. "Se tivesse puxado o gatilho, poderia ter aberto um buraco no seu pé ou então nalguma criança que estivesse andando de bicicleta por ali."

"Devia ter mirado melhor", disse Tony. "Devia ter feito uns buracos em você. Me deixar com aquele policial de merda..."

"Você pode se lembrar daquilo do jeito que quiser. Agora só estou tentando ajudar."

"Essa é boa."

"*Vai-à-merda St. Vincent!*" Afastei o telefone do rosto até ter certeza de que o tique passara. "Está correndo perigo, Tony. Exatamente neste momento."

"O que é que você sabe sobre isso?"

Eu queria perguntar: *Você está saindo da cidade? O que há nos arquivos? Desde quando você gosta de raiz-forte?* Mas não podia deixar que soubesse que eu estava do lado de fora e fazê-lo correr para os braços do gigante. "Acredite em mim", falei. "Realmente queria que você acreditasse."

"Ah, mas eu acredito... que você seja o Bozo, o palhaço", ele disse. "A questão é: o que você pode me dizer que valha a pena escutar?"

"Você está me chateando, Tony."

"Pelo amor de Deus!" Agora ele segurava o fone longe da boca e praguejava. "Tenho os meus problemas, Circo de Aberrações, e você é o número um."

"Se eu fosse você me preocuparia mais com a Fujisaki."

"O que você sabe sobre a Fujisaki?" Ele sibilava. "Onde você está?"

"Eu sei — *peladofone, bozopalhaço* — eu sei algumas coisas."

"É melhor se esconder", ele disse. "Melhor rezar para eu não te pegar."

"Mas, Tony, estamos no mesmo barco."

"Isso é piada, só que eu não acho graça. Vou te matar."

"Somos uma família, Tony. Foi o Minna que nos uniu..." Eu me peguei querendo citar o Tira do Lixo, sugerindo outro *minuto de silêncio*.

"Essa história é muito comprida, Aberração. Não tenho tempo."

Antes que eu pudesse responder ele desligou o telefone.

Já passava das cinco, e os caminhões da padaria tinham começado a circular. Em breve um furgão entregaria os jornais no Zeod's, com a nota de falecimento do Minna.

Estava numa espécie de estado de coma quanto o Tony saiu da L&L e entrou no Pontiac. Uma parte vigilante do meu cérebro permanecera atenta à loja enquanto o restante de mim dormia, de modo que fiquei assustado ao perceber que o sol estava alto e o tráfego enchia a Bergen Street. Olhei o relógio do Minna: eram vinte para as sete. Estava gelado, a cabeça latejava e a língua parecia ter passado a noite toda para fora, envolvida por uma massa de raiz-forte e Coca-Cola. Balancei a cabeça, e meu pescoço estalou. Tentei manter os olhos na cena até mesmo enquanto mexia as mandíbulas para reanimar os mecanismos do rosto. Tony conduzia o Pontiac para o tráfego matutino da Smith Street. O gigante enfiou seu carro compacto no tráfego logo em seguida, mas deixando dois carros entrarem atrás do Tony. Girei a chave do contato do Tracer, o motor tossiu antes de ressuscitar, e eu segui, mantendo uma distância segura.

Tony nos conduziu pela Smith até a Atlantic em direção ao mar, junto com um fluxo de caminhões de entrega e de gente indo para o trabalho. No meio daquele fluxo, logo perdi o Tony de vista, mas mantive os olhos no belo carro do gigante, um modelo compacto e vermelho.

No final da Atlantic, Tony pegou a via expressa Brooklyn—Queens. O gigante e eu subimos a rampa atrás dele. Estava indo para Greenpoint, era meu primeiro palpite. Estremeci ao me lembrar da caçamba atrás da Harry Brainum, numa travessa do McGuinness Boulevard, onde o Minna encontrara a morte. Como o gigante atrairia o Tony até lá?

Mas estava errado. Passamos a saída de Greenpoint, seguindo para o norte. Vi o Pontiac preto bem lá na frente quando fazíamos a curva em direção aos aeroportos e a Long Island, mas me mantive recuado, com pelo menos dois carros de distância do vermelho. Para seguir o Tony eu precisava confiar no gigante, mais um exercício zen. Nós nos enfiamos pelas várias saídas e trevos do Brooklyn e cruzamos o Queens em direção aos aeroportos. Quando viramos na direção do JFK, formulei uma nova teoria: alguém da Fujisaki estava desembarcando no terminal da Japan Air Lines, algum chefe de execuções ou algum *courier* com uma encomenda que fazia tique-taque. A morte do Minna podia ser a primeira de uma onda internacional de execuções. E a chegada de um vôo explicaria a longa e tensa espera do Tony madrugada adentro. Ainda enquanto formulava a explicação, vi o carro vermelho descartar a opção do aeroporto e pegar a pista que ia para o norte, indicando Whitestone Bridge. Quase não consegui atravessar as três faixas para me manter atrás deles.

Quatro sanduíches, é claro. Se eu não fosse tão propenso aos sanduíches múltiplos, talvez tivesse aproveitado melhor a pista. Quatro sanduíches e seis latas. Estávamos saindo da cidade. Felizmente *tinha* trazido uma versão clonada do piquenique do Tony, de modo que também estava preparado. Eu me perguntava se o gigante tinha algo para comer além do saco de cerejas ou azeitonas que o vi devorar. Na realidade, nossa pequena formação estradeira lembrava-me um sanduíche, com um Mano do Minna de cada lado do gigante: éramos um sanduíche de órfãos sobre rodas, com recheio de assassino. Enquanto atravessávamos a ponte de Whitestone tomei outro gole duplo de Coca-Cola. Isso faria as vezes de café da manhã. O único problema era a necessidade premente de urinar. Por isso me apressei para terminar a Coca-Cola, imaginando que usaria a garrafa.

Meia hora depois já tínhamos passado as saídas para Pelhams, White Plains, Mount Kisco e alguns outros nomes que associava aos arrabaldes de Nova York, seguindo em direção a Connecticut, primeiro pela Hutchinson River Parkway e depois por alguma coisa chamada Merritt Parkway. Mantive os olhos no pequeno carro vermelho. O volume de tráfego era suficiente para me manter camuflado. Às vezes o gigante se aproximava bastante do Pontiac do Tony, e então percebia que ainda éramos três, ligados como amantes ao longo de quilômetros e quilômetros de tráfego indiferente.

Dirigir na estrada era extremamente relaxante. O fluxo constante de atenção e esforço, o pisar no acelerador e a checagem dos espelhos e dos pontos cegos com um movimento giratório do pescoço eram gestos que se sobrepunham completamente aos meus tiques. Ainda tinha os olhos injetados, necessitados de sono, mas a novidade da estranha perseguição e o fato de estar mais longe de Nova York do que jamais estivera me ajudaram a ficar acordado. Tinha visto árvores antes... até ali Connecticut não me oferecia nada que não tivesse visto nos subúrbios de Long Island ou mesmo em Staten Island. Mas a *idéia* de estar em Connecticut era algo um tanto interessante.

O tráfego ficou mais intenso quando nos aproximamos da pequena cidade de Hartford, e por algum tempo permanecemos presos num congestionamento que tomava as cinco faixas. Era pouco antes das nove, e fomos pegos por uma simpática e reduzida versão de Hartford para a hora do rush. Tanto Tony como o gigante podiam ser vistos na minha frente, o gigante na faixa à direita avançava muito devagar, de modo que quase ficamos emparelhados. Agora podia ver que o carro vermelho era um Contour. Eu era um Tracer seguindo um Contour. Era como se tivesse pegado um lápis para traçar a rota do gigante num mapa rodoviário. Minha faixa avançava enquanto a dele continuava parada, e logo estávamos quase lado a lado. Ele mastigava alguma coisa, a mandíbula e o pescoço pulsavam, a mão novamente se movendo em direção à boca. Imagino que para sustentar todo aquele tamanho ele precisasse comer sem parar. O carro provavelmente estava abarrotado de guloseimas — talvez a Fujisaki o pagasse diretamente com comida, para que não tivesse de se incomodar em comprá-la. Mas deviam ter dado um carro maior para ele.

Freei para que ele continuasse na minha frente. A faixa do Tony começou a avançar mais rápido que as outras, e o gigante, sem dar nenhum sinal, passou para ela, como se o Contour fosse uma extensão da autoridade do seu corpo animalesco. Estava contente de abrir alguma distância entre nós, e não demorou muito para que o minicongestionamento de Hartford se desfizesse. *Arte-forte, sempre-norte, vice-morte, raiz-forte* era a musiquinha metálica tocando no meu cérebro. Segui o exemplo da mastigação do gigante e remexi o saco de sanduíches sobre o banco de passageiros. Às apalpadelas, procurei um, querendo provar a umidade crocante dos pimentões marinados do Zeod's junto com o salame apimentado e rijo.

Tinha devorado metade do sanduíche quando percebi que o Pontiac negro do Tony estava parando numa área de refúgio, enquanto o Contour do gigante passava tranqüilamente por ele.

Isso só podia significar uma coisa: ao chegar àquele ponto o gigante não precisava mais segui-lo. Sabia aonde Tony estava indo e na realidade preferia chegar antes, para estar à espera.

Não era para Boston. Boston podia estar no caminho, mas não era o destino. Finalmente conseguira juntar *homens de paz* e *passeio de paz*. Não sou assim tão lerdo.

E como era apropriado tanto ao estilo da vigilância noturna como ao da perseguição matutina, eu estava para o gigante assim como o gigante estava para o Tony. Sabia aonde o gigante estava indo — uma aberração perseguindo um contexto —, sabia aonde os dois estavam indo. Ainda procurava abrir uma vantagem em relação ao gigante. Quem sabe eu poderia envenenar seu sushi.

Parei na área de refúgio seguinte, abasteci o carro, fiz xixi e comprei *ginger ale*, café e um mapa da Nova Inglaterra. Estava claro que a diagonal que cruzava Connecticut passava por Massachusetts, por um pedaço do litoral de New Hampshire e chegava até a entrada da estrada para o Maine. Tirei o panfleto do "Passeio de Paz" de dentro da jaqueta e localizei o ponto onde a estrada terminava e começava o caminho indicado pelo mapa esquemático do panfleto, um povoado litorâneo chamado Musconguspoint Station. O nome tinha um sabor mastigável e pouco familiar, provocando tentações na minha síndrome. Notei que havia outros lugares parecidos no mapa. Não importava se a natureza selvagem do Maine me impressionaria mais ou menos que os subúrbios de Connecticut: as placas da estrada me manteriam distraído.

Agora só tinha de tomar a liderança daquela corrida interestadual. Contava com o excesso de autoconfiança do gigante — ele estava tão seguro de ser o perseguidor que nunca parou para pensar que pudesse ser o perseguido. Claro que eu também não tinha dedicado muito tempo a olhar o que acontecia atrás do *meu* ombro. Livrei-me da idéia com alguns repelões de cabeça e entrei novamente no carro.

Ela atendeu no segundo toque, a voz um pouco sonolenta. "Kimmery."

"Lionel?"

"É-o-rogg."

"Aonde você foi?"

"Estou em... quase em Massachusetts."

"O que você quer dizer com esse quase? Massachusetts é um estado de espírito ou algo assim?"

"Não, quero dizer que estou quase lá, literalmente. Estou na estrada, Kimmery. Nunca estive tão longe de Nova York."

Ela ficou em silêncio por um minuto. "Quando você foge você realmente foge", ela disse.

"Não, não me entenda mal. Tive de vir. Esta é a minha investigação. Eu estou — *investi-cagão, conecta-cútis, inventachusetts...*" Esmaguei a língua contra a barreira formada pelos dentes cerrados, tentando segurar o fluxo.

Soltar tiques diante da Kimmery era algo odioso para mim, principalmente agora que a considerava a minha cura.

"Você está o quê?"

"Estou na traseira do gigante", falei, espremendo as palavras. "Bom, não *realmente* na traseira dele, mas sei aonde ele está indo."

"Você ainda está procurando o seu gigante", ela disse pensativamente. "Porque você está triste por causa daquele Frank que foi assassinado, não é?"

"Não. É."

"Você me deixa triste, Lionel."

"Por quê?"

"Sei lá, você parece tão culpado."

"Escuta, Kimmery. Liguei porque — *Saudade-bailey!* — porque estava com saudade de você. Ou melhor, porque estou com saudade."

"Engraçado você dizer isso, não é, Lionel?"

"Você acha?"

"Você pegou minhas chaves?"

"Era parte da investigação. Desculpa."

"Tudo bem, não importa, mas achei isso horrível."

"Minha intenção não era fazer nada horrível."

"Não pode fazer esse tipo de coisa. Isso deixa as pessoas apavoradas, sabia?"

"Sinto muito. Vou devolver as chaves."

Ela novamente ficou em silêncio. Seguia pela pista expressa com um bando de motoristas em alta velocidade, muitas vezes saindo para a direita para deixar os mais afoitos passarem. Dirigir na estrada começara a inspirar a fantasia touréttica de que os capôs e os pára-lamas dos carros eram ombros e colarinhos que eu não podia tocar. Precisava manter distância para não ficar tentado a me esfregar naqueles corpos cintilantes.

Não vira nenhum sinal do Tony ou do gigante, mas tinha motivo para esperar que pelo menos o Tony estivesse atrás de mim. O gigante teria de parar para abastecer, se é que já não tinha parado, e aí eu o ultrapassaria.

"Estou indo a um lugar que talvez conheça", eu disse. "Yoshii's. Um retiro."

"Que boa idéia", falou com inveja, a curiosidade vencendo a raiva. "Sempre quis conhecer. O Roshi disse que é excelente."

"Talvez..."

"O quê?"

"Talvez um dia a gente vá, eu e você juntos."

"Preciso desligar, Lionel."

Aquela ligação me deixou ansioso. Comi o segundo dos sanduíches de rosbife. Massachusetts parecia igual a Connecticut.

Liguei novamente para ela.

"O que você quis dizer com *culpado*?", perguntei. "Não entendo."

Ela suspirou. "Não sei, Lionel. É só que não estou realmente convencida dessa *investigação*. Parece que você está correndo de um lado para o outro, evitando se sentir triste, culpado ou sei lá o que em relação a esse tal de Frank."

"Quero pegar o assassino."

"Não percebe o que está dizendo? Isso soa como algo que o O. J. Simpson diria. Pessoas normais, quando algum conhecido é assassinado ou algo assim, não ficam rodando por aí tentando *pegar o assassino*. Elas vão ao funeral."

"Eu sou um detetive, Kimmery." Quase saiu *Eu sou um telefone*.

"Você sempre diz isso, mas não sei. Simplesmente não entendo."

"E por que não?"

"Acho que pensava que os detetives fossem mais... hmmm... mais sutis."

"Talvez esteja pensando nos detetives do cinema ou da televisão." Eu era ótimo para explicar essa diferença. "Na tevê eles são todos iguais. Os detetives de verdade são tão diferentes uns dos outros quanto as impressões digitais ou os flocos de neve."

"Isso é muito engraçado."

"Estou tentando fazer você rir", falei. "Fico feliz que tenha percebido. Gosta de piadas?"

"Você sabe o que são *koans*? São como piadas zens, só que não têm um final engraçado."

"O que você está esperando? Tenho o dia inteiro." A estrada na verdade tinha se alargado, ganhando algumas faixas adicionais e se complicado com entradas e saídas. Mas eu não ia interromper a Kimmery quando as coisas estavam indo tão bem, eu do meu lado sem tiques, e ela, por sua vez, borbulhando digressões.

"Ah, mas nunca consigo lembrar, são vagas demais. Muitos monges batendo uns na cabeça dos outros, essas coisas."

"Isso parece hilariante. Para mim as melhores piadas sempre têm algum animal."

"Há várias de animais. Aqui..." Ouvi um farfalhar enquanto ela segurava o fone entre o ombro e o queixo para folhear um livro. Ela falava comigo do meio da grande sala vazia — agora eu visualizava a cena, imaginando-a com o fio do telefone esticado até a cama, talvez com o Shelf no colo. "Então os dois monges estão disputando um gato, e um terceiro monge corta o gato ao meio... Ah, essa não é muito boa."

"Assim você me mata. Estou estourando de rir."

"Não me diga. Desta aqui eu gosto. É sobre a morte. Um jovem monge vai visitar um velho monge para perguntar sobre um outro monge, mais velho, que acabou de morrer. Tendo é o nome do monge morto. Então o jovem pergunta sobre o Tendo, e o velho diz coisas como 'Olhe aquele cachorro ali' ou 'Quer tomar um banho?'... coisas assim, irrelevantes. E isso continua até o jovem monge se iluminar."

"Até se iluminar com o quê?"

"Acho que a idéia é que realmente não se pode dizer nada sobre a morte."

"Tudo bem, entendi. É que nem em *Paraíso infernal* quando Joe, o melhor amigo do Cary Grant, morre num acidente de avião e a Rosalind Russell pergunta: 'E o Joe? Você não vai fazer nada a respeito do Joe?'. E o Cary Grant simplesmente responde: 'Quem é Joe?'."

"Já que estamos falando em ver muitos filmes e televisão..."

"Exatamente." Gostava de ver os quilômetros voarem por mim, sem tiques, suspenso pela voz da Kimmery, o tráfego da rodovia diminuindo.

Mas, no exato momento em que me dei conta de como nossa conversa e minha viagem discorriam, mergulhamos no silêncio.

"Roshi fala uma coisa sobre a culpa", disse depois de um minuto. "Que ela é egoísta, apenas uma maneira de evitar tomar conta de si mesmo. Ou de pensar em si mesmo. Acho que são duas coisas mais ou menos diferentes. Não me lembro."

"Por favor, não cite o Gerard Minna para falar de culpa", eu disse. "Difícil engolir isso nas atuais circunstâncias."

"Você acha mesmo que o Roshi é culpado de algo?"

"Ainda preciso descobrir umas coisas", admiti. "É isso que estou fazendo. Por isso tive de pegar suas chaves."

"E é por isso que você está indo para o Yoshii's?"

"Exato."

Na pausa que se seguiu podia ouvir o som da Kimmery acreditando em mim, pela primeira vez acreditando no meu caso.

"Tome cuidado, Lionel."

"Claro. Eu sempre tomo cuidado. Mas vê se cumpre a promessa que você me fez, está bem?"

"Que promessa?"

"De não ir ao Zendo."

"Tudo bem. Acho que vou desligar o telefone, Lionel."

"Você promete?"

"Claro que prometo."

De repente estava cercado por prédios de escritórios, galpões de automóveis, camadas e camadas de autopistas apinhadas de carros. Percebi tarde demais que devia ter passado por fora de Boston em vez de cruzar a cidade. Sofri com a lentidão do tráfego, mastiguei batatas fritas e procurei não prender a respiração, mas não demorou muito para as garras da cidade se afrouxarem, cedendo lugar à vastidão suburbana e à infinita e desolada rodovia interestadual. Só esperava não ter deixado o Tony e o gigante me ultrapassar, perder minha liderança, minha vantagem. *Preciso levar vantagem*. Estava começando a ficar obcecado demais com as *vantagens*: vantagem do carro, vantagem da estrada, vantagem da visão e do que havia nela de persistente e irreal. Começava a me parecer estranho que os carros tivessem corpos que nunca deveriam ser tocados, o que resultaria em desastre.

Não fique me olhando aí do meu ponto cego, Fonebone!

Eu me sentia prestes a produzir tiques com o corpo do carro, como se necessitasse flertar com os ombros da rodovia ou com os corpos que me rodeavam, velozes, disparados, a menos que ouvisse novamente a voz dela.

"Kimmery."

"Lionel."

"Estou ligando de novo."

"Essas ligações de telefones de carro não são caras?"

"Não sou eu mesmo que vou pagar", balbuciei. Estava contente com a repetição da mágica tecnológica, o telefone atravessando espaço e tempo para nos conectar novamente.

"E quem vai pagar?"

"Algum porqueiro zen que conheci ontem num carro."

"Porqueiro?"

"Porteiro."

"Hmmm." Ela estava comendo alguma coisa. "Você telefona demais."

"Gosto de conversar com você. Dirigir é... chato." Meu tormento saiu barato, usei só uma palavra no lugar de muitas outras.

"É, hmmm... mas neste momento não quero nada, sei lá, nada de muito louco na minha vida."

"O que você quer dizer com louco?" Suas mudanças de tom novamente me pegaram de surpresa. Mas suponho que tenha sido essa estranha dança cheia de movimentos súbitos que encantou meu cérebro duplicado.

"É só que... Sabe, muitos caras dizem que entendem isso de você ter seu próprio espaço, que sabem conversar sobre o assunto e que você precisa ouvi-los. Mas na verdade não têm a mínima idéia do que isso significa. Passei por muita coisa recentemente, Lionel."

"E quando foi que falei de você ter seu próprio espaço?"

"Só quero dizer que são muitos telefonemas em muito pouco tempo, só isso."

"Kimmery, escute. Não sou que nem as outras... as outras pessoas que você conheceu. Minha vida gira em torno de algumas compulsões. Mas com você é diferente, eu me sinto diferente."

"Isso é bom, isso é bonito..."

"Você não tem idéia."

"... mas acabei de sair de uma história muito intensa. Quer dizer, você me deixou completamente apaixonada por você, Lionel. Mas na verdade você é um pouco insistente, Lionel, se é que você não sabe. Também gosto de conversar com você, mas não é bom ligar três vezes seguidas logo depois de, sabe, *passar uma noite juntos*."

Fiquei em silêncio, sem saber como interpretar aquele discurso notável.

"O que quero dizer é que acabei de passar exatamente por esse tipo de loucura, Lionel."

"Que tipo?"

"Esse tipo", falou numa voz dócil. "Que nem com você."

"Quer dizer que o Homem de Negresco tinha a *síndrome de Tourette*?" Estremeci de ciúme. Agora entendia: ela colecionava aberrações. Não admira que não se perturbasse conosco, não admira que aliviasse nossos sintomas. No fundo eu não tinha nada de especial. Talvez meu único atrativo fosse o pênis em formato de punho.

"Quem é o Homem de Negresco?"

"Seu ex-namorado."

"Ah. Mas o que mais você disse?"

"Deixa pra lá."

Ficamos em silêncio por alguns instantes. Meu cérebro pensava *lapsos gotejantes jatos de fedor santinhas de Tourette mutuamente beijadoras*...

"Só quero dizer que agora não estou preparada para nada muito intenso", disse Kimmery. "Preciso de espaço para pensar no que eu quero. Não posso ficar tão sufocada e obcecada como da última vez."

"Acho que já ouvi o suficiente por ora."

"Tudo bem."

"Mas..." Reuni forças e mergulhei num território muito

mais estranho que Connecticut ou Massachusetts. "Acho que entendo isso de ter seu próprio espaço, de dar um tempo para não ficar muito obcecada."

"Hã-hã."

"Ou esse é o tipo de conversa que você não quer ouvir? Estou meio confuso."

"Não, tudo bem. A gente conversa depois."

"Então está certo."

"Tchau, Lionel."

Disca e redisca estavam sentados numa cerca. Disca caiu. Quem sobrou?

Trim.

Trim.

Trim.

Tluck. "Você ligou para dois um dois três zero quatro..."

"Oi-Kimmery-sei-que-não-devia-estar-ligando-mas-é-que-só..."

Clunk. "Lionel?"

"Oi."

"Agora chega."

"Hã..."

"Agora chega de ligar para mim. Isto está muito parecido com umas coisas bem ruins que aconteceram comigo, entende? Não é nada romântico."

"Sei."

"Então tá. Tchau, Lionel. Agora é de verdade, está bem?"

"Está."

Redisca.

"Você ligou para..."

"Kimmery? Kimmery? Kimmery? Cadê você, Kimmery?"

Mais uma vez a síndrome me fazia de trouxa. Estava ali, imaginando desfrutar uma manhã sem tiques, quando surgiu um novo tipo de tique, o Tique Roubado, que se ocultava à vista de todos. Ao apertar a tecla de rediscagem eu manifestava um tique-de-telefonar-para-a-Kimmery tão compulsivo quanto qualquer gesticulação ou sílaba grosseira.

Queria arremessar o celular do porteiro no canteiro central da rodovia. Mas em vez disso, sentindo ódio de mim mesmo, disquei outro número, um número gravado em minha memória embora não discasse para ela havia algum tempo.

"Alô?" A voz parecia cansada, marcada pela idade, tal como eu me lembrava dela.

"É o Essrog?", perguntei.

"É." Pausa. "É da casa do Essrog. Aqui é o Murray Essrog. Quem está falando?"

Demorei um pouco para responder. "Vai-à-merda Bailey."

"Ah, meu Deus." A voz afastou-se do fone. "Mãe, mãe, vem aqui. Quero que escute isto."

"Essrog Bailey", eu disse, quase sussurrando, mas querendo que me ouvissem.

Ouvi passos ao fundo.

"É ele de novo, mãe", disse Murray Essrog. "É aquele maldito moleque, o Bailey. Continua por aí depois de tantos anos."

Para ele eu ainda era um moleque, assim como para mim ele era um velho desde a primeira vez em que telefonei para ele.

"Não sei por que você se preocupa", dizia uma mulher com voz de mais velha, cada palavra um suspiro.

"Baileybailey", falei baixinho.

"Desembucha, moleque", disse o velho.

Ouvi o fone mudar de mãos e a respiração da velha entrar na linha.

"Essrog, Essrog, Essrog", cantei, como um grilo aprisionado contra a parede.

Estou bem amarrado. Sou um canhão solto. As duas coisas: sou um canhão solto e estou bem amarrado. Minha vida inteira está compreendida entre essas duas palavras — amarrado, solto —, mas não há espaço entre elas. Deveriam formar uma única palavra: amarrado-solto. Sou um *airbag* preso dentro do painel, dobrado camada por camada pronto para explodir, expandir-se, preencher todo o espaço livre. Mas ao contrário de um *airbag* volto a ser dobrado no momento em que acabo explodindo, novamente tensionado e pronto para explodir... como um pedaço de filme montado em *loop*. Tudo o que faço é comprimir e soltar, repetidamente, sem nunca salvar ou satisfazer ninguém, muito menos a mim mesmo. Mesmo assim o filme avança inutilmente, o *airbag* obsessivo explode repetidas vezes enquanto a vida segue seu curso, à margem desses absurdos gastos de energia.

A noite anterior, na alcova de Kimmery, de repente pareceu muito, muito distante.

Como as ligações telefônicas podiam — *ligações de celular* cheias de interferências, improváveis e gratuitas —, como será que podiam alterar aquilo que corpos de verdade sentiam? Como é que os fantasmas podiam tocar os vivos?

Tentei não pensar nisso.

Joguei o telefone celular no assento ao lado, sobre os destroços dos sanduíches do Zeod's, do embrulho desfeito, do saco de batatas rasgado, fritas espalhadas, guardanapos amassados e translúcidos com manchas de gordura iluminadas pelo sol da manhã. Não estava comendo adequadamente, não estava fazendo nada muito direito, e agora sabia que não importava, nem hoje nem nunca mais. Interrompido o desastroso fluxo dos tiques de discagem, meu humor tinha piorado, e minha atenção ficara mais aguçada. Em Portsmouth, atravessei a ponte no sentido do Maine e me concentrei em tudo o que deixara ao longo do percurso, desvencilhando-me dos comportamentos desnecessários, abandonando o cansaço e o amargor e fazendo de mim mesmo uma seta veicular apontada para Musconguspoint Station, para as respostas que encontraria lá. Agora, no lugar da minha incansável língua tourettica eu escutava a voz do Minna dizendo *Vá em frente, Aberração. Se tem de fazer alguma coisa, faça o mais rápido possível. Conte sua história enquanto dirige.*

A Rota 1 pelo litoral do Maine era composta de uma série de povoados turísticos, alguns com barcos, outros com praias, todos com lagosta e lojas de antigüidades. Muitos hotéis e restaurantes estavam fechados, com placas em que se lia ATÉ O PRÓXIMO VERÃO! e UM ÓTIMO ANO PARA VOCÊ! Era difícil acreditar que aquilo fosse verdade: a rodovia parecia um mapa rodoviário esquemático, e eu e meu carro parecíamos um ponto ou então um risco de caneta descrevendo uma rota. A sensação era de estar dirigindo pelas páginas de um calendário ou por uma coleção de selos ilustrados. Nada daquilo me parecia especial ou convincente. Talvez quando saísse do carro.

Musconguspoint Station era um dos povoados com barcos. Não era o menor deles, mas quase: era uma protuberância na costa que se distinguia principalmente pelo grande desembarcadouro da balsa, com cartazes que indicavam a Balsa da Ilha de Muscongus, que fazia a viagem duas vezes por dia. Não era difícil encontrar o "passeio de paz". O Yoshii's — ÚNICO EMPÓRIO DO MAINE COM PEIXES PARA SUSHI E COMIDA TAILANDESA, como dizia a placa — era o maior dos três prédios localizados sobre uma colina logo depois do desembarcadouro e dos deques de pesca, todos pintados com uma enjoativa combinação de branco-amarronzado com rosa-concha, tons de uma humildade presunçosa que afrontavam abertamente o esquema dominante no Maine, o dos celeiros-vermelhos e casas-brancas. Era uma imagem que destoava do calendário. O restaurante, construído sobre estacas apoiadas num rochedo, tinha vista para o mar, com as ondas batendo lá embaixo; os outros dois prédios, que imaginava pertencerem ao centro de retiro, estavam cercados por uma fileira espessa de pinheiros, regularmente espaçados, todos do mesmo ano e modelo. Na parte de cima da placa havia uma imagem pintada do Yoshii, um homem sorridente e calvo empunhando palitinhos japoneses e com ondas de prazer e serenidade que emanavam de sua cabeça como xingamentos de um cartum do Don Martin.

Deixei o Tracer no estacionamento do restaurante, que ficava colina acima de frente para o mar e de onde se viam lá embaixo o deque de pesca e o desembarcadouro. Além dele, só havia duas caminhonetes estacionadas nas vagas reservadas para os funcionários. O horário de funcionamento do Yoshii's estava escrito na entrada: o almoço começava ao meio-dia e meia, dali a vinte minutos. Não vi nenhum sinal do Tony, do gigante ou de quem quer que fosse, mas não queria ficar no estacionamento esperando feito um tonto, com o desenho de um alvo pintado nas costas. Levar vantagem, era isso que procurava.

Vantarogg, 33, levar vantagem.

Saí do carro. Primeira surpresa: o frio. O vento imediatamente machucou meus ouvidos. Havia um cheiro de tempestade no ar, embora não houvesse nenhuma nuvem no céu. Pulei a barreira de troncos de madeira que havia num dos cantos do estacionamento e, protegido pela sombra formada pelo deque que se projetava do restaurante, desci o penhasco em direção à água. Assim que saí do campo de visão da estrada e dos prédios, abri o zíper e mijei nas pedras, distraindo minha compulsão ao tingir de cinza-escuro, ainda que temporariamente, todo um penedo. Assim que levantei o zíper e me virei para o mar, senti uma vertigem. De fato conseguira uma vantagem. Ondas, céu, árvores, Essrog — eu estava deslocado da paisagem, longe da lógica do asfalto e dos arranha-céus. Senti isso precisamente como uma perda de linguagem, como se estivesse sendo sugado para fora das paredes que as palavras formavam em volta de mim e das quais eu precisava tanto: as paredes que eu tanto tocava, em que me apoiava e das quais tentava escapar com as explosões verbais. Agora compreendia que as paredes de linguagem sempre estiveram no mesmo lugar, sempre se fizeram audíveis até serem emudecidas pelo céu do Maine, com um grito de silêncio. Cambaleei e apoiei uma mão na pedra para não cair. Precisava responder numa língua nova, encontrar um jeito de afirmar meu eu enfraquecido, reduzido a um farrapo humano vacilando no vazio da costa: um órfão diante do oceano. Um idiota se desfazendo na maresia.

"Aberração!", gritei para o redemoinho de espuma. O grito se perdeu.

"Bailey!" Também se perdeu.

"Vai-à-merda! Paspalho!"

Nada. Mas o que eu esperava: que o Frank Minna emergisse de dentro do mar?

"Essrog!", gritei. Pensei no Murray Essrog e na mulher dele. Eram Essrogs do Brooklyn, como eu. Será que já tinham vindo até aqui para ver o céu? Ou será que eu era o primeiro Essrog a pisar na crosta do Maine?

"Reivindico esta grande água para os Essrog!", gritei.

Eu era uma *aberração na natureza*.

De volta à aridez do estacionamento, ajeitei meu paletó e dei uma olhada em volta para verificar se alguém ouvira os gritos. A movimentação mais próxima ocorria lá embaixo, no deque de pesca, aonde chegara um barquinho e no qual figuras minúsculas vestidas com macacões amarelos de mergulho descarregavam caixas azuis de plástico, que saíam da proa e eram colocadas sobre um estrado montado no deque. Tranquei o carro, andei até o outro lado do estacionamento vazio, desci rapidamente a colina coberta de mato em direção aos homens e barcos, deslizando com as solas de couro do sapato feito para o asfalto, o vento cortando o nariz e o queixo. Quando cheguei ao deque, a visão do restaurante e do centro de retiro tinha sido eclipsada pela ondulação da colina.

"Ei!"

Chamei a atenção de um dos homens do deque. Ele se virou com uma caixa na mão, colocou-a sobre a pilha, pôs as mãos nos quadris esperando eu chegar até ele. Enquanto me aproximava, ia examinando o barco. As caixas azuis estavam fechadas, mas os marinheiros as levantavam como se estivessem pesadas, e com cuidado suficiente para eu perceber que continham alguma coisa valiosa. O deque do barco tinha engradados cheios de equipamentos de mergulho — macacões emborrachados, pés-de-pato, máscaras e uma pilha de tanques de oxigênio para respiração debaixo d'água.

"Que frio!", falei, esfregando as mãos. "Dia duro para sair de barco, hein?"

As sobrancelhas e a barba de dois dias do marinheiro tinham um vermelho brilhante, mas não mais brilhante que a pele castigada pelo sol nas partes que ficavam expostas: bochechas, nariz, orelhas e os nós dos dedos corroídos que esfregava no queixo enquanto tentava formular uma resposta.

Ouvi e senti o barco balançando e batendo contra o cais. Meus pensamentos estavam voltados para as hélices submersas, girando silenciosamente debaixo d'água. Se estivesse mais perto, teria me esticado para tocar a hélice, o que era muito estimulante para minhas obsessões por objetos em movimento. "*Vire-o-barco! Esqueça-o-barco!*" foi o tique que soltei, repuxando o pescoço para lançar as palavras ao vento.

"Você não é daqui, né?", perguntou com cautela. Esperava uma voz escabrosa e atabalhoada, parecida com a do Popeye ou do Eufrasino, o pistoleiro que persegue o Pernalonga. Mas seu sotaque da Nova Inglaterra era tão impassível e patrimonial que não restava dúvidas sobre quem parecia um personagem de desenho animado.

"Não, na verdade não sou." Fiz um ar inteligente — "*Ilumine-me, senhor, pois sou um estrangeiro nestas paragens exóticas!*" Parecia igualmente possível que ele me empurrasse na água, me virasse as costas ou simplesmente continuasse a conversa. De novo ajeitei meu paletó, arrumei o colarinho para não ficar tentado a tocar seu capuz fluorescente ou a cutucar a superfície de velcro como se fosse as bordas de uma massa de torta.

Ele me olhou com atenção. "A temporada de ouriço vai de outubro a março. É trabalho gelado. Um dia como o de hoje é que nem um passeio no parque."

"Ouriço?", perguntei, percebendo ao mesmo tempo que soltara um tique, que a própria palavra era um tique, por definição, com sua crispação inata. Seria um bom jeito de pronunciar o glifo impronunciável do Artista Antes Conhecido Como Prince.

"As águas em volta da ilha são cheias de ouriços. É isso que o mercado quer, é isso que pescamos."

"Entendo. Isso é fantástico. Um sucesso. Você sabe alguma coisa sobre aquele lugar em cima da colina... o Yoshii's?"

"Você devia falar com o senhor Foible." Com a cabeça, indicou a pequena choupana que havia no deque de pesca, de cuja chaminé saía uma pequena coluna de fumaça. "É ele que negocia com os japoneses. Sou apenas um pescador."

"*Vai-à-merda-pescador!*... obrigado pela ajuda." Sorri, cumprimentando-o com um boné imaginário, e fui até o barraco. Ele deu de ombros e pegou outra caixa que lhe passaram do barco.

"Em que posso ajudá-lo, senhor?"

O Foible também era vermelho, mas de um jeito diferente. As bochechas, o nariz e mesmo o rosto eram cobertos por uma espécie de teia de pequenos vasos vermelhos, uma coisa dolorosa de se ver. Pequenas veias também saltavam do branco dos olhos. Como o Minna costumava dizer sobre o padre da paróquia de St. Mary, o Foible tinha um *rosto sedento*. Dentro do barraco, no balcão de madeira diante do qual ele estava sentado, ficava evidente do que era a sua sede: um punhado de garrafas vazias de cerveja e duas garrafas de gim, uma delas com uns dois dedos de bebida. As resistências de um aquecedor brilhavam debaixo do balcão, e, quando entrei, ele acenou com a cabeça para o aquecedor e para a porta, indicando que eu deveria fechá-la. Além do Foible, do aquecedor e das garrafas, o barraco também tinha um armário de madeira todo riscado e algumas caixas com o que supus serem ferramentas e apetrechos de pesca cobertos por várias camadas de gordura. Apesar de não trocar de roupa havia dois dias e da barba por fazer, eu era de longe a coisa mais limpa naquele lugar.

Percebi que seria necessário empregar a técnica de investigação mais antiga de todas: abri minha carteira e tirei uma nota de vinte. "Pago uma bebida para quem me contar umas coisas sobre os japoneses", falei.

"O que é que você quer saber?" Os olhos leitosos fizeram contato íntimo com a nota de vinte e subiram novamente até encontrarem os meus.

"Estou interessado no restaurante que fica lá em cima da colina. Quem é o dono?"

"Por quê?"

"Digamos que eu queira comprá-lo." Pisquei e cerrei os dentes para evitar um latido, que se transformou num rápido... *charp*!

"Meu filho, você nunca vai tirar aquilo deles. Melhor pensar num outro lugar."

"E se fizesse uma oferta irrecusável?"

Foible me olhou com os olhos semicerrados, repentinamente desconfiado. Lembrei como o detetive Seminole tinha ficado assustado com os Manos do Minna e com o nosso pedaço da Court Street. Não fazia a mínima idéia se tais imagens produziriam efeito num lugar tão distante de Gotham City.

"Posso perguntar uma coisa?", disse Foible.

"Manda."

"Você não é um daqueles *cientologistas*, é?"

"Não", respondi, surpreso. Não era essa a impressão que imaginava causar.

Ele teve um estremecimento profundo, como se lembrasse do trauma que o levara para a bebida. "Ótimo", falou. "Os cientologistas compraram o velho hotel da ilha, que foi transformado numa casa de diversões para estrelas do cinema. Prefiro mil vezes os japoneses. Pelo menos eles comem peixe."

"A ilha de *Muscongus*?" Queria finalmente sentir a palavra dentro da boca.

"De que outra ilha eu poderia estar falando?" Ele me olhou de novo e estendeu sua mão para pegar os vinte. "Me dá isso, meu filho."

Entreguei a nota. Ele a colocou em cima do balcão e limpou a garganta. "Essa nota aí mostra que você está um pouco deslocado, meu filho. Quando os japoneses puxam um maço de dinheiro, a menor nota que sai é de cem. Antes de acabarem com o comércio de ouriços, este deque aqui ficava cheio dos elásticos que prendiam os maços de mil dólares, que os japoneses usavam para pagar os meus pescadores.

"Conta mais."

"Hmmm!"

"Vai-à-merda."

"O que foi que você disse?"

"Pedi para contar mais. Conta mais dos japoneses pra quem não sabe de nada."

"Sabe o que significa *uni*?"

"Desculpa a ignorância."

"É a comida nacional do Japão, meu filho. É a única coisa interessante que sobrou em Musconguspoint, a não ser que você leve em conta os cientologistas acampados naquela merda de hotel. As famílias japonesas têm de comer uni pelo menos uma vez por semana para manter a auto-estima. Do mesmo jeito que você come bife, eles comem um prato de ovas de ouriço. Na Semana Dourada — que é que nem o Natal do Japão — o uni é a única coisa que eles comem. Mas não há mais ouriços nas águas japonesas. Está entendendo?"

"Acho que sim."

"A lei japonesa não permite mais o mergulho para pesca de ouriços. Só é permitida a coleta manual. Quer dizer, na maré baixa você precisa ir até as pedras para pegá-los com uma espécie de ancinho. Experimente fazer isso um dia. Pode passar o dia inteiro sem conseguir um ouriço que valha alguma coisa."

Se havia um cara que precisava *contar a sua história andando*, esse alguém era o Foible. Refreei o impulso de falar isso para ele.

"O litoral do Maine tem os melhores ouriços do mundo, meu filho. Grudados debaixo da ilha como cachos de uvas. Os moradores daqui nunca gostaram muito desse negócio, os pescadores de lagosta achavam que os ouriços atrapalhavam. Essa lei japonesa enriqueceu muita gente que conseguiu improvisar uma equipe de mergulhadores. Isso criou todo um novo negócio até Rockport. Os japoneses montaram fábricas de processamento, colocaram mulheres abrindo ouriços dia e noite para despachá-los de avião no dia seguinte. Os comerciantes japoneses vinham em limusines, esperavam os barcos chegar, faziam suas ofertas e pagavam em dinheiro vivo, com aqueles maços de dinheiro que eu falei antes... dava até medo de ver tanto dinheiro."

"E o que aconteceu?" Engoli alguns tiques. Começava a me interessar pela história do Foible.

"Em Rockport? Lá não aconteceu nada. Está do mesmo jeito. Mas aqui nós só ficamos com alguns barcos. Os caras lá de cima compraram o negócio de mim e foi isto: nada de carros com vidro fumê, nada dos yakuza fazendo suas ofertas no cais. Mas nunca senti falta disso. Sou um fornecedor exclusivo, meu filho, e o homem mais feliz que você já encontrou."

Naquele pequeno barraco, eu estava cercado pela felicidade do Foible, e isso não me entusiasmava. Não disse nada. "Os caras lá de cima", eu disse. "Você está falando da Fujisaki." Imaginei que estivesse suficientemente envolvido na sua história para não se incomodar com a menção do nome.

"Isso mesmo, senhor. São pessoas de classe. Têm várias casas na ilha, eles mesmos reformaram o restaurante inteirinho e trouxeram um sushiman para poderem comer do jeito que gostam. Preferia que tivessem comprado o hotel no lugar dos cientologistas."

"Todos nós gostaríamos. Então a Fujisaki — *ginecologia! clientologia! fugitologia!* — a Fujisaki passa o ano inteiro aqui em Musconguspoint?"

"O que foi?"

"*Seu-tolo-egoísta!*"

"Você tem um pouquinho de Tourette aí, não é, meu filho?"

"Tenho", sussurrei.

"Quer beber alguma coisa?"

"Não, não. Esse pessoal de classe, todos eles moram lá em cima?"

"Não. Entram e saem em bandos, sempre juntos, Tóquio, Nova York, Londres. Têm um heliporto na ilha, estão sempre indo e vindo. Acabaram de pegar a balsa hoje de manhã."

"Ah." Pisquei loucamente depois da explosão verbal. "Você também administra a balsa?"

"Não, não quero nada com aquela banheira. Só tenho dois barcos e dois tripulantes. Coloco meus pés para cima e cuido dos meus hobbies."

"Seu outro barco saiu para pescar?"

"Não. O mergulho para pescar ouriços é de manhã bem cedo, meu filho. A gente sai às três, quatro da manhã, e o dia termina por volta das dez."

"Certo, certo. Então cadê o barco?"

"Engraçado você perguntar. Emprestei para dois caras uma hora atrás. Falaram que precisavam ir até a ilha e que não podiam esperar a balsa. Aluguei o barco com o capitão. Eles eram parecidos com você, acharam que eu ficaria impressionado com uma nota de vinte."

"Um deles era bem grande?"
"O maior que já vi."

O desvio pelo centro de Boston me custara a liderança da corrida até Muscongusppoint. Parecia idiotice ter imaginado algo diferente. Encontrei o Contour vermelho e o Pontiac preto num pequeno estacionamento que ficava logo depois do embarcadouro da balsa, um terreno sem saída escondido por árvores, usado pelos turistas que iam passar o dia na ilha, com um portão automático acionado por moedas e uma saída de mão única com pontas de ferro, todas no mesmo ângulo, e placas de advertência: NÃO DÊ RÉ! PNEUS SUJEITOS A GRAVES DANOS! Era comovente que Tony e o gigante tivessem pagado para estacionar ali, procurando moedas nos bolsos antes de se lançarem ao estranho confronto que os levara a alugar o barco de pesca. Olhei mais de perto e vi que o Contour estava todo trancado, ao passo que as chaves do Pontiac estavam no contato, as portas destrancadas. A arma do Tony, a mesma que ele apontara para mim na véspera, estava no chão, perto do acelerador. Eu a empurrei para debaixo do banco. Talvez o Tony precisasse dela. Esperava que sim. Fiquei pensando no gigante arrastando o Minna e tive pena do Tony.

Ao subir a colina, senti um zumbido, como se houvesse uma abelha ou uma vespa dentro da minha calça. Era o bipe do Minna, que colocara no modo "vibrador" quando estava no Zendo. Tirei do bolso. Era um número de Nova Jersey. Os Clientes estavam em casa, de volta do Brooklyn.

No estacionamento, entrei no carro e encontrei um telefone celular sobre o banco, junto com os restos do sanduíche, que começavam a esquentar com o sol. Disquei o número.

Estava muito cansado.

"Alô?"

"Aqui é o Lionel, senhor Matricardi. O senhor me bipou."

"Sim, Lionel. Conseguiu aquilo que a gente queria?"

"Estou atrás disso."

"Estar atrás é maravilhoso, admirável, honorável. Mas gostamos mesmo é dos resultados."

"Logo terei novidades."

O interior era todo de madeira entalhada e lustrosa, que combinava com o branco-amarronzado da parte de fora. O carpete entrava com o rosa-concha. A garota que me recebeu na porta vestia uma túnica japonesa cheia de bordados e tinha uma expressão confusa. Ajeitei com as mãos os dois lados da sua gola, e ela pareceu receber bem o gesto, talvez interpretando-o como indício de admiração pela seda. Indiquei com a cabeça as grandes janelas que davam para a água, e ela me levou até uma mesinha que ficava lá perto, inclinou-se para mim e saiu. Era o único cliente para o almoço, ou o primeiro a chegar. Estava morrendo de fome. Do outro lado do amplo e elegante salão, o sushiman acenou com a faca e sorriu. Ele trabalhava atrás de uma proteção de vidro bisotado, que me lembrou as cabines de plexiglas usadas nas lojas de bebida da Smith Street como proteção antiassalto. Acenei de volta, e ele moveu a cabeça, numa espécie de tique ao qual respondi com satisfação. A coisa ia muito bem até ele quebrar o clima e começar a tirar a pele de um peixe avermelhado com gestos bem teatrais.

As portas da cozinha se abriram, e Julia apareceu. Também vestia uma túnica, e a usava esplendidamente. Só o corte do cabelo destoava um pouco. O longo cabelo loiro tinha sido cortado bem curto, em estilo militar, deixando à mostra as raízes escuras. O rosto debaixo daquela penugem parecia desprotegido e malcuidado, os olhos um pouco alterados por estarem sem a cortina de proteção. Pegou um cardápio e veio para minha mesa. Vi que no meio do caminho ela percebeu para quem estava levando o cardápio. Ela só perdeu um pouquinho do rebolado.

"Lionel."

"*Pois-pois*", completei.

"Nem vou perguntar o que você está fazendo aqui", ela disse. "Não quero saber." Entregou-me o cardápio, que tinha uma capa de palha e bambu.

"Segui o Tony", falei, pondo o cardápio de lado e tomando cuidado com as farpas. "E o gigante, o assassino. Viemos participar de uma convenção sobre o Frank Minna."

"Isso não tem graça." Ela me examinou com os lábios apertados. "Você está com uma cara péssima, Lionel."

"A viagem foi longa. Acho que devia ter tomado um avião para Boston e... qual é o seu truque, carro alugado? Ou você pega ônibus? Sei que você sempre vem aqui nas férias."

"Muito bem, Lionel, você é muito esperto. Agora suma."

"*Muscangafone! Minnockport!*" Cerrei os dentes como portões para conter uma série de tiques, todos associados à geografia do Maine, que queriam seguir aqueles dois. "A gente realmente precisa conversar, Julia."

"Por que não conversa com você mesmo?"

"Estamos empatados, porque essa também não foi engraçada."

"Cadê o Tony?"

"Ele está... *Vira-barco! Ouriçofone!*... está num barco." Isso parecia muito agradável, mas não queria dizer com quem ele estava. Das janelas do Yoshii's eu finalmente podia ver a ilha Muscongus no horizonte, envolta em neblina.

"Ele devia ter vindo aqui", disse Julia, sem demonstrar nenhuma emoção. Falava como alguém que na véspera decidira adotar uma forma de pensamento eminentemente pragmática. "Ele me mandou esperar aqui, mas não posso esperar por muito tempo. Devia ter vindo aqui."

"Talvez tenha tentado. Acho que quer chegar à Fujisaki antes que alguém chegue até ele." Enquanto desenvolvia minha teoria, observava sua expressão, atento a qualquer sobressalto ou rubor.

Ela se sobressaltou. Abaixou a voz. "Não diga esse nome aqui, Lionel. Não seja idiota." Olhou em volta, mas só havia a atendente e o sushiman. *Não diga esse nome* — a viúva herdara as superstições do defunto.

"Está com medo de quem, Julia? Da Fujisaki? Ou do Matricardi e do Rockaforte?"

Olhou para mim, e vi sua garganta se apertar e as narinas flamejarem.

"Não sou eu que estou fugindo dos italianos", falou. "Não sou eu que preciso ficar com medo."

"Quem é que está fugindo?"

A pergunta era excessiva. Ela me olhou furiosamente só porque era eu que estava ali, e a pessoa que ela queria matar estava muito longe, manipulando-a por controle remoto.

"Foda-se, Lionel. Sua aberração de merda."

Os patos estavam no lago, os macacos nas árvores, os pássaros nos fios, os peixes num tanque, os porcos nos chiqueiros: qualquer que fosse a classificação zoológica a ser aplicada aos personagens desse sonho delirante, agora estavam todos reunidos. O problema não era traçar conexões. Tinha entrado no Tracer e conseguira fazer isso. Agora era preciso traçar uma linha coerente que unisse macacos, patos, peixes, porcos, passando por monges e idiotas... uma linha que separasse com precisão os dois times opostos. Talvez eu estivesse perto disso.

"Posso fazer o pedido, Julia?"

"Por que você não vai embora, Lionel? Por favor." Isso me causava pena, amargor e desespero, tudo ao mesmo tempo. Ela queria nos poupar. Precisava saber do quê.

"Quero experimentar um uni. Um pouco de — *sorvete de órfãos marinhos!* — ovas de ouriço. Preciso saber de onde vem tamanho estardalhaço."

"Não vai gostar."

"Não dá para fazer um sanduíche com isso? Tipo um X-uni salada?"

"Mas não é de passar no pão."

"Tudo bem, então traz numa tigela com uma colher. Estou com muita fome, Julia."

Ela não prestava atenção. A porta havia sido aberta, e a fraca luz do sol entrou no salão, que parecia uma caverna pintada de laranja e rosa. A atendente fez uma reverência e conduziu a Fujisaki Corporation até uma mesa grande, que ocupava o centro do salão.

Tudo aconteceu ao mesmo tempo. Eram seis, uma imagem de cortar o coração. Quase fiquei contente que o Minna não estivesse ali para ver aquilo: os seis japoneses de meia-idade da Fujisaki encaixavam-se perfeitamente no ideal que os Manos do Minna não alcançaram nem jamais alcançariam. Os seis vestiam ternos pretos impecáveis, gravatas estreitas, óculos escuros, postura ereta, sapatos impecáveis, anéis e braceletes brilhantes e sorrisos estóicos nos quais mal se viam os lábios. Eram tudo aquilo que jamais seríamos, por mais que o Minna insistisse: um time absoluto, uma unidade, uma presença coletiva que parecia uma ilha flutuante de carisma e força. E, como uma ilha flutuante, eles acenaram com a cabeça para o sushiman, para Julia e até para mim, tomaram seus lugares, guardaram os óculos escuros no bolso de cima do paletó, tiraram os chapéus de feltro muito bem cortados para pendurá-los no porta-chapéus; pude ver o brilho de suas carecas iluminadas pela luz alaranjada, identificando aquele que falara de marshmallows e fantasmas e movimentos intestinais e piqueniques e vingança e entendi, entendi tudo, compreendi tudo naquele momento, talvez com exceção da identidade do Bailey. E, claro, soltei um tique bem alto.

"*Que é que ouriço!*"

Julia se virou, assustada. Também olhava fixamente para eles, transfigurada pelo esplendor dos executivos da Fujisaki. Se eu estava certo, ela jamais os vira, nem mesmo vestidos de monge.

"Já trago seu pedido, senhor", ela disse, recompondo-se com graça. Não me preocupei em observar que não fizera exatamente um pedido. Em pânico, seus olhos diziam que naquele momento ela não suportaria nenhum tipo de brincadeira. Ela pegou o cardápio encapado com bambu, e eu notei suas mãos tremendo. Tive de me conter para não agarrá-las, numa tentativa de confortar tanto Julia como a minha síndrome. Virou-se de novo, seguiu em direção à cozinha e, ao passar pela mesa da Fujisaki, conseguiu cumprimentá-los com uma leve inclinação.

Alguns membros da corporação se viraram e novamente me lançaram um olhar sutil e indiferente. Sorri e acenei para deixá-los constrangidos, de modo que não ficassem me medindo. Em japonês, retomaram a conversa, cujo som deslizava através do carpete e da madeira polida e chegava até mim parecendo o murmúrio de um coral, ou um gato ronronando.

Permaneci sentado o mais quieto que pude e observei Julia voltar para distribuir os cardápios e anotar os pedidos de bebida. Ignorando-a, um dos homens de terno recostou-se na cadeira e tratou diretamente com o sushiman, que demonstrava sua compreensão por meio de grunhidos. Outros abriram o menu cheio de farpas e também começaram a grunhir, falar, rir e apontar as fotos de peixe dentro do cardápio com suas unhas feitas. Lembrei-me dos monges do Zendo, com sua palidez e os ralos pêlos das axilas que agora estavam escondidos pelos ternos milionários. Ali onde estávamos, o Zendo parecia um lugar remoto e improvável. Julia voltou para a cozinha e saiu de lá com uma grande vasilha fumegante e um pequeno tripé pintado com cores brilhantes. Passou pela mesa da Fujisaki e veio até mim.

"Uni", ela disse, mostrando com a cabeça um pequeno bloco de madeira. Ele continha uma mancha espessa de uma pasta verde, um montinho de conserva de beterraba ou de nabo e algumas bolhas alaranjadas e brilhantes... supus que fossem as ovas de ouriço. Tudo junto não dava três bocados. A tigela que pôs sobre a mesa era um pouquinho mais promissora. O caldo, de um branco leitoso, tinha a superfície encrespada por uma mistura de vegetais e pedaços de galinha que emergiam do fundo e era decorado com uma salsinha exótica salpicada por cima.

"Talvez você goste de uma outra coisa que eu trouxe", disse baixinho enquanto tirava do bolso da túnica uma pequena concha de cerâmica e um par de palitinhos marchetados, que colocou na minha frente. "Sopa de galinha tailandesa. Toma a sopa e se manda, Lionel. Por favor."

"Tailandesa-manca?", repetia meu cérebro. *Galinha Tailandesa Se Manca.*

Julia voltou para a mesa Fujisaki com o bloquinho de comandas e pelejou com os pedidos contraditórios da corporação, latidos num inglês estropiado e todo entrecortado. Provei o uni, raspando-o com a conchinha de cerâmica — palitinhos não eram meu forte. As bolhas alaranjadas e gelatinosas explodiram dentro da minha boca como alcaparras, salobras e ácidas, mas não de todo ruins. Tentei misturar as cores brilhantes sobre o bloco de madeira, usando as ovas para salpicar o rabanete ralado e a pasta verde e pegajosa. A combinação resultou em algo completamente diferente: uma garra de vapor ácido subiu do fundo da garganta e tomou a cavidade nasal. Aparentemente, aqueles ingredientes não deviam ser misturados. Os ouvidos estalaram, os olhos se encheram de água e produzi um som parecido com o de um gato que tenta se livrar da bola de pêlo que acabou de engolir.

Novamente atraí a atenção da Fujisaki, e também do sushiman. Acenei com o rosto completamente vermelho, e eles balançaram a cabeça, acenaram de volta e retomaram a conversa. Tomei umas conchadas de sopa, tentando enxaguar os venenos da superfície sensível da língua. Nova reviravolta: o caldo estava excelente, resposta e compensação à explosão tóxica que o precedera. Ele levava calor na direção contrária, goela abaixo, atravessando peito e ombros. As camadas de sabor se desdobravam: cebola, coco, galinha, um sabor picante que eu não identificava. Eu me servi de outra concha, que dessa vez trouxe um pedaço de frango, e deixei que o fogo nutritivo fluísse novamente dentro de mim. Até receber os cuidados daquela sopa, eu não tinha me dado conta do frio que sentia nem da minha necessidade de conforto. A sopa parecia literalmente abraçar meu coração.

O problema veio na terceira colherada, que dragou lá do fundo um emaranhado de vegetais não identificados. Tomei um pouco mais do caldo e comecei a mastigar o bocado de fibras picantes que sobraram na boca — só que alguma coisa ali era mais áspera do que eu gostaria. Era uma folha resistente, de consistência parecida com a de uma navalha, que não estava perdendo a luta para os meus dentes; pelo contrário, começava a vencer a inesperada escaramuça com as gengivas e o céu da boca. Continuei mastigando, na esperança de que aquilo se desintegrasse. Mas não se desintegrou. Julia apareceu bem na hora em que enfiava o dedo mindinho para tirar aquilo da boca.

"Acho que um pedaço do cardápio caiu dentro da sopa", falei enquanto despejava os pedaços de vime na mesa.

"É erva-cidreira", disse Julia. "Não é para *comer*."

"Então por que puseram na sopa?"

"Sabor. Dá gosto na sopa."

"Isso eu não vou discutir", falei. "Como chama mesmo?"

"Erva-cidreira", sibilou. Colocou um papel sobre a mesa, perto da minha mão. "Sua conta, Lionel."

Quis tocar sua mão enquanto estava sobre o papel, mas Julia a retirou rapidamente, como num desses jogos de criança, e só consegui tocar o pedaço de papel.

"*Sopa podreira*", disse baixinho.

"O quê?"

"*Lionel Cidreirogg*." Isso saiu mais audível, mas eu não perturbara a Fujisaki, ainda não. Olhei para ela, desamparado.

"Tchau, Lionel." Ela rapidamente se afastou da minha mesa.

A conta não era de fato uma conta. Os garranchos da Julia estavam do outro lado do papel:

A COMIDA É POR CONTA DA CASA.

ME ENCONTRE NO FAROL DO CABO FRIENDSHIP ÀS DUAS E MEIA.

SUMA DAQUI!

Terminei a sopa, cuidadosamente colocando de lado a misteriosa e intragável erva-cidreira. Então me levantei e fui em direção à porta, tentando passar despercebido pela mesa Fujisaki, pelo bem da Julia. Mas, quando passava, um deles se virou e agarrou meu cotovelo.

"Gostou da comida?"

"Um espetáculo", respondi.

Era o mesmo que, vestido de monge, tinha batido com a raquete de madeira nas minhas costas. Estavam bebendo saquê e seu rosto estava vermelho, os olhos úmidos e ligeiramente embriagados.

"Você é o aluno indisciplinado do Jerry-Roshi", falou.

"Acho que sou."

"Centro de retiro boa idéia", ele disse. "Precisa de longo sesshin. Tem problema de *expressão*, eu acho."

"Estou sabendo."

Bateu no meu ombro, e reagi com um tapinha no dele, sentindo a ombreira do terno e a costura perfeita da manga. Eu quis me desvencilhar do seu abraço, tentando ir embora, mas era tarde demais. Agora teria de dar a volta na mesa e tocar todos os outros. Comecei a percorrer a mesa, dando tapinhas em cada uma das mangas impecavelmente cortadas. Os homens da Fujisaki pareciam entender aquilo como um convite a me dar tapas e a me cutucar enquanto faziam piadas em japonês. "Pato, pato, carrapato", falei, no início em voz baixa. "Excreção, excreção, expressão."

"*Excreção de pato*", falou um dos homens da Fujisaki, arqueando as sobrancelhas como se estivesse fazendo alguma retificação importante e dando-me uma cotovelada.

"Monge, monge , idiota!", falei girando mais rápido em torno da mesa, dando cabriolas. "*Arma-cidreira no pato!*"

"Agora vai embora", disse o raqueteador, carrancudo.

"*Vai-à-merda Fujisaki!*", gritei, passando pela porta em disparada.

O segundo barco voltara ao embarcadouro. Atravessei de novo o estacionamento do Yoshii's e desci a colina para ver mais de perto. Ainda saía fumaça do barraco do Foible, e essa era a única movimentação que se via no deque de pesca. Talvez o capitão do barco estivesse lá dentro do barraco, bebendo junto com o Foible uma dose da nova garrafa de gim, comprada com os meus vinte dólares. Ou talvez simplesmente tivesse voltado para casa e se atirado na cama depois de um dia de trabalho que começara às três da manhã. Programa Ouriço de Economia de Energia. Se tinha feito isso, então eu o invejava. Passei rastejando pelo barraco em direção ao outro lado do deque. Pelo que via, o embarcadouro da balsa também estava vazio, o próprio barco estava fora, na ilha, a bilheteria fechada até a chegada da balsa no final da tarde. O vento agora soprava do oceano, e a cena costeira adquiria um ar de aridez e abandono, como se o Maine em novembro realmente pertencesse às gaivotas desajeitadas que sobrevoavam em círculos o deque castigado pelo sol, e os seres humanos tivessem simplesmente desaparecido.

Um pouco mais adiante, no estacionamento escondido pelas árvores, vi algo se mover, um sinal de vida. Em silêncio, passei pelo embarcadouro em direção a um lugar abrigado da intensa luminosidade do sol, de modo que pudesse entrar debaixo de uma sombra e distinguir o que era aquilo. A resposta era o gigante. Ele estava entre o seu carro e o do Tony com os olhos semicerrados por causa do vento e da luz do sol, lendo ou pelo menos olhando fixamente para um monte de papéis dentro de uma pasta de cartolina, talvez alguma coisa tirada dos arquivos da L&L. No minuto em que observava, ele foi ficando cheio ou insatisfeito com os papéis, então fechou a pasta e a rasgou no meio, e novamente no meio, e atravessou o estacionamento andando até a extremidade onde o calçamento estava separado do mar por uma larga fileira de penedos cobertos de cracas e latas de cerveja. Atirou os pedaços da pasta rasgada na direção das pedras e da água, mas o vento imediatamente os devolveu, de modo que os papéis passaram voando pelo gigante e se dispersaram pelas árvores e pelo cascalho do chão do estacionamento. Mas ele ainda não tinha terminado. Ainda havia alguma coisa nas suas mãos, uma coisa preta, pequena e brilhante. Por um instante pensei que ele estivesse telefonando. Então percebi que era uma carteira. Ele a examinou, transferiu umas notas dobradas para o bolso da sua calça e atirou a carteira, desta vez com mais sucesso do que tivera com os papéis, de modo que ela passou sobre as pedras e possivelmente caiu na água — de onde estava eu não conseguia ver, e acho que nem o gigante. Não parecia especialmente preocupado. A preocupação não fazia parte da sua natureza.

Então ele se virou e me viu: ri ou chora, seu Escroque.

Corri para o outro lado, atravessando o embarcadouro e o deque de pesca em direção ao topo da colina, onde ficava o restaurante e onde estava o meu carro.

O barulho da respiração ofegante, a pulsação do sangue nas orelhas, o grito de uma gaivota e o rumor das ondas lá embaixo... tudo isso foi abafado pelo som agudo emitido pelos pneus do gigante: assim que enfiei a chave no contato, os pneus do seu Contour cantaram no estacionamento do restaurante. O carro veio na minha direção, tentando barrar minha saída. O precipício estava perto o suficiente para ele me empurrar lá embaixo. Engatei uma ré e joguei o carro para trás, para fora do seu caminho, e ele freou derrapando, quase batendo na caminhonete estacionada ali perto. Acelerei, saí do estacionamento e peguei a Rota 1 para o sul. O gigante estava atrás de mim. Pelo retrovisor eu o vi abaixado, com uma mão na direção e a outra segurando uma arma.

Minna e Tony: tinha deixado os dois serem tranqüilamente arrastados para suas mortes silenciosas. A minha seria um pouco mais barulhenta.

Virei a direção para a esquerda e saí da rodovia como quem vai para o embarcadouro. O gigante não se deixou enganar. Colou no meu pára-choque como se o carrinho vermelho fosse proporcional ao tamanho do seu corpo e pudesse subir e engolir o meu Tracer. Eu virava a direção para a direita e para a esquerda, tocando as bordas irregulares da estrada que levava até as docas numa espécie de gesto simbólico de advertência ou então como uma manobra para despistá-lo, tirá-lo da minha traseira, mas ele acompanhava cada movimento meu. Agora era o Contour que seguia o Tracer. O asfalto foi substituído por cascalho, daí tive de frear e desviar para a direita para não correr o risco de passar direto pelo cais e cair na água. Então fui para o estacionamento da balsa, onde o Pontiac do Tony continuava estacionado, onde a arma que não usara contra o gigante me esperava debaixo do banco do motorista.

Pegapistola, gritava meu cérebro, e meu lábios se mexiam tentando acompanhar aquela canção: *Pegapistola pegapistola*.

Pistola Pistola Pistola *Atira*!

Eu nunca tinha atirado.

Entrei no estacionamento arrastando o frágil portão. O carro do gigante tinha mastigado o meu pára-choque, que soltava rangidos e guinchos. Ainda não sabia como faria para sair do meu carro e pegar a pistola dentro do carro do Tony. Passei pelo carro dele e virei à esquerda, em direção às pedras, distanciando-me um pouco do meu perseguidor. Aqui e ali, papéis da pasta rasgada ainda voavam ao vento. Quem sabe o gigante não me faria o favor de cair no mar... Talvez nem tivesse notado a sua presença, pois era apenas o Atlântico, que talvez não fosse grande o suficiente para impressioná-lo.

Quando desviei para o outro lado, evitando um banho de mar indesejado, ele me alcançou novamente e me acompanhou numa volta pelo estacionamento. Na saída, as placas gritavam: NÃO DÊ RÉ! PNEUS SUJEITOS A GRAVES DANOS!, alertando para a presença das lanças de ferro colocadas ali para que não usassem o estacionamento sem pagar. Mas consegui me livrar delas. O carro do gigante mais uma vez tocou no meu, de modo que nós dois deslizamos para a esquerda, em direção à saída, mais longe do carro do Tony.

Numa inspiração repentina, acelerei na direção da saída.

Pisei no breque o mais forte que pude enquanto passava sobre as lanças flexíveis. Depois de guinchos e derrapadas, o carro parou a alguns metros do portão. O carro do gigante bateu na traseira do meu, que foi empurrado mais alguns metros adiante, e fui lançado com força contra o banco. Senti um clique no pescoço e um gosto de sangue na boca.

A primeira explosão tinha sido do *airbag* do gigante se inflando. Pelo retrovisor vi uma bolha de cetim branco tomando o interior do Contour.

A segunda explosão saiu da arma do gigante, que ficou em pânico ou apertou o gatilho num reflexo automático. O vidro do pára-brisa se estilhaçou. Não sei para onde foi a bala, mas encontrou um alvo que não era meu corpo. Engatei ré e pisei fundo no acelerador.

Empurrei o carro do gigante para trás, em direção às lanças de ferro.

Ouvi o estouro dos pneus traseiros, que começaram a murchar. A traseira do carro do gigante arriou, com os pneus presos nas lanças de ferro.

Por um momento ouvi apenas o barulho do ar escapando dos pneus, então o grito de uma gaivota, que respondi com um som, um grito de dor que lembrava o barulho de uma ave.

Balancei a cabeça e olhei para o espelho. O *airbag* do gigante murchava devagar, silenciosamente. Talvez tivesse sido perfurado pela bala. Não havia movimento debaixo dele.

Engatei a primeira, arranquei e virei à esquerda, então dei outra ré na direção do carro do gigante, desta vez amassando a lataria da porta do motorista, deformando o contorno do Contour, amarrotando-o como um pedaço de papel-alumínio, ouvindo-o ranger e grunhir enquanto era remodelado.

Podia ter parado por ali. Achei que o gigante estivesse inconsciente debaixo do *airbag*. Pelo menos estava quieto e imóvel, sem atirar nem tentar sair dali.

Mas ouvi o grito selvagem da simetria: o carro dele precisava ser amassado dos dois lados. Precisava estropiar os dois ombros do Contour. Puxei meu carro para a frente e fiquei em posição, então dei ré e bati mais uma vez no carro dele, destruindo o lado do passageiro como fizera com o do motorista.

Coisas da Tourette... você não entenderia.

Transferi o mapa e o celular para o carro do Tony. As chaves ainda estavam no contato. Saí do estacionamento pelo mesmo portão que destruíra ao entrar e passei pelo embarcadouro vazio até chegar à Rota 1. Aparentemente ninguém ouvira as batidas nem o tiro no estacionamento à beira-mar. O Foible nem tinha colocado o nariz para fora do barraco.

O cabo Friendship era um afloramento da costa, vinte quilômetros ao norte de Muscongspoint Station. O farol era pintado de branco e vermelho, nada da atrocidade dos tons terrosos usados pelos budistas no restaurante. Parecia que os cientologistas também não tinham chegado até ali. Estacionei o Pontiac bem perto da água e passei algum tempo olhando para o mar, sentindo a lenta cicatrização no lugar onde mordera a língua e verificando a situação do pescoço. A livre movimentação do pescoço era crucial para minha carreira tourética. Nesse quesito, eu era um atleta. Mas parecia ser só um mau jeito na coluna, nada além disso. Estava cansado e com frio, e os efeitos restauradores do caldo de erva-cidreira tinham passado havia muito tempo, embora ainda sentisse a cabeça latejando no lugar onde o gigante batera vinte e quatro horas e um milhão de anos antes. Mas eu estava vivo, e a água ficava ainda mais bonita à medida que o sol se levantava. Faltava meia hora para o encontro com a Julia.

Telefonei para a polícia local e contei sobre o gigante que encontrariam perto da balsa para a ilha Muscongus.

"Ele deve estar machucado, mas acho que ainda está vivo", falei. "Talvez precisem de uma serra para tirá-lo do carro."

"Pode nos dar seu nome, senhor?"

"Na verdade não", respondi. Nunca saberiam quão sincero eu estava sendo. "Meu nome não importa. Vão encontrar no mar, perto da balsa, a carteira do homem que ele matou. É mais provável que o corpo apareça na ilha."

Será que a culpa é um tipo de Tourette? Talvez. Acho que há algo tocante na culpa, algo que me faz pensar em dedos suados. A culpa precisa tomar conta de tudo, estar em todos os lugares simultaneamente, avançar sobre o passado para tocar, organizar e reparar. A culpa, assim como as irrupções touréticas, flui sem sentido e sem elegância de um pobre coitado a outro, indiferente aos limites, condenada a ser sempre mal compreendida ou rechaçada.

A culpa, assim como a Tourette, sempre tenta de novo, mas nunca aprende nada.

E a alma culpada, assim como a alma tourettica, tem uma espécie de rosto de palhaço... daqueles cantados por Smokey Robinson, que escondem as lágrimas debaixo da máscara.

Liguei para aquele número em Nova Jersey.

"O Tony morreu", falei para eles.

"Isso é terrível...", começou Matricardi.

"É, é terrível", interrompi. Não estava com paciência. Realmente não estava com a menor paciência. Ao ouvir a voz do Matricardi me senti humanamente diminuído. Não era simplesmente tristeza, raiva, os tiques ou a solidão, não tinha nada a ver com mau humor: era uma raiva muito determinada. Eu era uma flecha que atravessaria anos e anos. "Agora preste atenção", falei. "Frank e Tony se foram."

"Sei", disse Matricardi, parecendo entender.

"Tenho uma coisa pra vocês e daí acabou."

"Sei."

"Acabou e não teremos mais nada a ver com vocês."

"Nós quem? Quem está falando?"

"A L&L."

"Mas há sentido em falar em L&L depois que o Frank se foi, e agora o Tony? Que quer dizer isso de falar em nome da L&L?"

"Isso é problema nosso."

"O que é que você tem pra gente?"

"O Gerard Minna mora na rua 84 Leste, num Zendo. Ele usa outro nome. Ele é o responsável pela morte do Frank."

"Zendo?"

"Uma igreja japonesa."

Longo silêncio.

"Não era isso que queríamos de você, Lionel."

Não falei nada.

"Mas você tem razão, isso é do nosso interesse."

Não falei nada.

"Respeitamos suas vontades."

Sabia alguma coisa sobre culpa. Vingança era uma história completamente diferente.

Precisava pensar na vingança.

Antes conhecido como...

Era uma vez uma garota de Nantucket.

Não, falando sério, era de lá que ela era.

A mãe e o pai eram hippies, então ela era uma criança hippie. O pai dela nem sempre estava em Nantucket com a família. Quando estava, não ficava muito tempo, e com o passar dos anos as visitas foram se tornando mais breves e menos freqüentes.

A garota costumava escutar as fitas que o pai deixava, a série de conferências de Alan Watts, uma introdução ao pensamento oriental para americanos na forma de monólogos humorísticos e desconexos. Depois que o pai parou de visitar, a garota começou a confundir as memórias que tinha do pai com o homem encantador cuja voz ela ouvia nas fitas.

Quando a garota ficou mais velha, ela desfez a confusão, mas a essa altura já ouvira o Alan Watts algumas centenas de vezes.

Quando a garota fez dezoito anos, ela foi estudar em Boston, numa faculdade de artes ligada a um museu. Odiava a escola e os alunos, odiava fingir que era artista, e depois de dois anos abandonou o curso.

Primeiro voltou para Nantucket para passar um tempinho, mas a mãe da garota estava morando com um homem de quem a garota não gostava, e Nantucket no final das contas é uma ilha. Então voltou para Boston. Lá arranjou um emprego nojento de garçonete numa espelunca para estudantes, onde precisava se esquivar das infindáveis investidas dos clientes e dos colegas de trabalho. À noite fazia aula de ioga e freqüentava encontros zen no porão de uma YWCA, onde precisava se esquivar das infindáveis investidas dos instrutores e dos outros alunos. A garota chegou à conclusão de que não detestava apenas a escola, ela detestava Boston.

Mais ou menos um ano depois foi visitar um centro de retiro zen no litoral do Maine. Era um lugar de beleza admirável e — com exceção dos agitados meses de verão, quando a cidade se tornava balneário de ricaços de Boston e Nova York — de esplêndido isolamento. Lembrava Nantucket, das coisas de lá das quais ela sentia falta. Logo começou a estudar no centro em tempo integral e, para se sustentar, conseguiu emprego de garçonete num restaurante de frutos do mar ali perto, que na época era um desses lugares tradicionais do Maine, onde servem lagostas.

Foi lá que a garota conheceu os dois irmãos.

Primeiro conheceu o mais velho, durante a série de breves visitas que ele fez ao retiro na companhia de um amigo. O amigo tinha alguma experiência em budismo, e o irmão mais velho não tinha nenhuma, mas ambos eram uma presença perturbadora na placidez do Maine — eles vibravam de impaciência e tinham um humor hostil e urbano, ainda que fossem muito humildes e sinceros na abordagem da prática zen. Ao se conhecerem, o irmão mais velho foi muito solícito e lisonjeiro com a garota. Ele era um falador como ela jamais conhecera, a não ser talvez pelas fitas com as conferências do Alan Watts, que ainda exerciam forte influência sobre seus desejos... mas o irmão mais velho não era nenhum Watts. As histórias que ele contava, algumas com desfechos violentos, tratavam de um Brooklyn mais étnico, com seus pequenos mafiosos e negociatas divertidas. Suas conversas faziam aquele mundo parecer-lhe próximo e real, embora fosse muito distante da realidade da garota. De certa maneira, o Brooklyn onde ela nunca estivera se tornou uma espécie de ideal romântico, algo mais verdadeiro e melhor do que a vida urbana que vislumbrara em Boston.

Passado algum tempo, a garota e o irmão mais velho eram amantes.

As visitas do irmão mais velho se tornaram cada vez mais breves e menos freqüentes.

Certo dia o irmão mais velho apareceu num Impala, arrastando o irmão mais novo e com o carro lotado de sacolas de compras com suas roupas. Depois de doarem um montante considerável para o fundo de despesas do centro zen, os dois se mudaram para o centro de retiro, ocupando quartos que não podiam ser vistos a partir da estrada. No dia seguinte, o irmão mais velho levou o Impala embora e voltou com um furgão com placas do Maine.

Sempre que a garota tentava visitar o irmão mais velho no quarto dele, ele a mandava embora. Isso se repetiu durante algumas semanas, até que ela começou a aceitar a mudança. O amor entre os dois e as conversas sobre o Brooklyn tinham acabado. Foi só aí que a garota começou a se interessar pelo irmão mais novo.

O irmão mais novo não era um estudante zen. Também nunca saíra de Nova York antes de vir para o Maine, que considerava um lugar tão misterioso e absurdo quanto ele era misterioso e absurdo para a garota. Para ela, o irmão mais novo era a personificação daquelas histórias do Brooklyn com que o irmão mais velho a deixara maravilhada. Ele também era um falador, mas suas histórias eram inverossímeis e caóticas. Sua fala carecia completamente daquela postura distante e desconcertada, do verniz zen que caracterizava as histórias do irmão mais velho. Assim, mesmo quando se sentavam juntos nas praias do Maine, abraçados para se proteger do vento, ele parecia estar nas ruas do Brooklyn.

O irmão mais velho lia Krishnamurti, Watts e Trungpa, enquanto o mais novo lia Spillane, Chandler e Ross MacDonald, freqüentemente em voz alta para a garota, e foi principalmente no MacDonald que a garota ouviu algo que elucidou para ela uma parte dela não abrangida por Nantucket, nem pelo zen nem pelo pouco que aprendera na faculdade.

Passado algum tempo, o irmão mais novo e a garota tornaram-se amantes.

E o mais novo fez uma coisa que o mais velho nunca faria: contou para a garota a situação que os fizera sair do Brooklyn, levando-os a buscar refúgio no centro zen. Os irmãos tinham atuado como elo entre dois velhos mafiosos do Brooklyn e um grupo de bandidos suburbanos de Westchester e Nova Jersey, que seqüestravam caminhões nas estradas de acesso a Nova York. O negócio dos velhos mafiosos era distribuir os produtos roubados pelos piratas de caminhões, negócio lucrativo para todos os envolvidos. Mas os irmãos tinham feito o negócio ficar mais lucrativo do que devia. Arranjaram um lugar para estocar parte das mercadorias e um receptador para comercializar os produtos roubados. Quando os dois mafiosos descobriram a traição, decidiram matar os irmãos.

Daí o Maine.

O irmão mais novo fez outras coisas que o mais velho jamais faria: ele se apaixonou pela garota estranha e raivosa de

Nantucket. Certo dia, no entusiasmo do amor, contou seu grande sonho: abrir uma agência de detetives.

Enquanto isso o irmão mais velho se distanciava de ambos e se envolvia cada vez mais profunda e sinceramente na prática zen. À maneira dos praticantes espirituais do passado e do presente, parecia se afastar das preocupações do mundo material, tornando-se mais tolerante e estranho, mas também um pouco frio na sua preocupação com as coisas e pessoas que deixara para trás.

Quando o irmão mais novo e a garota estavam longe do centro de retiro, eles se referiam ao irmão mais velho como o "Rama-lama-ding-dong". Depois de algum tempo, começaram a chamá-lo assim até mesmo na frente dele.

Certo dia o irmão mais novo tentou telefonar para a mãe e descobriu que ela estava no hospital. Foi conversar com o irmão mais velho, e a garota entreouviu parte dessa conversa cheia de amargor e temores. O irmão mais velho estava convencido de que a hospitalização da mãe era parte de uma armadilha para atraí-los de volta ao Brooklyn, onde receberiam seus castigos. O mais novo achava que não. No dia seguinte comprou um carro, colocou suas coisas dentro dele e comunicou que estava voltando para o Brooklyn. Convidou a garota para acompanhá-lo, não sem antes adverti-la do possível perigo.

Ela pensou na sua vida no retiro, que se tornara tão pequeno e previsível quanto uma ilha, pensou no irmão mais novo e na perspectiva do Brooklyn, de viver no Brooklyn ao lado dele. Resolveu ir embora do Maine.

No caminho, pararam para se casar em Albany, com um juiz de paz da capital do estado. O irmão mais novo queria fazer uma surpresa e dar uma alegria para a mãe, e talvez também quisesse arranjar alguma desculpa para o longo sumiço. Antes de atravessarem a famosa ponte que dá acesso ao Brooklyn, levou a garota para comprar umas roupas em Manhattan, então pensou melhor e a levou até um salão na Montague Street, onde descoloriram o cabelo dela até ficar loiro platinado. Até parecia que era ela que precisava de disfarces.

A doença da mãe não era uma armadilha. Ela tinha morrido de derrame cerebral antes que o irmão mais novo e sua nova esposa chegassem ao hospital. Mas era verdade que os mafiosos sabiam de tudo o que acontecia e vigiavam o hospital cuidadosamente. Logo depois de ser visto, o mais novo foi levado para responder pelas más ações cometidas por ele e pelo irmão.

Implorou para que não o matassem. Disse que tinha acabado de se casar.

Também culpou o outro pelos crimes que ambos tinham cometido. Alegava ter perdido completamente o contato com o irmão.

E acabou prometendo passar a vida trabalhando como garoto de recados dos bandidos.

Com essa condição, as desculpas foram aceitas pelos bandidos. Permitiram que continuasse vivo, mas novamente juraram de morte o irmão mais velho e fizeram o mais novo prometer que entregaria o irmão se e quando ele aparecesse.

O mais novo levou a mulher para morar no antigo apartamento da mãe, e a mulher de Nantucket começou a se adaptar à vida no Brooklyn. No começo, achou tudo excitante e assustador, mas logo se desencantou. O marido era um cara sem muita importância, seus "agentes", como ele dizia, eram uma gangue de órfãos que tinham fugido da escola. Por um tempo ele a colocou para trabalhar como secretária no escritório de advocacia de um amigo, onde era escrivã e ficava humilhantemente exposta numa vitrine que dava para a Court Street. Quando reclamou, ele permitiu que voltasse à intimidade do apartamento. Eram os velhos mafiosos que pagavam o aluguel do casal, e a maior parte do trabalho da agência de detetives era feita para eles. A mulher de Nantucket não gostava daquilo que no Brooklyn chamavam de agência de detetives. Queria que ele realmente tivesse um serviço de táxis. O casamento deles era frio e estranho, cheio de ausências e omissões inexplicadas, nada de passeios pela praia. Com o tempo, começou a entender que havia outras mulheres, antigas colegas de colegial e primas distantes que nunca tinham saído da vizinhança ou ficado muito longe da cama do irmão mais novo.

A mulher de Nantucket sobreviveu, ocasionalmente arrumou seus próprios amantes e passou grande parte dos seus dias nos cinemas da Court e da Henry Street, fazendo compras em Brooklyn Heights, tomando drinques nos saguões de hotéis, às vezes dando passeios no Promenade, onde se esquivava das infindáveis investidas de estudantes e maridos em horário de almoço. Passava os dias das maneiras mais variadas, menos pensando na tranqüilidade da vida rural que deixara no Maine, nas vagas satisfações que experimentara antes de conhecer os dois irmãos e se mudar para o Brooklyn.

Certo dia o irmão mais novo contou um segredo terrível, que ela não podia deixar vazar para ninguém do Brooklyn e muito menos permitir que chegasse aos ouvidos dos bandidos: o irmão mais velho voltara a Nova York. Ele se proclamara um roshi, um mestre mais velho do zen, e abrira um zendo no Upper East Side de Manhattan, mais exatamente em Yorkville. Esse Yorkville Zendo era subsidiado por um poderoso grupo de executivos japoneses que ele conhecera no Maine, para onde tinham sido levados para reformar completamente um acolhedor centro zen e o restaurante de lagostas ao lado. Eram da Fujisaki Corporation.

Os homens da Fujisaki eram muito espirituais, mas tinham caído em descrédito no seu país natal, onde o status de monge é reservado aos nascidos em determinadas linhagens e onde a ganância capitalista e a devoção espiritual são consideradas mutuamente excludentes. No Japão, aparentemente, dinheiro e poder não seriam suficientes para dar à Fujisaki o tipo de respeito que eles queriam. Nos Estados Unidos, primeiro no Maine e depois em Nova York, eles ganhariam credibilidade como mestres penitentes, homens sábios e pacíficos. Enquanto isso, como o irmão mais velho explicou para o mais novo, e o mais novo explicou para a mulher, os homens da Fujisaki esperavam fazer "uns negocinhos". Nova York, terra de oportunidades para todos: monges, vigaristas e escroques.

Estávamos na torre do farol, diante do parapeito, olhando o mar. O vento ainda soprava forte, mas eu já me acostumara. Estava com a gola levantada, como o Minna faria. Para além da ilha, o céu estava cinza e pouco inspirador, mas havia um belo fiapo de luz no horizonte, e meus olhos brincavam com ele como se fosse um fio entre meus dedos. Os pássaros investiam contra a espuma das ondas que se quebravam lá embaixo, talvez à procura de ouriços ou dos restos de cachorro-quente jogados nas pedras.

Estava com a pistola do Tony na jaqueta, e dali podia enxergar bem longe os dois lados da Rota 1, caso alguém se aproximasse. Tive um forte impulso de proteger a Julia, segurá-la ou agasalhá-la com minha presença, para sentir que conseguira salvar alguém além de mim mesmo. Mas duvidava que a Fujisaki Corporation tivesse algum interesse direto em mim ou na Julia. Fazíamos parte dos problemas do Gerard Minna, não da Fujisaki. E Julia não demonstrou nenhum interesse pelos meus impulsos de proteção.

"Sei o que aconteceu depois", falei para ela. "Os irmãos

acabaram metendo a mão no dinheiro de novo. O Frank se envolveu numa negociata para desviar dinheiro da empresa que administrava a Fujisaki." Agora compreendia que essa parte do que o Gerard me contara não era mentira, apenas uma versão engenhosamente deturpada da verdade. O Gerard tinha se colocado fora disso, fazendo o papel do inocente zen, quando na verdade estava no centro do negócio. "Junto com um contador chamado — *Mula, Luma, Dunha* — o cara chamado Ullman."

"Isso mesmo", disse Julia.

Ela falava como se estivesse numa espécie de transe, sem que precisasse instigá-la. À medida que a narrativa se aproximava do presente, seus olhos ficavam mais claros, o olhar menos petrificado na ilha ao longe, a voz mais pesada de ressentimento. Senti que a amargura a afastava de mim, e eu queria trazê-la de volta. Protegê-la de si mesma, já que não havia outra ameaça.

"Então o Frank estava escondendo dos Clientes a volta do irmão", falei. "Enquanto isso, os dois davam um golpe nos sócios japoneses do Gerard. E o negócio seguiu assim... *erva-cidreira, eira-nem-beira, vento-de-merda!*" Não consegui prosseguir até soltar um som fricativo, uma espécie de peido — "soltar um traque", como se diz — que satisfizesse meu tique de expulsão. Perdigotos respingaram no meu rosto. "Até a Fujisaki descobrir que alguém estava roubando o dinheiro", falei finalmente, enxugando o rosto com a manga da camisa.

Ela me olhou com nojo. De algum modo eu a trouxera de volta. "Isso", ela disse.

"E o Gerard dedurou — *Senhor Dedufone! Durão-de-araque!* — o Gerard dedurou o Frank e o Ullman para se salvar."

"Era o que o Tony achava", ela disse, novamente distante.

"A Fujisaki deve ter mandado o Gerard cuidar disso, como prova de sua boa-fé. Então o Gerard contratou o assassino."

Foi aí que o sujeito entrou em cena: eu, um fantoche ingênuo. O Frank Minna colocou o Gilbert e a mim durante dois dias lá na frente do Zendo porque farejou alguma coisa, não confiava no Gerard e queria ter algum suporte do lado de fora. Figurantes. Se alguma coisa desse errado, colocaria o Gilbert e a mim no circuito, nos colocaria a par da negociata, pelo menos era isso que deve ter imaginado. Se as coisas corressem bem, era melhor nos deixar onde sempre estivemos e nascemos para viver: no escuro.

"Você sabe mais do que eu", disse Julia. Estava ficando mais agitada, o devaneio da narração passara, e a conversa se voltava para a contratação de um matador e tudo o que decorria daí. Tive de me virar para imitar seu modo pensativo de olhar o horizonte, mas meus dedos percorriam como idiotas o parapeito da torre do farol, contando um-dois-três-quatro-cinco, um-dois-três-quatro-cinco. Já me acostumara com seus cabelos curtos, mas aqueles olhos tinham brilhado tanto tempo atrás da cortina formada pelos cabelos que agora, sem a cortina, o brilho deles era intenso demais. Ao mesmo tempo atraído e repelido, eu me sentia numa ambivalência grotesca. Agora me dava conta de que estávamos no fim do colegial quando o Minna a apresentou para nós; ela era uns cinco ou seis anos mais velha que a gente, mas parecia que ele tinha arrancado aquela mulher de um antigo pôster de cinema. Não entendia como Nantucket e o budismo a tinham deixado tão velha e feroz. Acho que o próprio Frank havia acelerado seu envelhecimento de propósito, com meias-calças, água oxigenada e sarcasmo — mas também sem querer.

"Me deixa adivinhar a próxima parte", falei. Sentia como se estivesse tentando terminar uma piada sem soltar nenhum tique, mas que não sabia como terminá-la. "Depois que o Frank e o Ullman se foram, o Gerard precisava ter certeza de eliminar qualquer vínculo entre ele e o Frank Minna. Ou seja, você e o Tony."

Presumo que o Gerard tenha entrado em pânico, com medo tanto da Fujisaki como dos Clientes. Ao mandar matar o irmão, prejudicou todo o delicado sistema de controle que o mantivera livre do Matricardi e do Rockaforte durante mais de uma década. E a Fujisaki anunciara uma visita de inspeção a Nova York, para exercer um pouco de administração direta sobre suas propriedades (ainda que disfarçados de monge), isso exatamente no momento em que o Gerard tentava desesperadamente dar um jeito na confusão. Talvez quisessem assistir ao Gerard dando um jeito na confusão, vê-lo sofrer um pouquinho.

O Gerard tinha ponderado, com razão, que se o Frank confiava em alguém esse alguém seria sua mulher e seu braço direito, aquele que tinha preparado para suceder-lhe. Ou seja, o Tony. Esta última parte ainda era difícil para mim. Não era nada consolador pensar que o Tony pagou com a própria vida pela condição de confidente do Frank.

"Foi o Gerard que ligou para dizer que o Frank estava morto", sugeri. "Não o hospital."

Ela virou para mim com os dentes cerrados, as lágrimas brilhando no seu rosto. "Muito bem, Lionel", sussurrou. Estiquei o braço para enxugar com a manga as lágrimas das suas bochechas, mas ela saltou para trás, desinteressada dos meus cuidados.

"Você não confiava nele, por isso saiu correndo."

"Não seja idiota, Lionel", ela disse, a voz trêmula de ódio. "Se estivesse me escondendo do *Gerard*, por que viria pra cá?"

"*Idiota Grogue! Analfaberração!*" Livrei-me do tique com um solavanco no pescoço dolorido. "Não entendo", falei para ela.

"Ele arrumou tudo para eu ficar segura aqui. Disse que as pessoas que mataram o Frank estavam atrás de nós. Acreditei nele."

Começava a entender. O Lucius Seminole tinha dito que o prontuário da Julia registrava várias viagens a Boston. "Este era o seu esconderijo quando ficava brava com o Frank", sugeri. "Seu refúgio no passado."

"Não estava me escondendo."

"O Frank sabia que você e o Gerard mantinham contato?"

"Ele não se importava."

"Você e o Gerard ainda eram amantes?"

"Só quando seu... *caminho espiritual* permitia." Ela cuspira essas palavras. As lágrimas tinham secado.

"Quando foi que descobriu a verdade?"

"Liguei pro Tony. Trocamos informações. O Gerard superestimava o que o Tony sabia."

O Tony sabia pouquíssimo, pensei. O Tony queria ficar com a parte que o Frank Minna tinha na negociata da Fujisaki, mas não sabia que não havia mais parte nenhuma. Queria isso e muito mais. Do mesmo jeito que sempre quis ser um detetive virtuoso, o Tony queria ser um detetive corrupto, ou até mesmo tornar-se um completo espertalhão. Preparava-se para assumir os negócios mais escusos do Minna desde o momento em que soube que existiam — talvez naquele dia em que descarregamos as guitarras e os amplificadores e fomos apresentados ao Matricardi e ao Rockaforte, ou talvez até antes, em algumas das missões que só ele e o Frank conheciam. Com certeza já sabia de tudo quando quebraram os vidros do furgão do Minna. Naquele dia, ficou especialmente contente com a confirmação de suas fantasias mafiosas e com a primeira visão da vulnerabilidade de Frank Minna. Aquele episódio dizia que, se a sorte do Frank tinha altos e baixos, então o poder era fluido e um dia o Tony poderia ter sua parte. Assim que o Frank morreu, Tony se anteviu tomando o papel do Frank em duas frentes, tanto com Os Clientes, no Brooklyn, como com o Gerard e a Fujisaki Corporation lá em cima, em Yorkville, mas só que ele faria o papel com mais eficiência e brutalidade, sem os toques simplórios do Frank Minna, sem os pontos vulneráveis que o levavam a se cercar de aberrações como eu ou que o acabaram levando para o mau caminho.

A imagem que o Gerard tinha do Tony era outra parte não completamente mentirosa da conturbada história daquela noite. Imagino que o Gerard não poderia ser tudo o que era se não soubesse radiografar num relance uma cabeça como a do Tony.

"Você e o Tony fizeram mais do que trocar informações, Julia." Imediatamente me arrependi de dizer isso.

Ela me olhou com pena.

"Eu trepei com ele." Tirou cigarro e isqueiro da bolsa. "Trepei com muitos caras, Lionel. Com o Tony, com o Danny, até com o Gilbert eu trepei uma vez. Todos a não ser você. Mas isso não importa." Pôs o cigarro na boca, protegendo-o do vento com a mão em concha.

"Talvez importasse pro Tony", falei e me arrependi ainda mais.

Simplesmente deu de ombros, tentando repetidamente acender o isqueiro, em vão. Os carros zuniam na rodovia lá embaixo, mas nenhum deles entrou no farol. Estávamos sozinhos com nossos tormentos e nossas vergonhas, sem poder ajudar um ao outro.

Talvez para a Julia não fosse grande coisa ter trepado com os Manos do Minna, na verdade os Meninos do Minna, e talvez também não fosse grande coisa para o Tony... mas eu duvidava. *Você era a mulher original*, queria dizer para ela. Quando o Minna trouxe você para casa tentamos saber o que o casamento significava para o Frank, analisávamos você para entender como devia ser a Mulher do Minna, e a gente só via rancor... Agora vejo que esse rancor escondia decepção e medo, oceanos de medo. Tínhamos visto uma sucessão de mulheres e cartas, mas você foi a primeira a ser apresentada para a gente, e tentamos entender você. E amávamos você.

Precisava resgatar a Julia, levá-la para longe daquele farol e da aridez da sua história, contada diante do céu do Maine. Precisava que percebesse que éramos iguais, amantes decepcionados do Frank Minna, crianças abandonadas.

"Tínhamos quase a mesma idade, Julia", falei sem muita convicção. "Quer dizer, eu e você fomos adolescentes mais ou menos na mesma época."

Ela me olhou confusa.

"Conheci uma mulher, Julia. Durante este caso. De alguma forma ela é parecida com você. Ela estuda zen, que nem você estudava quando conheceu o Frank."

"Nenhuma mulher vai querer você, Lionel."

"*Queira-me-Bailey!*"

Esse era um tique clássico, claro e honesto. Nem o Maine, nem Julia Minna nem meu cansaço profundo, nada podia bloquear o caminho de um bom tique, límpido, desses que saem com força da garganta. Meu criador, em sua infinita sabedoria, tinha me conferido esse dom.

Tentei não ouvir o que Julia falava, buscando me concentrar nos gritos das gaivotas e nas ondas que quebravam ao longe.

"Não é verdade", continuou. "Talvez queiram. Eu mesma quis um pouquinho. Mas nunca serão justas com você, Lionel. Porque você é uma grande aberração."

"Mas essa pessoa é diferente", falei. "Ela é diferente de todo mundo que já conheci." Estava saindo do assunto. Se eu explicasse para a Julia e para mim mesmo a diferença entre ela e a Kimmery — *ela não é tão cruel quanto você, nunca poderia ser tão cruel* —, acabaria me arrependendo de ter falado.

"Aposto que você também é diferente pra ela. Tenho certeza de que serão muito felizes juntos." As palavras *felizes juntos* saíram retorcidas e ásperas da sua boca.

Crises de fundos.

Fiz os carunchos.

Queria ligar para a Kimmery, queria tanto, que meus dedos acabaram localizando o celular no bolso do paletó e começaram a acariciá-lo.

"Por que o Tony estava vindo pro Maine?", perguntei, apressando-me para voltar ao assunto que começáramos a desfiar e que de repente parecia ter pouco ou nada a ver com nossos destinos miseráveis, com nossas vidas miseráveis expostas ali, ao vento. "Por que você simplesmente não foi embora daqui? Sabia que o Gerard podia te matar."

"Soube que a Fujisaki estava vindo pra cá hoje." De novo bateu com o isqueiro no cigarro, como se ele fosse uma pedra de isqueiro que se acenderia ao bater contra uma rocha. Agora não era só contra o vento que ela lutava. As mãos tremiam, e o cigarro nos lábios também tremia. "Tony e eu íamos contar do Gerard pra eles. O Tony ia trazer uma prova. Mas aí você apareceu."

"Não fui eu que impedi o Tony de vir ao encontro com você." Eu me distraía com o telefone no bolso, com a expectativa da voz suave da Kimmery, como se fosse a gravação da secretária eletrônica. "O Gerard mandou o gigante atrás do Tony", continuei. "Ele seguiu o Tony até aqui, talvez imaginando matar dois coelhos com uma só cajadada."

"O Gerard não queria me matar", disse em voz baixa, deixando as mãos caírem para os lados. "Ele me queria de volta." Disse isso na esperança de que fosse verdade, mas as palavras praticamente se perderam no vento. Julia ameaçava refugiar-se novamente no horizonte, mas dessa vez não me preocuparia em trazê-la de volta.

"Foi por isso que ele mandou matar o irmão? Por ciúme?"

"Precisa ser por um único motivo? Provavelmente chegou à conclusão de que era ele ou o Frank." O cigarro ainda pendia da sua boca. "A Fujisaki pediu que alguém fosse sacrificado. Eles acreditam muito nisso."

"Você só conversou com a Fujisaki agora?"

"Homens desse tipo não fazem negócio com garçonetes, Lionel."

"Para o Tony foi péssimo o assassino ter encontrado ele antes de encontrar a Fujisaki", falei. "Mas isso não vai salvar o Gerard. Diga que estou certo." Não queria falar mais nada.

"Você é quem diz." Afastou-se do parapeito, apertando o isqueiro com tanta força que achei que fosse esmagá-lo.

"O que você está querendo dizer?"

"Só estou dizendo que não sei quem é esse gigante assassino de quem você tanto fala. Tem certeza de que não está imaginando coisas?" Ela se virou e me deu o isqueiro, arrancou o cigarro dos lábios e estendeu para mim. "Acende para mim, Lionel?" Notei uma vibração esquisita na sua voz, como se estivesse prestes a chorar novamente, agora sem rancor, talvez finalmente sentindo falta do Minna. Peguei o isqueiro e o cigarro, que pus entre os lábios, virando de costas para o vento.

Quando consegui acendê-lo, ela tinha tirado a pistola da bolsa.

Levantei as mãos instintivamente, deixando o isqueiro cair, num gesto de rendição e também de autoproteção, como se pudesse aparar um tiro com o relógio do Frank da mesma forma como a Mulher Maravilha fazia com seus braceletes mágicos. Julia segurava a arma com facilidade, apontada para meu umbigo, e seus olhos agora estavam tão cinza e obscuros quanto os lugares mais longínquos do horizonte do Maine.

Jorros de ácido queimavam a boca do meu estômago. Imaginei se algum dia me acostumaria a encarar uma pistola, então fiquei pensando que isso não é coisa que se deseje. Queria soltar um tique só por soltar, mas não conseguia pensar em nenhum.

"Acabei de lembrar uma coisa que o Frank falou de você, Lionel."

"O que foi?" Devagar, abaixei uma das mãos e ofereci o cigarro aceso, que ela recusou com a cabeça. Deixei o cigarro cair no deque do farol e o esmaguei com os sapatos.

"Falou que você era útil para ele porque você ficava louco de pensarem que você era estúpido."

"A teoria soa familiar."

"Acho que cometi o mesmo erro", ela disse. "E o Tony também, e antes dele o Frank. A todo lugar que você chega, alguém que o Gerard quer ver morto acaba sendo morto. Não quero ser a próxima."

"Você acha que eu matei o Frank?"

"Você falou que a gente tem a mesma idade, Lionel. Você assistia *Vila Sésamo*?", perguntou.

"Claro."

"Lembra do Snuffy?"

"O amigo do Garibaldo?"

"Aquele que ninguém via, a não ser o Garibaldo. Acho que o gigante é o seu Snuffy, Lionel."

"*Esnobe! Fimose!* Mas o gigante é de verdade, Julia. Guarda essa arma."

"Acho que não vai dar. Se afasta, Lionel."

Eu me afastei, mas enquanto isso peguei a pistola do Tony. Vi o dedo da Julia se mexer enquanto eu levantava a arma e apontava para ela, mas ela não atirou, nem eu.

Nós nos encaramos diante do parapeito do farol, por todos os lados o céu imenso escurecia sem nos servir em nada, também era inútil a profundidade do oceano. As duas armas nos aproximaram tornando todo o resto irrelevante — daria na mesma se estivéssemos num hotel sujo, com imagens do Maine passando na televisão. Minha hora finalmente chegara. Tinha uma arma na mão. Tentava não me incomodar com o fato de ela não estar apontada para o Gerard, nem para o gigante, nem para o Tony ou para um dos porteiros, mas sim para a garota de Nantucket transformada na viúva de olhos tristes e cabelos tosados do Frank Minna, que tentara se refugiar no passado de garçonete mas acabara num beco sem saída. Estava errado, Julia e eu não tínhamos nada em comum. Éramos duas pessoas quaisquer apontando armas uma para a outra. E a pistola do Tony era um objeto que tinha suas peculiaridades: não era um garfo nem uma escova de dentes, mas algo muito mais pesado e sedutor. Com o polegar soltei a trava de segurança.

"Entendo sua confusão, Julia, mas não sou o assassino."

Segurava a arma com as duas mãos, imóvel. "Por que deveria acreditar em você?"

"ACREDITE EM MIM BAILEY!" Tive de gritar para o céu. Virei a cabeça, negociando com a Tourette para ficar só naquela frase. Ao gritar senti o gosto da maresia.

"Não me assusta, Lionel, senão eu atiro."

"Nós dois temos o mesmo problema, Julia." Na verdade minha síndrome acabara de descobrir os recursos da pistola, e comecei a ficar obcecado com o gatilho. Achei que talvez não sobrevivesse à experiência de dar um tiro para o alto, como se fosse uma das minhas irrupções verbais. Mas não queria atirar na Julia. Mexi de novo na trava de segurança, esperando que Julia não percebesse.

"O que a gente faz agora?", perguntou.

"A gente volta pra casa, Julia", respondi. "Sinto muito pelo Frank e pelo Tony, mas essa história acabou. Eu e você, nós conseguimos sobreviver."

Era um pequeno exagero. A história só terminaria nas próximas horas ou nos próximos dias, num momento desconhecido, quando alguma coisa atingisse o Gerard Minna, a bala ou a lâmina que o procuravam havia quase vinte anos.

Enquanto isso, tinha o impulso de abrir e fechar a trava de segurança, contando quantas vezes repetia o gesto. Parei no cinco, momentaneamente satisfeito. A trava ficou aberta, a arma estava pronta para atirar. Meus dedos estavam insuportavelmente curiosos com a ação do gatilho, com seu peso e sua resistência.

"Onde é a sua casa, Lionel? No andar de cima da L&L?"

"*Orfanato Santa Vingança de Bailey*", foi o tique que saiu.

"É assim que você chama sua casa?"

Antes que meu dedo realizasse o desejo de apertar o gatilho, atirei a pistola no mar com toda a força do meu corpo. Passou por cima das pedras, e o barulho do choque com o mar se perdeu no vento e no rumor das ondas.

Um, contei.

Antes de a Julia perceber o sentido da minha atitude, investi contra ela como se estivesse correndo atrás de um ombro esquivo, agarrei o cano, puxei a arma da sua mão e a arremessei com toda a força que tinha nas pernas, como um batedor de beisebol fazendo um lançamento para um jogador distante. Ela foi além da pistola do Tony, lá onde se formavam as ondas que quebrariam nas pedras, onde o mar se ondulava descobrindo sua forma.

Agora eram *dois*.

"Não me machuque, Lionel." Afastou-se para trás, os cabelos espetados formavam um halo que emoldurava os olhos assustados e a boca retorcida de medo e raiva.

"Acabou, Julia. Ninguém vai te machucar." Não conseguia me concentrar nela completamente, querendo outra coisa para jogar no mar. Tirei o bipe do Minna do bolso. Era um instrumento dos Clientes, uma evidência do domínio que tinham sobre o Frank, e ele merecia ser sepultado com as pistolas. Lancei-o o mais longe que pude, mas, sem peso suficiente para vencer o vento, ele escorreu entre duas pedras úmidas e cobertas de musgo.

Três.

Em seguida encontrei o celular. Ao pegá-lo na mão, o número da Kimmery implorava para ser discado. Consegui me desvencilhar do impulso, substituindo-o pela satisfação de arremessá-lo do deque do farol enquanto me lembrava do porteiro de quem eu o pegara, naquele carro alugado. Ele voou melhor que o bipe antes de cair na água.

Quatro.

"Dá alguma coisa pra eu jogar", falei para Julia.

"O quê?"

"Preciso de alguma coisa, só mais uma."

"Você está louco."

Pensei no relógio do Frank, mas eu era apegado a ele. Ele não carregava nenhuma mancha dos porteiros ou dos Clientes.

"Dá alguma coisa", falei de novo. "Procura na bolsa."

"Vá pro inferno, Lionel."

Agora me dava conta de que a Julia sempre tinha sido a mais durona de nós todos. De nós que éramos do Brooklyn, dos idiotas de lugar nenhum... ou de algum lugar, como era o caso do Frank e do Gerard. Não chegávamos aos pés da garota de Nantucket, e achei que finalmente entendera por quê. Era a mais durona porque era a mais infeliz. Talvez fosse a pessoa mais infeliz que eu já conhecera.

Imagino que a perda do Frank Minna, por mais difícil que fosse, era mais fácil para nós que realmente o tivemos, que realmente sentimos seu amor. Antes de mais nada, a Julia nunca tinha possuído aquilo que perdeu.

Mas sua dor já não me preocupava.

Cada um escolhe as próprias batalhas, Frank Minna costumava dizer, embora duvide que o dito fosse de sua autoria.

Quem tem cabeça fica longe da crueldade. Eu estava melhorando um pouquinho.

Tirei o sapato direito, senti o couro engraxado que fora tão útil para mim, a bela costura, o cadarço desamarrado, dei-lhe um beijo de despedida com a ponta da língua e o arremessei bem alto e longe, observando-o cair silenciosamente no meio das ondas.

Cinco, pensei.

Mas quem está contando?

"Adeus, Julia", falei.

"Vá se foder, seu maluco." Ajoelhou e pegou o isqueiro, desta vez acendendo o cigarro na primeira tentativa.

"Barna-bailey-vá-se-foder-julia-minna."

Era minha última palavra sobre o assunto.

Voltei para o Brooklyn pisando no acelerador e no breque com o pé coberto apenas por uma meia.

Sanduíches bons

Então em algum lugar e em algum momento o círculo se fechou. Era um segredo para mim, mas eu sabia que o segredo existia. Um homem — dois homens? — encontrou outro homem. Sacou um instrumento — pistola, faca? —, digamos que foi uma pistola. Fez o serviço. Encarregou-se do serviço. Cobrou uma dívida que a vida tinha com ele. Era o final de alguma coisa entre dois irmãos, uma transação de amor e ódio fraternal, algo que terminava com uma melodia melancólica e vacilante. As notas da melodia tinham sido outras pessoas, meninos transformados nos Manos do Minna, mafiosos, monges, porteiros. E mulheres, principalmente mulheres. Todos nós tínhamos sido notas na melodia, mas o tema da canção eram os irmãos, e o desfecho, a última nota a soar... um grito? um golpe sangrento? um gemido interrompido?... talvez nem mesmo um gemido. Minha culpa me fazia pensar que sim. Deixe acabar em silêncio. Deixe o Rama-lama-ding-dong morrer enquanto dorme.

Às duas da manhã, estávamos sentados na L&L, jogando pôquer no balcão, ouvindo Boyz 2 Men, cortesia do Danny. Agora que o Frank e o Tony tinham ido embora, Danny podia ouvir o tipo de música de que gostava. Essa era uma das várias mudanças.

"Quero uma carta", disse Gilbert. Era eu que dava as cartas, então peguei seu descarte e entreguei-lhe uma nova carta de cima do baralho.

"Jesus, Gil", falou o ex-Tira do Lixo. Agora ele era motorista, fazia parte da L&L. "Você sempre troca *uma carta* ou *nenhuma*... por que eu só recebo lixo?"

"Porque você ainda é responsável pelo lixo, Loomis", disse Gilbert fazendo graça. "Não importa que tenha saído da corporação. Alguém precisa cuidar do lixo."

"*Cuidar do lixo!*", falei enquanto pegava três cartas.

Tinham soltado o Gilbert havia duas semanas, depois de cinco noites na prisão, em busca de evidências para o assassinato do Ullman. O detetive Seminole ligara para pedir desculpas, achei que estava exageradamente envergonhado, como se ainda estivesse com um pouco de medo. Com seu tamanho e seus modos, Gilbert enfrentou muito bem a experiência penosa, embora tenha saído com um relógio a menos e involuntariamente tivesse parado de fumar durante sua estada, pois fora obrigado a fazer uma "contribuição" com todos os cigarros que trazia consigo. Agora compensava com muito cigarro, cerveja, café, SnoBalls, White Castle e sanduíches de pastrami do Zeod's. Mas, por mais que fôssemos indulgentes, nada disso estancava as reclamações sobre o modo como o havíamos abandonado. Nessa noite, felizmente, ele estava ganhando.

Danny sentou-se longe de nós três, em silêncio, as sobrancelhas levemente arqueadas entre as cartas e um chapéu de feltro. A cada noite se sentava mais longe e se vestia com mais elegância, ou pelo menos era essa a minha impressão. A liderança da L&L caíra em suas mãos como um rebote fácil, para o qual ele nem precisara se esforçar, enquanto os outros jogadores brigavam, se acotovelavam e suavam no lado errado da quadra. Nunca se falou sobre o que o Danny sabia ou não sabia do Gerard e da Fujisaki. Ele ouviu meu relato sobre os acontecimentos do Maine e inclinou a cabeça uma única vez, e isso foi tudo o que falamos sobre esse assunto. Acabou sendo simples. Quer ser o novo Frank Minna? Então vista-se para o papel, cale a boca e espere. Oportunamente a Court Street saberá reconhecê-lo. O Zeod vai pôr a conta no seu nome. Gilbert, Loomis e eu não discutiríamos. Éramos três patetas, e isso era visível.

Pela primeira vez a L&L era verdadeiramente uma agência de detetives. Tão verdadeira que não tínhamos clientes. Agora éramos também realmente um serviço de táxi, que não recusava chamadas a menos que de fato não tivéssemos carros. O Danny até mandou imprimir panfletos e cartões de visita, fazendo alarde dos nossos preços e da nossa eficiência por toda a cidade. O Cadillac em que o Minna sangrara até a morte estava limpo e integrava uma pequena frota que fazia corridas regulares entre a Casa de Saúde Cobble Hill, na Henry Street, e o restaurante Promenade, no final da Montague, entre o Boerum Hill Inn e os elegantes prédios de apartamentos da Prospect Park West e da Joralemon Street.

Na verdade, naquela noite o Boerum Hill Inn tinha acabado de fechar, e a Siobhain estava na porta, com olheiras e o corpo moído pelo esforço de dispensar a clientela namoradeira e insistente. Gilbert levantou o dedo, indicando que a levaria para casa, mas queria primeiro terminar aquela mão, da qual parecia estar especialmente orgulhoso. Ao ver seu recente entusiasmo para levar a Siobhain para casa, achei que o Gilbert tinha uma certa queda por ela, ou talvez fosse algo mais antigo que só agora se permitira demonstrar, agora que Frank não estava por perto para alfinetá-lo, dizendo que ela jogava no outro time.

"Vamos, seus idiotas, quero ver o que vocês têm", disse Gilbert.

"Não tenho nada", falou Loomis, os olhos esbugalhados tentando intimidar as cartas. "Monte de merda."

Danny franziu as sobrancelhas, balançou a cabeça e pôs as cartas na mesa. Agora tinha coisas melhores, não precisava ganhar no pôquer. Mesmo com boas cartas, deixara de jogar algumas mãos para o Gilbert ter seus momentos de glória.

"*Confetes depois*", falei, baixando a mão e mostrando as cartas.

"Valetes e dois?", disse Gilbert examinando as cartas. "É pouco, Aberração." Baixou seus ases e oitos. "Olhe isto aqui e pode sair gritando, seu maluco."

Tenho o hábito das asserções, como os detetives. ("Na Califórnia, a única parte da casa onde não se podem pôr os pés é na porta de entrada", Marlowe, *À beira do abismo*.) Nas histórias de detetives, tudo sempre acontece *sempre*, o detetive lança o olhar cansado e sarcástico sobre a natureza corrupta de todas as coisas e nos faz estremecer com suas generalizações docemente cruéis. Tudo é profundo e ajustável a formatos, tudo é invariável e exemplar. Pois então, se já vi isso antes é porque verei outra vez. Acreditem em mim.

Claro que asserções e generalizações são uma variação da Tourette. Um jeito de tocar o mundo, de manuseá-lo, de abrangê-lo com uma linguagem baseada em confirmações.

E tem mais. Como um grande homem disse certa vez, quanto mais as coisas mudam, mais difícil voltarem a ser o que eram.

Poucos dias depois do desaparecimento do Gerard, a maioria dos alunos do Yorkville Zendo já tinha se dispersado. Havia um Zendo de verdade no Upper East Side, vinte quadras para o sul, e suas fileiras foram engrossadas por desertores do Yorkville em busca de suas verdadeiras essências (embora, como Kimmery disse, qualquer um que ensina zen é professor de zen). No final, todos aqueles porteiros desnorteados eram alunos autênticos do Gerard, argila humana, gente desorientada em busca de algo. A absoluta suscetibilidade aos ensinamentos carismáticos do Gerard os deixou disponíveis para a exploração, primeiro no prédio da Park Avenue, depois naquela gangue de motoristas ineptos e fortões que o Gerard usou para dar suporte ao gigante polonês. Frank Minna tinha os Manos do Minna enquanto Gerard tinha apenas seguidores, títeres zens, e essa diferença tinha determinado o desfecho do caso. Talvez tenha sido essa a minha pequena vantagem. Pelo menos gostava de pensar que sim.

Mas o Yorkville Zendo acabou não falindo. Wallace, o sentador estóico, encarregou-se de organizar o rebanho que sobrara, mas se recusou a usar o título de Roshi. Pedia para ser chamado de *sensei*, título menos importante que designava uma espécie de instrutor-aprendiz. Foi assim, por meio dos discípulos mais calados, que as organizações Minna, a do Frank e a do Gerard, desviaram-se tranqüila e elegantemente do caminho da corrupção. Claro que a Fujisaki e Os Clientes, aquelas imensas sombras, saíram ilesos, praticamente incólumes. Era preciso mais do que os irmãos Minna ou Lionel Essrog para produzir algum estrago permanente.

Soube do destino do Yorkville Zendo pela Kimmery, na única vez em que a encontrei, duas semanas depois de voltar do Maine. Deixara várias mensagens na sua secretária eletrônica, mas até então ela não tinha me ligado de volta. Num telefonema esquisito e entrecortado, combinamos um encontro num café da rua 72. Antes de sair para o encontro, tomei a ducha mais completa que conhecia, experimentei uma dúzia de roupas, brinquei com o espelho tentando ver alguma coisa que não estava lá, procurando não enxergar o grande Essrog cheio de tiques. Tinha a vaga esperança de que pudéssemos ficar juntos.

Conversamos um pouco sobre o Zendo antes de ela dizer alguma coisa que sugeria que se lembrava da noite que tínhamos passado juntos. Foi quando ela perguntou: "Você está com as minhas chaves?".

Vi nos seus olhos que estava com medo de mim. Tentei não me esticar nem fazer nenhum movimento brusco, embora houvesse uma franquia do Papaya Czar do outro lado da rua. Estava morrendo de vontade de um cachorro-quente, por isso era tão difícil não virar a cabeça.

"Claro que estou", respondi. Coloquei as chaves na mesa, contente de não ter optado por arremessá-las no Atlântico. Eu as acariciava dentro do meu bolso, como certa vez fizera com o garfo dos Clientes, dois talismãs de um mundo que eu não voltaria a visitar. Agora me despedia das chaves.

"Preciso te dizer uma coisa, Lionel." Disse isso com o meio sorriso ardente que havia mais de duas semanas procurava reproduzir na minha mente.

"Digamebailey", sussurrei.

"Vou voltar a morar com o Stephen", falou. "Aquela coisa que aconteceu com a gente foi só, tipo assim, *uma coisa*."

No final das contas, o Homem de Negresco era mesmo um caubói que cavalgava com o pôr-do-sol ao fundo.

Abri a boca e não saiu nada.

"Você entende, Lionel?"

"Ah." *Entenda-me, Bailey.*

"Tudo bem?"

"*Tudo bem*", respondi. Ela não precisava saber que era só

um tique, que era a ecolalia que me fazia dizer aquilo. Inclinei-me sobre a mesa e alisei as pontas da sua gola na direção do ombro estreito e ossudo. "Tudobemtudobemtudobemtudobemtudobem", falei num sussurro.

Sonhei com o Minna. Estávamos num carro. Ele dirigia.

"Eu sou um Traseiro de Confiança?", perguntei.

Ele sorriu, satisfeito por ser citado, mas não respondeu.

"Acho que todo mundo precisa de fantoches", falei, sem querer deixá-lo mal.

"Não sei se colocaria você na categoria de Traseiro de Confiança", falou. "Você é estranho demais para isso."

"Então o que é que eu sou?", perguntei.

"Não sei, garoto. Acho que chamaria você de O Rei dos Viradores de Barco."

Devo ter rido, ou pelo menos sorrido.

"Não é pra ficar orgulhoso disso, sua flor de rabanete."

E a vingança?

Certa vez dediquei a ela cinco ou dez minutos. Quando se trata de vingança, isso é muito, é toda uma vida. Quis pensar que a vingança não tinha nada a ver comigo, não tinha nada a ver com a Tourette ou com os Essrog. Assim como o metrô.

Mas peguei o trem da linha V, de vingança. Fiz isso com um celular e um número de Nova Jersey, fiz isso diante do farol no Maine. Fiz isso com um punhado de nomes e de outras palavras, que enfileirei para formar algo mais eficiente que um tique. Era eu, Lionel, percorrendo em alta velocidade os túneis subterrâneos, visitando o labirinto que há sob a superfície do mundo e que todos fingem não existir.

É possível continuar a fingir. Sei que vou continuar, embora os irmãos Minna sejam parte de mim, entranhados na minha natureza, mais profundos do que um mero comportamento, mais profundos até mesmo que o arrependimento, porque o Frank me deu a vida e porque eu tirei a vida do Gerard, embora mal o conhecesse.

Vou fingir que nunca peguei aquele trem, mas peguei.

Na noite do pôquer, o telefonema seguinte veio da Hoyt Street, com uma corrida para o aeroporto Kennedy. Foi o Loomis que atendeu, fazendo uma careta exagerada ao oferecer a corrida para nós três, pois sabia que na L&L o JFK era considerado um péssimo destino. Levantei a mão e disse que faria, só para contrariá-lo.

E também por outra razão. Estava morrendo de saudade de uma determinada comida. No Terminal Internacional do Kennedy, no andar de cima dos portões de embarque da El Al, há uma barraca de comida *kosher* chamada Mushy's, de uma família de israelenses, com suas latas completamente respingadas de molho e cheias de *kasha* fumegante e *knishes* artesanais, um lugar completamente diferente dos outros restaurantes do terminal, todos franquias de grandes cadeias. Toda vez que levava um passageiro ao aeroporto, de dia ou de noite, estacionava o carro e subia até o Mushy's para fazer uma boquinha. O *shwarma* de frango recém-fatiado do espeto, colocado dentro de um pita e acompanhado de pimentões grelhados, cebola e tahine é um dos grandes sanduíches de Nova York e compensa toda a sem-gracice do aeroporto. Permita-me recomendá-lo, se você algum dia passar por lá.

A Kimmery e o caldo de erva-cidreira não conseguiram estragar meu paladar para coisas mais refinadas.

* * *

Os fantasmas que me deixavam mais triste não estavam mortos. Achava que devia proteger o Frank e o Tony, mas estava errado. Agora sabia.

Era a Julia que eu não podia ignorar, embora não fosse mais minha do que os outros, embora mal tivesse reconhecido minha existência. Mesmo assim, meu tique de culpa adquiriu o formato do seu corpo em pé diante do parapeito do farol, ao vento, imóvel em meio a uma névoa de balas, sapatos, maresia e da minha saliva, como aquele ícone maldito do pôster do filme em preto-e-branco que ela me lembrou quando a vi pela primeira vez, ou talvez uma figura de contemplação zen, uma pincelada sobre um pergaminho. Mas não tentei encontrar a Julia... por mais simples que fosse, sabia que não devia fazer isso. Então deixei meu instinto obsessivo traçar aquela figura, esperando que se tornasse uma abstração e desaparecesse. Era uma questão de tempo.

Quem faltava? Apenas o Ullman. Sei que ele assombra esta história, mas nunca foi visto, ou foi? O mundo (meu cérebro) está lotado demais de homens estúpidos, homens mortos, Ullmans. Alguns fantasmas estão tão ocupados em uivar nas janelas que nem chegam a entrar em casa. Ou, como diria o Minna, cada um escolhe as próprias batalhas e... concorde ou não com essa idéia, você de fato escolhe. Não posso me sentir culpado pelo mundo todo. O Ullman? Nunca encontrei esse sujeito. Nem o Bailey. São caras que acabei nunca encontrando. Para os dois e para você eu digo: suma do mapa, desapareça. Faça como uma árvore e desarvore. Conte sua história andando.

Agradecimentos

Sou profundamente grato aos livros de Lawrence Shainberg, Kosho Uchiyma e Oliver Sacks, às palavras de Tuli Kupferberg e às conversas com Blake Lethem, Cara O'Connor, David Bowman, Eliot Duhan, Matthew Burkhardt, Scott McCrossin, Janet Farrell, Diane Martel, Alice Ressner, Maureen Linker e à família Linker.

Agradeço também a Richard Parks, Bill Thomas, Walter Donohue, Zoe Rosenfeld, Tooley Cottage, ao Zentrum für Kunst und Medientechnologie (ZKM) e a Corporation of Yaddo.

ESTA OBRA FOI COMPOSTA EM ELECTRA PELO ESTÚDIO O.L.M.
E IMPRESSA EM PROCESSO CTP PELA RR DONNELLEY AMÉRICA LATINA
SOBRE PAPEL PÓLEN SOFT DA COMPANHIA SUZANO PARA
A EDITORA SCHWARCZ EM JULHO DE 2002